2016.02

감사합니다. 또 만나요 ♥

고양이
키스

고양이
키스 vol.3

초판 1쇄 발행일 2016년 2월 22일
초판 1쇄 발행일 2016년 2월 26일

지은이 | 김애정
펴낸이 | 김기선

편집장 | 김은지
디자인 | 금장미

펴낸곳 | 와이엠북스(YMBOOKS)
출판등록 | 2012년 7월 17일 (제2014-17호)
주소 | 서울시 도봉구 노해로 379, 1005호(창동, 대성빌딩)
전화 | 02)906-7768 / 팩스 | 02)906-7769
E-mail | ymbooks@nate.com

ISBN 979-11-322-3656-6 (04810)
ISBN 979-11-322-3653-5 (set)

© 김애정 2016 Printed in Korea

값 10,000원

고양이 키스

vol.3

김애정 장편소설

차 례

1. 그를 아프게 하는 것

우려했던 일이 터진 걸까. 해인은 기겁하면서도 얼른 시율에게 달려갔다. 바닥과 닿은 그의 무릎에 매달려 쉽사리 일어나지 못하고 있는 그의 안색을 살폈다. 눈에 띄게 파리한 게 보였다. 설핏 식은땀도 흘리는 것 같았다. 질끈 감은 두 눈은 분명 힘겨워 보였다.

"냥!"(강!)

방금까지만 해도 괜찮아 보였는데, 그가 쓰러지다니! 해인은 덜컥 두려워졌다. 적어도 해인의 머릿속에서 시율은 못하는 것도 없고, 항상 자신만만한, 가끔 사람 같지 않을 만큼 대단한 남자였다. 그러니 은연중에 아플 리도 없다고 생각했는지도 모르겠다. 하지만 사람인 이상……

"냐앙!"(죽지 마!)

"……안 죽어, 인마."

"냐아냐?"(못 일어나겠어?)

"괜찮아."

그는 여전히 미간을 가득 좁히고는 어지러운 얼굴이었다. 전혀 괜찮아 보이지 않았다. 혼자 일어나지도 못하면서 그걸 어떻게 믿으라는 건지.

"이러고 잠깐 있으면……."

시율이 뭐라고 말하고 있었지만 해인은 당장에 진료실을 도도도, 빠져나왔다. 서둘러 로비로 나와서는 지나가는 아무 직원이나 붙잡았다.

"먀아!"(도움!)

"응?"

심지어 신발에 덥석 매달려서는 애처롭게 울어댔다.

"미야아! 미야!"(강이! 쓰러졌어!)

"갑자기 왜 그러니?"

"냐아아아아!"(이리 좀 와봐!)

평소 그리 잘 우는 고양이가 아닌데, 갑자기 튀어나와서는 거의 이동이 불가능할 정도로 발에 온몸을 치대는 해인이 이상하긴 이상했는지 간호사는 가던 길을 바꿔 해인을 따라왔다. 작은 머리로 꾹꾹, 한쪽으로 다리를 미는 게 아무리 봐도 저쪽으로 가자는 뜻이었다.

"니야니야!"(빨리빨리!)

왜 이리 재촉하나 싶었는데…… 해인을 쫓아온 간호사는 곧장 진료실 안쪽에 엉거주춤 쓰러져 있는 시율을 발견할 수 있었다.

"어머, 강 선생님?"

"……저 녀석."

시율은 그새를 못 참고 사람을 불러온 해인을 힐끔 노려봤다. 그는 책상을 붙잡고 혼자 일어나려고 애쓰고 있었다.

"어디 아프세요? 왜 그러고 있어요?"

"그냥 좀 휘청거렸는데…… 녀석이 놀랐나 봅니다."

그는 마치 해인이 굉장한 호들갑이라도 떨었다는 양, 별거 아니라는 듯 말했지만 간호사는 동의해주지 않았다.

"강 선생님이 휘청거리면 저라도 놀라겠는데요."

"그 정도까지야…….."

"아, 도와드릴까요."

"됐으니까. 차트나 좀 주워줘요."

부축해주려는 간호사의 손길을 밀어내고는, 기어코 혼자 일어나 의자에 풀썩 앉는 시율은 여전히 인상을 잔뜩 찌푸리고 있었다. 기분 안 좋은 티를 내더라도 눈썹이나 조금 구기는 강시율인데, 이 정도로 컨디션이 표정에 드러나는 건 정말 드문 일이었다.

"개냥이도 많이 걱정하는데, 정말 괜찮으신 거예요?"

"아무것도 아닙니다. 그냥…… 잠을 좀 못 잤더니 잠깐 어지러웠어요."

"아아. 하긴, 요즘 계속 무리하시긴 했으니까요."

간호사가 어깨를 으쓱이며 바닥에 널브러진 차트들을 줍기 시작했다. 그러는 동안 해인은 책상으로 올라가 그의 얼굴을 뚫어져라 들여다봤다. 바로 코앞까지 다가와서, 이러다 얼굴이 닿겠네 싶을 정도였다. 뭔가 묘하게 취조당하는 느낌이 들어서 시율은 슬그머니 얼굴을 뒤로 빼야 했다.

"그렇잖아요? 당직한 다음 날 연달아 풀 근무를 하시질 않나. 수술도 많이 잡혔는데 쉬지도 않으시고."

"그건……."

"강 선생님이 원래 그렇게 빡빡하게 근무 잡으시는 분이 아니잖아요? 그러다 몸 상하시겠다고 매니저님도 걱정하셨는걸요."

"맞아요. 그것 때문입니다. 요즘 쉬질 못해서."

간호사의 걱정에, 시율은 이거다 싶었는지 얼른 고개를 끄덕였다. 해인은 여전히 미심쩍다는 눈길이었지만 말이다.

"그래도 어젠 좀 쉬신 것 아니었어요?"

쉬었을 리가 없었다. 그렇지 않아도 빡빡한 일정을 소화하는 와중에 가장 무리한 날일지도 모른다. 사실은 어제를 쉬기 위해 그간 무리한 셈이었으니까. 해인의 눈이 다시 가느다래지면서, 따갑게 그의 면전에 꽂혔다.

"그리고 요즘 무슨 다이어트라도 하세요? 살이 좀 빠지신 것 같은데……."

"······그럴 리가. 몸무게는 그대론데."

"기분 탓이려나?"

"쓸데없는 소리 하지 말고 가서 일이나 봐요."

기껏 도와주러 온 사람을 서둘러 쫓아내는 시율이었다. 간호사는 별꼴이라고 투덜대며 나가버렸고, 시율은 혼자가 되자마자 제게로 쏟아지는 의심의 눈초리에 말라오는 목을 축이며 급히 변명 아닌 변명을 내뱉었다.

"정말, 오해야."

갑자기 왜 어지러웠던 걸까. 운이 나빴다고밖에 생각할 수 없었다. 하지만 해인은 고개만 절레절레 내저을 뿐이었다. 이미 확신으로 가득 찬 얼굴은 변명의 여지 같은 건 전혀 주고 있지 않았다.

"그냥 좀 어지러웠던 거야. 그게 다라고."

"냐냐."(퍽이나.)

"좀 앉아 있으면 나을 거라니까?"

이건 꽤 큰일이었다. 하필 다리에 힘이 풀리는 걸 이 녀석이 볼 게 뭐람. 태일이 가자마자 이럴 수는 없는 거였다. 이제부터 겨우 둘만의 겨울이 시작되는 참이었는데······. 벌써 등 돌리고 앉아 있는 해인을 보며 시율은 속이 탈 수밖에 없었다. 이 고양이, 한번 아니다 싶으면 절대 아니었으니까.

그날 오후.

"강샘, 아무래도 열이 있어 보이는데요."

붉어진 얼굴, 불편하게 몰아쉬는 숨, 비척거리는 걸음걸이. 시율은 아무리 봐도 환자였다. 조금 아파서는 이렇게 티가 나는 남자가 아니니 증세가 꽤나 심각해 보였다. 의사 가운을 입은 환자라니, 이래저래 눈에 거슬리는 존재였다.

"그렇죠?"

"······예?"

"저 아파 보이죠?"

열이 심해서 머리가 이상해진 건지, 아파 보인다는 소리에 눈에 띄게 반색하는 시율이었다. 말을 걸었던 데스크 여직원은 얼떨결에 고개를 끄덕였다.

"예, 아무래도 감기 같은데. 요즘 유행이니까……."

눈이 몽롱한 데다 충혈된 게 아무리 봐도 감기 환자 증세였다.

"그러면 그렇지. 하하하. 감기죠. 감기!"

"마, 많이 아프세요?"

그렇지 않아도 이상해 보이는데 소리 내 웃기까지. 이 남자 왜 이러는 걸까. 여직원은 진심으로 시율이 걱정스러웠지만 슬그머니 뒤로 물러날 수밖에 없었다. 그러거나 말거나 시율은 지체 없이 조퇴를 선언했다.

"조퇴하겠습니다."

"……그러세요."

조퇴야 물론 모든 직장인의 즐거움이지만, 이렇게 대놓고 기뻐할 필요까지 있을까. 시율은 양기 부족만 아니라면 병명은 뭐든 좋은 모양이었다.

"어쩐지 아까부터 좀 이상하더라고요. 원장님 위에 계시죠? 제가 말씀드리고 가죠."

자신이 아프다는 사실에 열광하는 시율을 보며, 해인은 고개를 갸우뚱거릴 수밖에 없었다.

'정말 단순 감긴가?'

혹시 엄살은 아닐까? 양기 문제가 아닌 척하려고……. 이거 헷갈리는데. 원장실로 올라가는 시율을 보면서도 해인은 두 눈을 지그시 뜨며 여전히 의심에 빠져 있었다. 하지만 그는 지금 정말 아파 보였고, 엄살이라기에는 무리가 있었다. 무엇보다 평소 안 아프던 사람이 갑자기 아프니까 기분이 이상했다.

요즘 시율이 무리한 건 사실이었다. 연말 휴가를 길게 내서, 그걸 때우기 위해서도 바빴다. 그리고 그렇지 않아도 갑자기 추워진 판에 눈을 맞고 돌아다녔다. 산책도 하고, 눈싸움도 했다. 해인은 추위를 잘 타지 않다 보니 눈만 오면 신나서 방방 뛰었고, 그러면 시율은 얇게 입지 말라고 쫓아다니며 제 목도리며 장갑을 벗어서 해인에게 둘둘 말아주고는, 자기가 대신…… 재채기를 하고는 했다.

'이제 보니…… 어느 쪽이든 결국 나 때문이잖아!'

문득 깨닫기로 그건 매우 충격적인 사실이었다. 애당초 그가 무리한 것도 저와의 여행 때문이었고, 전혀 취미에도 없는데 눈 오는 밖을 싸돌아다닌 것도 전부 제가 산책하자고 졸라서였다. 결국, 그가 아픈 이유가 무엇이든 모든 원인은 자신에게 있었다.

"끄앙."

해인은 그만 충격에 못 이겨 괴상한 소리를 내며 휘청거렸다. 사람들이 저를 이상하게 쳐다보거나 말거나, 비척비척 출퇴근용 캐리어를 향해 걸어갔다. 그리고는 캐리어 안에 들어가 한쪽 벽에 머리를 박은 채 침울하게 반성 모드에 들어갔다.

"오늘 저 집, 주인이나 고양이나…… 좀 이상하지 않니?"

"그러게…… 강샘도 그렇고."

사람들이 수군댔지만, 굴을 파고 있는 해인의 귀에 들릴 리 없었다.

집으로 돌아오는 동안 시율의 증세는 급격하게 나빠졌다. 차가운 바람을 뚫고 집에 도착했을 때, 그의 몸은 거의 불덩이나 다름없었다. 시율은 아픈 와중에도 바람이 들어가지 않도록 품에 안고 있던 캐리어를 현관에 내려놓고는, 또 한동안 움직이지 못하고 숨을 골랐다.

해인은 캐리어에서 나오자마자 얼른 사람으로 변신했다. 가장 먼저 한 일은 그의 이마를 만져보는 것이었다. 하지만 엄청 뜨겁다는 것 말고는 알 수가 없었다. 자신에게 의학이 있으면 좋을 텐데.

"강."

"미안, 좀 자야겠어."

많이 아픈지 시율은 제대로 씻지도 못하고 침실로 향했다. 혼자 옷을 벗는 것도 힘들어 보였고, 해인은 그가 바닥에 마구 벗어놓은 옷을 줍는 것 이외는 할 수 있는 게 없었다. 시율은 쓰러지듯 누워서도 눈꺼풀을 불규칙하게 깜빡이며 열에 시달렸다. 그런 시율을 보며 해인은 울상이 됐다.

하필이면 태일도 없는데 그가 아파서……. 아, 차라리 잘된 걸까. 자신이 그를 간호할 수 있을 테니까. 해인은 자신이 할 수 있는 일을 떠올렸다.

"약 같은 거 사 올까?"

"……난 감기 정도로는 약 안 먹어. 비타민C는 병원에서 이미 먹었고."

"그건 그냥 영양제 같은 거잖아?"

"감기에는 그거면 충분해."

"정말?"

"정말. 이제 푹 쉬면 나을 거야. 그래도 안 나으면 그때 병원에 가볼게. 넌 신경 쓰지 말고, 쉬고 있어."

이 의사 양반은 약은 될 수 있으면 안 먹는 주의였다. 자체적으로 이겨내 보고, 안 되면 그때 주사든 약이든 찾는 타입인 모양이다. 의사면서 약을 싫어하면…… 아니 의사라서 안 먹는 건가?

"그런 얼굴 하지 마."

"미안해. 내가 괜히 산책 같은 거 하자고 해서……."

"산책?"

"추운데 맨날 나가자고 하고…… 그리고 옷 뺏어 입어서, 그래서 감기 걸린 거잖아."

"그런 거 아냐. 정말 너 때문 아니니까……."

시율은 이제 말할 기운도 없는 눈치였다. 그는 기운 없는 눈과 손으로, 괜찮다고 계속 말해줬지만 해인은 안절부절못할 수밖에 없었다. 시율이 아프다는 사실이 저를 이렇게 불안하게 할 줄 몰랐다. 세상에 그밖에 없는 것도 아닌데, 그가 아프다는 게 너무도 중대하게 느껴졌다.

약도 안 먹겠다고 하고, 손으로 자꾸만 그의 이마를 만져보는 것 말고는 할 수 있는 게 없어서, 해인은 누워 있는 그에게 슬금슬금 얼굴을 가까이 댔다. 거의 달라붙어서는, 그렇게 지켜본다고 낫는 것도 아닌데 불쌍한 눈을 하고는 그가 눈을 감고도 느껴질 만큼 뚫어져라 쳐다봤다.

"……너 옮는다."

시율이 눈을 감은 채로 피식 웃으며 말했지만 해인은 여전히 떨어지지 않았다.

"그런 건 괜찮아. 난 병 같은 거 안 걸린댔어."

"누가?"

사신이, 죽은 자들을 인도하는 무시무시한 녀석이. 참 나쁜 녀석이지. 이 모든 일의 원흉이라는 점에서 말이야. 말해줄 수는 없지만……. 지금 시율이 눈을 감고 있어서 다행이었다.

"그런 게 있어."

"또 비밀이구만."

잠들려는 그의 이마에 해인은 슬쩍 자신의 이마를 기대봤다. 엄마들은 이렇게 열을 재던데, 해보니 이유를 알겠다. 손보다 열기가 더 또렷하게 느껴져서 그가 얼마나 아픈지 알 것 같았다.

'아프지 마.'

잠시 그렇게 있는데 잠들었나 싶던 시율이 눈을 뜨고 해인을 바라봤다. 이마를 기대고 있어서일까. 얼핏 속눈썹이 닿을 것 같았다. 그가 쉬는 숨소리나 심장 소리가 제 것과 겹쳐져서, 어느 것이 누구의 것인지 헷갈렸다. 그런 거리였다.

"키스해줄 거야?"

"……뭐, 뭔 소리래!"

"아니. 그런 눈이기에."

그의 눈이 살그머니 웃고 있었지만, 해인은 결연하게 고개를 내저었다. 시율에게서 이마를 떼어내며 단호하게 말했다.

"저기, 키스는 당분간 안 할래."

"그거야말로 뭔 소리래."

"나을 때까지라도!"

"그거 청천벽력이네. 갑자기 더 아플 거 같은데."

"강이…… 더 약해질까 봐 무서워."

아픈데 키스했다가 더 아파질 것 같고, 그가 또 쓰러질까 봐 겁이 났다. 몸이 허하면 자주 아프다는데, 사실 이것도 자신이 그간 그의 양기를 빼앗아 온 결과인 것 같았다. 아니, 그런 게 틀림없었다. 사실은 낮에 그가 휘청거리는 모습을 보고는 심장이 내내 벌렁거렸다. 설마설마하고 우려했던 일이 정말 일어나자 그에게 미안하고, 안쓰럽고 자신이 미웠다.

"……그럼 언제 하게?"

울먹울먹한 눈을 하고는 그런 말 해봐야 시율에게 먹힐 리 없었지만 말이다.

"으음, 병이 나으면…… 하루에 한 번?"

"헤에. 다른 건?"

"일주일에 한 번!"

"누가 그걸 정하고 하냐."

아픈 와중에도 코웃음 잘 치는 시율이었다.

"안 그러면 죽어! 정말이야. 강 이러다……."

"그러면 넌 그렇게 해. 난 내가 알아서 할게."

"우씨."

진짜 심각한데, 시율은 이야기를 하는 와중에 해인의 손목을 끌어갔다. 열에 들떠 뜨거운 손을 꺼내서는 도망치기 전에 붙잡고 끌어가 키스를 해왔다. 당연하게 겹치는 입술을 너무도 익숙한 것이었고, 낯설 만큼 뜨거웠다. 그의 이마도 숨결도 눈도, 전부 그랬다.

열이 나는 그의 몸과 닿은 자신의 몸이 똑같이 화끈거렸다.

"닿고 싶은데 닿지 못하면, 그게 더 괴로울 거야. 정말로."

"……죽는다니까, 정말."

"그것도 좋네."

그렇게 웃으면서 말하면 진심 같잖아. 겨우 누군가와 닿는 데 목숨 걸지 말라고.

"미안. 이제 좀 잘게."

그는 더 이상은 한계인지 눈을 감자마자 까무룩 곯아떨어졌다. 해인은 그가 열을 이기고 다시 눈을 떴을 때는, 방금 일을 기억하지 못했으면 했다. 죽어도 좋으니까, 마음껏 닿겠다는 이야기는 싫었다. 잠들어서도 여전히 자신의 팔목을 붙든 그의 손이 그 마음을 다시 대변하는 것 같았다.

"……강, 푹 자. 옆에 있을게."

얼마 남지 않았지만, 시간이 허락하는 한 계속. 그러고 보니 그가 죽을 만큼 제게 집중할 시간도 얼마 남지 않은 것 같았다. 차라리 그렇게 많은 시간이 남았다면, 그게 좋은 걸지도.

늘어지는 어느 시간, 시율은 익숙한 냄새에 눈을 떴다. 시간이 얼마나 지났는지는 모르겠지만 잠들기 전보다 몸이 많이 가벼워져 있었다. 보글거리는 무언가를 끓이는 소리가 작게 귓가에 들렸고, 이내 몸을 일으키자 조금 부스럭거렸을 뿐인데 해인이 잽싸게 달려왔다. 하여간 귀가 밝은 아가씨였다.

"강! 일어났어? 정신 들어? 살 것 같아?"

"……나 그냥 감기거든."

누가 보면 죽을병 환자 줄 알겠다. 뭐, 이렇게 걱정해주니 고맙긴 했다. 시율은 해인이 제가 아프거나 몸 상태가 나쁜 데 유난히 민감하다는 걸 새삼 깨달았다. 그러니 앞으로는 웬만하면 아픈 티를 내지 말자고 다짐했다. 그러니까, 지금보다 더.

"죽 끓이는 거야?"

"응!"

"헤에, 그런 것도 할 줄 알아?"

"죽 정도야!"

소금이랑 설탕만 혼돈하지 않으면 성공한다는 죽이었다. 성공 확률 90%를 자랑하는……. 물론 그마저도 인터넷 레시피의 도움이 있어야 했지만.

"그러니까, 밥이랑 물을 계속 끓이면서 젓다가……? 소금만 넣으면 되잖아? 맞지……?"

"이론은 완벽하네."

"다 했는데 먹을래?"

해인이 너무 눈을 반짝거리면서 물어서, 시율은 배가 안 고파도 먹어야겠다고 생각했다. 저를 먹이겠다고 뭔가 부엌에서 복작거렸을 걸 생각하면 귀엽기도 했고, 안 하던 짓을 한 게 기특하기도 했다.

"그럴까."

"가져다줄게!"

시율은 여전히 나른한 감이 있는 몸을 완전히 일으켜 침대 헤드에 기대앉았다. 해인이 이렇게 제 시중을 들어주니 굉장히 새로웠다. 매일 제가 뒤치다꺼리를 하다가 보살핌을 받으니, 이것도 나쁘지 않았다.

"어, 맛있는데?"

"정말? 더 있어! 많이 먹어!"

"……얼마나 더 있어?"

"이거에 한, 10배 정도……?"

설마설마해서 물었더니 역시나였다. 시율은 부엌에 한 솥 있을 죽이 상상이 갔다. 고양이는 역시 간병에 재능이 없는 게 분명했다. 그래도 맛이 나쁘지 않은 죽을 입안에 넣으며 시율을 픽, 하니 웃고 말았다.

"원래 양 조절이 힘들지. 초보들은."

"왠지 하다 보니…… 좀 많아졌어."

"한 2박 3일 먹으면 없어지겠지."

"……도와줄게!"

"거참 도움 되겠다."

시율이 늘 그랬듯 느긋하게 웃으며 핀잔하자, 그게 전혀 칭찬이 아니라는 걸 알면서도 해인은 마음이 좀 편안해졌다. 그가 평소처럼 돌아온 게 이렇게 기쁠 줄이야.

"아무튼 고마워. 맛있네."

"그치? 나 제빵은 몰라도 이쪽은 좀 하나 봐."

"그건 아닌 것 같아."

"……쳇."

얄밉긴. 입술을 삐죽이며 시율이 그릇 비우는 걸 지켜보던 해인은 감기에는 귤이라는 걸 상기해냈다.

"후식도 먹을래? 귤 있어!"

"배부른데……."

"몇 개만 먹어!"

해인은 아픈 그를 눈앞에 두자니, 제가 감기에만 걸리면 뭔가 먹이지 못해 안달하던 엄마의 마음을 알 것 같았다. 이제야 말이다.

죽을 치우고, 물도 가져다주고. 뿐만 아니라 해인은 특별히 귤도 손수 까서 그의 손에 들려줬다. 이건 해인으로서는 굉장한 서비스였다.

시율은 꽤나 해인의 특별 시중을 즐기는 중이었다.

"음, 아프니까 좋은 점도 있군그래."

"빨리 먹고 나아."

"뭐, 그래도 난 키스가 좋지만."

"……먹기나 해!"

아무래도 잠들기 전의 일이 전부 기억나는 모양이었다. 하긴 열난다고 헛소리하는 타입은 아니니까. 시율은 편하게 말하는 걸 보니 몸이 많이 나아진 것 같았다. 해인이 까주는 대로 잘 받아먹었고, 얼굴색도 좋아졌다. 해인은 왠지 자꾸만 귤을 까주게 됐다.

봉지에 한가득했던 귤은 어느새 반쯤으로 줄었고, 시율은 먹다 물렸는지 제발 그만이라는 얼굴로 고개를 내저었다.

"얌마, 우리 외할머니도 이렇겐 안 먹는다."

해인은 안도하면서도 뭔가 부족한 기분에 그의 곁에 바짝 다가가 물었다.

"강, 물 더 갖다줄까?"

"아니. 괜찮은데."

"그럼 더 필요한 건 없어?"

솔직히 말하자면 더 필요한 건 없었지만, 해인이 뭔가 더 해주고 싶은 얼굴이라 시율은 그걸 차마 외면할 수가 없었다. 해인은 항상 요구하는 게 얼굴에 빤히 나타났다.

"······음, 내 휴대폰 좀 가져다줄래?"

"여기! 그리고, 그리고?"

"너도 이제 좀 쉬어."

"난 계속 쉬었는걸."

해인이 무슨 소리냐는 듯 두 눈을 동그랗게 떴지만, 시율은 쭉 잠든 자신의 곁에 해인이 있었다는 걸 알았다. 죽을 끓이러 간 사이에도 손이 닿는 곳에는 해인의 온기가 남아서 따뜻했으니까.

"그럼 같이 좀 자자."

"으응?"

"이리 와."

잠이나 자자는 소리에 뜨끔했던 해인은 자신이 너무 음흉하게 생각했다는 걸 곧 깨달았다. 자신의 오른쪽 이불을 걷어내고 옆자리를 톡톡, 치고 있는 시율의 얼굴은 평온하기만 했으니까.

'어후, 환자를 상대로 나도 무슨 생각을 한 거람.'

대충 귤껍질을 옆으로 치우고는 꾸물꾸물 그의 옆으로 들어가 누웠다. 오늘따라 약간 높은 시율의 체온은 해인을 다시 불안하게 만들었지만, 그의 손이 평소처럼 어깨와 등을 끌어안아 주자 불안은 눈 녹듯 사그라졌다. 그가 저를 힘주어 끌어안고, 이마에 나긋한 키스를 해주자 어지럽고 혼란스럽던 해인의 마음에도 다시 평화가 찾아왔다.

자꾸 불안하고 두려웠던 건, 그가 아파서였나 보다. 그는 이렇게나 내게 영향을 끼치고 있나 보다. 해인은 아파서 그런진 몰라도 평소보다 유난히 상냥한 시율에게 마음껏 끌어 안겼다. 아픈 건 그인데, 위로받는 건 저였다.

"내가 원래 잘 안 아픈 체질인데, 요즘 무리해서 그랬나 봐."

"……아냐. 내가 강을 아프게 한 거야. 나 때문…….."

"나 때문이지. 널 안은 게 나지. 너는 아니니까."

그가 너무 힘주어 말해서, 해인은 대답할 수 없었다.

"널 참지 못한 내가 나빠. 그렇지?"

"……응."

사실 누구 때문인지는, 그도 알았다. 다만 그래서 해인은 눈물이 났다. 이 사람이 너무 좋아서, 눈물이 날 정도였다. 지금은 그것만 중요했고, 그도 그걸 알았다.

"자책하지 마."

머리 위로 들리는 그의 속삭임에 해인은 고개를 끄덕이며 그의 품으로 파고들었다. 제가 아픈 건 얼마든지 참을 수 있었는데, 그가 아픈 건 참을 수가 없었다. 그게 너무 이상하고, 신기했다.

"강, 만약에 말이야."

"응?"

"내가 지금이랑 달라지면…… 어떻게 할 거야?"

"뭐가 달라지는데? 얼굴 같은 거? 그건 별로 상관없는데."

그러다 엄청 못생겨지면 어쩌려고! 해인은 그를 올려다보며 심각하게 오늘 떠올린 문제점을 털어놨다. 주술 때문에 직접적으로는 안 됐지만, 빙 두르면 대충은 물어볼 수 있었다.

"그런 거 말고, 그…… 성격이라거나……?"

"성격이라."

"전혀 안 귀엽게 군다거나."

"너 원래 안 귀여워."

"엑? 나름 강한테는……."

"처음에 네가 어땠나 생각해봐. 나 엄청 물렸다. 까칠하고 새침하고 경계심 많고."

"……그건 그래."

인정. 지금도 그의 손은 너덜너덜했고, 그중 한 부분은 해인이 낸 상처가 차지하고 있었다. 확실히 자신이 처음부터 그에게 골골댄 건 아니었다.

"뭐가 달라지는지는 몰라도."

그가 자신을 마주 안은 손에 힘을 줘서, 해인도 덩달아 그의 허리를 품 안 가득 끌어안았다.

"네가 좋아하는 것들이 그대로면. 계속 널 좋아할 거야."

"좋아하는 거?"

자신이 좋아하는 거라면…… 단거랑 강시율 정도일까? 하지만 그 강시율을 잊어버리는걸.

"넋 놓고 있는 거 좋아하고."

"……응."

"혼자 있는 거 좋아하고, 조용한 걸 좋아하고. 아, 그리고 산책하는 것도 좋아하지."

"맞아."

"싫어하는 건 뭐 시키는 거랑, 먹기 싫은 거 주는 거. 특히 할 건데 하라고 하면 엄청 싫어하지."

이 남자…… 너무 많은 걸 알고 있어! 해인은 그가 자신을 꽤나 잘 알고 있다는 사실에 일단은 안심하기로 했다. 그리고 생각해보니 이 남자, 자신이 좀 면박 준다고 쉽게 물러설 남자는 아니었다. 나중에 자신이 그를 새까맣게 잊어버려도, 달달 볶아서 다시 생각나게 할 것 같았다.

"강이 뻔뻔해서 엄청 다행이야."

"음…… 그거 칭찬이냐."

"응."

"기분이 별론데."

그는 해인의 끌어안음에 어떻게 반응해야 할지 잠시 헷갈리는 모양이었다.

"계속 뻔뻔해야 해!"

시율은 회복력이 정말 엄청난 남자였다. 하루 푹 자더니 평소처럼 돌아와서는, 늘어지게 기지개를 켜며 출근 준비를 하고 있었다.

"나가볼까."

"하암, 오늘도 쉬는 게 낫지 않아?"

"다음 주부터 휴간데 계속 병가 내려니 양심에 찔려서 말이야."

당신한테도 양심이 있다니 거참 새로운 사실이군요.

"같이 나가자."

"그래, 변신할게!"

"아니야. 오늘은 고양이 말고, 옷 입고 나갈 준비해. 방유나 씨한테 네 얼굴도 보여줄 겸. 같이 브런치나 먹자고 해야……."

시율이 그저 그렇게 말하며 욕실로 돌아섰을 뿐이었다. 그저 잠깐 해인에게 눈을 뗐는데, 풀썩 소리가 나나 싶더니…… 해인은 고양이가 되어 있었다.

"뭐야. 같이 나가자니까 왜 그 모습이야?"

풀썩 소리는 해인이 입고 있던 옷가지가 떨어지는 소리였다. 고양이로 변해버렸으니 사람 옷이 그대로 매달려 있을 리 없었다. 이미 사람이었는데,

군이 고양이로 돌아간 해인을 보며 그는 이상하다는 얼굴이었다. 하지만 지금 상황을 가장 이해할 수 없는 건, 바로 해인이었다. 몸이 제멋대로 고양이로 변해버렸으니까.

해인은 자신이 입고 있던 셔츠의 목깃 사이로 빠져나오며 영문을 알 수 없어 했다.

"사, 사람이 안 돼!"

말도 안 되는 일이었다. 다시 사람으로 변해보려고 했지만 몸이 말을 듣지 않았다. 애초에 그런 기능 따위 없었던 것처럼, 꼼짝도 하지 않았다.

"변할 수 없어!"

"뭐어?"

입고 있던 잠옷 사이에서 덩그러니 허무한 얼굴로, 그래 봐야 고양이 모습이라 확장된 동공과 바보같이 벌린 입술이 전부지만, 해인은 어느 때보다 충격받은 얼굴이었다.

"왜, 왜 이러지?"

"……네가 모르면 내가 어떻게 알겠어."

양기가 부족한가 싶었지만, 그것도 아니었다. 3일 내내 사람으로 지내도 될 만큼 가득 차 있었다. 그렇다면 갑자기 입고 있던 옷들이 이불처럼 된 이유는 뭘까? 몸이 멋대로 고양이가 된 이유는? 그리고 다시 사람이 안 되는 이유는?

사신탈도 고장이 나는 걸까? 이거 AS는 되는 거야? 아니, 만약 고장이라면 사신이 없는데 누가 고쳐주지?

'혹시…… 계속 사람이 안 되는 건…….'

해인은 잠시 멍한 얼굴이 됐다가, 생각에 빠졌는지 고개를 갸웃거리다가…… 다시 처음의 충격받은 얼굴로 돌아와 소리쳤다. 생각할수록 이건 너무 큰일이었다.

"이런 거 싫어!"

울먹이나 싶더니 기어코 왈칵 눈물을 쏟아냈다. 느긋하게 출근하려던 시율은 당황해서는 돌아와 해인을 안아 올렸지만, 해인이 버둥대는 통에 다시 침대에 내려줘야 했다. 왜 변신이 안 되는 거야! 해인은 마치 걷고 싶은데 마음대로 걸을 수 없자 짜증내는 아기처럼 자신의 몸에 온갖 성질을 내고 있었다. 그런다고 새삼 변신이 되지는 않았다.

"……울지 마."

"왜…… 흐엉, 왜 안 되는 거야!"

사탕 빼앗긴 아이도 아닌데 뭐가 그리 서러운지 눈물 콧물을 쏟고 있는 해인이었고, 그 버둥버둥, 파닥파닥하는 모양을 침대 옆에서 턱을 괴고 구경하는 시율이었다.

"파닥거리지 말고. 진정하고 얘기 좀 해봐."

"무슨 얘기!"

"왜 갑자기 그러는지, 짐작 가는 거라도 없어?"

"짐작……."

패닉에 빠진 해인과 달리 시율은 침착했다. 정말 다행스럽게도, 정신이 조금 돌아오는 듯했다. 해인은 곧장 눈앞의 사내가 문제라는 걸 깨달았다. 그래! 시율이 보고 있어서 변신이 안 되는 걸지도 모르겠다.

"강! 방에서 나가 봐! 빨리!"

"으음? 내 방…… 아니 내 집인데."

시율은 영문도 모르고 방에서 쫓겨나야 했다. 해인은 방문까지 꼭 닫고 방 안에 자신밖에 없음을 몇 번이나 확인하고, 평소보다 몇 배나 공을 들여 변신하길 기원했다.

'사람! 나는 사람이 되고 싶다!'

하지만 여전히 반응이라고는 쥐꼬리만큼도 없었다. 눈을 꼭 감고 있던 해인은 한쪽 눈을 슬그머니 떠봤지만 자신은 여전히 고양이 발을 하고 있었다. 보통 속으로 강하게 바라면 변신이 되는데…… 정성이 부족했던 걸까? 해인은 다시 시도했다. 몇 번이나.

"끙…… 끄응! 끄으응?"

한동안 끙끙거리며 변신을 시도하던 해인은 결국 이것도 아니라는 걸 깨달아야 했다. 하나도 소용없었다. 애초에 이런 느낌이 아니었다. 변신은 몇 초면 충분한 일이었으니까. 생각해보면 시율이 등만 돌리고 있어도 변신은 할 수 있었다. 그의 등 위에서도 변신할 수 있었으니까.

그가 저를 정면으로 바라보고 있지만 않으면 됐다. 시율이 문제가 아니라면…….

"역시……."

이 몸은 고장 난 걸까? 갑자기 멋대로 고양이가 되어버린 걸 보면 그것 말고는 생각할 수 없었다. 해인은 자신의 고양이 발바닥을 내려보다가, 다시 왈칵 눈물을 터트렸다. 이젠 다신 사람이 될 수 없는 걸까. 남은 시간을 전부 고양이로 보내야 하는 걸까?

'이제 키스도 못 하고, 손도 못 잡아? 데이트도 못 해? 여행은? 크, 크리스마스는?'

가장 큰 문제는, 반지를 낄 수 없다는 거였다. 연달아 사람이 아니면 못 하는 것들이 떠올라 엉엉 울고 싶어졌다. 이미 눈물 콧물 범벅인 얼굴이었지만.

해인은 우울해서 병원에 못 가겠다며, 마치 사형 선고라도 받은 것처럼 기운 없이 흐물거렸는데…… 시율이 출근하고 몇 분 지나자 거짓말처럼 사람으로 변신이 됐다. 혼자 있고 싶다며 시율을 반 쫓아내다시피 했는데.

"이런……! 나쁜!"

심각해져서 눈물 콧물 뽑은 것이 다 민망해졌다. 해인은 제멋대로인 자기 몸한테 화가 나서 사람이 되자마자 발을 동동 구르며 온갖 할 수 있는 욕을 쏟아냈다. 누굴 놀리는 것도 아니고 어떻게 이럴 수 있는 건지. 아까는 안 됐잖아! 그런데 왜 또 이래!

십년감수한 억울함이랄까. 한참을 그렇게 울분을 터트리다가 뒤늦게 거울

속 제 얼굴을 본 해인은 진정하지 않을 수 없었다. 너무 못생겼으니까. 눈물 콧물 쏟던 얼굴 그대로 사람이 돼서 그런지 얼굴 꼴이 아주 말이 아니었다. 두 눈은 퉁퉁 부은 데다가 새빨갛게 충혈됐다. 코끝도 술이라도 먹은 것처럼 붉었다.

울어도 예쁜 사람이 정말 미인이라는데, 적어도 저는 아니라는 걸 확실히 알 것 같았다. 이 추한 모습을 시율이 못 봐서 그나마 천만다행이었다. 시율의 앞에서 운 적이야 몇 번 있지만, 기껏해야 훌쩍이는 수준이었지 이렇게 버둥대며 나 죽는다고 울고불고한 건 처음이었다.

"……창피해라."

그만큼 놀랐다고 변명하고 싶지만, 결국 부끄러움은 온전히 해인의 몫이었다. 퉁퉁 부은 얼굴을 손등으로 비비며 욕실로 향했다. 거울로 사람인 제 얼굴을 확인하니, 그래도 안심이 됐다. 열 손가락을 펴서 한참 바라보니 이게 얼마나 소중한 거였는지 새삼 와 닿았다.

자칫 남은 시간을 전부 고양이로 지낼 뻔했다고 생각하니 소름이 돋았다. 아직 몇 달 남았다고 생각했는데, 당장 헤어지는 것과 다르지 않은 느낌이었다. 사람이 되지 못하면 그와 함께하는 시간의 의미는 퇴색될 테니까.

"으으."

해인이 부르르 떨며 연거푸 찬물로 얼굴을 문지르면서는 문제가 뭐였는지를 알 것 같았다.

원인은, 시율이 아니라 방유나였다. 아까 제정신이 아니긴 했었는지, 제대로 머리가 안 돌아갔는데, 차근차근 다시 생각해보니 그랬다. 모든 게 평소와 똑같은 아침이었다. 시율은 함께 병원에 가자고 했고, 자신은 좋다고 했다. 평소와 다른 점은…… 사람이 되라고 했던 것뿐이었다. 방유나와 저를 만나게 해서 초상화를 그리게 하려고.

"그렇군. 이렇게 방해한다, 이거지……."

수건에 두 뺨을 묻으며 해인은 지그시 거울 속 저를 노려봤다. 전에는 기절하더니, 이번엔 고양이로 돌아왔다. 뒤늦게 원인을 깨닫고 나니 차라리 기분이 가라앉으면서 꽤나 침착해지는 느낌이었다. 아무래도 방유나는 초상화를 그릴 수 있다는 점에서 '박해인'의 실제 지인만큼이나 위험하게 인식된 것 같았다.

바로 자신에게.

해인은 불만스러움으로 가득 차서 거울 속 저를 노려보는 걸 그만둘 수 없었다. 거울 쪽에서도 저를 똑같이 노려보는 게 당연한데, 이상한 느낌이었다. 자신과 자신이 서로를 거슬려 하다니.

"그럼 이제 사람으로는 병원에 못 가는 건가?"

문득 의문이 들었다. 지금까지 사람 모습을 하고 병원에 가는 데 제재를 받은 적은 없었다. 맹세코 이번이 처음이었다. 전과 달라진 건, 분명 방유나 뿐이었다. 만약 병원으로 갈 수 없다면…… 원인은 분명해지는 셈이었다. 한번 시험해볼까 싶어졌다.

성공한다면 초상화를 얻을 수 있을 테고, 실패한다면 어떤 방식으로 방해받을지 궁금했다.

해인은 주술의 영향이 어디까지인지 확인해보기로 했다. 도전일지도 모르고.

다행히 집을 나섬과 동시에 다시 고양이로 돌아간다거나 하지는 않았다. 엘리베이터를 타는 데도 문제가 없었다.

1층에 내려와서, 병원 쪽으로 가는 것부터가 안 됐지만.

"……흐음. 이런 식이군."

발이 바닥에 붙어버리는 느낌이랄까. 오른쪽으로 가야 병원인데, 그쪽으로 몸을 틀려고 하면 뻣뻣하게 굳었다. 잠시 고민하던 해인은 기분 내키는 대로 움직이기로 했다. 생각하기 전에 행동하면 막을 수 없을 테니까. 반대쪽으로 걸음을 옮겼다.

"쳇!"

공원을 빙 둘러서 병원에 가보려고 했는데, 역시나 방해받는 중이었다. 박해인이 아는 걸 박해인이 모를 리 없었다. 병원과 가까워질수록 자꾸만 두통이 극심해지는 익숙한 방식으로 진로를 방해받는 중이었다. 해인은 결국 눈을 뜨기 힘들 정도로 머리가 아파와서, 가까운 벤치에 널브러져야 했다.

이제 이 모습으로 병원에 못 가게 된 건 분명했다.

'젠장, 사신…… 두고 보자! 저주할 거야! 너만 주술 걸 수…… 있지.'

인정하기 싫은 사실에, 해인은 한동안 대단히 억울한 얼굴로 벤치에 쪼그려 앉아 있어야 했다. 그래도 실험 결과, 보아하니 고양이로 돌아가거나 기절하는 건 꽤나 극단적인 방해 수단 같았다. 사실 생각해보면 그건 너무도 위험한 방식이었다. 혼자 다니다 기절하기라도 했다간 누가 119를 부를 수도 있었고, 그렇게 되면 병원에 실려 가니까…… 아웃.

그렇다고 이런 공공장소에서 고양이로 돌아가는 것 역시 마찬가지였다. 어디서 누군가 보고 있을지 모르기 때문에. 사신이 건 주술의 가장 기본적인 원칙인 '정체를 들키지 말 것'에 위배되는 것이다.

해인은 생각에 빠졌다. 어떻게 해야 시율에게 조금이라도 더 흔적을 남길 수 있을지. 그게 어렵다면, 모든 걸 잊은 자신에게 시율을 떠올리게 할 방법이라도. 아주 조금이라도 좋은데.

'이제 얼마나 남은 거지…… 봄까지니까…….'

해인은 벤치에 멍하니 앉아 남은 날은 헤아려 봤다. 예전엔 열심히 날짜를 셌는데, 언제부턴가는 의식적으로 대충 생각하고는 했다. 아마도, 시율이 너무 좋아진 다음부터였다. 남은 시간이 줄어드는 걸 세고 싶을 리 없었다.

요즘 들어서는 그런 생각도 해봤다. 사신에게 몇 년만 더 고양이로 지내겠다고 부탁해서…… 시율이 저한테 질릴 때까지라도 시간을 버는 거. 2, 3년이면 시율도…… 제게 질리지 않을까. 다른 여자를 좋아하게 되지 않을까.

"하하."

하지만 결국은 부질없는 생각이었다. 그럴 남자였다면 이렇게 좋아하게 되지도 않았을 테고, 이런 고민을 하지도 않을 테니까. 아무리 수단을 강구해보려고 해도, 결국에는 항상 원점이었다. 역시 이 몸은 안 된다는 것.

이렇게 그의 양기 없이는 살 수 없는 것도 고문이었고, 또 그가 쓰러지는 모습을 보고 싶지도 않았다. 아니, 다신 보고 싶지 않았다. 무엇보다 이건 자신의 진짜 몸이 아니었으니까. 제재를 주렁주렁 달고는 어디까지 버틸 수 있을지도 의문이었다.

'결정적으로⋯⋯.'

시율에게 정체를 들켰다는 걸 사신이 알았다가는 시율마저 기억을 잊어버릴 게 분명했다. 그러니 사신에게 부탁해 몇 년의 시간을 더 버는 것도, 결국은 너무 위험한 일이었다. 아무리 생각해봐도, 본래대로 돌아가는 게 최선이었다.

"하아⋯⋯."

해인은 요즘 들어 한숨만 늘어난 것 같았다. 푹, 하니 땅이 꺼져라 한숨을 쉬고 있는데 왠지 귀를 쫑긋하게 하는 부름이 들려왔다.

"야옹아~ 쭈쭈쭈."

자신을 부르는 게 아니라는 걸 알지만, 습관은 무서운 거라고 저도 모르게 소리가 나는 쪽으로 고개가 돌아갔다. 지금 있는 곳은 평소에는 오지 않는 공원의 북쪽이었다. 병원과는 반대쪽이라 거의 오지 않는 곳이었는데⋯⋯.

"많이 먹으렴."

"야옹!"

이제 보니 이 근방은 저 아줌마가 길고양이들에게 밥을 주는 곳인 모양이었다. 아줌마가 나타나 몇 번 부르자 사방에서 고양이들이 뛰어나왔다. 거의 열댓 마리였는데, 어디에 저렇게 숨어 있었는지 신기할 정도였다. 물론 한두 마리 정도 있다는 건 기적으로 알고는 있었다.

고양이들은 아줌마의 등장에 매우 기뻐 보였다.

"먀오, 먀오먀!"(맛있어, 맛있어!)

근래에야 알게 된 건데, 고양이들은 너무 맛있는 걸 먹으면 울면서 먹었다. 그리고 길고양이들은 겨우 저런 흔한 싸구려 사료에도 맛있다며 울었다. 밥을 주는 아줌마는 50대 중반쯤 되어 보였는데, 약간은 흰머리가 났고, 허리가 조금 불편해 보였다. 겹쳐 입은 옷들이 많이 낡은 걸 봐서는 그렇게 형편이 좋아 보이지는 않는데, 왜 길고양이들에게 밥을 주는 걸까.

빤히 보고 있자니 아줌마는 민망한 얼굴을 했다.

"미안해요. 이거만 주고, 제대로 치우고 갈게요."

"……."

딱히 뭐라고 하려던 건 아닌데 아줌마는 해인에게 사과부터 했다. 지금 표정이 너무 뚱해서 그랬을까. 해인이 제 얼굴을 좀 주무르는 동안 아줌마는 부랴부랴 고양이들에게 공중화장실에서 물을 떠다 주고, 뒤쪽에 있는 약한 고양이들에게도 따로 사료를 부어다 줬다.

그사이 고양이의 수가 조금 늘어 있었다. 멀리서 봐도 굉장히 어려 보이는 새끼 고양이들도 있었다. 해인은 마침 할 일도 없고 해서, 슬금슬금 가까이 다가갔다.

"……고양이 좋아해요?"

아군인가 싶었는지, 아줌마가 말을 걸어서 해인은 작게 고개를 끄덕이고는 새끼 고양이들에게 다가갔다. 겨우 주먹 두 개만 한 녀석들은 이제 겨우 사료를 씹을 수 있어 보였고, 다행히 건강한 듯했다. 하필이면 겨울에 태어난 어린 새끼들은 신경이 쓰일 수밖에 없었다. 따뜻한 시기에 태어나도 반은 죽는다는데…….

"어머, 만지게 두네? 난 아직도 그 녀석들 못 만져봤는데."

아줌마는 신기한지 어느새 해인의 곁에 다가와 있었다. 해인은 쪼그린 채로 고개만 조금 끄덕였다.

"아가씨 이제 보니 낯가리는구나."

"예? 예…… 좀……."

"호호, 꼭 고양이 같네."

거, 아주머니 돗자리 까셔야겠어요. 해인은 어색하게 웃고는 유난히 작은

얼룩 고양이 앞으로 사료를 몇 알 더 굴려줬다. 길고양이의 미덕은 으레 낯
가림과 사람에 대한 경계였다. 보통은 이렇게 밥을 주는 사람에게도 쉽게
다가오지 않았으니까. 하지만 해인은, 따지자면 고양이인 구석이 있기 때문
인지 고양이들이 쉽게 무장해제를 하고는 했다.

　일전에 고양이 카페에서도 역으로 고양이들에게 구경을 당했었다. 길고
양이들은 처음 만져봤는데, 마찬가지인 모양이었다. 해인은 시율과 했던 데
이트가 생각나 조금 웃음이 났다.

　"나도 걔가 신경 쓰이더라고. 유난히 작고, 형제들한테도 치이고."

　"……그러게요."

　"겨울이라 더 걱정돼. 챙겨준다고 챙겨줘도 다 뺏기거든."

　"여기서 항상 밥 챙겨주시는 거예요?"

　"한 1년 줬나……? 밥 주는 걸 보고 그렇게 고양이가 좋으면 데려다 키우
라고 하는 사람들도 있고. 욕하는 사람도 있고…… 뭐, 그러네."

　해인은 고개를 끄덕이며 생각했다. 이 작은 녀석이 하루쯤 더 살길 바라
며 밥을 챙겨주는 게 그렇게 욕먹을 일일까, 하고.

　"저희들도 살겠다고 밥 주는 사람이 나타나면 이렇게 우르르 몰려와. 그
게 또 얼마나 가여운지…… 귀여운 건 나중 문제야. 무서워서 쭈뼛거리면서
도 먹겠다고 오는 게 안쓰럽거든."

　아줌마는 고양이에게 호의적인 사람을 별로 못 만났는지 해인에게 고양
이들에 대해 열심히 설명해줬다. 저 덩치 큰 녀석이 대장이고, 저 녀석은 누
가 주워 갔다가 다시 내다 버렸고, 저 녀석은 석 달 전부터 나타났는데 품종
묘인 걸 봐서는 누가 버린 것 같다는 등등.

　"저기, 아가씨. 혹시 이 근처에 살아?"

　"……그런데요?"

　"그럼 부탁이 있는데…… 저기 화장실 공원 창고에 내가 고양이 사료를
몇 포대 갖다 놨거든?"

"막 갖다 놔도 되는 거예요? 공공기물에……."

"내가 여기 공원 관리부거든. 이 화장실 청소도 내가 해."

"아하."

"그래서 말인데, 가끔 나 대신 아이들한테 사료 좀 퍼주지 않을래? 이 시간에 여길 지나게 되면."

태평하게 고양이를 주물럭거리던 해인은 이게 대체 뭔 소린가 싶었다. 제가 그렇게 백수 같아 보였던 걸까. 물론 오전 11시쯤 공원에서 빈둥대고 있으면 그래 보일 테지만…….

"내가 한동안 이 시간에 이쪽으로 못 올 거 같아서 그래. 겨울이라 우리 관리직 인원이 대폭 줄어서…… 내가 동편도 관리하게 됐거든. 물론 안 잘린 것도 감지덕지하지만 얘들 밥 주기가 힘들어져서."

"아침이나 저녁에 주시면요?"

"어휴, 아침이나 밤에는 사람들이 많아서 밥을 줄 수가 없어. 출근 때는 번잡스러워서 안 되고, 밤에는 산책 나온 사람들이랑 개가 많아서……."

"그거야 알지만."

"이 시간이 공원이 제일 한가하거든. 부탁해, 아가씨. 응? 아주 가끔이라도 좋아. 그냥 아가씨 이쪽으로 지나갈 때, 응?"

아까 말씀하셨지만 제가 낯을 좀 가리거든요. 이렇게 덥석 손잡고 그러시면 심장이 막 뛰거든요. 해인은 갑작스러운 제의에 당황스러운 기색을 숨기지 못했다. 길고양이 밥 주기라니, 살면서 해본 적 없는 낯선 일이었다. 그건 어딘가 부끄럽기도 하고…….

"……저기, 왜 저한테 그런 부탁을…… 우린 초면인데……."

"그야 아가씨 주변에……."

내 주변? 무슨 소린가 싶어 자신의 주변을 슬쩍 돌아본 해인은 원인을 깨달아야 했다. 해인은 또 고양이들에게 빙, 둘러싸여 있었다. 언제 이렇게 쫙 달라붙은 건지.

[밥 줄 거야?]

[밥?]

[쓰다듬어도 좋아!]

[사진 찍어도 돼!]

[만질래? 대신 밥 줘!]

등가교환인지 하여간 바라는 게 분명한 녀석들이었다. 아직도 배가 고픈지 근처를 떠날 생각이 없는 것 같았다.

"얘들이 낯을 많이 가려서, 내가 와서 불러야 그때 나타나거든. 그런데 아가씨가 오면 그냥 나올 것 같아서……."

"……이 녀석들, 밥 주는 사람 기억해요?"

"그럼, 귀신같이 기억하지. 자기들한테 발길질 한 번이라도 한 사람한테는 다신 안 가는걸."

해인은 제 곁에 옹기종기 모인 고양이들을 바라봤다. 그리고 이 녀석들이 제게 은혜를 갚을 수 있을지도 궁금해졌다.

"밥을 주면, 기억한단 말이죠?"

"그렇다니까? 얘들 머리가 얼마나 좋은데."

그거 아주 흥미로운 이야기였다. 어디 한번 고양이 길들이기를 해볼까 싶어졌다. 얼굴만 그대로고 다른 게 바뀌어도 고양이들이 알은척을 해줄지는 모르겠지만 말이다.

"……해볼게요."

"정말? 고마워! 내가 음료수라도 사줄게!"

"괜찮아요. 자주는 못 올 것 같기도 하고……."

해인은 다만 지푸라기라도 잡고 싶은 심정이었다. 고양이들을 통해 자신이 여기 있었다는 흔적이라도 남았으면 하는 바람이었다. 지금의 두통이 얼마나 미약한가를 보면, 스스로도 이게 별로 의미 없는 짓이라는 건 잘 알았다.

하지만, 혹시 모를 그날이 있었다.

2. 필살, 걱정시키기

그는 할 말을 잃었다. 잔뜩 걱정했는데.

"강! 왔어?"

아침에 그렇게 울고불고하는 통에 하루 종일 걱정했는데, 집으로 전화해도 받지도 않고, 어딜 싸돌아다니는 건지 알 수는 없고. 당장 조퇴하고 싶어도 진료가 밀려서, 급한 일만 끝내고는 서둘러 귀가했더니 아무 일 없다는 듯 저를 향해 반색하며 총총, 가벼운 걸음으로 뛰어나오는 해인이었다. 혼자만 뭐, 좋은 일이라도 있었던 것처럼 상쾌한 얼굴을 하고는…… 그는 멀쩡히 두 발로 서 있는 해인을 게슴츠레 노려보지 않을 수 없었다.

"응?"

울컥 화가 나서 태평하게 방실거리고 있는 뺨을 붙잡아 무자비하게 늘리며 이를 갈았다.

"너 인마."

"으엑? 에 이래? 아프아!"

"전화도 안 받고, 대체 어딜 그렇게 싸돌아다니는 거야?"

"으야야!"

일부러 그러지 않았을 거라는 건 그도 알았지만, 너무 걱정했던 나머지 지금 아무렇지 않아 보이는 해인이 야속한 것도 어쩔 수 없었다. 다른 것도 아니고 사람으로 변할 수 없다며 펑펑 우는 걸 두고 출근하기가 어디 쉬웠 겠는가. 혼자 있고 싶다며 등 떠밀기에 마지못해 출근하기는 했지만, 일이 손에 잡히지도 않았고, 머릿속에는 온통 해인에 대한 걱정뿐이었다. 그러다 기어코 실수를 연발해서 간호사들에게 요즘 들어 이상하다는 소리를 듣기 나 하고. 그런데 정작 본인은…… 이렇게 태평한 얼굴로……!

"느와줘어어."

뺨이 늘어날수록 점점 못생긴 얼굴이 됐다. 해인은 그의 손등을 찰싹찰싹 소리 나게 때리며 바둥대야만 했다. 아니, 세상에, 자기 여자 친구를 손수 못 난이로 만드는 남자 친구가 어디 있단 말인가.

"이게 몇 번째냐, 응?"

"으아으아!"

억지였다. 겨우, 딱 한 시간 외출했는데! 자유민주주의 국가에서 그 정돈 봐줘야 하는 거 아닌가. 그리고 일일이 모든 행동을 보고할 수 있다면, 진작 그렇게 했을 거다. 해인이 보기에 시율은 요즘 들어 걱정이 너무 많았다. 잠 깐만 눈에 안 보여도 불안해하는 증상이 점점 심해졌다.

그 마음을 모르는 것도 아니지만, 인간적으로 뺨은 놓고 얘기했으면 좋겠 다. 아픈 건 둘째 치고 품위가 없었으니까.

"이이, 모생겨지자나아! 이그느아!"

반항이 극심해졌다. 뺨을 더 잡아 늘렸다가는 울거나, 물 것 같았다. 고양 이란 본래 남이 저를 걱정하거나 말거나 자유로운 영혼이긴 했다. 어딜 그 렇게 맘대로 다니느냐고 묻는 것 자체가 의미 없는 짓일지도 모른다. 알긴 알지만…….

"……실컷 걱정시키고는."

시율은 한숨을 쉬며 손을 풀어줬지만 여전히 눈초리가 사나웠다. 풀어지자마자 두 손으로 부랴부랴 뺨을 문지르며 그를 올려다보는 해인의 눈이 꼭 반항기 소녀 같았다. 하지만 그가 더 힘주어 노려보자 금세 눈을 내리깔았다.

"……미안."

"너, 걱정돼서 숨 막히는 기분 알아?"

"조금은……?"

"알면 좀 얌전히 굴어야 할 것 아냐."

"네에에네."

가끔 아빠 같을 때가 있는 시율이었다. 자식들이 으레 그렇듯 해인은 혼나면서도 자신은 타당했다고 생각했지만 말이다. 한쪽은 걱정하느라 바쁘고, 한쪽은 뭔가 한다고 바빴다. 걱정하는 쪽에서 보기에는 뭘 하든 불안했고.

"그래서 이젠, 괜찮아진 거야?"

"응. 전화했었어?"

"그래! 세 번이나!"

5분 간격으로 계속. 그러고 나서야 해인이 집 밖에 나갔다는 걸 깨달은 시율이었다. 변신이 안 되는 중이었으니 만약 고양이 모습으로 나갔을까 봐 속이 새까맣게 탔다.

"끙, 잘못했어."

"나가는 건 좋아. 좋다고. 그럼 휴대폰을 들고 다니면 되잖아! 왜 안 가져가는 거야!"

"거…… 챙긴다고 챙기긴 하는데……."

이건 확실히 할 말 없이 깨갱거려야 할 부분이었다. 해인은 휴대폰 얘기가 나오자 슬금슬금 그의 눈을 피하며 식은땀을 흘렸다. 그가 분명 휴대폰을 하나 장만해줬지만, 해인은 원래도 그랬듯 거의 놓고 다녔다.

"챙기긴. 아예 꺼져 있더만."

"그야, 집에 있을 때는 안 쓰니까 꺼뒀다가…… 혹시 나갈 때……."

"놓고 가지."

젊은 여자치고는 드물게도, 해인은 휴대폰이라는 물건을 매우 귀찮아했다. 예나 지금이나 마찬가지였다. 그림 작업을 할 때는 매우 집중해야 해서 휴대폰을 꺼놓는 경우가 많았고, 장시간 그걸 반복하다 보면 점점 오는 연락 자체가 줄어서 나중에는 방전된 걸 며칠씩 어디 있는지도 모르고 있을 정도였다. 그게 익숙한 지인들이다 보니 다들 해인과 며칠 연락이 안 되어도 하나 당황하지 않았다. 여전히 연락이 잘 안 되는데 문제 삼는 사람이 없는 건 그런 화려한 전적이 있어서였다.

"아주 당당하게 놓고 가."

"……데헷."

"내가 그걸 꼭 목에 걸어줘야겠냐!"

그래도 시율과 똑같은 답답함을 느낀 이들이 몇 있긴 했다. 하지만 해인은, 제발 전화 좀 받으라고, 휴대폰은 왜 있는 거냐고 누가 성질이라도 내면 도리어 작업 방해하지 말라고 하는 적반하장인 위인이었다. 전형적인 고독한 예술가 타입으로, 작업할 때는 특히나 동굴 속으로 들어갔다.

'뭐가 문제야? 할 말이 있으면 문자를 남기면 되잖아?'

마치 빵이 없으면 과자를 먹으라던 누군가처럼, 문제를 몰랐다.

'왜 꼭 바로 통화해야 해? 문자 해. 답장은 32시간 안에는 해줄 테니까. 운 나쁘면 76시간일 수도 있고. 난 그게 편해.'

그 말을 입에 달고 살던 박해인이었다. 하지만 적어도 그 덕에 연애와는 담쌓을 수 있었다. 그것도 아주 완전히. 누가 작업이라도 걸라치면 답장을 해야 썸이 되는데 읽지도 않고 씹어버리니…… 전보를 쳐도 해인과 연락하는 것보단 소통이 잘될 게 분명했다.

지금 해인의 잠수병으로 고생하는 시율이지만, 아이러니하게도 그 덕에 첫 남자 친구가 될 수 있기도 했다.

"하아…… 너한테…… 휴대폰이 낯선 거 이해는 하는데 말이야."

이래 봬도 해인이 멀쩡한 현대인이라는 걸 알 리 없는 시율은, 다만 써

본 적이 없어서 휴대폰 같은 기계에 취약하다고만 여겼다. 적응을 못 해서 그렇다고. 그러니 이 말썽쟁이를 어떻게 해야 하나 싶어 속만 썩을 뿐이었다.

"날 생각해서 좀 가지고 다녀줘라. 제발."

"……넵. 노력할게용."

대답은 참 잘했다. 해인은 커다란 눈을 불쌍하게 뜨고는 살금살금 그의 팔에 팔짱을 끼고 매달렸다. 잘못한 게 있을 때는 유난히 귀엽게 굴어서 그를 마음 약하게 만드는 수법이었다.

"정말루."

눈을 너무 반짝여서, 잔소리가 듣기 싫어서 부리는 애교라는 걸 뻔히 알면서도 시율은 속아주는 수밖에 없었다. 해인이 이래놓고 또 까맣게 잊어버릴 거라는 걸 알았다. 당연하다는 듯 항상 맨손으로 덜렁 몸만 싸돌아다녔으니 말이다. 고양이들을 생각하면 당연한 일이니, 옷이라도 입어주는 데 감사해야 하는 건지 이젠 헷갈리는 수준이었다.

"……아무튼, 해결됐으니 다행이네."

"응!"

"휴대폰 좀 가지고 다니고."

"넵."

"씻고 올 테니까, 이거나 읽고 있어."

시율이 재킷을 벗으며 대뜸 내민 건, 조금 두툼한 A4 뭉치였다. 리포트의 향기가 물씬 나는.

"이게 뭔데?"

"읽어둬. 일본 가기 전에. 여행 자료니까."

얼떨결에 받아 들었는데, 두께를 보아 사오십 장은 되는 듯했는데, 그가 직접 만든 자료 같았다. 그리고 첫 장부터 제목도 길었다. 징그럽게 길었다. 이건 절대 순수 여행 자료가 아니었다.

'고양이와 함께하는 즐거운 출국 준비 <사전 마이크로칩 시술과 2회의 광견병 접종 및 광견병 항체 검사와 수입허가신청 과정, 그리고 해외여행 시 필수 유의 사항과 미아가 됐을 때의 대처 행동법>'

뭐지, 이 읽다가 숨 막히는 긴 부제는. 해인은 격렬한 동공 지진과 함께 손이 떨리는 걸 느꼈다. 글자와는 정말이지 안 친했다. 만화는 봐도 소설은 못 보는 타입이었으니 말 다 했다.

"내가 이걸…… 왜 봐야 하는데?"

"너 일본은 처음이라며? 네가 또 아무 생각 없이 있는 것 같아서 준비했어. 여행은 조심해야 할 것도 많으니까…… 공부해. 거기 가서 또 기분대로 돌아다녔다가는 너 국제 미아 된다."

"나 바보 아니야!"

"너 길치잖아."

이런 반박 불가를 봤나. 행복한 여행을 앞두고 이게 무슨 날벼락인지.

"공부 싫어!"

"그럴 것 같아서 '즐거운'을 넣어줬어."

"그런다고 즐거워질 리가 없잖아!"

"읽. 어."

아침부터 걱정시킨 대가로 오늘 시율은 저기압이었고, 그래서 인정사정 없었다. 그는 예의 그 매서운 눈을 한 번 더 번뜩이고는 욕실로 가버렸다. 해인은 난데없는 숙제를 들고 있다가, 그가 욕실 문을 닫고 안으로 들어가자마자 냅다 바닥에 집어 던졌다.

무슨 여행이 이래! 나쁜 남자 같으니! 이젠 여자 친구 공부도 시키는 거냐! 난 예술계 종사자라고-!

"아, 그리고……."

덜컥 소리와 함께 시율이 욕실에서 고개를 내밀었다. 해인은 얼른 주저앉아 황급히 종이 뭉치를 주워 들었다. 그리고 톡톡 털며 어색하게 웃었다.

"……떨어트렸정."

"……."

"저, 정말이야."

손으로 던져서 떨어트렸어! 해인이 시선을 회피하며 과하게 귀여운 척할 때는 분명 찔리는 게 있을 때였다.

"아무래도 상관없지만…… 물어볼 거니까 제대로 읽어둬."

여행 가자고 했을 때 이런 얘기는 없었잖아! 해인은 리포트에 가까운 두꺼운 종이 뭉치를 들고는 점점 볼을 부풀렸다.

시율이 식사를 하는 동안 해인은 맞은편에 앉아 그가 준 숙제를 뒤적였다. 물론 억지로 읽으라고 앉혀둔 거였다. 그가 밥을 먹으며 감시했고, 해인은 마지못해 보는 척했지만 딴청 부리는 시간이 더 길었다. 당연하겠지만 재미가 없는지, 한 줄 읽고 그가 밥 먹는 걸 몇 분 보고 다시 한 줄 읽고 천장 보기를 반복했다.

'이 녀석 모범생 타입은 아니군.'

하긴 학생이었던 적이 없을 테니까…… 휴대폰도 잘 못 쓰고. 시율은 그런 생각을 하며 천천히 밥을 씹었다. 이렇게 식사할 때면 유난히 해인이 저와는 다르다는 실감이 났다. 거의 먹지 않아도 일상에 지장이 없다니, 그건 아주 신기한 일이었으니까. 분명 같은 사람 모습인데…… 조금 깊이 생각하던 시율은 이내 고개를 내저었다. 해인에 대해서 과학적인 이해를 포기한 지 오래였다.

"강, 여기 모르겠어. 무슨 말인지."

"어디?"

그는 입에 수저를 문 채로 해인이 가리키는 장을 살펴봤다. 겨우 두 번째 장이었다. 이 녀석…….

"해외로 고양이를 데려가려면 마이크로칩 시술과 광견병이 어쩌고 하는데, 그럼 이걸 내가 맞아야 한다는 거야? 그리고 고양이도 광견병에 걸려?

그건 개가 걸리는 거 아냐?"

"광견병은 개가 바이러스를 옮겨서 그런 이름이 붙었을 뿐 모든 동물에게 옮아."

"엇, 그렇구나."

"사람들이 잘 모르는데, 광견병이 무서운 이유는 여러 동물에게 옮을 수 있어서야. 그리고 자칫 죽을 수도 있는 심각한 병이고. 잠복기가 길어서 골치 아픈 병이기도 하고."

"잠복기? 여기 적힌 거 말하는 거지? 광견병 여부를 확인하기 위해, 출국 6개월 전에 검사를 받으라는 거."

"맞아. 길면 1년의 잠복기를 가지기도 해서 발병 여부를 확인하려면 그 정도 시간을 두고 지켜봐야 해."

잠깐, 그럼 난 여행 못 가는 거? 준비 하나도 안 했는데? 해인이 심각한 얼굴을 했고, 시율은 듣지 않아도 무슨 걱정인지 아는 것 같았다.

"너는 그런 걱정 안 해도 돼. 일단 고양이를 대상으로는 이런 형식이 있으니까 알아두라는 거야."

"그러니까 이거…… 겨우 고양이 하나 외국 데려가는 데 6개월이나 전에 신청해야 한다는 거잖아?"

"개도 마찬가지야. 다들 잘 몰라서 이민 갈 때 반려동물을 못 데려가는 경우도 있어."

몰랐던 사실이었다. 동물 같은 거 그냥 캐리어에 넣어서, 달랑 들고 비행기를 타면 될 줄 알았다.

"동물들끼리 심각한 병을 옮길 수 있으니까 당연한 검사야. 그리고 우리나라에는 사실상 광견병이 없다고 봐도 무방해. 10년 가까이 발견되지 않았으니까."

"……응? 그럼 이런 거 필요 없는 거 아닌가?"

"아니지. 이렇게 조심했으니까 일어나지 않은 거야."

"그렇구나…… 그러네! 강 똑똑하다!"

돌연 수의사 선생님과 함께하는 '즐거운' 과외 시간이 된 것 같았다. 해인은 그래도 글자로 읽는 것보다는 시율이 옆에 붙어서 설명해주니 훨씬 이해가 잘돼서, 그의 옆으로 바짝 자리를 옮겨 갔다. 시율은 밥을 먹던 중이었지만 해인이 묻는 것들을 꼬박꼬박 귀찮은 기색 없이 설명해줬다. 이렇게 친절하고 쉽게 설명해주는 과외 선생님이라면 공부도 할 만한 것 같았다.

"……이거든? 그래서 밀수가 위법인 거지. 천연기념물 같은 동물들이 밀수될 때 이런 검사들을 일일이 받았을 리도 없으니까. 오지에서 백신도 없는 어떤 미지의 병을 옮겨 올지 모른다고 생각해봐."

"나 비슷한 거 알아. 철새들이 병을 옮기잖아! 조류독감."

응용 예문으로 조류독감 하나 안다고 엄청 의기양양해하는 해인이었고, 그마저 귀여워 보이니 제가 꽤나 중증이라는 걸 깨닫는 시율이었다.

"잘 아네. 그것도 포함이지. 새들은 통제가 안 되니까 골치 아픈 대상이고."

"음, 그런데 이 검사하는 걸 난 안 해도 된다고?"

"네 피를 뽑아서 뭐가 나올 줄 알고."

"……그건 나도 무섭다!"

해인은 정말 오싹한 얼굴로 부르르 어깨를 떨었다. 몸에 전자칩 같은 걸 심는 것도 당연히 싫었다. 그나마 광견병 주사를 맞는 게 가장 할 만해 보였지만, 역시나 자신 없는 부분이었다.

"원래는 널 데리고 해외로 나가려면 이게 다 필요해. 이렇게 어렵다는 걸 일단 알려주고 싶었어."

"그런데?"

"내가 여행지를 굳이 일본으로 정한 이유가 뭐라고 생각해?"

"……음, 온천? 아니면 배로 갈 수 있어서!"

"그것도 있지만 그보다는, 운이 좋았지."

이 남자가 이렇게 웃을 때는, 뭔가 완벽하게 좋은 일이 있을 때였다. 해인은 그가 기분 좋게 속삭이는 것들을 전부 귀담아들었다.

"오래 알아온 보호자 중에 일본으로 유학 간 사람이 있어. 자취하면서 기르던 고양이를 함께 데려가려고 했는데…… 준비가 이렇게 복잡하다 보니 결국 못 데려가고 부모님 댁에 맡겼지."

"그거 참 안됐네……."

"우리한텐 잘된 거지만. 아무튼 그 양반 일본에서 향수병에 걸렸거든. 무려 고양이가 보고 싶어서 말이야. 그래서 결국 고양이를 데려갈 준비를 시작했지. 딱 반년 전에. 날 통해서."

"응?"

"피 검사랑 항체 검사도 우리 병원에서 했고, 그 고양이한테 내가 광견병 주사도 놔줬지. 증빙 서류도 다 내가 떼어줬고. 모든 게 순조로웠어. 건강한 고양이였거든."

설마……! 해인은 어떻게 된 건지 알 것 같았다. 선생님 저 알겠어요! 저요, 저!

해인은 자신감에 차서 발표하고 싶은 기분에 번쩍, 오른손을 들었다. 하지만 시율은 해인의 입술을 손끝으로 살짝 누르며, 발언권을 주지 않았다.

"그런데 문제는, 고양이를 맡아주고 있던 부모님이 정이 너무 들어서 못 보내주겠다고 하신 거지."

이 무슨 사랑과 전쟁 양육권 쟁탈하는 소리냐!

"저쪽은 향수병, 이쪽은 빈둥지증후군. 결국 그쪽에서 고양이를 포기하게 됐는데……."

"딱 내 자리네!"

"딩동. 기껏 들인 검사비랑 수속비를 내가 대신 내주기로 하고, 수속을 취소하는 대신 내가 다른 고양이를 데려가기로 한 거지."

바로 너. 그의 손이 해인의 이마를 꾹, 하니 느리게 눌렀고, 해인은 우선은 당장의 행운에 기분이 좋았다가…… 소시민답게 더럭 겁을 냈다.

"그, 그런데 그거 불법 아닌가?"

"하하. 아니."

"아니야?"

"살다 보면 우연히 출국할 고양이가 바뀔 수도 있는 거니까."

……전혀 아닌 거 같은데요, 선생님. 해인은 태클을 걸고 싶었지만 그랬다가는 제가 일본에 갈 수 없기 때문에, 이건 우연히 고양이가 바뀐 거로 하기로 했다. 시율이 덧붙였다. 그가 말하니 그럴싸했다.

"일단 여권 위조보다는 건전하잖아."

"……그건 그래?"

"난 법 없이도 산다고."

"맞아, 맞아."

"그리고 네 이름은 동동이야. 원래 일본에 갈 예정이었던 고양이 이름."

개냥이보다는 아무렴 훨씬 나았다. 해인은 기꺼이 고개를 끄덕였고, 이제 남은 일은 여행을 기대하며 신나게…….

"그리고 너, 이거 마저 읽어."

"……으엑."

"안 읽으면 안 데려가."

신나게 공부하는 일이었다. 여행 사흘 전이었다. 해인에게는 어마어마한 숙제가 남아 있었다.

특강은, 밤에도 계속됐다. 어두운 침실, 미등 하나 켜놓고 한이불을 두른 둘은 어깨를 나란히 기대고 엎드려서는 일대일 집중 강의가 한창이었다.

"길을 잃어버리면 어떻게 한다?"

"그 자리에 서 있는다!"

"그리고?"

"휴대폰을 켜고 강시율한테 전화한다!"

"좋아. 거기선 정말 잘 가지고 다녀야 한다. 로밍할 거니까."

시율은 해인에게 외국의 무서움에 대해 단단히 설교하는 중이었는데, 거의 초등학생 수준의 수업 같은 면이 있었다.

"모르는 사람이 맛있는 걸 사준다고 하면?"

"……그건 좀 아니다! 내가 몇 살인데!"

"몇 살인데?"

"에……."

"말 못 하지? 어차피 난 모르니까. 아무튼 그런 일이 생기면, 어떻게 할 거야?"

"으음, 뭘 사주는지 봐서……."

"이 녀석이."

이번엔 그가 코를 잡아서 해인은 꺅꺅대며 도망쳤다. 아깐 뺨을 늘리더니, 이 선생님 손버릇이 영 별로였다. 잠시간 퀸 사이즈의 침대 위를 도망치고 붙잡느라 엎치락뒤치락했고, 결국 해인이 시율의 등 뒤에 날렵하게 매달리는 것으로 사태는 진정됐다.

"안 따라가면 되잖아!"

"억지로 데려가려고 하면?"

"소리 지른다. 아니! 남자 친구 있다고 말한다."

"말이 안 통할 텐데?"

"그럼, 보란 듯 키스한다."

해인은 그 자세 그대로 시율의 목을 꼭 하니 끌어안으며 그의 머리 위에 쪽쪽, 자잘한 키스를 쏟아부었다. 그에 시율은 낮게 웃으며 마음대로 하라는 듯 자신의 커다란 몸을 늘어뜨렸고, 해인은 그의 몸을 실컷 간질이다가 그의 귓가에 속삭였다.

"그리고 어차피, 강이 내 옆에 꼭 달라붙어 있을 거잖아?"

시율이 노파심을 내는 것에 비해 해인은 태평했다. 그만 믿고 있으면 된다는 걸 알았다. 어떤 여행이 되든 즐거울 거라는 것도.

"뭐, 그렇긴 하지."

"또 강을 잃어버려도 난 금방 찾을 수 있는걸. 이 냄새로."

해인은 아무리 많은 사람들 속에서도 시율의 냄새를 찾을 수 있었다. 좋아하는 사람은 어디 있어도 알아볼 수 있는 것처럼. 사람은 누구나 저만의 체취가 있었고, 시율이 쓰는 향수나 샴푸, 비누, 스킨, 그것들이 섞여서 또 그만의 향을 만들었다. 해인은 그의 냄새를 좋아했다. 아주 청결하고, 기분 좋은 냄새였으니까.

"그리고 내가 없어지면 강이 울 거 아냐. 그럼 안쓰러우니까 꼭 붙어 있을 거야."

"이봐이봐, 미아는 넌데, 내가 우는 스토리냐."

"그게 사실인걸."

반은 장난이었고, 반은 진심이었다. 해인은 그렇게 그의 등에 매달려 있는 게 제법 마음에 들어서 잠시 그렇게 있었다. 생각보다 편하기도 했다. 그가 숨을 쉬는 게 가슴 아래로 느껴졌던 것이다. 그는 무겁지도 않은지 해인을 등에 업은 채로 자신이 프린트해 온 내용 중 중요한 부분을 다시 읽어주고 있었다.

이 선생님, 하여간 끈질겼다.

"우선 부산으로 가서, 거기서 국제 여객터미널에서 배를 탈 거야."

"알았다니까."

"배는 세 시간 동안 항해할 거고, 넌 그동안 캐리어에 있어야 해. 참을 수 있겠어?"

"그쯤이야 문제없지."

"불안한데……."

시율은 자꾸만 했던 이야기를 또 해주고 있었다. 해인은 공부하기가 싫어서 그의 옆으로 데룩 굴러가, 어깨를 비비며 불쌍한 얼굴로 호소했다.

"강, 공부 그만하면 안 될까? 내일 자습할게."

"과연."

"정말이야. 오늘은 많이 했잖아?"

"50장 중에서 40장 남았는데."

어림없다는 눈이었다. 해인이 혼자는 절대 공부하지 않을 거라는 것도 아는 눈치였다. 그가 준 대량의 숙제는 얼핏 살펴봤더니 반은 안전 수칙과 주의점 등등이었고, 반은 여행코스와 간단한 일본어 회화였다. 책으로 내도 될 수준의 자세함이 아주 일품이었다.

"……그, 사흘이나 남았고…….."

"12시 지나서 이제 이틀 남았어."

"일본어 회화랑 여행 코스는 가서 봐도 되잖아! 응? 응?"

"공부하기가 그렇게 싫냐."

젠장. 이 남자 안 통하네. 해인은 애교 공격이 통하지 않자 폭풍 떼를 쓰기로 했다.

"그래! 엄청 싫어! 싫다고! 공부 재미없어!"

세상에 누가 공부를 좋아하냐! 하고 속으로 소리치면서도 입 밖으로 내지는 않았다. 이 남자라면 '나.'라고 말하고도 남았으니까. 해인이 공부하기 싫다고 그렇게 진심으로 칭얼대고 있자니, 시율이 한숨과 함께 프린트를 덮으며 물었다.

"네가 애냐."

"어른이라 더 싫어!"

"넌 뭐가 재밌는데, 그럼."

"……나는, 이런 거."

해인은 기회다 싶어서 기습적으로 그의 입술에 자신의 입술을 겹쳐 눌렀다. 완전히 방심한 채로 저보다 아래 누워 있는 남자에게 키스하는 건 하나도 어렵지 않은 일이었다. 돌연 덮쳐진 시율은 제법 놀란 얼굴이 됐다. 그러다가 이내 얼마나 공부하기 싫으면 이러나 싶어 웃음을 터트렸다.

"푸핫."

"응? 난 공부라면 질색이란 말이야."

"참 나, 유혹하는 거야?"

"응. 안 져줄 거야?"

"……져줘야지."

백 번이라도. 시율은 그렇게 덧붙이며, 손을 뻗어 해인의 어깨를 움켜쥐었다. 자신에게로 당겨갔다. 커다란 손안에 잡힌 작은 어깨는, 굉장히 기분 좋은 것이었다.

"좋은 학생이네."

"그렇지?"

따스한 시율의 가슴팍이 좋았다. 해인은 그에게로 몸을 기대며, 그의 팔 안에서 그의 턱 아래에 입술을 눌렀다. 저와 같아진 그의 체온을 느끼며, 손 안에 익숙한 피부를 더듬었다. 한창 기분 좋은 여운을 느끼며…… 미안하긴 하지만 태일이 없으니 좋긴 좋다는 생각을 했다.

"강, 나 있잖아. 일본에 가면 유명한 병아리 과자를 먹어볼 거야."

"좋지. 바나나 빵도 있어. 알아?"

"그럼! 딸기 찹쌀떡도!"

"먹고 싶은 거 전부 거기에 적어놔."

기대된다. 엄청 기대된다. 해인은 이불 속을 빙글빙글 굴러다니며, 기분이 상당히 좋아졌는지 자신이 할 수 있는 애교란 애교는 다 부리고 있었다. 그에게 아낌없이 기분 좋은 몸짓을 하고, 행복한 듯 웃었다. 누운 채로 그를 보며 웃는 반달 모양 눈이, 그의 마음까지 행복하게 했다.

그저 얕고 말랑거리는 미소가 가슴을 파고들어서, 심장 속에서 나가지 않아.

손끝으로 해인의 웃는 눈 모양을 건드렸다. 허리를 끌어와 품에 가득 안고는 가느다란 속눈썹 끝에 닿을 듯 말 듯 한 키스를 했다. 그가 바랐던 둘만의 시간은, 그가 상상하던 것보다 하나도 부족하지 않았다. 사랑이란 공기마저 부드럽게 만들었다. 숨 쉬는 것조차 기분 좋게 했고, 시선을 섞고 함께 호흡을 맞추는 순간을 어떤 다디단 노래처럼 느껴지게 했다.

"아깐…… 화내서 미안해."

"응? 내가 잘못한걸, 뭐."

"뭐, 너도 나름 이유가 있었겠지만……."

물어봐야 나가서 뭘 했는지는 또 비밀일 테고. 시율은 잠시 말을 멈췄다. 해인은 비밀이 너무 많았고, 자신은 그것마저도 사랑하기로 했다. 그래도 좋다고 한 건 자신이니, 그걸로 투덜거리는 건 남자답지 못한 일이었다. 그는 잠시간 말없이 흐트러진 해인의 머리카락을 정리해주다가, 천천히 귓가에 걸어주며 다른 중요한 얘기를 꺼냈다.

"아무튼 괜찮아진 거 같으니까, 내일은 같이 병원에 가서……."

"그건 안 돼."

"……안 된다고?"

"방유나 씨 만나는 거, 안 돼."

"왜?"

마냥 웃고 있던 해인의 얼굴이 어두워졌다. 그늘은 삽시간에 기분 좋은 것들을 잡아먹었다. 공기가 돌연 차가워지는 것처럼 느껴졌다.

"……그림."

"뭐?"

"그림 그리지 마."

"……그럼 못 찾잖아."

해인은 할 수 없는 말들 대신에 그의 허리를 끌어안고 그의 가슴에 얼굴을 묻었다. 그는 얼굴이 보이지 않아도 알 것 같았다. 해인이 속상한 걸 참고 있다는 것쯤은 말이다. 저를 끌어안는 작은 손에 바짝 힘이 들어가고, 바르르 떨고 있는 걸 보면, 뻔한 일이었다.

"그건 하면 안 돼."

이렇게 이유를 말하지 않고 그냥 조를 때면, 그는 차라리 차분한 기분이
됐다. 다만 울까 봐 해인의 머리를 쓰다듬어주며 나지막이 물었다.

"……그림 그리면, 변신할 수 없어?"

"……응."

"또, 아파져?"

"…….'

"그렇구나."

그도 많이 생각을 해봤다. 오늘 아침, 평소와 달랐던 게 무엇인지. 되돌려
보면 초상화를 그리기 위해 방유나를 만나러 가자고 했었다. 그것 말고는
걸리는 게 없었다. 그리고 해인은 이상하게 저를 그리는 걸 불편해했다. 그
림을 그리면 방해하고, 그림 얘기를 하면 말을 돌리고.

해인이 이상하게 굴 때는 항상, 흔적을 남기려고 하거나 흔적을 찾았을
때였다.

"그럼 안 그릴게."

시율은 그렇게 수긍했다. 더 이상 묻지 않았다. 그가 무섭도록 머리가 좋
다는 게 새삼 실감했다. 해인은 그의 가슴에 안겨 말없이 고개를 끄덕이며
그에게 감사했다. 그가 제게 있어줘서 다행이었다.

이런 남자라, 희망을 품을 수 있었다.

"…….'

함께 말이 없어진 시율은 품에 파고드는 해인의 머리카락을 천천히 쓸어내
리며 생각에 빠졌다. 요즘 들어서는 자신들 사이에 혹시 '제삼자'가 있는 건
아닐까 하는 의문이 들었다. 해인은 자의로 보이지 않은 일을 가끔 했으니까.

'괜찮아. 난 병 같은 거 절대 안 걸린댔어.'

얼마 전에는 그런 말을 하기도 했고, 자신이 잘 모르는 무언가에 대해 다

른 누군가는 안다는 뉘앙스를 비치기도 했다. 누가 있는 걸까. 해인의 행동에 제재를 걸고 하면 안 되는 걸 정해주는 누군가가.

"강, 화내도 돼."

그가 말이 없자, 해인은 제가 부리는 이상한 억지에 그가 차라리 화를 냈으면 했다. 기껏 그가 좋은 수를 내도 제가 방해하고 있으니 이 얼마나 미운가. 심지어 그게 저를 위한 일들이라는 건 정말이지 면목 없는 일이었다.

"내가 화를 왜 내."

"나는 도움도 안 되고. 말썽만 부리고. 걱정만 끼치고."

"……고양이는 원래 그렇더라."

"치, 고양이랑은 좀 다르다고."

뭐, 그거야 보면 아는 일이었다. 세상에 그 어떤 고양이가 사람으로 변신을 하겠는가. 시율은 그보단 무거워진 이 분위기를 아까로 되돌리고 싶었다. 그래서 슬그머니 해인의 등허리를 쓰다듬으며, 제 가슴 사이에 가두고는 끈질긴 키스를 했다. 깊고, 야릇해지는 그런 키스.

"응?"

이 내밀한 키스의 뜻을 모를 리 없는데, 입술이 떨어지자마자 해인은 이불 속으로 도망쳤다. 난데없이 시트로 몸을 둘둘 말고는 눈만 밖으로 조금 내보였다. 지금 그게 무슨…….

"이번 주는 그만이야."

"뭐?"

"일주일에 한 번이야! 얄짤없어!"

"말도 안 돼. 그런 독재가 어디 있냐?"

이불 밖으로 붙잡고 나오려고 했지만, 잡으려고 하자 해인은 이불 속으로 잽싸게 머리까지 숨나 싶더니……. 그대로 작아져 버렸다. 무슨 마술쇼도 아니고, 이불 밖으로 빠져나오는 매끈한 검은 고양이는 치명적으로 얄미웠다. 고양이로 변신해버릴 줄이야. 이러면 어떻게 할 수 없었다.

"······너."

"이제 안 되는 건 안 되는 거야!"

"너무하는 거 아냐?"

시율이 억울함에 항의했지만 해인은 뚱한 얼굴로 침대 발치로 내려가 그를 노려볼 뿐이었다.

"강, 이러려고 나 만나?"

"······너, 어디서 그런 말을 배운 거야!"

화를 냈더니 냅다 도망가 버렸다. 한번 도망치면 결코 잡을 수 없는 그 날랜 뒷모습을 보며, 시율은 극렬한 후회에 빠졌다. 하필 휘청거리는 걸 들켜서는.

내일이면 기대하고 기대하던 여행 날이었다. 해인은 콧노래를 흥얼거리며 요 며칠 매일 했던 일과를 시작했다. 그건 바로 길고양이 밥 주기였다. 얼마 전 관리인 아줌마에게 부탁받은 뒤로 며칠째 해오고 있었다. 싫은 척하면서도 은근히 열심히 하고 있었다.

"내가 왔다, 이놈들!"

해인이 공용 화장실 앞에 나타나기 무섭게, 밥을 기다리고 있던 고양이들이 사방에서 졸졸 따라 나오기 시작했다.

"냐오!"

"냥!"

"미야아."

녀석들 나름대로 반가움을 표했고. 개중 살가운 녀석들은 벌써 해인의 다리에 머리를 비비적거리고 있었다. 눈이 내리지 않은 마른 땅 몇 군데에 나눠서 사료를 부어주고, 눈치 보느라 못 먹는 녀석들을 위해서 또 따로 부어주고, 물그릇 가득 물도 챙겨줬다. 겨울은 먹이도 귀하지만 물이 전부 얼어버려서 물을 꼭꼭 챙겨줘야 했다. 여름엔 비라도 오지, 겨울엔 추운 눈만 내리기 때문이다. 길고양이들에게 깨끗한 물이란 정말 귀한 음식 중 하나였다.

"어디 보자, 또 늘었네?"

참 신기한 게, 고양이들 사이에도 어딜 가면 밥을 준다는 소문이 나는지 하나둘, 밥을 먹으러 오는 고양이 수가 늘고 있었다. 짐승들 간에도 모종의 커뮤니케이션이 활발한 모양이었다.

"앗! 너 인마, 저리 안 꺼져!"

해인은 어린 고양이들을 위해 준비한 캔을 뺏어 먹고 있는 대장 고양이를 거칠게 내쫓았다. 별로 위협적으로 느껴지지 않는지 금방 돌아와 다시 캔에 코를 묻었지만 말이다.

"야, 이 양심 없는 놈아! 애들부터 먹여야지!"

유난히 덩치가 커다란 녀석을 들어 올려 다른 건 사료 앞에 내려줬지만 녀석은 이 근방의 두목답게 고집이 셌다. 가장 맛있고 가장 고단백질인 캔을 향한 집념이 보통이 아니었다. 다시 호통을 쳤지만 소용없었다. 제 새끼가 아닌 다음에야 약육강식의 원칙에 따라 양보란 없었기 때문이다. 해인은 결국 식탐을 부리는 대장 때문에 어린 고양이들 앞에서 캔을 지켜야 했다.

쉭쉭. 쫓아내는 손짓을 하며, 눈 때문에 발이 시린지 바들바들 떨고 있는 어린것들을 쓰다듬어 줬다. 사람들은 중무장하다시피 옷을 입고 목도리에 장갑까지 꽁꽁 껴입어도 추워하는데, 숨만 쉬어도 하얀 입김이 서려 나오는데, 이제 갓 솜털이 빠진 이 어린 녀석들이 죽지 않고 겨울을 버틴다면 그건 정말이지 기적 같았다.

"왜 겨울에 태어나서······."

물론 녀석들 탓은 아닐 테지만, 안타까웠다. 시율이 길고양이는 보통 겨울에 새끼를 잘 낳지 않는다고 했다. 자신들도 생존이 힘들다는 걸 알아서 될 수 있으면 겨울은 피한다고 말이다. 이 녀석들은 어쩌다 한겨울에 혹독한 추위를 견디고 있는 걸까. 어미 고양이는 왜 또 보이지 않는 거고. 어디선가 죽은 걸까?

이 유난히 어린 얼룩이들이 신경 쓰이는 건 해인뿐이 아닌지, 누군가 화장실 옆에 스티로폼을 잘라 고양이 집을 만들어두기도 했지만 그건 금세 다른 고양이들 차지가 됐다. 길은 춥고 열악했다. 다들 살고 싶어 했기에 약한 녀석부터 쓰러지는 건 어쩔 수 없는 일이었다.

"……으휴, 내가 한 며칠 못 오니까 아줌마가 주는 밥 먹고 있어. 알겠지?"

"미야?"

"미야먀."

"저 뚱땡이 조심하고."

해인이 말하는 뚱땡이는 대장 고양이었다. 혼자만 맛있는 건 다 먹는지 가장 패둥패둥했다. 시율은 그 얘기를 했더니 길고양이들은 염분이 들어간 것을 그대로 먹어서 살이 잘 찌는 것뿐이지 건강한 것도 아니라고 했지만……. 놀랍게도 길고양이의 수명은 고작 3년이었다. 4년만 되어도 장수한 셈이라니. 전에는 몰랐던 이야기였다.

"다녀올게. 힘내고 있어."

길고양이들에게 밥을 먹이는 것보다 중요한 건, 흔적을 치우는 일이었다. 제대로 치우지 않으면 벌레도 꼬였고, 다른 사람들이 싫어할 수 있었다. 그만 정리하고 일어나려는데, 자박, 자박 눈을 밟고 제게로 다가오는 소리가 들렸다. 슬쩍 돌아보자 저 멀리서 웬 덩치 큰 남자가 다가오다 말고 놀라서 멈춰 서는 게 보였다.

왜 자기가 오다가 자기가 놀란대?

"……?"

"엇, 저기……."

거리가 제법 됐지만 해인은 청력이 좋았고, 남자가 저에게 말은 거는 듯싶자 당장 뒷걸음질 쳤다.

"저 이상한 사람 아니거든요……?"

"……."

이상한 사람이 자기 이상하다고 말하나! 해인은 다가오지 말라는 뜻으로 고개까지 부지런히 내저으며 후진했다. 시율이 보면 박수를 쳐줬을 만한 철벽 바리케이드였다.

"다른 게 아니라 전 이 근처 캣 대디인데……."

"……?"

"혹시 이렇게 생긴 애 못 보셨어요?"

대여섯 걸음 앞에서 휴대폰 화면을 보여줘 봤자, 보통은…… 안 보였다. 해인이라면 이야기가 달랐지만. 해인은 눈에 익은 연두색 눈에 회색 털을 가진 고양이를 보고는 고개를 조금 끄덕였다. 여전히 말은 입도 벙긋 안 했지만.

'강이 모르는 사람이랑 얘기하지 말랬어.'

그보단, 본인이 낯을 가리는 것도 문제였다.

"엇, 보셨어요? 여기 나타나나요?"

해인은 다시 한 번 고개를 끄덕였다. 목도리 속으로 얼굴을 거의 숨기고는 남자가 한 걸음 다가오면 한 걸음 뒷걸음질 치면서 말이다.

"저희 집 근처에서 몇 년째 밥 주던 녀석인데 요즘 안 보여서…… 무슨 일 생겼나 해서 찾아다니고 있었거든요……."

해인은 고양이 구분이라면 아주 잘했고, 저 남자가 찾는 고양이가 여기 나타나는 녀석이라는 걸 알았다. 요즘 이 근처 고양이 무리 속에 섞여서 밥을 먹고 있었다.

"그……."

남자는 주변의 고양이들을 한번 둘러봤고, 자신이 찾는 고양이가 지금은 없자 다시 해인을 주시했다. 분홍색 목도리에 얼굴을 묻고는 커다란 눈으로 사람을 경계하는 모양이…… 꼭 고양이 같았다. 이름 모를 남자는 항상 들고 다니는 건지 주머니에서 고양이 사료를 꺼내 보였다.

"혹시, 저도 여기서 밥을 줘도 될까요?"

뭐, 그런 거야 문제없었다. 많이 주면 좋지. 마침 며칠 못 오는 터라 해인은 망설임 없이 고개를 끄덕였다. 말은 없었지만 그건 남자가 보기에도 좋아하는 눈이었다.

"내일도 오세요?"

도리도리.

"아…… 그렇구나. 저기 괜찮으시면, 제 휴대폰 번호 가르쳐드릴 테니까…… 그 아일 보면 연락 주실 수 있나요?"

남자가 너무 가까워졌고, 그건 긴급사태였다. 낯가림이 심한 해인에게는 낯선 사람과 대화하는 자체가 기력을 소모하는 일이었다. 해인은 고개를 절레절레 내젓다가 냉큼 도망쳤다. 거참 엄청 이상한 남자라고 생각하면서 말이다.

죽어도 저한테 관심 있는 남자라고는 생각 못 하고 있었다.

해인은 공원과 아파트 사이에 있는 예쁘장한 주택 앞에 멈춰 섰다. 정원이 넓은 이 단층 주택은, 한 번도 본 적은 없지만 집주인의 성품이 분명 정갈하고 아늑할 거라는 느낌을 주고는 했다. 그림 같은 정원이나, 하얀 아치형 대문 때문일까. 담벼락 대신 높게 자라 있는 동백나무가 이 집의 가장 예쁜 점이었다.

동백나무 앞에 서면 공원의 후문이 바로 보였는데, 퇴근하고 그곳으로 빠져나올 시율을 기다리는 게 요즘 이맘때 해인의 일이었다.

마중이라면 병원 앞으로 가는 게 더 좋지만 여기가 최적의 장소가 된 건 예전과 달리 병원에 더 이상 가까이 다가갈 수 없어져서였다. 방유나의 존재는, 그림을 그리지 않기로 했음에도 여전히 위험하게 인식되는 모양이었다.

'얄궂은 주술…… 아니, 저주 같으니라고.'

고양이 모습일 때는 아무 문제 없이 전처럼 병원에 들락날락하다 못해 안에서 뛰어다닐 수 있었지만……. 일단 사람으로 변하면, 박해인의 얼굴을 하면 그때부터는 몸이 까탈을 부렸다. 병원의 반경 1km 주변으로 무슨 결계라도 생긴 것처럼, 더 이상 다가갈 수 없어지는 것이다.

그래서 고양이로 변신해서 병원에 들어간 다음에, 사람으로 변하는 방법도 생각해봤지만 시도해보지 않아도 알 수 있었다. 절대 어림없다는 걸. 억지로 고양이로 되돌아가는 판에, 사람으로 변할 수 있을 리가 없었다. 하여간 이 몸은 사신의 주술에 아주 충실했으니까. 애초에 사신의 것이니까 당연할지도…….

여하튼, 해인이 사람일 때 병원에 접근할 수 있는 건 딱 여기까지였다. 무려 15분 거리 밖. 병원 앞이라기보다는 아파트 앞에 가까운 곳.

"슬슬 올 때가 됐는데?"

해인은 공원의 뒷문을 빤히 쳐다보다가 살며시 동백나무 아래 쪼그려 앉았다.

하루 종일 하는 일이래 봐야 아무도 없는 집 안을 뒹굴며 그가 돌아오길 기다리는 건데, 지금 하는 일도 결국 같았다.

다른 점이라면 집 안에 갇혀 시간을 때우는 건 지겹고 따분하고, 이 자리에서 그가 보이길 기다리는 순간은 즐겁고 두근거린다는 거였다. 그는 알려나. 하루 종일 자기만 기다리는 기분이 어떤 건지. 물론, 길고양이들에게 밥을 주거나 스케치를 하면서 뒹굴뒹굴하기도 하지만, 결국 그것들은 그를 기다리는 일부일 뿐이었다. 이렇게 오매불망 그를 기다리고 있을 때면 해인은 깨달을 수밖에 없었다. 그가 자신의 전부에 한없이 가깝다는 걸 말이다.

"주인 기다리는 개가 이런 기분이려나……?"

쪼그려 앉은 채로 하늘을 올려다보며 중얼거렸다.

바람에 날려 작은 눈이 빙글빙글 천천히 허공을 휘돌면서 내리고 있었다. 그 자체로 하늘은 예뻤다. 눈으로 덮인 꽃나무 그늘도, 쌀쌀한 겨울 공기도, 제 입술에서 나오는 하얀 입김도.

모든 게 반짝거렸다.

이 순간을 영원히 기억할 수 있으면 좋을 텐데.

그를 기다리던 순간이 이런 느낌이라는 거.

타닥. 눈길을 뛰어오는 소리가 들렸다. 해인은 번쩍 고개를 치켜들었다.

"앗, 너 또."

"……강!"

"기다리지 말라니까."

후문으로 나오는 시율이 보이자마자 해인은 거의 팔짝거리듯 뛰어 그에게 다가갔다. 그는 나오지 말래도 자꾸 밖에 나와 있는 해인이 못마땅한 얼굴이었다. 하필이면 며칠 연속 눈도 오고 추운데 마중을 나오기 시작할 건 뭔지. 물론 태일이 없으니 그런다는 건 알지만 추위로 발갛게 물들인 뺨을 보면 못내 마음이 쓰였다.

본인은 별로 안 춥다고 했지만, 보는 그의 눈에는 그렇지가 않았다. 선선한 가을바람도 막아주고 싶은 마음이 이런 추위를 견딜 수 있을 리 없었다. 그래, 추위를 못 견디는 건 해인보다는 그의 마음이었다.

"말도 참 안 들어."

그는 그렇게 핀잔하면서도, 팔짱을 끼려고 하는 해인에게 서슴없이 자신의 코트 사이를 열어 보였다. 해인은 냉큼 그의 팔 아래로 파고들었다. 다람쥐처럼 웅크리며 익숙한 품을 차지했다. 그의 체온으로 데워진 코트 안은 더없이 따뜻했다. 마치 그곳만은 겨울이 아닌 것처럼.

"헤헤."

그는 해인을 자신의 코트 속으로 집어넣고 나서야 조금 풀어진 목소리였다.

"추운데 왜 자꾸 나오는 거야."

"기다리려고!"

"집에 있으면 좀 좋아? 따뜻한 데서 기다리면 어련히 간다고."

시율은 코트 자락을 움직여 해인의 어깨를 꼼꼼하게 덮어줬다. 고양이 때만큼 작진 않았지만 지금도 그의 코트 안에 들어오기에는 충분히 아담한 몸집이었다. 그에게 살갑게 몸을 비비며 애교를 부리기에도, 부족하지 않았다.

해인은 일단 기분이 좋으면 그가 버티기 힘들 만큼 넘치는 애정 공세를 퍼붓고는 했다. 꼭 지금처럼.

"그치만 조금이라도 빨리 보고 싶어서."

"……."

"하루 종일 보고 싶었단 말이야!"

"너 어째, 요즘 부끄러워하는 게 없다."

"그야 내가 강을 좋아하는 만큼 강도 날 좋아한다는 걸 아니까. 그럼 부끄러워할 필요 없잖아? 나 혼자 좋아하는 것도 아닌데."

맞는 소리긴 하지만. 예전에 부끄러움을 타던 때는 그럼 몰랐다는 건가. 시율은 뻔뻔해진 해인을 내려다보다가 웃음이 새어 나오는 걸 막지 못했다.

"그래도 오늘은 강이 너무 걱정해서 두껍게 입었어. 정말이야. 봐봐."

"그건 그거고. 일단 춥단 말이야."

"에잇, 얇게 입으면 얇게 입었다고 타박, 두껍게 입으면 두껍게 입고 나왔다고 타박! 대체 어쩌라는 거야!"

"그러니까…… 집 안에만 있으라는 말이지."

"엑, 그럼 숨 막혀서 어떻게 살아!"

시율은 마치 농담처럼 말했지만, 사실은 거의 진심이었다. 마음 같아서는 해인을 집 안에 가둬놓고, 문을 잠그고, 저만 혼자 보고 싶었다. 없어지길 바라지 않는 마음은 두 번째고, 그보다는 다른 누군가에게 이렇게 웃을 걸 생각하면 슬그머니 화가 났기 때문이다. 다행히, 한 번도 그러는 걸 보진 못했지만.

'태일이 녀석이 없어지니까…… 본성이 더 기어 나온단 말이지.'

강시율 그는 본래 공유라고는 모르는 남자였다. 자신의 사생활부터, 자신이 아끼는 어떤 것도 남과 나누는 건 질색이었다. 하지만 그걸 두고 독점욕이라고 여겨본 적은 없었다. 사생활에 민감한 건 타인을 자신의 가까이에 두는 게 불편해서였으니까. 그 증거로 지난 그의 어떤 연인도 그에게 딱히 소유욕을 불러내지는 못했다.

하지만 해인에게는 자신도 몰랐던 위험한 본성이 고개를 들고 있었다. 들끓는 독점욕 같은 거, 자신은 평생 모를 줄 알았다.

"농담이야. 추우니까 그만 들어가자고."

"난 한군데 가만히 못 있는단 말이야."

"알아요, 알아."

해인은 볼을 부풀리며 시율을 따라 집 쪽으로 끌려가듯 걸음을 옮겼다. 처음 이 사신탈을 받게 된 것도, 사신이 새로운 몸을 만드는 데 1년이 걸린다고 했기 때문이다. 그 시간 동안 사신의 공간 안에만 갇혀 있다가는 정신이 이상해질 것 같아서. 전생이 고양이라서 그랬는지, 타고난 방랑벽 때문인지는 몰라도 해인은 원체 잘 싸돌아다니는 타입이었다.

시율도 그걸 알아 해인이 가만있는 건 바라지도 않았다.

"그래서 우리 아가씨, 오늘은 하루 종일 뭘 하셨나?"

"공원 고양이들 밥 주고 왔어!"

"흠, 안 하던 짓을 하네. 하루 이틀 하면 질릴 줄 알았더니."

"날 뭐로 보고는!"

"상당한 기분파라 뭐든 금방 질리는 아가씨지."

"그건 맞지만…… 겨울이라 신경 쓰인단 말이야. 전에 말했잖아. 엄청 어린 녀석도 있다니까."

종알종알. 해인은 시율이 퇴근하면 하루 종일 있었던 소소한 이야기를 하느라 바빴다. 그는 관심 없을 법한 자신이 보고 들은 모든 이야기. 아침 드라마의 내용부터, 어떤 홈쇼핑 물건이 기가 막힌다는 것까지 소소하고 쓸데없는 것들이 주를 이뤘지만, 시율은 전부 귀담아들어줬다. 해인이 어떤 하루를 보냈는지는 그에게 중요한 관심거리였다.

"아아, 기억난다. 그래서 너 말고도 누가 밥을 챙겨준다고 그랬지."

"응! 오늘도 처음 보는 남자가 와서 자기도 밥 줘도 되냐고 하더라. 캣 대디는 처음 봤어!"

"……그래서?"

"주라고 했어. 내가 밥 주는 거 특허 낸 것도 아니고. 여럿이 주면 좋은 거잖아."

"흐음……."

"그런데 갑자기 나한테 휴대폰 번호를 물어봐서 도망쳤어."

잘 걷던 시율이 덜컥 멈춰 서서, 해인도 따라 멈췄다. 왜 이래?

"젊냐."

"응?"

"그 남자."

해인은 이 방면으로 상당히 눈치가 둔했다. 시율이 왜 미간을 모으는지는 전혀 알 수 없었다. 아니, 본인이 그 남자에게 너무 관심이 없어서일 수도 있겠다.

"기억이 잘 안 나는데. 아마 강 정도일까?"

어느 정도냐면 분명 몇 시간 전에 본 남자의 얼굴이 잘 기억나지 않았다. 하지만 시율은 해인의 그런 반응에 안도하는 대신 눈썹 끝을 꿈틀거렸다. 이래서 집 안에만 가둬두고 싶어지는 거다. 이렇게 무방비하니까. 그는 아직 철벽 치는 해인을 본 적이 없었다. 적어도 그의 눈에 해인은 이렇게 몸을 비비적거리길 좋아하는 애교 넘치는 생물이었다. 태일에게도 그랬고, 이하은에게도 금방 넘어가서는 달라붙었고, 김기도는…… 열외.

"……다음엔 같이 가자."

"응? 공원에? 강은 길고양이 밥 주는 거 별로라며. 야생성 떨어트린다고."

"보통은 꾸준히 못 주니까 끝까지 책임 못 질 거면 반대하는 편이지만……."

"편이지만?"

차마 그 얼굴도 모르는 캣 대디가 신경 쓰인다고는 말할 수 없었다. 이렇게 해인을 옆구리에 끼고도 질투를 하고 있다고는 말이다. 휴대폰 번호를 물어봤다는 데 화가 났다는 것도. 해인이 제 입으로 저 애인 있어요, 하고 말하지는 않을 테니 따라가서 기필코 영역 표시를 해야겠다는 것도.

"겨울이니까. 고양이들 예방접종이나 해줄까 해서."

"그거 좋다!"

"잡을 수 있는 녀석들에게라도 놔주면 좋지."

"응응!"

"……근데, 잘생겼어?"

"아기 고양이가?"

"……아니."

"아, 보스 고양이?"

"됐다."

이렇게 아웃 오브 안중이라니 되새겨주진 말아야겠다.

3. 마지막 여행

"출발!"

"예이!"

기대하던 여행을 위해 집을 나설 때는 새벽이었다. 겨울이라 아직 밤이나 다름없는 어둑한 하늘을 보며 둘은 주차장으로 향했다. 신나서는 누구랄 것 없이 콧노래를 흥얼거렸고, 걷는 걸음걸이가 벌써부터 즐거움으로 가득했다. 누가 보면 여행 처음 가는 사람들인 줄 알겠다.

물론, 둘이 가는 건 처음이었지만. 이렇게 기대되는 이유는 그것 때문이었다.

"잊은 거 없겠지? 있어도 중간에 못 돌아와. 배 시간이 있으니까."

"나 챙기면 다 챙긴 거지, 뭐!"

"······너만 가면 되는 거냐."

"당연하지!"

설마하니 잊은 게 없기를 바라며 시율은 차 트렁크에 짐을 실었다. 4박 5일 치의 짐이 들어 있는 큰 트렁크 하나와, 작은 보조가방 하나, 그리고 해인이 배에 탈 때 쓸 동물용 캐리어. 고양이를 캐리어 안에 넣지 않고는 배에 탈 수 없어서 꼭 필요한 물건이었다. 또한 배 안에서도 캐리어 안에서 짐승을 꺼낼 수 없도록 규정이 되어 있었다. 항공사나 여객기에 따라 법규는 다르지만, 몇 킬로 이상의 동물은 짐과 함께 짐칸으로 운반되기도 했다. 해인은 그나마 몸집이 작아서 캐리어째로 시율과 함께 있을 수 있었다. 하여튼 그래도 몇 시간은 갇혀 있어야 해서, 시율은 일부러 해인의 몸집에 비하면 큰 중형견 사이즈의 캐리어를 챙겼다. 그 덕에 짐이 꽤나 늘어났지만 해인의 관심은 온통 다른 데 쏠려 있었다.

"빨리 와, 빨리!"

저렇게 재촉하니 뭔가 빼먹을까 봐 불안해졌다. 시율은 짐을 다 싣고도 몇 번이나 확인하고 나서야 운전석에 앉았고, 그사이 해인은 이미 조수석에 앉아 안전벨트까지 하고 있었다. 발을 동동거리며 숨 쉴 틈도 안 주고 재촉하기까지 했다.

"출발해!"

반쯤은 명령일지도. 시율은 기가 막힌 표정이었지만 해인이 이렇게 들떠 있는 건 오랜만이라 여행을 준비한 입장으로서 뿌듯하긴 했다. 해인은 지금 잔뜩 들떠서는 기분 좋은 걸 주체하지 못하는 얼굴이었다. 그간의 분주함이 보상받는 건 이런 한순간일지도 모르겠다.

"그렇게 좋냐."

"응!"

"네가 좋다니 나도 좋긴 하다만……."

해인은 무슨 생각인지 아직 안전벨트를 매지 않는 시율의 어깨를 붙잡았다. 그러곤 훌쩍 옷깃을 당겨 제게로 끌어와 그의 뺨에 가벼운 키스를 했다. 시율은 얼떨결에 키스를 받고는, 자신의 뺨을 매만졌다.

"뭐야, 이건."

"수고해요 키스."

"……별걸 다 할 줄 아네."

"응! 적어도 4시간이나 운전해야 한다며."

언제 이렇게 애교가 늘어난 걸까. 이런 건 신혼부부들이 남편 출근할 때나 하는 거 아니었나. 뭐, 아무럼 어떠냐만. 시율도 금세 해인만큼이나 기분이 좋아졌다.

"뭐, 이런 걸 다. 그럼 갈 준비는 된 거야?"

"언제든지! 준비됐어요! 선생님!"

소풍 가는 날 초등학생이라도 빙의했는지 해인이 활기차게 대답했다. 시율은 연신 웃음 터트리며 차에 시동을 걸었고, 모든 게 완벽한 것 같았다.

아직까진.

부산국제여객터미널. 해외에 배를 타고 나가는 사람이 이렇게 많은지 처음 알았다. 평일인데도 불구하고 크리스마스가 코앞이라 그런지 여객항은 떠나려는 사람들로 북적였다. 봇짐을 가득 든 행상인도 보였고, 일하러 가는지 서류를 뒤적이는, 양복 입은 사람들도 보였다.

해인은 자신이 여행을 떠나는 길이라 그런지 다들 즐거워 보인다고 생각했다. 배를 타기 위해 고양이로 변한 해인은 시율이 서류 수속을 하는 동안 캐리어 안에서 얌전히 꼬리를 살랑거리고 있었다. 반투명한 입구 부분으로 여객항을 구경하고 있는데, 대뜸 어린애 얼굴이 나타났다.

"멍멍이?"

"……냐냐."(……깜짝이야.)

"엇, 야옹이네."

평소라면 쌩하니 무시했을 해인이지만, 오늘은 기분이 좋아서 특별히 대답해주기로 했다.

"미양."(안녕.)

"우와, 엄마! 고양이 있어! 여기 봐봐."

"어머? 고양이도 같이 여행 가나 봐."

"응!"

해인이 들어 있는 캐리어는 커다란 짐 트렁크 위에 올려져 있었는데, 어린아이가 고양이를 보겠다고 트렁크에 몸을 기대자 캐리어가 떨어질 듯 흔들거렸다. 해인이 안전에 위기감을 느끼자마자 곧장 근처에 있던 시율이 다가와서 트렁크째로 끌고 가버렸지만 말이다.

"고양아!"

"냐냥."(바이바이.)

10초 전에 만난 아이가 이별을 슬퍼했지만 들은 척도 안 하는 시율이었다. 해인도 금세 아이는 잊어버렸다. 사실, 배에 탄 뒤의 기억이 없어졌다는 편이 정확했다.

해인의 행복한 기억은 딱 거기까지였다.

"냐, 냐냐……."(사, 살려줘…….)

모든 게 순조로웠다. 탑승수속도, 출국 심사도, 선내 탑승까지 전부. 그가 고양이 한 마리를 데리고 있다는 것 말고는 특별할 건 아무것도 없었다. 시율은 준비성 좋은 남자답게 동반 동물에 대한 모든 증빙서류를 미리 제시했고, 서류에만 문제가 없다면 흔한 고양이 한 마리에게 따로 관심을 두는 사람은 없었다.

다만 문제는 해인이 극심한 뱃멀미를 호소하기 시작한 거였다.

이 배에 3시간이나 타고 있어야 한다는 게 돌연 끔찍한 일이 됐다. 그나마 쾌속정이라 다행이었다.

'아니, 쾌속정이라 더 흔들리는 것 같아!'

차마 비명도 못 지르고 해인은 출발 한 시간 만에 죽는다고 골골대기 시작했다. 뱃멀미는 난생처음이었다. 아까 우동을 한 줄만 더 먹었다면 분명 캐리어 안에서 배 속에 든 음식을 전부 게워냈으리라.

"너 멀미한다는 말 없었잖아?"

시율이 은밀하게 속삭였다. 고양이에게 말 거는 남자는 아무래도 이상했으니까. 하지만 해인은 제대로 된 대답도 할 수 없는 상태였다. 빙글빙글한 눈을 하고는 고장 난 것처럼 어지럼증을 호소했다.

"으에에. 으에엉."(나도 몰라아. 이게 뭐야아.)

"……물이라도 마실래?"

"응엉헝…….”(배 싫어…….)

해인은 해롱거리면서는 차라리 기절하는 게 편하겠다고 생각했다. 멀미란 그런 고통이었다.

즐거운 일본 여행의 시작, 그런 건 없었다. 땅을 밟자마자 시율이 가장 먼저 한 일은 달리는 것이었다. 서둘러 예약한 렌터카를 인수해서 해인을 풀어줘야 했다.

해인은 아직도 이상한 소리를 내고 있었다. 누가 보면 캐리어 안에 괴생물이라도 가져온 줄 알 거다.

"얌마, 정신 차려!"

"으흐앙…….”(토할래…….)

"뭐라고?"

"흐아흐아…….”(토하고 싶어어…….)

토하고 싶어, 싫은데…… 우선 사람으로 돌아가야겠어! 이대로 속을 게웠다가는 다신 시율의 얼굴을 못 볼 것 같았다. 해인은 인간의 마지막 존엄을 지키고자, 캐리어 안에서 벽을 긁으며 부들거렸다. 빨리빨리!

"다 왔어, 잠깐만!"

시율의 다급한 목소리가 들렸지만 하나도 위로가 되지는 않았다. 눈앞이 아직도 빙글빙글 돌고 있었다. 이 몸은 왜 이렇게 멀미에 약한 걸까. 배에 타본 적이 없는 걸까? 해인의 몸이 가진 예민한 감각들은 배가 커다란 파도를 울렁울렁 넘는 생생한 감각을 전부 감지했고, 그 결과 이런 과부하를 초래했다.

“망봐줄게.”

정말 한참간의 기억이 없었다. 겨우 정신을 차린 건 시율이 저를 아무도 없는 차 안에 옷가지와 함께 밀어 넣어준 다음이었다. 해인은 허겁지겁 변신했다. 손에 잡히는 대로 옷을 주워 입었다.

단추도 제대로 못 채우고는 차에서 굴러떨어지듯 내려서는 화장실을 찾았지만, 여긴 낯선 일본 땅이었다.

“……우읍.”

속에서는 뭔가 올라오는데 눈에는 읽을 수도 없는 한자들과 대자연만 보였다. 해인은 결국 포기하고는 주차장 구석 수풀로 달려갔다. 그러고는 굴욕스럽지만, 시율의 등 토닥임을 받으며 먹은 걸 게워내야만 했다. 위에서 무언가 역류하는 고통과, 창피함에 절로 눈물이 고였다. 여행 시작부터 이게 대체 뭔지!

“괜찮아?”

물론 모든 여행이 좋게 시작할 수는 없겠지만, 그래도 절대, 좋아하는 남자 앞에서 토하는 거로 시작하고 싶지 않았다.

“……나, 물…… 좀.”

해인을 물을 핑계로 시율을 조금 떨어트리고는 마저 헛구역질을 해야 했다. 우동을 맛만 봐서 다행이었다. 더 먹었다가는 더 추했을 테니까.

금세 다시 곁으로 다가온 시율이 생수와 손수건을 내밀었다.

“멀미하는 사람 많더라. 배 안에 아예 봉투도 구비되어 있고.”

“……으읍.”

“정말이야. 넌 정신없어서 못 봤겠지만.”

그가 건네는 말이 위로인 건 알겠지만, 이미 상처받은 해인이었다. 시율이 다 봐버렸으니까.

“괜찮아. 수의사라 나 그런 거 자주 봐.”

“……걔들은 짐승이잖아!”

구역질과 수치심에 해인은 여전히 그렁그렁한 눈이었다. 하늘도 너무하시지. 예쁜 모습만 보여주고 싶은 여자의 마음을 이렇게 개무시하다니……. 해인은 손수건으로 입을 틀어막고는 나름의 변명을 했지만, 그래 봐야 이미 늦은 일들이었다.

"나, 원래는 멀미 같은 거 안 했단 말이야. 정말이야!"

정말 억울했다. 박해인이었을 때 저런 큰 배를 탄 적은 없지만, 작은 배 정도는 타봤다. 그리고 버스나 지하철을 장시간 타고 이동해봤지만 아무런 문제가 없었다. 버스 안에서 책도 읽을 만큼 해인은 멀미와는 별로 친분이 없는 사람이었다. 살면서 내내 그랬다.

그런데 왜 이 몸은, 다른 성능은 좋으면서 멀미에 이토록 취약한 걸까.

"너 혹시 그거 입덧……."

"아냐, 아냐."

"그래……?"

"절대 아냐. 무리."

아무리 어지러운 와중이지만 그건 절대 아니었다. 해인은 냉큼 고개를 저었고 시율은 다소 시무룩해 보였다.

'저기요. 선녀와 나무꾼이랑은 달라서 절대 불가능하거든요.'

미안하긴 했지만 가망 없는 건 가망 없는 거였다. 애초에 이 몸은 사신탈이었다. 평범하지가 않아서…….

"응?"

"좀 괜찮아졌어?"

평범하지 않아서…… 평소에는 날아다니지. 아니, 정확하게는 순간이동. 해인은 사신의 특기인 동에 번쩍 서에 번쩍을 떠올렸다.

'평소 사신이 하는 걸 보면, 예전에 이 몸으로도 그렇게 순간이동을 하고 다녔을 테니…….'

당연히 배 같은 거 타볼 일이 없었으리라. 흔들림에 취약한 건 당연했다.

평소에는 순간이동을 하니까. 그래, 편리한 순간이동.

'순간이동……?'

불현듯 그게 거슬리는 이유는 무엇일까.

"으응……?"

"왜 그래?"

"응?"

"아직도 어지러워?"

시율이 자신의 이마에 손을 대고 혹시 열이라도 있는 건가, 하며 미심쩍어했지만 해인은 생각에 빠져 멍하니 굴고 있었다.

'사신은 새의 모양으로 된 사신탈로 잘도 순간이동을 하던데 혹시 나도……'

그러다가 얼이 빠져서는 고개를 절레절레 내둘렀다.

'에이, 설마. 영혼이 다른데……. 음? 하지만 나도 변신은 되잖아. 이 몸이 가진 고유의 기능이라서. 순간이동은 영혼이 가진 고유의 기능…… 일…… 까?'

나, 혹시 방금 엄청난 깨달음을 얻은 건 아닐까.

해인은 사뭇 충격받은 얼굴로 굳어버렸고, 시율은 정신을 놓은 거로 추정되는 해인은 질질 끌고 차로 향했다.

한번 뭔가 생각하는 데 빠지면 한동안 멍하니 다른 걸 못하는 해인이었는데, 그걸 잘 아는 시율은 알아서 숙소에 와 있었다. 그는 일정대로 체크인하고, 방에 짐을 가져다 둘 예정이었다.

"어? 여긴 언제 온 거야?"

"방금."

"엥?"

"네가 다른 생각 하는 동안."

해인은 자신이 언제 여관에 도착했는지 생경하기만 했다. 다만 코끝에 스치는 냄새로 여기가 시율이 엄청 강조했던, 온천이 딸린 전통 여관이라는 것만 알 수 있었다. 정식 명칭으로는, 료칸.

"그만 정신 좀 차리고. 이 중에 유카타 고르래."

"……그럼 난 이거."

료칸답게 유카타를 빌려주는 모양이었고, 해인은 연분홍색의 유카타를 골랐다. 그러고는 그 뒤로 또다시 멍해졌다. 시율의 뒤를 따르면서도 머릿속에는 오만 생각이 떠올랐다. 문득 다시 정신을 차린 건 그래도 얼마 지나지 않아서였다.

"우와."

좁은 로비를 지나자 낡지만 말끔한 건물로 빙 둘러져 있는 정갈한 일본식 정원이 보였다. 제법 큰 연못이 있었고, 멋들어진 벚나무도 있었다. 물론 겨울이라 꽃은 없었지만 그 자체로도 멋들어진 곳이었다. 시율이 방에 들어가도록 해인은 정원 한가운데 서서 구경하느라 여념이 없었다.

'저렇게 여기저기 쉽게 정신 팔리기도 참 힘들 텐데.'

시율은 해인이 맑은 공기를 마시도록 내버려 두고 혼자 짐을 풀기로 했다. 어차피 정원은 밀폐된 구조였고, 방과 연결된 창문으로 내다볼 수 있었으니까. 잠시 혼자 둬도 문제없어 보였다.

'해볼까?'

한편 혼자가 된 해인은, 주변에 아무도 없다는 걸 기척을 더듬어 확인하고는 눈을 반짝였다. 물론 시율이 있었지만 그는 경계 대상이 아니었으니까. 절호의 기회였다. 해인은 한적한 정원 한가운데 서서는 눈을 감았다. 그리고 집중했다.

저기 문이 열린 시율과 자신의 방 안으로 옮겨 가는 상상을 했다. 눈을 뜨면, 정원이 아니라 방 안에 있는 걸 염원했다. 변신할 때처럼 강하게 생각하면, 순간이동도…….

첨벙.

'음, 저기 연못에 엄청 큰 잉어가 있어…….'

첨벙.

"으꺅!"

"뭐야?"

"……강."

"……너, 왜 연못에 빠져 있는 거야!"

그사이를 못 참고 말썽이냐! 아주 잠깐 눈을 뗐을 뿐인데 연못 한가운데에 빠져 있는 해인을 보며 시율이 기가 막힌 소리를 냈다.

"엣취!"

한겨울에 연못 속은 너무 차가웠다. 연못물은 최악의 맛이었다. 해인은 재채기를 하며, 자신이 순간이동을 할 수 있다는 사실을 깨달았다. 지금 살짝, 실패하긴 했지만 그건 분명했다. 사신은 왜 이런 좋은 기능이 있다는 사실을 알려주지 않았던 걸까.

진작 알았다면 교통비 걱정은 없었을 텐데. 아, 남용하다가 누군가에게 들킬까 봐 그랬던 걸까?

"이 덤벙아!"

"추, 추워……!"

"얼음물에 들어갔는데 안 춥겠냐!"

"흐헤취!"

해인은 뼈까지 에이게 하는 차가운 물속에 주저앉아 있자니 절로 이가 딱딱, 하며 마찰하기 시작했다.

"어떻게 하면 너처럼 사람을 걱정시킬 수 있는지 나 좀 가르쳐줘라. 어!"

시율은 해인을 물속에서 끄집어내면서는 이제 화를 내고 있었다. 해인은 덜덜 떨며 따뜻한 온천물로 향해 갔다.

'하긴…… 나 같아도 이런 덜렁거리는 인간한테는 비밀로 할 것 같네.'

물을 뚝뚝 흘리며 다다미방을 가로질러 갔다. 해인은 자신이 아직 짐도

다 풀지 않은 깨끗한 방에 구정물이나 다름없는 연못물을 흘리고 있다는 사실에 이를 딱딱, 부딪치면서도 시율의 눈치를 살폈다. 하지만 이 깔끔쟁이 남자는 아직 그걸 눈치채지 못했는지, 급해서 그런지 다른 걸로만 성질을 내고 있었다.

"내가 너 때문에 정말!"

"으드드……."

"온천이 여기지, 거기냐! 어!"

시율은 온갖 구박을 아끼지 않고 쏟아내며 정원과는 반대쪽 문을 열어젖혔다. 곧장 온천이 보였다. 시율이 잡지를 보여주며 기대하라고 당부했던 그 멋들어진 전경 그대로였다. 높은 대나무로 빙 담벼락이 둘러져 있고, 그 너머로 이름 모를 커다란 산이 보였다. 자연의 풍경을 그대로 모방한 아늑한 개인 온천은 이 료칸의 자랑이라는 천연온천이었다.

물론 그 경치를 즐길 여유 같은 건 없었다. 해인은 온천 옆에 마련된 샤워실로 끌려 들어가 그대로 샤워기 세례를 받아야 했다. 온천에 그대로 집어넣을 줄 알았더니, 뜨거운 물로 헹구는 게 먼저였다. 하긴, 더러운 채로 온천에 들어갈 수는 없었다. 온천에 들어가기 전에는 씻는 게 예의였으니까.

다만…….

"뜨거워!"

사람 삶을 일 있냐, 이 남자야! 해인이 버둥댔지만, 시율은 억지로 해인의 머리를 감기며 소리쳤다.

"참아! 몸부터 녹여야 할 거 아니야!"

"끼약!"

"그러게 왜 거기에 빠지냐, 빠지길! 이 한겨울에 얼어 죽으려고 작정했지!"

연못에 한번 잘못 빠진 죄로 시율에게 온갖 혼쭐은 다 나는 중이었다. 시율은 본래 이렇게 윽박지르는 남자가 아니었다. 잘못하지만 않는다면 항상 상냥했다. 말썽만 안 부리면 말이다. 해인에게 그건 자신 없는 일이었지만.

"너 인마, 연못물이 얼마나 더러운 줄 알아?"

흘러내리는 흙빛 물을 보니 알겠네요. 물을 맞는 동안 연못에서부터 머리에 달고 왔는지 조각난 연잎이며 개구리풀 같은 게 물을 타고 몸에서 떨어져 내리고 있었다. 그 외에도 잔뜩 떨어지는, 정체를 알 수 없는 찌꺼기들을 보며 해인은 입 다물고 혼나는 수밖에 없었다. 누가 그리로 순간이동 하고 싶어서 했겠는가. 다만 될지 안 될지 모르고 반신반의한 채로 시도했다가 이 모양이 됐을 뿐이었다.

'정신통일만 제대로 했어도 성공하는 건데! 연못에서 그놈의 잉어가 풍덩거리지만 않았어도!'

불끈 주먹을 쥐던 해인은 시율이 제 옷을 벗기려고 해서 화들짝 놀라 몸을 일으켰다.

"내가 할게, 내가!"

"……."

"믿어주세요!"

해인은 저를 비 맞은 개처럼 노려보는 시율을 향해 부지런히 고개를 내저어 보였다.

그는 당장 해인을 벅벅 씻기고 싶은 눈치였다. 예전에도 이런 일을 경험했던 것 같은데……! 그러니까, 태일에게 처음 주워졌던 비 오는 날에 말이다. 비를 쫄딱 맞은 고양이의 운명도 목욕이었다. 하지만 지금은 쫄딱 젖기는 했지만 명색이 숙녀였다.

"깨끗이 씻을게. 귀 뒤까지 박박 씻을게!"

"……너, 온천에 이상한 거 떠다니면 혼난다."

"넵."

시율은 그 말과 함께 미심쩍은 눈길도 남기며 방으로 돌아갔다. 언뜻 뭔가를 가지고 온다고 하는 것 같았다. 해인은 얼떨결에 벗겨질 뻔했던 위기를 겨우 모면하고는, 한숨을 돌리며…… 덜덜 떨었다.

"히익, 더럽게 춥네."

아직도 이가 절로 맞부딪쳤다. 시율이 서둘러 뜨거운 물을 들이부어 줬는데도 몸이 덜 녹았다. 아무리 이 몸이 추위에 강하다지만 눈 내린 한겨울에 살짝 언 연못에 빠지고도 껄껄거리고 웃을 정도는 아니었다. 해인은 괴상한 소리를 내며 젖어서 몸에 달라붙는 옷들을 겨우겨우 벗어냈다. 탈피라도 하는 양 낑낑대며 벗고 있자니 노크 소리가 들렸다. 반투명한 욕실 문을 두드리는 건 보나 마나 시율이었다.

똑똑.

"이제 씻을 거야! 벗는 게 힘들어서 그래!"

해인은 괜히 제 발 저려서 문밖을 향해 소리쳤다. 시율은 깐깐하게 굴기 시작하면 엄마보다 더했으니까.

"문 앞에 샴푸랑 보디워시 갖다 놨으니까 써라."

"앗, 맞다."

"수건도 여기 놓는다!"

그러고 보니 단출한 욕실 안에는 비누밖에 없었다. 아마도 온천하기 전과 후에 간단하게 사용하도록 만들어진 샤워실 개념이라 그런 모양이었다. 해인은 제가 확실히 손이 많이 가는 종류임을 인정해야 했다.

그 덕에 시율이 고생이 많다는 것도.

꼼꼼히 씻고 나온 해인은 시율이 가져다준 커다란 수건을 가슴 아래로 둘러 묶었다.

"잘 씻었네."

"당연하지, 내가 애도 아니고!"

"아아, 애가 아니라 연못에 빠지셨나 보지?"

"……거시기, 그건……."

직감하는데, 시율은 이 연못 건으로 한 달은 구박할 게 틀림없다. 기억력이 좋은 남자는 이럴 때 나빴다. 해인은 슬쩍 시율의 눈길을 피하며 뭐라고 변명해야 물에 빠진 게 자연스러워 보일지 생각해봤다. 그리고 그건 게 있을 리 없었다.

순간이동을 초보운전으로 하다가 주차에 실패했다고는 차마 말할 수 없었다. 그런 거까지 한다는 걸 알면…… 사람과는 너무 거리가 멀어지니 말이다. 그렇지 않아도 자신을 구미호쯤으로 생각하는 시율인데, 거기에 확신을 보태주고 싶지는 않았다.

이럴 땐 얼버무리는 게 최고였다.

"……에헷?"

"됐고. 추우니까 온천에 먼저 들어가 있어. 나도 씻고 따라갈 테니까."

"넵."

해인은 과장되게 경례해 보였고, 시율은 그런 해인은 흘겨보며 샤워실로 들어갔다. 그제야 한숨을 좀 돌리며 여유를 갖고 온천을 둘러볼 수 있었다. 개인 온천이라 엄청 넓진 않았지만, 둘이 쓰기에는 충분해 보였다. 큰 안방 정도의 크기일까.

뿌연 수증기가 발목까지 넘실댔다. 아래는 증기가 고여서 후덥지근하고 묵직했고, 위쪽은 공기가 맑고 차가워서 경쾌한 느낌이었다. 그 이질감이 제법 신선했다. 무엇보다 하늘이 뻥 뚫려서, 실내라기보다는 야외인 게 분명했다. 저 멀리 보이는 커다란 산도 구름에 잠겨 공들인 한 폭의 풍경화처럼 보였다.

해인은 돌로 된 바닥을 발바닥으로 몇 번 쓰다듬다가, 대나무로 된 담장으로 다가가 대나무 사이로 밖이 보이나 살펴봤다. 대낮에 야외에서 벗고 있는 건 조금 부끄러워서, 아무리 담장이 있다지만 미덥지가 못한 느낌이었다.

'음, 그래도 누가 훔쳐보진 않겠네.'

대나무 너머는 바로 산이 있었다. 어두워서 사람이 지나갈 것 같지는 않았지만 해인은 일단 노출증은 없기 때문에, 수건을 좀 더 단단히 가슴 위로 조여 맸다. 그러고는 슬렁슬렁 그제야 온천으로 다가가 발끝부터 집어넣었다가 냉큼 빼냈다. 무척이나 뜨거웠다.

온천을 해본 적이 없으니 이렇게 뜨거울 줄도 몰랐다. 찬물 틀어달라고 하면 시율에게 등짝을 맞을까? 잠시 이 무슨 시련인가 싶었지만…… 기껏 온천에 와서 뜨겁네 어쩌네 하는 건 그다지 어른스럽지 못한 것 같아서 해인은 일단 참기로 했다. 이미 충분히 온갖 말썽을 저지른 와중에 어른스러워 보이겠다는 건 말도 안 되는 욕심이었지만 말이다.

적어도 더 애 같아 보이지만 않기를 바랄 뿐이었다. 오늘의 말썽은 일본에 도착하자마자 토한 것과, 여관에 도착하자마자 연못에 빠진 거면 충분했다.

"……사실 좀 넘칠지도……."

해인은 작게 중얼거리며, 자신의 몸에 두른 수건을 꼭 붙잡고는 발끝부터 조금씩 온천물에 집어넣었다. 넣었다 뺐다, 식혔다가 덥히기를 반복하면서 센티 단위로 물 안에 들어갔다. 이를 악물고는 무슨 고문이라도 당하는 표정으로 마침내 어깨까지 입수에 성공했지만, 이게 뭐가 좋은 건지 당최 알 수가 없었다.

탕 안의 물이 너무 뜨거워서 머리가 팽팽 돌기 시작했다. 뿐만 아니라 피부가 당장에 분홍빛으로 달아올랐고, 몸은 언제 덜덜 떨었냐는 듯 땀을 흘렸다. 온천은 아무래도 어른들의 취미인 걸까. 중년들만 들어갈 수 있다는 고난도의 고온사우나 같은 건가! 해인은 문득 어릴 적, 목욕탕에서 엄마의 손에 의해 반쯤 익도록 때를 불렸던 기억을 되새겼다.

'싫어어! 할머니, 살려줘! 엄마가 나 죽인다!'

'어유, 이 가시나! 조용히 좀 못 하니!'

'으앙! 아빠한테 이를 거야!'

'가만있어야 불 것 아니야!'

매번 등짝 스매싱을 당했었다. 생각해보면 예나 지금이나 해인은 뜨거운 물에 약했다. 남들이 적당하다고 하는 온도도 혼자 뜨겁다고 난리를 쳤으니 말이다. 그때부터 전생에 고양이였던 티를 냈는지도 모르겠다. 하지만 오늘은, 모처럼의 여행이었고 더 이상 망치고 싶지 않았다. 하나 있는 연인이 워낙 어른스러운 인물이다 보니 조금쯤은 비슷해지고 싶었다.

당장 뛰어나가고 싶었지만, 애써 자기 최면을 시도했다.

'나는 어른이다. 나는 어른. 이 정도 뜨거운 것쯤 어른의 힘으로……. 으음, 그 전에 변신에다가 이젠 순간이동까지 하는 이상한 생물체지만…….'

자연스레 자기최면에 실패한 건, 퐁당거리며 제 턱에부터 떨어지는 물방울 소리 때문이었다. 당분간 이 소리는 트라우마가 될 것 같았다. 그리고 어릴 적 추억을 떠올렸더니, 그것들을 버리지 못하는 자신도 연달아 떠올랐다. 시율을 버리고 본래대로 돌아가려는 자신을 이해할 수 있을 듯, 이해할 수 없었다. 끝맺을 듯 끝맺지 못하는 고뇌였다. 해인은 물 안에서 무릎을 끌어안으며, 눈을 감았다. 뜨거운 열기 때문에 숨을 가늘게 몰아쉬어야 했다.

'그래도 순간이동을 할 수 있으니까…… 엄마를 만나러 가기는 수월할지도.'

그동안 쓴 교통비가 아쉬워지는 순간이었다. 자신에게 이런 힘이 있다는 걸 알았다면 진작 썼을 텐데. 물론 쓰고 나니 연비가 나쁜지 사람으로 서너 시간 있었던 것만큼의 기운이 사라져 있었지만 말이다. 겨우 몇 미터 이동했을 뿐인데……. 물론 그것 말고도 단점은 많았다. 엄청난 집중력을 요한다는 것과, 실패 확률이 높아 보인다는 것.

조금 정신을 팔았을 뿐인데 연못에 빠진 걸 생각하면, 잘못 썼다가는 벽 같은 데 몸이 낄지도……. 확실히 그건, 지금 온천 안인데도 몸이 부르르 떨릴 만큼 무서운 상상이었다.

'사신은 일부러 안 가르쳐준 게 틀림없어. 아마도 쓰기 어려워서.'

변신 기능은 가르쳐 주면서, 다른 유용해 보이는 기능을 숨긴 원인이야 뻔해 보였다. 시율이 저를 보며 매번 불안해하듯, 사신도 그랬을 것이다. 막 시도하면 안 된다는 건 분명했다. 잘못해서 옮겨간 곳에 사람이 있으면 그것도 큰일이니까. 아, 그래서 사신이 매번 공중 사이로 순간이동을 했나 보다. 고소공포증이 있는 해인으로서는 난감함 일이었던 터라 똑똑히 기억났다. 혼자 고개를 끄덕이며 해인은 고양이의 진화 버전이 새인 이유를 어렴풋이 짐작했다.

이것저것 생각하는 사이 뜨거운 물에는 제법 적응해 있었다. 몸이 흐물흐물해지며, 기분이 좋아지기 시작한 것이다. 긴장이 풀리고, 온천의 장점을 조금은 알 것 같았다.

"이 정도면 나도 어른……."

"후, 오자마자 계획이 틀어졌잖아. 온천은 저녁에 느긋하게 할 예정이었는데."

시기적절하게, 시율이 젖은 머리를 하고는 샤워실에서 빠져나왔다. 해인은 감았던 눈을 번쩍 뜨며 제 쪽으로 다가오는 시율을 바라봤다. 그는 허리에 수건을 두르며 터벅터벅, 아무렇지 않은 얼굴로 탕을 향해 다가오고 있었다.

"둘이 들어가기에 좁을까 봐 걱정했는데, 괜찮아 보이네."

"……."

시율은 해인과 달리 발을 한 번 넣더니 그대로 쑥 물 안에 들어와서는, 뜨거운 물을 손에 담아 자신의 얼굴과 목덜미를 몇 번 문질렀다.

지극히 나른하고, 느리고…… 그래서 또 시선을 뗄 수 없었다.

미쳤다. 미쳤어.

"너 왜 말이 없냐."

그의 미간으로 물이 흘러내렸다. 젖은 머리칼은 어딘가 야했다. 그렇지 않아도 섹시한 남자인데, 야외에 앉아, 심지어 물에 젖어 있는 모습은 너무나 강렬한 것이었다. 물에 적셨다는 것만으로 성인 관람가가 된 느낌이었다. 분명 가릴 덴 다 가리고 있는데…… 수증기 때문에 시야는 더 나쁜데. 물이 문제일까, 이 남자의 고질적인 페로몬이 문제일까.

나는 왜 매일 보는 남자에게 이렇게 지독한 설렘을 느끼는 걸까. 그가 수증기 너머로 저를 보는 눈이 나른해서일까. 그 목소리가 물에 잠긴 듯 찰랑

대서일까. 그와 자신이 함께 있는 이 순간이 너무 적나라해서일까. 지금 숨이 막히는 건 분명, 뜨거운 탕 때문이리라.

"너 물 뜨겁지? 얼굴이 빨갛다."

시율의 더운 손이 제 뺨을 만졌을 때, 해인은 뭔가 한계에 도달한 걸 느꼈다.

"……얌마."

"엣."

"코피……."

그의 말에 놀라 퍼뜩 고개를 내리자, 물 위로 뚝, 하니 떨어지는 선명한 핏방울이 보였다. 해인은 놀라 손으로 코를 틀어막으며 변명을 내뱉었다.

"무, 물이 너무 뜨거워서. 그래서 혈압이 올랐나 봐."

"어지러우면 그만……."

"아우! 이게 왜 이런대!"

해인은 당황해서는 급히 탕에서 빠져나왔다. 당연히 시율이 따라 나왔다. 그는 여전히 흠뻑 젖은 채였다. 코피는 멎지 않았다. 어째 되는 게 하나도 없었다.

코피가 진정이 되는 데까지는 시간이 좀 걸렸다. 해인은 코에 휴지를 틀어막고 다시 탕 안에 앉아 있었다. 대체 이 여행에 수치의 끝은 어디인가. 자신은 어디까지 망가져야 하는가.

해인은 뜻하지 않은 번뇌에 빠졌다. 보통 연인이 하는 데이트라고 하면 이런 느낌이 아닐 텐데…….

"……픕."

"우, 웃지 마!"

"푸하하핫!"

"강!"

웃지 말라니까 더 폭소해버리는 남자를 보며 해인은 한층 시뻘건 얼굴이 됐다. 코피를 터트릴 바에야 차라리 연못이 나왔다. 코에 휴지를 넣어야 할 바에는 말이다. 아무래도 자신은 일본과 상성이 나쁜 모양이었다. 여기 오는 내내 자꾸만 트러블이 생겨서 그런 생각마저 들었다.

"아아, 배야……. 내가 너 때문에 산다, 정말."

"……못 사는 게 아니고?"

너무 웃더니, 눈물인지 온천물인지 모를 것을 눈가에서 닦는 시율이었다. 해인은 여기가 일본만 아니라면 정말 가출이라도 하고 싶은 심정이었다. 부끄러움은 왜 오로지 나의 몫인지. 이젠 더 이상 부끄러울 것도 남지 않은 것 같았다.

"너 때문에 사는 게 행복하니까. 그게 맞아."

"……흐, 흥. 구박해놓고는……."

"그보다 이제 강이라고 부르는 거 그만둬도 되지 않아?"

보글보글, 코를 조금이라도 덜 강조하기 위해 탕 안에 코 아래까지 담그고 있던 해인은 시율의 물음에 의아한 눈을 했다.

"우란 어엿한 연인 사이잖아. 언제까지 그렇게 부를 거야."

"그런가……?"

"으흠."

"이름……."

하긴, 그는 멀쩡한 강시율이라는 이름이 있었다. 처음에 그를 '강'이라고 멋대로 줄여 불렀던 건 단순히 그의 이름을 부르는 게 너무 친근한 느낌이라서, 그게 싫어서였다. 그땐 그와 사이가 나빴으니까. 앙숙에 가까워서……. 이렇게 될 줄 몰랐다. 꿈에도.

함께 온천을 즐기는 사이가 될 거라고는 말이다.

해인은 잠시 궁리했다. 그럼 그를 이제 뭐라고 불러야 할까. 풀 네임을 부르는 건 되레 정 없고, 이름만 부르자니 건방진 것 같고…… 그럼.

"……시, 시율……오빠?"

내뱉고 나니 다시 심하게 얼굴이 화끈거리는 느낌이었다. 아무래도 부끄러운 일에는 끝이 없는 것 같았다.

"……."

그는 왜 말이 없는 걸까. 해인은 시율이 어떻게 반응할지 몰라 잔뜩 긴장했다. 이번에 혈압 상승을 느낀 건 시율이었다. 그는 심각한 얼굴이 됐다. 표정이 이상해지려는 걸 가까스로 참느라 그렇게 되고 말았다.

"미안, 하던 대로 하자."

"……으응."

둘 다 말이 없었지만, 부끄러워서 안 되겠다는 걸 알았다. 말하는 해인이 너무 부끄러워하자 시율까지 이상한 기분이 됐다. 그의 귀가 은근히 빨개졌다. 오빠 소리라면 태일의 앞에서 남매인 척할 때도 들은 적 있었는데, 그때와 달리 지금은 너무 낯간지럽게 느껴졌다. 아무래도 해인이 말하는 의미가 달라져서 그러리라. 뭔가 자기라고 불린 것과 같은 느낌이었다.

"저기…… 그럼, 계속 강이라고 부른다?"

"그게 좋겠어. 여동생이 있어서 그런지…… 네가 그렇게 부르니까, 뭔가 이상해서……."

시율이 말끝을 흐리는 경우는 상당히 드물었다. 해인은 그의 얼굴이 조금 붉어 보이기는 했지만 순전히 온천 때문이라고만 여겼다.

"……그리고 또, 생각해보니까."

"응?"

"나를 그렇게 부르는 건…… 너밖에 없어서……."

"……."

"좋네."

온천 효과일까. 왜 한마디 한마디가 전부 이렇게 열기 어리고, 뜨겁고, 심장을 답답하게 하는 걸까. 해인은 다시 탕 안으로 얼굴을 담갔다. 코에 휴지를 꽂고 있다는 걸 상기하고는 부랴부랴 빼내서 탕 밖으로 버렸다. 좁은 온천 안은 무슨 짓을 해도 서로에게 움직임이 느껴졌다. 물 안에서 다리를 꾸물거리는지, 손을 휘젓는지, 그가 제게 다가오는지…… 그런 게 전부 고스란히 말이다.

마주 다가온 그를 보며 해인은 안절부절못했다.

"……어지럽진 않아?"

그가 그림자를 드리우며 나지막한 목소리로 물었다. 해인이 고개를 살짝 끄덕이긴 했지만, 사실 어지러웠다. 너무 어지러워서 또 코피를 쏟을 거 같은 기분이 됐다. 마침내 그의 손이 제 어깨를 붙잡았을 때, 해인은 비로소 한 가지 사실을 깨달았다.

'알겠다, 이게 무슨 느낌인지. 수증기 때문이겠지만…… 마치, 누군가의 숨결 안에 있는 기분이야. 그래서 자꾸 기분이 벅차져.'

차락, 물소리를 내며 시율의 손끝이 해인의 뺨을 매만졌다. 물기 어린 손을 느끼며 홀린 듯, 눈을 감았다. 그가 다가오리란 걸 알았다. 입술이 닿고 말 거라는 것도. 해인은 그 순간을 고대했다. 가장 먼저 그가 입술을 맞춘 건 코끝이었다. 가볍게 닿았다가 떨어지며, 다시 닿아 가벼운 소리를 냈다. 그는 부끄럽게도 무언의 찬양을 하며 해인의 눈썹 위에, 뺨 위에 점점이 입술을 눌렀다. 보드라운 두 뺨을 붙잡아 쓸며 깊은 숨 소리를 흘렸다.

그에 해인은 참지 못해서 물 밖으로 손을 꺼내 그의 목을 끌어안았다. 물안은 따뜻했고, 더웠다. 기어코 하게 된 그와의 키스는 더 치열하고 뜨거웠다. 숨이 막혔고 심장이 옥죄어서 급격히 어지러워졌다. 정신을 놓고 싶어질 만큼 기분이 좋아졌다.

"하아, 하……."

키스 끝에 숨이 차서, 낮게 몰아쉬고 있자 그가 여전히 으슥하고 가까운 거리를 유지한 채 속삭여 물었다.

"……우린, 아이를 가질 수 없어? 절대?"

해인은 낮의 일이 떠올랐다. 주차장에서 속을 게워내자 그는 그런 걱정부터 했다. 오늘 계속 몸 상태가 좋지 않아서 미련을 못 버리는 것 같았다. 너무 현실적인 걱정을 하는 그가 해인을 씁쓸하게 만들었다. 아직 키스의 열기가 남은 입술로 조금 슬프게 웃었다.

"없어. 지금은."

"……지금은, 이란 말이지."

"강, 이것만은 말할게."

"무슨?"

"난, 요괴는 아니야."

그것 말곤 말하지 못하지만. 내가 사람이라도 말할 수 없고, 사신의 힘을 빌려 쓰고 있다는 것도 말하지 못하지만. 그거라도 알아주길 바라.

"선인 같은 건가, 그럼. 신선? 신수? 도를 닦는 무언가."

"……그것도 아냐."

요괴도 아니고 선인도 아니면 대체 뭐라는 걸까. 시율은 꽤나 열심히 그 방면으로 공부하고 있었지만 이건 너무 어려운 문제였다.

"요괴도 아니고, 선인도 아니고. 선녀도 아니고 마녀도 아니고."

그가 불만스러워하는 것도 무리는 아니었다. 해인은 그가 둔 후보 중에 선녀가 가장 낯간지러웠다. 애를 셋 낳으면 돌아가지 못한다는 점에서 그의 구미를 당기는 모양인데…….

"음, 있잖아, 강."

"힌트가 더 필요해."

"나도 주고 싶어. 하지만…… 마음대로 안 돼. 내가 강을 좋아하는 만큼 그게 힘들어져. 나는…… 강을, 엄청 좋아하지만, 강이랑 결혼도 하고 싶고…… 강의 아이도 낳고 싶지만……."

해인은 더 이상 말을 고를 수 없었다. 그에게 해줄 수 있는 말이 더는 없었다. 그게 바로 힌트였으니까. 이렇게 답답해질 때면 차라리 이 몸을 집어 던지고, 영혼 상태가 되어서, 그에게 온갖 사실을 속삭이고 싶었다.

이 몸은 그를 만질 수 있게 해주는 족쇄였으니까.

"차라리 내가 귀신이었으면 좋았을걸."

"……그럼 우리 못 만져."

"그러니까."

하지만 육체의 억압에서 벗어나면, 적어도 하고 싶은 말을 할 수는 있을 테니까. 그렇게 생각하면 그것마저 유혹적이었다. 물론, 그 계획에는 시율이 귀신을 볼 수 있어야 한다는 단점이 붙지만 말이다. 온갖 수를 상상해봤지만 엉망인 것투성이였다.

어떻게 해야 영혼이 될 수 있는지는 알았다. 전에 사신이 얼핏 말을 한 적은 있었다. 이 몸이 완전히 '망가지면' 영혼이 튕겨 나간다고 했다. 하지만 그랬다가 악령에게 먹히거나, 다른 사신에게 잡혀 저승으로 끌려가 영영 사람으로 돌아갈 수 없어질 거라고 했다.

무의미하다는 걸 알면서도, 얼마나 절실했는지 해인은 그런 것까지 생각하고는 했다.

해인이 손을 들어 그의 두 뺨을 덮었다. 무릎으로 일어서며, 이번엔 자신이 먼저 그에게 키스했다.

"강, 나는 그리 똑똑하지 못해서…… 잘못된 선택을 할지도 몰라. 그래도, 온 힘을 다해 강을 사랑할 거야."

"……너 요즘, 고백이 잦아졌다."

키스를 받아주는 그의 눈길이 가늘었다. 그가 되묻는 목소리가 밝지 않았다.

"혹시, 떠나야 한다던 날이 가까워진 거야?"

"……."

"얼마 안 남았어? 그래서 그래?"

무언은 해인이 할 수 있는 몇 안 되는 대답이었다. 사신이 돌아오기까지 남은 건 길다기보다는 짧은 시간이었다. 이 여행을 마지막 여행이라고 말해도 좋을 만큼. 처음 고양이가 됐던 계절이 다가오고 있었다. 더 이상 해인에게 있어서 봄은, 기다려지는 따뜻한 날이 아니었다. 차라리 이 겨울이 길기를 바랐다.

말로 고르지 못할 만큼, 이 겨울이 절실했다.

시율이 자는 동안 해인은 창가 너머로 하늘을 올려다봤다. 잠이 오지 않는 밤이었다. 결국 이불 밖으로 빠져나와 챙겨 온 자신의 색연필과 스케치북을 들었다. 창가 가까이 앉아서 료칸의 정원과 달을 그리기 시작했다. 밤이면 그림이 그리고 싶어지는 건 어느새 들어버린 버릇일지도 모르겠다. 태일이 함께 살았을 때, 해인이 그림을 그릴 수 있는 시간은 밤뿐이었으니까.

사각사각, 이제는 제법 짧아져서 몽땅해진 색연필들로 해인은 지금 제 눈에 아름다운 것을 남기는 데 여념 없었다. 기억을 남기지 못한다면 그림이라도 욕심부리고 싶었다.

제 얼굴을 그리는 건 안 되지만 이 정도는 가능했으니까.

본래는 잠을 자지 않아도 되는 몸인 데다가, 최근에는 기운이 넘쳐서 잠은 더욱 무의미했다. 어둠 속에서도 모든 건 똑똑히 보였다. 열중했더니 날이 밝는 건 금방이었다. 밤새 그렸더니 그림은 꽤 그럴싸한 퀄리티가 나왔다. 해인은 부스럭거리며 일어나는 시율의 기척을 느끼고 손을 멈췄다.

"너, 거기서 뭐 해⋯⋯?"

"그림 그렸어!"

시율은 비어 있는 옆자리가 마음에 안 드는지, 잠도 덜 깬 손으로 제 옆을 토닥거렸다. 해인은 얼른 그의 옆으로 돌아가 배를 깔고 드러누웠다.

"안 잔 거야?"

"잠이 안 와서. 그린 거 볼래?"

"⋯⋯그래."

"어때?"

해인이 내민 A4 사이즈의 스케치북 안에는 여러 색감이 빼곡하게 들어차 있었다. 밤하늘의 어디에서 이런 반투명한 아름다운 보라색을 본 건지, 달은 왜 이런 신비한 푸른빛인 건지. 자신이 빠졌던 연못마저 색색을 써서, 빛을 비춘 보석 같은 색이었다. 시율은 진심으로 감탄했다. 명색이 촉망받는 아티스트의 그림인 줄은 모르고 말이다.

"……엄청 잘 그리네."

"아무렴 강보다야."

"사람들은 내가 개를 그리면 다람쥔 줄 알더라."

"고양이를 그리면 뱀인 줄 알고."

"맞아."

시율이 가끔 하는 말이라 해인은 제가 뒤를 따라 말했다. 그가 유일하게 못하는 하나가 자신이 제일 잘하는 한 가지라니, 신기했다. 나쁘지 않은 기분이었다. 해인이 기분이 좋아져서는 턱을 괸 채 노래하듯 말했다.

"이거 여기에 주고 갈까 봐. 심심해서 그린 것치고 잘 그려졌어."

"……료칸에? 밤새 그린 건데 아깝지 않아?"

"에이, 그냥 색연필로 막 그린 건데, 뭐."

"너무 아까운데, 그러기엔……. 이거, 내가 가지면 안 돼?"

시율이 정말 아까운지 그림을 팔랑 흔들며 물었다. 그거, 좋은 생각이었다. 나중에 자신이 보면 제 그림이라는 걸 알아볼 수도 있을 테니까. 첫눈에는 모를 테지만, 시율이 우리가 함께했다는 증거로 이 그림을 들이밀면…… 그림 속에서 자신만의 버릇을 찾을 수 있을지도 몰랐다.

만약 그런 의도로 시율에게 주고자 하면서 그렸다면 그림을 그리지 못했으리라. 해인은 가까스로 고개를 조금 끄덕일 수 있었다.

'잘 가지고 있어줘. 혹시 내가 알아볼 수 있도록.'

그리고 그의 이마에 살포시 굿모닝 키스를 했다.

"우선 유후인에 갈 거야."

시율이 빵을 하나 우물거리며 말했다.

"그게 뭐야? 먹는 건…… 아닌 거 같고."

"이쪽으로 관광 오는 사람들은 거의 다 들리는 유명한 관광지야. 오래된 산에 둘러싸여 있는 전통이 있는 마을이래. 여행책자에 의하면 일본 여자들이 가장 선호하는 휴양지라는데, 아마 네 취향 아닐까?"

"오호."

"특히 거기 있는 호수가 장관이라는데…… 저것들 챙겨 가서 또 그려도 좋겠네."

"지금은 괜찮아."

시율이 원하면 색연필 챙기라고 눈짓했지만, 해인은 고개를 내저었다. 그가 자고 있을 때나 혼자 심심해서 그린 거였다. 낮에는 당연히 그와 팔짱 끼고 데이트하는 데 시간을 쓰는 편이 좋았다.

"그리고, 그다음에는 유명한 신사에 들를 거고. 신사 알지? 우리나라 절 같은 거."

"당연히 알지. 신사! 만화에서 봤어!"

"마지막으로 저녁에는 쇼핑센터에 가서 트리를 보고, 마음에 드는 게 있으면 사고…… 8시 전에 귀가해서 오늘이야말로 달을 보면서 온천을 하는 거지."

"……다 좋은데, 맛집은 없어? 모처럼 여행 왔잖아."

여행의 묘미는 맛집이건만, 이 남자의 완벽한 플랜에서는 완벽하게 식당이 배제되어 있었다. 그건 이상한 공백처럼 느껴졌다. 그러고 보니, 맛있는 것도 좋아하면서 지금도 대충 빵을 먹고 있었다.

"그건 됐어. 네가 안 먹으니까."

"……어?"

"혼자 먹어서 뭐해. 대충 때우지, 뭐. 군것질거리라면 여기저기서 팔 거야."

여기까지 와서 그런 아까운 짓을! 해인은 분명 음식을 먹을 필요가 없었다.

가끔 맛을 보기 위해 먹기는 해도…… 잠이 필요 없듯, 음식도 필요 없었으니까. 하지만 여행이란 평소와는 다른 것이었다. 해인은 큰맘 먹고 말했다.

"저기! 이번엔 먹을게. 고양이로 돌아갈 일 없으니까, 마음껏 먹을 수 있어."

"그래?"

"응. 여행하는 동안은 사람으로만 있을 거니까 괜찮아!"

평소에는 뭔가 먹어도 아주 조금 먹었는데, 사실 먹으려면 더 먹을 순 있었다. 음식을 먹어 버릇하지 않았더니 위장이 작은 느낌이라 금방 더부룩했지만 말이다. 그리고 소식하는 결정적인 이유는 고양이로 돌아갈 때를 대비해서였다. 하지만 이번 여행에서는 내내 사람으로 있을 거니까, 평범하게 먹어도 될 것 같았다.

시율이 아쉬운 얼굴로 턱을 긁적였다.

"이런, 네가 못 먹을 것 같아서 화식도 신청 안 했는데, 내일은 해야겠군."

"화식은…… 뭔데? 먹는 거지, 그건?"

"가이세키라고…… 일본의 한정식 같은 거랄까. 상다리 부러지게 일본 음식을 차려주지."

"나 그거 느낌 알아! 엄청난 거잖아!"

역시나 만화에서 얻은 지식인데, 그걸 먹기 위해서라도 해인은 오늘 하루 열심히 위를 늘려야겠다고 생각했다.

숙소를 나가기 전, 시율은 해인의 목에 뭔가를 걸어줬다. 방긋 웃으면서 묵직한 그것을 손수.

"몸에서 절대 떼지 마."

마치 영험한 부적이라도 걸어주는 것 같은 표정이었다. 반면 해인은 질색했다.

"이런 건 할머니들이 하는 거야!"

"오, 그걸 알다니, 제법이군."

어디서 구해 왔는지 휴대폰에 빨간 스트랩을 연결해 목에 걸어준 것이다. 그것은 요즘 보기 힘들다는 휴대폰 목걸이였다.

"모를 줄 알았냐!"

"그래도 해."

"주머니에 넣으면 되잖아!"

"넌 그러면 잃어버리고도 남을 것 같아. 여기 와서 한 것들을 생각해봐."

"……끄응."

"그리고, 목줄을 거는 것보다는 낫잖아."

이거나 목줄이나! 그는 일부러 붉은색 스트랩을 산 게 분명했다. 산책 줄과 똑같은 색의 줄을 목에 건 기분이 꾸리꾸리했다. 이런 걸 걸어줄 만큼 저를 잃어버리는 게 무섭다는 건 알겠지만 말이다.

볼을 부풀리며 현관으로 나왔는데, 뚱한 해인의 눈에 걸린 건 눈 쌓인 꽃나무였다. 해인은 대뜸 옆에 가는 시율의 옷깃을 잡아당기며 그것을 손짓했다.

"강! 강, 나 이거 좋아해."

"뭔데?"

깊게 생각하지 말고 말해야 했다. 툭, 하니 내뱉듯. 그렇지 않으면 방해당하니까. 아마 이런 식으로 두 번 말할 수 없어질지도 모르겠다. 방해꾼은 학습을 해서, 한 번 당한 것에 두 번 당하지 않았으니까. 해인은 뜬금없이 무슨 소린가 하는 시율에게 재차 설명했다.

"동백나무야."

"꽃도 안 폈는데 알아보네. 아…… 알겠다. 이거 네가 매일 나 기다리는 그 집 앞에 있는 거구나."

"맞아!"

"이파리가 특이해서 기억하지."

그의 기억력은 과연 특출했다. 동백나무는 겨울에도 잎이 지지 않았다. 겨울이 지나자마자 꽃이 피는 나무라서, 가끔 이르게 피어서 눈을 맞기도 했다. 그래도 꽃이 떨어지지 않는 생명력이 강한 꽃나무였다. 시율이 넓은 동백나무 이파리를 만지작거리며 대꾸했다.

"난 네가 벚꽃을 좋아하는 줄 알았는데."

"이게 더 좋아."

"흠. 의외네."

다들 시율과 비슷하게 생각했다. 하지만 실제론 그렇지 않았다. 해인은 또 말이 나오지 않았지만, 시율이 동백나무를 보고 있다는 사실로 마음이 든든해졌다.

'그걸 알면, 내 소중한 사람인 거야.'

왜냐하면 엄마도 모르고, 아무도 모르고 나만 알고 있기 때문이거든. 해인은 누군가에게 제가 가장 좋아하는 꽃이 뭔지 말해본 적 없었다. 항상 속으로 생각하고 속으로 정했다. 애초에 속을 내보이는 데 인색한 사람이라, 곧이곧대로 말하지도 않았다. 작품 활동으로 주로 꽃을 그리다 보니 무슨 꽃을 좋아하냐는 질문을 종종 받고는 했는데, 그럴 때면 해인은 그냥 벚꽃이라고 했다.

가장 좋아하는 꽃은 아니지만, 좋아하는 꽃이 맞기도 했고. 사람들도 그렇게 말하면 쉽게 고개를 끄덕이고 이해했으니까. 동백꽃이라고 하면, 하나같이 왜냐고 묻고는 했다. 보통 사람들은 썩 좋아하지 않는 꽃이었으니까.

'아빠가 좋아하셨어. 단아하다고.'

해인은 시율을 따라 꽃잎에 눈을 털어주며 말했다. 말할 수 있는 거라도. 흘러가는 흔한 말로 들릴지라도.

"강, 동백나무의 꽃말 알아?"

"모르는데."

"기다림이야. 애타는 사랑이라는 뜻도 있고, 옛날 옛날에, 남편을 기다리다가 죽은 부인의 무덤에서 피어났다는 설화도 있어."

그림의 주 대상이 꽃이다 보니, 해인은 꽃에 대해 제법 해박했다. 자세한 생물학적 정보보다는 거기에 얽힌 이야기들을 좋아했다.

"다른 꽃말은, 그대를 누구보다 사랑합니다."

작게 말하고는, 제가 가장 좋아하는 꽃의 이파리를 몇 번이나 쓰다듬었다. 그가 기억해주길 바라면서. 사실은 더 중요한 걸 가르쳐 주고 싶지만, 이 몸에 얽매여 있는 이상은 무리였다.

일본에 오기 전부터 반드시 먹겠다고 노래를 부르던 병아리 과자를 상자째 옆구리에 끼고, 설탕물을 입힌 과일 꼬치는 왼손에, 색소가 잔뜩 들어간 싸구려 슬러시는 오른손에 들고는 그것도 모자라 다음에 먹을 군것질을 매의 눈으로 물색 중인 해인이었다.

"……너, 지금까지 조금 먹는 척했던 거냐."

"우으음우."(아니아니.)

해인은 입안 가득 단걸 우물거리며 고개를 저었다. 오해였다. 그간 못 먹은 한을 풀고 있을 뿐이었다. 이런 여행이 아니고서야 며칠 내내 사람으로 지낼 일은 없을 테니 말이다. 심지어 먹거리의 천국이라는 일본이 아닌가. 한을 풀기에 제격인 곳이었다.

"다 먹을 수는…… 있는 거지?"

이렇게 열심히 먹는 해인을 보는 건 처음이라, 시율은 아직 적응하지 못하고 있었다. 우동 세 가닥 먹고 기권하던 여자가 오늘은 옥수수 구이를 혼자 하나 다 먹은 것도 놀랄 일인데, 또 양손 가득 먹을 걸 들고 있기 때문이다. 심지어 지금 먹고 있는 것 말고도 그의 손에는 문어빵과 볶음우동이 들려 있었다.

이젠 돌아다니면서 먹을 수 있는 양이 아니었다. 하나둘 사다 보니 두 사람 손이 부족할 지경이 되어서, 앉을 자리를 찾아야 했다. 하지만 해인은 먹을 자리를 찾는 와중에도 새로운 먹거리만 보면 눈을 반짝였다. 시율은 우동 두 그릇을 혼자 먹어야 했던 고난을 떠올렸다. 설마 이번에도 같은 시련을…….

"강! 저기 봐! 다, 당고야. 나 저것도 먹어보고 싶어! 만화책에서 봤어! 응? 저거, 저거!"

말까지 더듬을 정도로 원하는데 안 사줄 수도 없고. 시율은 경단 꼬치에 달게 조린 색색의 팥고물을 올린 당고 가게 앞에 서서는 한숨을 쉬었다.

"……몇 개?"

"음, 음…… 나는 4개!"

"우리에게 볶음우동이랑 문어빵이 있다는 건 알고 있는 거겠지?"

그가 다정하게 웃으며 되물어서, 해인은 더 활짝 웃어 보였다.

"물론!"

"……그런데도 4개란 말이지."

"이거랑 이거!"

시율이 설핏 어두운 안색이 됐지만, 해인은 그걸 보지 못했다. 자신이 먹을 꼬치를 고르느라 말이다.

한적한 벤치에 자리를 잡고 앉은 둘은, 상점가를 쓸다시피 해서 마련한 갖가지 먹거리들을 꺼내놓기 시작했다. 나무로 된 공원 벤치는 4명도 앉을 수 있을 만큼 자리가 넉넉했지만 금세 먹을 것들로 꽉 차버렸다. 전부 해인이 욕심부려 사 모은 것들이었다.

"이 정도 양이면 점심인데……."

시율은 엄청난 양에 긴장했지만, 해인은 행복해 어쩔 줄 모르는 얼굴이었다.

"뷔페 같아!"

"……그래, 먹어라, 먹어."

제 여자 친구가 이렇게 먹을 것에 욕심이 많은 타입이었던가. 이런 먹성을 대체 어디에 숨기고 있었던 걸까. 해인은 시율의 걱정이 무색하게도 부지런히 먹어치우고 있었다. 냠냠, 이라는 의성어가 이렇게 잘 어울리기도 힘들 것 같았다. 손을 움직이느라 바쁜 해인의 모습은 가끔 보여주는 햄스터 같은 얼굴이었다.

저 볼살은 어디까지 늘어나는 걸까. 시율은 제가 먹는 것보다는 해인이 먹는 모습을 바라보는 쪽을 택했다. 너무 맛있게 먹고 있어서, 그걸 보는 것만으로 배가 부른 느낌이었다.

"그렇게 먹을 수 있는 거였냐."

"그러게, 되네."

"너도 몰랐던 거야?"

"음…… 작아져야 한다는 부담이 없어서 그런지 잘 들어가는걸."

해인도 이렇게 먹는 건 처음이었다. 이 몸으로는 말이다. 원체 겁이 많아서 이 몸으로 배불리 먹어볼 생각은 하지 않았었다. 자칫 고양이로 돌아갔을 때 배가 터질 것 같아서 무서웠기 때문이다. 이렇게 원 없이 먹는 게 대체 얼마 만인지. 그래, 맛있는 걸 먹는 건 이렇게 행복한 일이었다.

"강은 왜 안 먹어? 먹어봐. 이거 되게 맛있다?"

시율은 해인이 내밀자 그제야 문어빵 하나를 찍어 먹으며 물었다.

"전부터 궁금했는데 말이야, 줄었다가 커졌다가 하는 건 어떤 기분이야?"

"이상한 기분."

"……얌마, 네가 그런 기분이면 어쩌냐."

"하지만 정말 그런걸. 아마 애가 됐다 어른이 됐다 하는 거랑 비슷하지 않을까?"

제 일인데 마치 남의 일처럼 대꾸하며 해인은 당고를 하나 꺼내서 입에 물었다.

"너야 항상 애 같잖아."

"응? 왜 이래, 요즘은 나름 어른스럽게……."

해인은 말을 멈췄다. 내내 맛이 궁금했던 당고를 처음 먹어본 소감은, 팥을 바른 가래떡이랄까. 동그랗게 만든 가래떡을 꼬치에 꿰어 색색의 팥을 바른 건데, 그 떡이랑 팥이 엄청 맛있는 느낌. 해인은 그만 감격해서는 심각하게 입을 뗐다.

"강……."

"응?"

"일본 음식은 다 왜 이렇게 맛있을까?"

"……."

그게 바로 시율이 말하는 어린애 같은 점이라고는 절대 생각 안 하는 눈치였다.

"나 여기 살고 싶다."

"여기로 찾으러 오면 되냐."

"엣, 그건 아니고."

이 남자 머릿속엔 저를 잡으러 올 생각밖에 없나 보다. 해인은 괜스레 민망해져서 당고를 우걱우걱 맛도 느껴지지 않을 만큼 급하게 씹어댔다. 저러다 체하겠네 싶어서, 시율은 예의 그 불량식품에 가까운 슬러시를 들어 해인의 손에 넘겨줬다.

"목멘다. 천천히 먹어."

"넵."

꼭 지금처럼, 그의 눈에 해인이 아이 같아 보일 이유야 항상 넘쳤다. 덜렁대는 걸 챙겨주거나, 뜬금없는 질문에 답해줄 때면 그랬다. 저를 보는 저 무한한 신뢰의 눈에 보답해야 할 때도.

"일본 음식이 맛있는 건…… 아마 나라 특성 때문이려나. 우리나라 사람들이 음식점을 하는 이유는 대부분 돈을 벌기 위해서잖아? 생계수단."

"……일본은 돈 안 번대?"

"그게 아니라, 일본은 가업을 잇는 문화가 강하거든. 그래서 음식점을 해도 전통 있는 경우가 많고…… 2대 정도 이어온 덴 오래된 것도 아니라고 할 정도니까. 그렇다 보니 자기들 요리에 자부심이 강하대. 참고로, 우리가 묵는 료칸만 해도 5대째야."

"오호……."

"심지어 달걀말이 하나를 만들어도 장인정신으로 만든다니까 알 만하지.

음식에 들이는 공이 남다른 거라고 해야 하나. 물론 일본이라고 모든 음식점이 그러진 않겠지만 말이야."

내 남자 친구는 하여간 똑똑해. 오늘도 배우는걸? 해인은 초롱초롱한 눈으로 시율에게 무한한 존경을 표시했다.

그러다 불쑥, 그가 눈을 마주친 채 저를 향해 손을 뻗어 와서 살짝 눈을 감았다. 뭘까.

"응?"

"여기 묻었잖아."

아무래도 입가에 팥고물이 묻어 있었나 보다. 시율은 눈에 거슬렸는지 그것을 제 손끝으로 문질러 해인의 입가에서 떼어냈다. 그의 손에 묻은 제 덜렁거림의 흔적이 부끄러워서 해인은 얼른 휴지를 내밀었다.

"미안, 휴지 여기……."

"됐어."

하지만 그는 해인이 휴지를 내미는 것보다 빠르게, 제 손가락을 입안에 넣었다 뺐다. 그리고 가볍게 쪽, 빨고는 아무 일 없었다는 듯 자기도 당고를 하나 집어 들어 입에 물었다.

"맛있네. 잘 산 것 같다."

그건 내 입에 묻었던 팥을 얘기하는 걸까, 혹시 방금 그걸로 맛을 본 건 아니겠지? 해인은 돌연 제 얼굴이 붉게 달아오르는 걸 느꼈다. 두 뺨이 화끈거리는 와중에, 방금 그가 했던 말이 떠올랐다.

'너야 항상 애 같잖아.'

아니라고 부정했는데, 지금 보니 맞는 것도 같았다. 해인은 끄응, 하니 생각에 빠졌다. 물에 빠진 걸 끌고 가 씻겨주는 것부터, 잘 자라고 토닥토닥 재워주는 거, 입에 묻은 걸 닦아주는 거까지 전부…….

'그, 그다지 성인들의 데이트 같진 않은데?'

그보단 그가 애를 하나 보는 것 같은 느낌이 들었다. 시율도 그렇게 느끼는 것 같았다. 지금도 양손에 먹을 걸 들고 입가에 뭘 묻힌 자신이 문득 참을 수 없이 부끄러워졌다. 해인은 슬그머니 손에 든 꼬치와 슬러시를 벤치에 내려놨다.

"다 먹었어?"

"응……."

"것 봐. 너무 많이 샀다고 했잖아."

딱히 타박하는 것도 아닌 목소리였다. 그럼 그렇지, 하고 익숙하게 자신이 뒤치다꺼리할 준비를 하는 얼굴이었다. 해인은 왜 하필이면 이 남자는, 이렇게 어른스럽고, 또 가만있어도 섹시하고 매사에 태연한 걸까 하는 그런 고민에 빠졌다. 자신과 너무 다른 그가 존경스럽고, 그래서 가끔 저와 안 어울릴까 봐 겁이 났다.

문득 그런 의문이 들었다.

'……남들 눈에 우리가 커플로 보이긴 할까?'

이런 모습이라서야, 그러니까 얼굴에 뭐나 묻히고 다니는 여자와 그 뒤치다꺼리에 익숙해진 남자라서야 오빠랑 여동생쯤으로 보일지도 모르겠다 싶었다. 돌연 그런 생각이 들어서 해인은 슬쩍 일어나 그의 옆으로 다가갔다. 온갖 먹을 것들 때문에 자리가 없어서, 굳이 그의 무릎 위에 앉아서는 그를 당황하게 했다.

"……갑자기 뭐야?"

고양이의 애교란 하여간 제멋대로였다. 예고도 없고 뜬금도 없었다.

"강은, 섹시한 여자가 좋댔잖아."

"내가?"

"예전에 그랬잖아."

"……아아."

아주 예전에, 그런 말은 한 것 같기는 했다. 해인에게 이런 감정을 품기 전에 말이다. 시율은 이 녀석 갑자기 왜 그런 이야기를 꺼내나 싶어서 당황했다.

"있잖아. 강, 나 노력할게!"

"대체 뭘······?"

"강이랑 어울리는 어른스럽고 섹시한 여자가 되도록!"

그거 상당히 가망 없어 보이는데. 종족이 다른 것과 같은 갭인데. 시율은 우선 그런 생각을 하다가 해인이 섹시해지겠다고 다짐하는 이유를 깨닫고는 웃음을 터트렸다. 아무래도 저 때문일 테니까.

"푸핫."

"정말인데!"

노력한다고 되는 게 따로 있었지만, 성의가 가상했다. 그래서 기특해서 머리를 쓰다듬어 줬다. 며칠 말썽을 부리더니 그걸 반성하는 모양이었다.

"그러지 마. 난 지금이 좋으니까."

"······그럴 리가!"

"정말, 정말로."

그가 해인을 애 취급하는 건 해인을 챙겨주는 게 좋아서였다. 제 앞에서 아무 생각 없이 태평하게 굴다가, 덜렁대면 그게 그에게는 제법 뿌듯한 일이었다. 예전에 긴장과 경계로 가득 차서 저를 볼 때는, 이런 실수들을 하지 않았으니까. 지금의 무방비한 해인은 그의 자랑스러운 훈장 같은 거였다. 당연히 아낄 수밖에 없었다.

"나랑 있을 때는 편하게 있으면 돼. 내가 다 챙겨줄 테니까."

"애 같다며!"

"어차피 평생 내가 너보다 어른인데? 넌 평생 연하고."

"······어, 그건 그러네."

그는 해인이 저를 오빠라고 부른 걸 똑똑히 기억했다. 그러니 아마 실제 나이도 제가 연상일 거라는 것도 어렵지 않게 유추할 수 있었다. 해인이 만약 몇백 살 먹은 구미호 따위였다면 절대 저에게 오빠 소리 같은 건 안 했을 것이다.

"그리고 널 챙겨주는 거, 싫지 않거든."

그는 조금 웃으며 해인의 허리를 끌어안았다. 제 무릎 위에 앉아 있는 해인을 제 품에 기대게 하는 건 아주 쉬운 일이었으니까. 다만, 평소에는 얌전히 안기는 해인이 무슨 생각인지 지금은 빠져나가려고 버둥댔다.

"어디 가게?"

"잠깐…… 지금은……!"

"네가 먼저 내 무릎에 앉았잖아."

그가 도망 못 가게 손에 힘을 주자 해인이 여전히 붉은 기운이 남은 뺨으로 창피한 듯 중얼거렸다.

"아니, 생각해보니까 내가 많이 먹어서…… 배, 배도 나왔을 것 같고. 평소보다 무거울 것 같고…… 그래서……."

이런 말을 하면서 섹시해지겠다니 그 얼마나 웃음이 나오는 일인지. 시율은 이 무방비하고 사랑스러운 연인을 여전히 놔줄 생각이 전혀 없었다. 뒤쪽에서부터 끌어안고, 배에 닿은 손에는 약간 힘을 풀어줬지만 대신 어깨에 이마를 기대며 실컷 웃음을 터트렸다.

"웃지 마아!"

"하나도 안 무거운데."

"……거짓말! 지금 배 터질 것 같단 말이야!"

"꿰매는 드리지."

해인은 조금 뾰로통한 얼굴로 계속 웃는 시율을 돌아봤다. 그러다 그의 시선에 이끌려 몸을 조금 돌렸고, 그의 팔등을 붙잡았다. 그와 영락없이 키스를 하면서는, 이 시간이 얼마나 행복한 것인지 되새겨야 했다.

그와 나누는 자잘한 키스는, 사랑한다는 속삭임과 하나도 다르지 않았다.

해가 질 무렵, 이 근방에서 가장 유서 깊다는 신사 앞에 도착한 해인과 시율은 우선 끝없이 높아 보이는 계단을 우러러봐야 했다. 해인이 불만스러운 듯 물었다.

"……신사에 계단이 많은 이유는 뭔가요, 선생님."

"음, 단순히 산 위에 지어서가 아닐까."

"뭔가 이유를 이해하기 전에는 저 엄청난 계단을 오르고 싶지 않은데요!"

해인이 학부터 떼는 것도 무리는 아니었다. 척 봐도 뭔가 대단한 기도라도 하며 하나하나 정성으로 올라야 할 것 같은 수많은 계단이 펼쳐져 있었기 때문이다. 얼마나 높냐면, 해인의 좋은 시력으로도 까마득히 멀리 겨우 붉은 문이 하나 보일 정도였다.

"그럼 안 갈 거야?"

"……끙."

"여기까지 와서 구경 안 하긴 아깝잖아. 중간에 힘들면 업어줄게."

어른스럽게 굴기로 몇 시간 전에 다짐했기 때문에, 해인은 일단 마지못해 시율의 뒤를 따랐다. 하지만 왠지 올라가기가 싫었다. 그리고 예상대로 계단을 오르는 일은 꽤나 체력을 요하고 있었다. 해인은 반도 못 오르고 헉헉댔다.

"으아……."

"업어줄까?"

"아니, 괜찮아……."

아까도 말했지만, 오늘은 많이 먹어서 그에게 업힐 자신이 없었다. 그리고 이럴 때야말로 순간이동 능력을 쓰면 좋겠지만 그의 앞에서 그 능력을 쓰는 건 상당히 꺼림칙한 기분이었다. 아직 조절이 잘 안 되는 건 둘째 치고, 그에게 조금이라도 사람다워 보이고 싶었으니까.

그래도 몸에 좋은 등산이다, 하고 오르다 보니 슬슬 고지가 보였다. 해인은 잠시 숨을 돌리며 계속 시야에 걸리는 신사 입구의 빨간 문을 가리켰다.

"강, 저기 저 한자가 적힌 빨간 문은 뭐야?"

"저거? 어디 보자…… 여기에서 설명을 본 것 같은데."

한 계단 오르고 한 계단 쉬는 해인과 달리, 시율은 여행책자를 뒤적이는 여유까지 보였다.

"도리이(鳥居)라고 한대. 신사라는 게 '신'을 모시는 사당이잖아? 그리고 도리이는 불경한 인간 세계, 그러니까 일반적인 세속과 신성한 신사를 구분해주는 경계래. 세속의 불경함을 걸러주는 신성한 문이라고 보면 되려나……"

"……그렇구나."

빨개서 그런지 뭔가 기분 나빠. 속으로 그런 생각을 하며 해인은 얼마 남지 않은 계단을 올랐다. 그리고 빨간 문과 가까워질수록 기분이 이상해지는 걸 느꼈다.

'설마.'

속이 울렁거리면서, 머리가 설핏 어지러워졌다. 그래, 마치 뱃멀미 같은 끔찍하게 불쾌한 감각이었다.

"안 들어가?"

"……강, 나 이거…… 못 들어가."

"무슨 소리야?"

문 앞에 섰을 때 알 수 있었다. 그건 그냥 온몸에 울리는 감각이었다. 이 불경한 것을 걸러준다는 도리이가 자신을 격렬하게 거부하고 있다는 사실을 말이다. 마치 넌 여길 통과할 수 없다고 외치듯, 해인의 피부를 따갑게 하고 있었다. 도리이라고 불리는 이 신성한 문은 해인을 쫓아내고 있었다.

손발이 저릿저릿했다. 생생한 거부를 당하며 해인은 그만 울상이 됐다.

'하긴, 사신이 복스러운 존재는 아니니까. 하지만 부정한 것이라고도 생각해보진 않았는데……'

왜 그랬을까. 사신들이 인간의 영혼을 가져가기 위해 만든 요괴를 응용한 껍데기인데. 사신탈은 애초에 그런 것이었는데. 자신이 부정하지 않다고 여겨왔던 게 오히려 말도 안 되는 일이었다. 그건 자기최면이었을까? 조금이라도 자신이 덜 끔찍하길 바랐던 무의식일까.

해인은 제 양 팔뚝을 붙잡으며 서서히 뒷걸음질 쳤다. 파리한 안색이 되어서는, 스스로에게 겁에 질려버렸다.

"너 왜 그래?"

시율이 이상하게 구는 해인을 보며 미간을 좁혔지만, 해인은 입술을 깨무는 수밖에 없었다. 그의 앞에서 자신을 불경한 것이라고 인정하고 싶지 않았다. 하지만…… 쫓겨나듯 문을 등지고는 계단을 허겁지겁 내려가야만 했다.

해인은 신사의 문 앞에서 도망쳐서는 내내 울어야 했다. 차 안에서도, 숙소로 돌아와서도 참담한 기분에서 헤어 나올 수 없었다. 자신이 이런 몸으로 그의 곁에 있다는 사실이 미안해졌다. 생각해보니 그와 자신이 어울리고 어울리지 않고를 떠나서, 자신은 부정한 것이었다.

그걸 깨닫자 엉망으로 눈물이 흘렀다. 시율은 그런 해인을 보며 어쩔 몰랐다.

울리려고 한 건 아니었는데, 문을 지날 수 없다고 고개를 내저으며 뒤돌아서던 해인의 얼굴이 뭐가 문제였는지를 그로 하여금 깨닫게 했다. 말하지 않아도 무엇이 속상한지 알 것 같았고, 자신이 그걸 깨닫게 했다는 사실에 해인이 울수록 그도 힘들어졌다.

하지만 그럼에도 차마, 그만 울라고 입 밖으로 소리 낼 수 없었다. 자신이 아프게 한 것과 진배없었으니까.

"미안해, 강."

"……아냐, 내가 미안해."

울면서 품에 파고드는 게 마치 여리고 어린 짐승 같았다. 저를 힘들게 한 품에 매달리며, 원망하는 대신 사과하는 해인의 등을 그는 수없이 토닥여줬다. 다독여주고 또 다독여주고. 밤새 그렇게 쓰다듬어 줬다. 해인이 겨우 울음을 그친 건 새벽 무렵이었다. 울다가 지쳤는지 잠든 걸 보며 시율은 뼈저리게 자책했다.

'괜한 짓을 했어.'

그로선 해인이 마녀든 선녀든 그런 건 상관없었다. 그럴 것 같았다면 자신의 양기를 가져간다는 걸 알았을 때 이런 관계는 그만뒀을 거다. 해인으로 인해 어지러워지거나, 잇따른 현기증에 숨 막힘을 느껴도 아무렇지 않았다고 알려주고 싶었다. 오늘 네가 부정한 것이라는 확신을 얻었음에도, 나는 아무렇지 않다고.

'나는 평생을 너와 바라만 보고 살아도 좋다고 고백하면 될까.'

하지만 그걸 말해봐야 슬프게 할 뿐이라는 걸 알았다. 그 현실이 떠나는 날을 재촉할 것 같았다. 잠든 이마를 쓰다듬다가 입술을 맞추면서 그는, 계획을 서둘러야겠다고 생각했다.

해인은 간밤에 울다 잠든 적 없다는 듯, 유난히 방긋대며 료칸에서 주는 유카타를 입고는 뱅글뱅글 제자리에서 돌아 보였다.

"나 유카타 처음 입어봐."

"……어울리네."

"강도."

시율은 키가 너무 커서, 아담한 일본 사람 체격에 맞춘 유카타가 작아 보였다. 복도에서 봤던 몇몇 외국인들처럼 발목이 훌쩍 많이 보였다. 해인은 오늘따라 아침부터 유난히 잘 웃었다. 작은 것에도 호들갑을 떨며 기분 좋은 척하는 이유를 그가 모를 리 없었다. 어제 일을 말하기 싫은 거였다.

"한번 입어보고 싶었어."

"입고 나가려고?"

"아니, 그냥 궁금해서 입어본 거야. 해변에는 강이 사준 코트를 입고 갈래."

오늘의 일정은 근처의 바다에 가는 것이었다. 하와이처럼 꾸며져 있는 인공 해변이 있다고 해서 그곳에 들렀다가 저녁에는 커다란 쇼핑센터로 크리스마스트리를 보러 갈 예정이었다. 바로 내일이 크리스마스였다. 오늘은 크리스마스이브였고. 즐거워야 맞는 날이었다.

"해변 구경하는 것도 좋고, 쇼핑센터도 좋아! 그리고 크리스마스니까, 눈이 왔으면 좋겠다. 그치?"

해인은 평소보다 더 정신 사납게 방방 뛰었고, 그걸 지켜보는 시율의 속은 꽤나 쓰렸다.

그날 저녁, 일정을 마치고 예정대로 일찌감치 숙소로 돌아온 해인과 시율이다. 해인은 어제의 일 같은 건 잊었다는 듯 기분이 좋아 보였다.

"먼저 방에 들어가 있어."

"응? 강은?"

"난 잠깐 화식 때문에 물어볼 게 있어서."

"알았어."

오늘은 료칸에 화식을 예약해뒀다. 정식 명칭은 가이세키로, 일본판 한정식이라고 해야 할까. 물론 앞에 고급이라는 단어가 붙지만 말이다. 한정식과 또 다른 점은 식당으로 가는 게 아니라 방 안에 아예 음식상을 차려준다는 점이었다. 해인은 방 열쇠를 받아서는 정원 쪽으로 걸어갔다.

"연못 조심하고."

"흥."

시율이 등 뒤에서 한마디 했지만 대답 대신 입술만 내밀었다. 그러고는 정원으로 걸어가는 척하다…… 슬그머니 문 뒤쪽으로 몸을 숨겼다. 시율이 뭔가 수상했다. 예전이라면 그의 수상한 기색 같은 걸 전혀 눈치채지 못했을 거다. 그는 그리 쉬운 남자가 아니었으니까. 하지만 이제 해인도 예전의 해인이 아니었다. 그간 함께 보낸 시간이 시간이니만큼, 그가 평소와 다른 것쯤은 알아챌 수 있게 됐다.

'날 먼저 들여보내다니. 그 자체로 수상해.'

매사 못 미더워서 꼭 가까이에서 지켜봐야 직성이 풀리는 남자가, 대체 무슨 일을 꾸미고 있는 걸까. 해인은 숨을 죽이고 서서는 건물 안에서 들리는 그의 목소리에 온 신경을 집중했다. 육체의 능력은 이럴 때 쓰라고 있는 거지! 아무렴!

"ご依頼致した件はどうなりましたか?"(부탁드린 건 어떻게 됐습니까?)

"はい。なんとか見つかりました。"(네, 운 좋게 찾았습니다.)

"探していただいたですが！無理なお願いにもかかわらずご対応いただき、ありがとうございます。"(찾았습니까? 무리한 부탁이었는데 도와주셔서 감사합니다.)

언뜻 귀를 기울여 훔쳐 듣기로 여관 직원과 대화하는 것 같았는데, 아무리 청각을 풀 동원해도…… 일본말인 이상에야 알아들을 수가 없었다. 들리면 뭐하나. 해석이 전혀 안 되는걸. 해인은 일본어 회화까지 가능한 저 남자의 비범함에 큰 패배감을 느껴야 했다.

'내 압도적인 청각이…… 탁월한 두뇌에 졌어!'

그는 분명 자신은 일본어를 못한다고 했었다. 학생 때 제2외국어로 조금 공부한 게 다라고 했던가. 그리고 요즘은 인터넷이 발달해서 사전만 있으면 누구나 대화가 가능하다고 했지만, 그건 반 1등이 '공부가 제일 쉬웠어요.' 하는 거나 다름없는 말이었다.

"お隣さんに手伝っていただきました。"(이웃분들께서 도와주셨습니다.)

"ありがとうございます。"(감사합니다.)

"ただ、 問題がございますが、直接おっしゃらなければ得られないようでございます。"(다만, 문제가 있습니다. 직접 가서 말해보셔야 얻을 수 있을 것 같습니다.)

"喜んでお伺い致します。"(기꺼이 가겠습니다.)

"こちらへどうぞ。"(이쪽으로 따라오시죠.)

시율은 더듬더듬하긴 해도 분명 일본어를 하고 있었고, 해인은 더 이상 훔쳐 듣기를 포기했다. 중간에 고맙다는 것 말고는 한마디도 모르겠다. 그러니 애초에 훔쳐 듣지 않은 것처럼 해인은 방에나 가 있기로 했다. 거의 못 알아들었으니 어차피 같은 거 아니겠는가.

'영어로 하지……. 아니, 사실은 그것도 자신 없지만.'

시율은 생각보다 늦게 돌아왔다. 해인이 옷을 갈아입고 스케치북을 뒤적이다가, 직원들이 상을 차려주러 들어와서 구석에서 혼자 쭈뼛거리며 서 있도록. 어느새 상이 다 차려지도록 돌아오지 않았던 것이다.

"왜 이렇게 늦지?"

음식이 금방 식을까 봐 걱정이 됐다. 해인은 혼자 먹고 있을 수도 없는 노릇이라 일단 상 앞에 쪼그려 앉아 차려진 것들을 구경하고 있었다. 상차림은 생각보다 호화스러웠고, 종류도 많았다. 처음 보는 음식도 있었지만 냄새로 뭐가 들었는지는 대충 알 것도 같았다. 생으로 회를 치거나, 찌거나 굽거나 했지만 생선 종류가 많아 보였다.

나물류도 많아서…… 엄마랑 이런 곳에 와보고 싶다는 생각이 문득 들게 했다.

'엄마가 저런 거 참 좋아하는데…….'

항상 혼자 쏘다니기만 했지 엄마랑 여행을 한 적은 없었다. 시율과 같이 여행하는 게 너무 즐겁고, 신기하고, 새로운 것투성이라 행복한 와중에도 조금 미안한 마음이 들었다. 자신은 누가 봐도 불효녀였다. 다시 사람이 되면 그때는 엄마를 모시고 단둘이 모녀 여행을 떠나볼까? 제주도 정도는 조금만 준비하면 될 텐데. 귀찮은 척하면서도 내심 좋아하실 텐데.

진지하게 그런 생각을 해봤지만 결국엔 부질없었다. 해인은 무릎 위로 턱을 괴며 긴 한숨을 내쉬었다. 허탈한 웃음 같은 게 같이 흘러나왔다. 바보 같은 생각이었다. 어차피 이런 고민을 했다는 것도 곧 잊을 텐데. 자신이 죽을 뻔했다는 것도 까맣게 잊어서, 다시 전처럼 엄마에게 몇 달에 한 번 전화나 한 통 할까 말까 하는 본래의 무정한 자신으로 돌아갈 텐데.

'가족에게 소홀했던 게 죽기 전에 가장 후회되는 일이었다는 것도 기억

못 할 테지.'

엄마에게 심한 소리 했던 것, 한 번도 예쁜 딸이지 못했던 것, 고집스럽고 모나게 굴었던 것, 그래서 미안했던 것……. 하지만 그 모든 잊을 것들을 합쳐도, 시율을 하나 잊는 것에 견줄 수가 없었다. 그러니 자신은 불효녀가 맞았다.

그날이 얼마 남지 않아서일까. 해인은 곧잘 이런 두려운 생각들에 시달렸다. 혼자가 되면 계속 이런 식이라 그가 필요했다. 더 우울해지기 전에 빨리 그가 돌아오길 바라며 무릎을 끌어안았다.

"……!"

그러다 서두르는 발소리에 상을 붙잡고 몸을 일으켰다. 이 발소리는 분명 시율의 것이었다. 해인은 그가 도착하는 것보다 먼저 방문으로 다가갔다. 단숨에 문을 열어젖히자 숨을 조금 고르는 그가 보였다.

"……깜짝이야."

"강!"

"내가 오는 거 어떻게 알았어?"

"소리로."

숨 쉬는 것만큼 기다리다 보면 이렇게 되어버렸다. 시율은 잠시 놀란 눈이었지만 이내 해인의 머리 위로 커다란 손을 올려 쓰담쓰담 해주었다. 가볍게 웃으며 그가 방 안으로 들어오자마자, 전에 없던 냄새가 훅 해인의 코끝에 스쳤다. 해인은 그 냄새가 나는 시율의 가슴팍 어딘가를 뚫어져라 바라봤다.

그가 떨떠름하게 되물었다.

"……왜?"

"강, 품에서 동백꽃 냄새가 나는데?"

이 은은한 특유의 향을 해인이 모를 리 없었다. 뭐라고 해도 가장 좋아하는 꽃이었으니까. 별생각 없이 물었더니 그의 얼굴에 낭패의 기색이 어렸다. 해인은 뒤늦게 자신의 눈치 없음을 깨달았다.

"앗!"

"너 개코다."

"……미, 미안."

"아니, 고양이 코인가. 뭐, 어차피 너한테 주려던 거니까."

해인은 자신의 좋은 후각이 로맨틱한 무언가에는 전혀 도움이 안 된다는 사실을 막 깨달아야 했다. 모른 척했어야 하는데 무드를 깨버렸다. 정확하게는 무드를 잡기도 전에 사전 차단했다. 조금 민망해졌지만, 그가 품 안에서 꽃송이가 아기 주먹만 한 동백꽃 가지를 꺼내 줬을 때는 입이 해사하게 웃는 걸 어쩌지 못했다.

동백 꽃잎은 예쁜 입술처럼, 여린 붉은빛이었다.

"고마워. 꽃 선물이었구나."

분위기를 조금 깼지만, 그게 저에게 주려고 구해 온 것임은 틀림없으니 기쁠 이유로는 충분했다.

"너무 예뻐."

가는 꽃가지에 한 송이 매달린 그것은 꽃다발보다는 장미 한 송이를 닮았다. 하지만 해인이 받아본 어떤 꽃다발보다 사랑스러웠다. 저만을 위한 것처럼 느껴졌고, 실제로도 그랬다.

"한겨울에 이걸 어디서 구했어?"

"운이 좋았어."

"꽃이 작은 걸 보니까, 실내에서 기른 것 같…… 은……."

"아끼는 거라고 줄까 말까 하는 걸 프러포즈할 거라고 무릎 꿇고 졸랐어. 그랬더니 꽃가지 하나 주더라. 제일 예쁜 거로."

이게 뭐야. 이렇게 주는 건지 몰랐는데. 해인은 상자에만 정신이 팔려서, 자신의 꽃 속에 들어 있는 가느다란 반지를 발견했을 때는 몰랐던 것처럼 놀라고 말았다. 반지는 은색이었다. 그를 닮은 푸른빛 도는 은색. 해인은 웃어야 할지 울어야 할지 모를 기분에 시달리다가 결국엔 웃었다.

그리고 글썽거리기도 했다.

아아, 이런 기분이구나. 사랑하는 사람에게 마음이 담긴 꽃을 받으면.

내가 가장 좋아하는 사람이 내가 가장 좋아하는 꽃을 주면, 내가 가장 좋아지는구나.

"좀 더 분위기를 잡을 생각이었는데, 네가 그야말로 냄새를 맡아버려서……."

"……강."

"응?"

"내가 언젠가 그랬지. 내가 없어져도, 미워하지 말아달라고."

"몇 번이나 그랬지…… 마치 경고하는 것처럼."

해인은 작은 꽃에 입술을 묻으며 고개를 끄덕였다. 입술 위로 보드라운 벨벳 천 같은 꽃잎과, 차가운 금속의 감각이 같이 느껴졌다.

"하지만 이 반지를 놓고 가면, 그때만은 미워해줘. 원망하고 화내면서. 다시 챙겨주러 와줘."

오늘도 이뤄질지 알 수 없는 바람을 내뱉으며 겨우 그를 올려다봤다. 하필이면 왜 자신은 이렇게 그에게 바라기만 하는 걸까. 그의 바람은 하나도 들어줄 수 없으면서. 그냥 떠나지만 말고, 걱정만 조금 덜 끼치고, 자신을 안심시켜 달라는 그의 바람은 하나도 들어주지 못하면서.

이렇게나 염치가 없어도 되는 걸까. 그런데도 그를 좋아해서, 조르듯 그의 품에 이마를 기대는 수밖에 없었다. 소중해서 잊고 싶지 않은 게 또 하나 늘어서 마음이 무겁고, 벅찼다. 감당할 수 없을 만큼 심장이 크게 뛰었다.

"……그래, 넌 곧잘 덜렁거리니까 내가 챙길게."

머리 위에서 들리는 그의 목소리가 발끝부터 천천히 몸 안을 채우는 듯했다. 그런데 그것들이 물처럼 고여 몸 안에서 울리는 느낌에 또 눈물이 날 것 같았다.

"넌 뭐든 놓고 다니잖아."

"……응."

"난 널 챙겨주는 게 좋아."

"응."

"원망하진 않아."

이마 위로 그가 더딘 키스를 해왔다. 해인은 고개를 들고 발꿈치를 들며 그와 입술을 마주치는 키스를 하길 바랐다. 품 안에 꽃을 안은 채로. 그가 저를 보는 눈이 쓰린 빛이 아니었다면 먼저 입술을 댔을지도 모르겠다.

"……다만, 이제 알려줘. 우리에게 얼마만큼의 시간이 남았는지."

숨겨왔던 것일까. 지금 그는 저와 같은 두려운 눈이었다. 정체를 알 수 없는 무언가에 의해 서로에게서 뜯기는 날을 고문처럼 기다리고 있었다.

"꼭…… 알아야겠어?"

"알고 있어야겠어."

그것이 고문이라면, 이건 고해일까. 말하기가 목이 졸리듯 힘겨웠다. 하지만 숨을 쉬어야 해서 말했다.

"이 겨울이 가고……."

"……."

"봄의 어느 날 사이에."

사신이 홀연히 나타나는 이름 모를 순간에, 작별 같은 건 하지 못하고 떠나야 한다는 게 가장 끔찍한 어느 날에.

이렇게 그의 옷깃을 붙잡지 못하는 순간이 찾아올 거다. 울면서 그를 찾아도 그에게 들리지 않는 날이 올 거다.

이 순간, 그를 힘껏 붙잡았지만 입 밖으로 내뱉은 헤어지는 날은 너무 가깝게만 느껴졌다.

4. 어느 날 찾아온······

해인은 꿈에서 반지를 봤다. 그건 붉은 동백잎 사이에 마치 또 다른 꽃잎인 것처럼 자연스럽게 섞여 있었다. 하지만 꽃잎 중에 가장 빛났고, 가장 싸늘하고 또 가장 부드러웠다. 그 시린 은색이 마치 그를 닮은 것 같았다. 그리고 특이하게도 반지의 겉은 매끈하기만 할 뿐, 아무것도 달려 있지 않았다.

대신 안쪽으로 숨기듯 박혀 있는 투명한 보석은 제 마음과 닮아 보였다.

'강, 이건 왜 보석이 안쪽에 있어?'

'겉으로 보이진 않아도 거기에 있다는 게 좋지 않아?'

'······그러네.'

'너랑 나만 아는 거.'

다른 사람들의 눈에 보이지 않아도 분명 그 자리에 있고 너무나 소중한 것. 그와 저만 알고 있는 것. 그의 반지도 해인의 것과 같았다. 똑같은 마음인 것처럼. 그렇게 꿈에서 해인은 사랑스러운 커플을 보았고, 제게 입 맞추는 남자를 보았다. 그냥 문득, 세상을 채우고 있는 따스함과 벅참을 느꼈다.

그 겨울에 그 땅에서 어느 것이고 선명하지 않은 게 하나 없었고, 느닷없이 행복하지 않은 것도 없었다. 그리고 그중, 자신이 가져갈 수 있는 건 아무것도 없었다.

그것만이 겨울처럼 차갑고 쓰라렸다.

"엄마야!"

꿈의 끝에서 섬뜩함에 눈이 번쩍 떠졌다.

"……강?"

해인은 눈을 뜨자마자 몸을 일으키며 그를 찾았다. 시트를 들추고 방을 둘러보며 아직 이곳이 그와 자신의 집이라는 사실에 겨우 안심하며, 회색 시트를 움켜쥔 제 손가락을 내려다봤다. 반지는 제대로 약지에 끼워져 있었다.

하지만 곁에 그가 없었다. 침대 위에는 해인 혼자였다. 반지를 만지며 불안하게 그를 불렀다.

"강!"

없어지는 건 제 쪽이면서 그를 찾아 매일 불안해하는 것도 자신이었다. 사라져야 하는 날을 고백했더니, 그날이 너무도 실감이 나서 매일 눈을 뜨는 게 악몽이고 동시에 고비였다. 어느 날 눈을 뜨면 이곳이 아닐까 봐, 그것이 두려웠다. 일본에서 돌아온 뒤로 매시간이 그랬다.

오늘일까. 아니면 내일일까.

머리로는 아직 조금 더 시간이 남았다는 걸 알면서도 점점 다가오는 그날이 너무 생생하게 느껴져서 잠을 설쳐야만 했다. 성큼성큼 다가오는 발소리가 들리는 듯했다. 사신이 저를 데리러 어느 날 불현듯 나타날 것만 같아서…… 때때로 숨이 막혔다.

'내가 이토록 겁쟁이였나. 그래, 이래서 나는 소중한 걸 만들지 않으려고 했던 거야. 소중한 게 생기면 내가 더 약해지니까.'

매일 자신의 무언가가 조금씩 사라지는 기분이 들었다. 손끝이나, 발끝이 조금씩 바스러져 없어지고 있는 것만 같아서 견딜 수가 없었다. 해인은 애써 숨을 고르며 손안에 얼굴을 묻었다. 자신을 진정시키는 일이 점점 쉽지가 않아졌다. 나날이 두려움이 깊어지는 건 스스로의 선택에 자신이 없어졌

112

기 때문일지도 모른다.

그를 두고 가느니, 평생을 꾸역꾸역 이렇게 기묘하게 사는 게 나을지도 모른다는 생각이 자꾸만 들어서⋯⋯. 겨우 다잡은 마음이 추잡스레 흔들려서⋯⋯.

"불렀어?"

"강⋯⋯."

해인은 퍼뜩 고개를 들었다. 그가 문가 안쪽으로 얼굴을 내밀자, 그제야 그의 손에 들린 커피 향이 코끝에 잡혔다.

"왜 그래? 악몽이라도 꿨어?"

"⋯⋯아니, 그냥."

"급하게 부르는 거 같던데. 아니야?"

"안 그랬어."

해인은 작게 고개를 내저었다. 잠이 덜 깨서 그랬는지, 꿈에 사로잡혀서 그랬는지, 찰나지만 아무것도 느낄 수 없었다. 조금만 차분히 굴었어도 그가 커피를 타러 갔다는 걸 냄새로 알았을 텐데. 아침이면 꼬박꼬박 찾아오는 공포에 짓눌려서 여유가 없었나 보다.

그래, 이 모든 건 눈이 녹기 시작해서다.

이렇게 불안한 건 영원했으면 하는 겨울이 빠르게 녹아 사라지고 있어서⋯⋯ 잔인하게도, 올해의 겨울이 유난히도 짧아서.

벌써 창밖으로는 눈 대신 비가 오고 있었다.

'꿈에서 깨는 꿈을 꿨어.'

눈을 떴는데 여기가 아닌 꿈을 꿨어. 해인은 식은땀이 배어 나와 저릿저릿한 손을 뻗어 그가 내미는 제 몫의 코코아를 받아 들었다. 그는 아직도 조금 파리한 해인의 안색을 빤히 보다가, 손을 뻗어 동그란 뺨을 매만졌다. 그러고는 저를 보게 하며 한동안 말이 없었다.

"너⋯⋯."

"⋯⋯?"

"눈곱 꼈다."

"앗, 정말?"

"농담이야."

해인은 놀라 급히 제 눈가를 비볐는데, 시율이 피식 웃으며 말을 덧붙였다. 뚱하니 부풀리는 뺨을 그의 손이 다정하게도 토닥거려줬다. 그는 여전히 해인을 놀리는 걸 즐기는 남자였다. 물론 이게 달래주기의 일환이라는 건 알았다. 악몽 아닌 악몽을 꾼 것만 제외하면 평소와 같은 평화로운 아침이었다.

"오늘 오후 출근이라 좀 한가한데, 같이 시장이나 보러 갈까."

시율이 침대 위로 올라와 가까이 앉으며 물어봐서, 해인은 코코아를 먹다 말고 고개를 내저었다.

"나 약속 있는데."

"……약속?"

"응. 누굴 좀 보기로 했어. 강이 출근하면 그때."

"너…… 방금 놀렸다고 복수하는 거야?"

"아니, 정말인데?"

집고양이나 다름없는 해인이 누군가와 약속이 있다는 것도 그를 충분히 신경 쓰이게 하는 일인데, 심지어 자신이 출근하면 보기로 했다니. 그의 안에서 적색경보가 울리는 것도 무리는 아니었다.

"누구랑?"

"왜, 전에 얘기했던 고양이 밥 주는 남자."

"……전화번호 물어봤다던?"

"응."

이 정도면 진돗개 발령이었다. 나라에 무장단체가 침입했을 때나 울리는 심각한 수준의 경보.

"……그놈은 왜 만나는데? 굳이 날 빼고? 혹시 자주 보는 거야?"

"그냥 가끔 마주치면 우연히 보는 정도? 줄 게 있다길래. 그리고 강은 원래 같이 안 가잖아."

"줄 게 뭔데?"

"몰라. 안 물어봤어."

"……이상한 놈인 거 아냐?"

시율은 지금 의처증 있는 남편처럼 굴고 있었지만, 전혀 의식하지는 못하고 있었다.

"가끔 마주치는데 괜찮아 보였는걸."

"너 너무 태평해!"

"에이, 착해 보였어."

"착하게 생긴 미친놈이 제일 무서운 거 몰라?"

"미친놈이 고양이 밥을 주지는 않잖아?"

해인은 처음 보는 사람은 분명 경계하지만, 몇 번 봐서 안전하다 싶으면 조금 느슨해지는 경향이 있었다. 그래 봐야 옆에 왔을 때 도망가냐 도망가지 않냐 정도의 차이였다. 그래도 그건 붙잡힐 수 있냐 아니냐의 차이기도 했다. 시율은 절레절레 고개를 내젓고 있었다.

"아무튼, 며칠 전에 봤을 때 다음에 나한테 줄 게 있다고, 오늘쯤 시간 있냐고 하기에…… 강이 출근하면 나간다고 했어."

이 녀석 정말이지 납치될 소질이 다분했다. 낯선 남자랑 대체 무슨 약속을……! 물가에 내놓은 아이도 이보단 안심이 되리라. 시율이 이를 갈며 한 마디 하려는데, 그보다 빨리 해인이 말을 이었다. 방긋 웃으며 덧붙이기가 굉장히 해맑았다.

"그랬더니, 강이 누구냐고 하더라."

"……그래서?"

"남편 같은 거라고 했어."

그건 반쯤은 마음에 들고, 반쯤은 마음에 안 드는 대답이었다. 해인을 기특해해야 하는 건지, 혼내야 하는 건지도 헷갈리기 시작했다. 시율은 복잡

미묘한 얼굴로 커피를 몇 모금 들이켰다. 그러다가 뭐랄까. 지금 자신이 의처증 환자처럼 굴고 있다는 걸 문득 깨달았다. 부끄럽게도 말이다.

"같이 가지, 뭐."

"응? 왜?"

"싫어?"

"아냐! 그건 아니지만…… 거기 병원 가는 길이랑 완전 반대인데 괜찮아?"

"나 오늘 시간 많다니까."

아무리 그래도 길고양이 보러는 안 가잖아? 평소엔 전혀 관심 없잖아? 해인이 눈으로 의문을 표했지만 시율은 대답 대신 벌컥벌컥 커피만 들이켰다. 그는 애처가가 되고 싶은 거지, 의처증 남편이 되고 싶은 건 아니었으니까.

근래 들어서 시율은 정말 '남편 같은 남자'였다. 그것도 막 결혼한 신혼부부 중 새신랑 쪽. 매일 퇴근하면 집으로 곧장 돌아왔고, 해인과 꼭 붙어서 떨어지지 않았다. 같이 산책을 하거나, 영화를 보러 가길 즐겼다. 그와 처음으로 가본 자동차 극장은 정말 재미있었다. 그 시간을 만끽하는 해인의 일상도 역시 새 신부의 것과 그리 다르지 않았다. 집에서 그가 퇴근하길 목이 빠져라 기다리다가, 그가 오면 격하게 환영의 키스를 퍼부었으니까.

주로 맛있는 식사 준비를 하는 게 남자 쪽인 거만 빼면 둘은 완벽한 신혼부부였다.

"안녕하세요."

"……아, 예."

"남편 같은 겁니다."

"그러니까, 그건……?"

"제가 프러포즈했거든요."

기쁘다고만 했지 승낙의 대답은 없었지만. 반지는 나눠 끼고 있지만 결혼식을 올릴 예정은 아직 없지만. 어쨌든 시율은 자랑인 두꺼운 낯짝으로 웃으며 손을 내밀었고, 문제의 진돗개를 발령시킨 남자는 어색하게 웃으며 응수했다. 그 시각, 해인은 태평하게 구석에서 고양이 밥을 챙기고 있었다.

저 때문에 남자 둘이 얼마나 어색한 시간을 만들고 있는지는 조금도 관심 없는 게 분명했다. 정확하게는 한쪽이 당하고 있는 거였지만.

"……그럼, 약혼한 사이 같은 거네요."

"같은 거가 아니라 그겁니다."

"혹시나 무슨 오해를 하시는 건지는 모르겠지만…… 전, 약혼녀분에게 사심 같은 건 없습니다."

"헤에. 정말입니까?"

"저, 정말…… 전혀."

시율은 사람을 불편하게 만드는 데 일가견이 있는 남자였다. 지금만 해도 이 죄 없는 남자를 쩔쩔매게 하고 있었다. 물론 그의 판단으로 그는 중죄인이었지만.

"하늘에 맹세코? 조금도?"

저 방황하는 동공으로 보건대, 해인이 남편 비슷한 게 있다고 하기 전에는 조금쯤은 마음이 있었던 게 분명했다. 오면서 듣자니 은근히 자주 마주치는 것 같았고. 이 남자 곧잘 여기서 시간을 때운다고 했다. 해인은 별생각 없이 '아마도 백수인가 봐.'라고 했지만…… 시율이 보기엔 그보다는 해인을 만날까 싶어 여기서 기다린 것 같았다.

물론 감일 뿐이었지만. 남자의 습성은 남자가 잘 알았다.

"강! 이리 와봐, 얘 좀 봐줘. 아픈 것 같아!"

"어, 잠깐."

"빨리이!"

해인의 뒤편에서 재촉했지만, 당장 시율에게 중요한 건 눈앞의 라이벌, 아니 웬 지나가던 진돗개남이었다.

'남의 여자를 노리면 멍멍이지, 멍멍이야. 아무렴.'

남자가 순하고 똑똑하게 생겨서 붙인 별명은 아니지만, 여하튼 그는 시율의 속에서 한 마리 진돗개와 동급이었다. 그나마 좋게 표현해서 말이다. 하지만 딱히 더 흠잡을 수 없는 것이, 그의 신신당부대로 밖에 나올 땐 장갑도 목도리도 꼭꼭 하고 다니는 해인의 손에 반지가 있는지 어떤지, 임자가 있는지 어떤지는 투시력이라도 있지 않고서야 알 수 없는 노릇이니 말이다.

"그래서, 남의 '약혼녀'는 무슨 일로 만나자고 한 겁니까?"

"⋯⋯다른 게 아니라, 이걸 좀 드릴까 해서⋯⋯."

굳이 약혼녀를 강조하면서 대놓고 경계하자, 남자는 황급히 엄청난 양의 고양이 캔을 꺼내 보였다. 비도 오는데 웬 시장 카트를 끌고 다니나 했더니⋯⋯.

"그, 제가 새끼 때부터 밥을 주는 고양이가⋯⋯ 요즘 이쪽에서 밥을 얻어먹는데⋯⋯."

"그런데?"

"보답으로⋯⋯."

"돈 주고 사 온 겁니까?"

같이 영화 보려고 돈 주고 산 영화표를 공짜로 얻었다고 뻥치는 남자처럼?

"아뇨! 그냥 집에 있던 겁니다! 누나가 미미 주라고 사 온 것도 있고. 경품으로도 받고⋯⋯ 그⋯⋯ 모아둔 것들인데⋯⋯."

"댁이 직접 주지 굳이 남의 약혼녀한테 맡기는 이유는?"

"정말 오해하지 마세요! 제가 이번에 취직을 해서요. 회사가 좀 멀어서 당분간 이쪽에 못 올 것 같아서⋯⋯ 그래서."

기에 눌려 이래저래 온갖 변명을 늘어놓는 남자는, 그가 봐도 위험인물 같지는 않았다. 해인의 말대로 착해 보였다. 그래도 적은 적이었다. 오늘 시율이 해인과 함께 오지 않았다면 여러 핑계로 해인의 연락처를 물어봤을지도 모를 남자였다.

그리고 그건 사실이었다. 남자가 쩔쩔매는 것도 그래서였다.

시율은 지금 웃고 있지만 말하는 게 절대 상냥하지 않았다. 일어났을지도 모를 어떤 일을 생각하면 화가 났기 때문이다.

"그거 듣던 중 반가운 소리군요. 취직 축하하고. 앞으로 웬만하면 내 약혼녀랑은 마주치지 말았으면 좋겠네."

"정말 오해……."

"……그거 말도 안 되잖습니까."

"예?"

"저렇게 귀여운데, 정말 조금도 사심이 없었다고?"

지금 대체 어쩌라는 걸까. 남자는 시율의 삐딱한 시선에 어찌할 바 모르고 있었다. 절대 아니라고 하니 어떻게 그럴 수 있냐는 얼굴이고, 그렇다고 긍정하면 한 대 때릴 것 같았다.

"강!"

"……네, 네."

"빨리 와! 내가 부르잖아! 세 번이나!"

시율은 조금 더 남자를 취조하고 싶었지만, 그랬다가는 해인의 화난 얼굴을 보게 될 것 같아서 마지못해 물러서야 했다. 대신 마지막까지 남자를 노려보다가 가보라는 뜻으로 휙휙, 턱짓을 했다.

"……."

남자는 신경질적인 부름에 끌려가는 시율의 뒷모습을 보며, 이 둘이 커플이 맞고 잡혀 있는 건 시율 쪽이라는 걸 알 수 있었다. 공원에서 항상 보기로 거의 말수 없던 해인이 이렇게 성질을 부리며 큰소리치는 것도 그걸 증명했고, 으르렁대며 저를 보는 시율의 태도도 그렇다고 말하고 있었다.

사실 남자는 취직은 했으나, 여자 친구는 없었다. 해인의 이름 정도는 물어보고 싶었던 남자지만, 턱도 없는 일이었다.

"이리 와봐."

반명령이었지만 시율은 말을 잘 들었다. 해인의 곁으로 쪼그려 앉으며 해인이 붙잡고 있는, 덩치 큰 고양이를 쳐다봤다. 예전 같으면 자신이 얼마나 고급 인력인지 토로했겠지만 말이다.

"아프다는 게 그 녀석이야?"

"응, 얘가 이 구역 보스야. 그제는 괜찮았는데 지금 보니까 여기 눈가에 상처가 생겼어."

"어디 보자…… 시력에 이상은 없어 보이고. 상처를 보니까 다른 고양이 랑 싸우다 다친 것 같은데."

"약 발라주면 나을까?"

"그 전에 소독부터 해야겠지. 내가 간단한 도구 가져다줄게."

해인은 고개를 끄덕이고는 쪼르르 달려가더니 이번엔 자신이 가장 예뻐 하는 녀석을 잡아왔다. 자랑하듯 얼룩 고양이를 시율의 눈앞에 내보였다.

"얘가 전에 말했던 새끼 고양이야. 많이 컸지?"

"비실비실하다던 녀석? 잘 컸네. 나는 지금 처음 보지만."

"……엇, 그러네?"

"얘기를 너무 들었더니 낯설진 않지만."

가장 마르고 힘없던 얼룩 고양이는 그사이 제법 살이 올랐고, 건강해져 있었다. 은혜도 모르고 매우 앙칼졌지만 말이다. 지금만 해도 저를 놓으라 고 해인의 손안에서 버둥거리고 있었다.

"냐악!"

"……다 좋은데 말이야, 이 녀석들한테 너무 정 주지 마. 나중에 힘들어지 니까. 계속 말했잖아."

"알지만 외면할 수 없어졌는걸. 한번 눈이 마주친 뒤로는…… 나를 알아 보고 따르기 시작하니까 이 녀석들이 살아 있다는 게 실감 나서……."

길고양이의 수명은 끽해야 몇 년이었고, 시율은 그래서 해인이 이 녀석들 에게 정을 주는 게 탐탁지 않았다 왜 이런 짓을 하는 건지도 그는 이해할 수 없었다. 동물을 사랑하지 않아서가 아니라, 길에서 태어나 길로 돌아가는 길고양이기 때문에. 분명 찾아올 이른 죽음 같은 건 버티기 힘들 테니 말이다. 오늘 예뻐하며 쓰다듬은 녀석이 병마로, 혹은 사고로 갑작스럽게 내일 아침에 싸늘한 주검이 되어 있을 수도 있었다.

"난…… 이 녀석들이, 내일 죽더라도 오늘은 먹었으면 좋겠어."

"……그러게 왜 밥을 주기 시작해서는."

시작은 그냥, 친해져두고 싶어서였다. 특정한 사람이랑은 친하게 지내려고 하면 몸이 거부했지만…… 고양이들이랑은 무리가 없었다. 이 녀석들이 아무리 저를 기억해도 그것으론 도움이 안 된다는 걸 알았다. 너무나 희박해서 사신의 주술도 방해를 하지 않을 정도였다.

그래도, 지푸라기라도 잡는 심정으로 고양이를 하나하나 붙들고 말을 걸었다. 이 녀석들이라도 나중에 저를 알아보기를 바랐다. 혹시 알겠는가. 이 중 하나라도 어딘가를 떠돌다가 저를 알아보고 몸을 비벼올지. 그럼 무언가 떠오를지.

[찾았다.]

"……뭐? 뭘 찾아?"

"난 아무 말도 안 했는데?"

"그래?"

해인은 주변을 두리번거렸다. 방금 분명 뭔가 목소리를 들은 것 같았는데, 주변에 사람이라고는 저랑 시율뿐이었다. 그리고 곱씹어 보니 그건 시율의 목소리도 아니었다. 뭐였을까?

"냐냑!"(놔라, 인간!)

아, 이 녀석일지도. 해인은 손안의 얼룩 고양이를 그제야 바닥에 내려줬다. 언뜻 들린 목소리와는 조금 다른 것도 같았지만, 대수롭지 않게 넘겼다. 주변에 고양이라면 아주 많았으니까. 이 중 한 마리가 말을 했으리라 여겼다.

한적한 오후 2시 무렵, 시율은 병원으로 출근한 뒤였고, 해인은 공원 정자에 앉아 홀로 비가 오는 걸 구경했다. 혼자 있어서 그런지 세상이 조용하게 느껴졌다. 빗소리 말고는 아무것도 들리지 않으니 그게 좋았다. 평소에는 여러 소음 속에 있으니까.

시간이 알 수 없이 흘렀다.

슬슬 집으로 돌아갈까 싶은 생각도 들었지만 혼자 집에 있으면 감당 못하게 생각이 많아져서, 때론 이렇게 멍하니 있는 것도 좋았다.

"냐옹."

빗발이 조금 약해졌을 때, 낯이 익은 고양이 한 마리가 정자 속으로 뛰어들어와 해인의 옆에서 비를 피했다. 해인은 그 예쁜 회색빛 고양이와 눈을 한번 마주치고는 다시 비가 내리는 공원을 바라봤다. 멍하니, 아무 생각 없이 빗소리를⋯⋯.

"하이."

"⋯⋯?"

"날씨가 참 좋지?"

오싹, 어깨가 좁혀들었다. 분명 주변에 아무 기척도 없었는데. 그래서 넋을 놓고 있었는데 바로 뒤에서 누군가 말을 걸고 있었다. 그것도 비 오는데 날씨가 좋다는 미친 소리를 하면서. 깜짝 놀라 뒤를 돌아본 해인은 믿을 수 없게도, 정자 안에 저 말고 다른 사람이 있다는 걸 확인해야 했다.

바로 눈앞에 있는데도 그 남자에게서는 아무런 기척도 느껴지지가 않았다. 제가 감지할 수 없는 사람이라니. 그것은 꽤나 소름이 돋는 일이었다.

"누, 누구세요?"

"누굴 것 같아?"

"⋯⋯미친놈."

웬 오만 가지 색이 뒤섞인 거적때기 같은 망토를 머리부터 뒤집어쓴 남자는, 경쾌한 목소리로 해인의 물음에 물음으로 답했다. 목소리로만 상대가 남자라는 걸 겨우 알 수 있었다. 동시에 해인은 그 남자에게서 나는 알 수 없는 냄새를 맡아버렸다. 또다시 온몸이 오싹, 옥죄었다.

그건 그저 몸 안 깊숙이에서부터 두려워하는 냄새였다. 처음 맡아보는 종류의 것이었지만 발바닥까지 쭈뼛하게 소름이 돋았다. 본능이 적색경보를 울렸고, 곁에 있던 고양이도 어느새 도망가고 없었다.

"푸핫, 너 꽤 웃기는구나."

이게 바로 시율이 말하던 위험한 사람이라는 걸까? 냄새부터 사람을 긴장되게 하는 건 그래서일까. 해인은 깊이 생각하지 않고 일단 정자 안에서 뛰어나갔다.

"어? 잠깐, 내 말 좀 들……."

비가 오고 있었지만 우산을 펼 겨를도 없었다. 해인은 우산을 껴안고는 집을 향해 뒤도 안 돌아보고 달렸다.

뭐였지, 그건? 그 남자 이상했는데? 어쩐지 무섭고, 위험한 것 같고……또, 아무튼 같이 있기 싫은 느낌이었어! 당황해서 본능대로 도망치는 와중에 해인은 자신이 이렇게 빨리 뛸 수 있다는 걸 처음으로 체감하고 있었다. 이 몸으로 이렇게 전력 질주한 건 오늘이 처음이었는데, 국가대표 달리기 선수들보다 빠른 것 같았다.

하긴, 이게 보통 비범한 몸은 아니었다. 마음먹으면 순간이동도 할 수 있는 몸이었다. 다만 해인이 워낙 겁이 너무 많아서 못 쓰고 있을 뿐이었다.

'으아! 지금 같을 때 쓰면 좋은데!'

바로 어제만 해도 집에서 옥상정원으로 이동해볼까 하다가 그만뒀었다. 중간에 있는 다른 집들이 너무 신경 쓰여서 엄두가 안 났다. 잘못해서 그 사이에 끼거나, 밖으로 빠져서 고공에서 떨어지는 것도 겁이 났고, 옥상으로 갔는데 사람이 있으면 그것도 낭패였다.

결국 해인이 순간이동을 할 수 있는 건 눈에 보이는 경계선까지였다. 자신의 시야 안쪽. 그리고 지금처럼 너무 정신이 없어도 집중이 안 돼서 쓸 수 없었다.

"하아, 하!"

해인은 한참 뛰다가 아파트 안에 들어간 다음에야 뒤를 한 번 돌아봤다. 다행히 이상한 남자는 보이지 않았다. 하긴, 보통 사람이라면 이 속도를 따라올 수 있을 리 없었다. 겨우 안심하며 벌렁거리는 심장을 다독였다. 엘리베이터를 누르고 안에 타서야 겨우 숨을 돌렸다.

"흐아…… 뭐였지, 그 미친놈은?"

-문이 닫힙니다.

"이상한 냄새가 나던데."

해인은 엘리베이터 안에 있는 CCTV를 의식하며 일그러지게 찍힐 제 얼굴을 염려해 옷에 달린 후드 모자를 머리에 깊숙이 덮어썼다. 정신이 없는 와중에도 이건 꼭…….

"호랑이 냄새?"

"……히익!"

"아마 그건가 봐. 잘 안 숨겨지더라고, 그건."

"끄으아……."

비명을 지르려는데, 남자가 조용히, 그러니까 어디까지나 해인의 눈에 느려 보이는 손짓으로 손을 한 번 뻗었다. 그러자 그뿐인데 해인은 아무 소리도 낼 수 없었다. 거짓말처럼 소리가 사라졌다. 성대를 울릴 수는 있었지만, 그뿐이었다. 놀라 제 목을 더듬어봤지만 그런다고 소리가 나진 않았다.

이게 무슨 일인지, 해인은 대체 알 수가 없어서 덜컥 겁이 났다. 그저 도망치고 싶어서 아등바등 뒷걸음쳐 엘리베이터 문에 등을 기댔다. 그리고 뒤늦게 거울에 비치는 남자가 하얀 털을 가진, 사람이 아닌 무언가로 보인다는 걸 목격하면서는 바들바들 떨어야 했다.

제 눈에는 분명 사람으로 보이는데, 거울 속에서 그는…….

"뭐라고 해야 나를 알려나……?"

"으읍!"

그래, 가까이서 보니 알겠다. 남자의 망토는 알 수 없는 여러 동물들의 가죽으로 만든 게 분명했다. 그리고 그 가죽 망토를 뒤집어쓴 남자의 눈은 황금색으로 빛나고 있었다.

그건 맹수의 눈이었다. 천적, 아니 아주 상위 포식자의 눈이었다. 하얀색이긴 하지만, 호랑이.

"아, 이러면 될까?"

해인이 읍읍거렸지만 남자는 해사하게 웃으며 손바닥 위에 주먹을 탁 치며 말했다.

"도를 아십니까?"

그는 그냥 미친놈이 아니라, 도를 닦는 호랑이였다.

"……드세요."

"오냐, 고마워."

차를 내고 있는 해인은 스스로도 굉장히 황당했다. 이게 대체 무슨 상황인지.

"굉장히 단걸? 이건 뭐야?"

"코…… 코아요."

"오오, 마음에 든다, 들어."

호랑이가 단걸 먹어도 되나……? 알 게 뭐냐. 어차피 선인인데. 해인은 이해하는 걸 빠르게 포기해버렸다. 문득, 저를 보는 시율의 마음이 바로 이랬을까 싶었다.

"오랜만에 오니 인간세계도 좋구나. 네가 한번 보고 싶던 차에 들러봤지."

"네에."

"그런데, 요즘은 '하이'라고 인사하는 거라던데. 아니었냐?"

"……아닌 거 같은데요."

"엥? 그래도 인간세계에 정통한 녀석이 알려준 인사법이었는데. 그렇게 인사하면 엄청 호감을 얻는다고 했단 말이지. 현대적으로 보이고."

호랑이 선인은, 남자답고 늠름하게 생긴 얼굴로 잘도 뾰로통한 표정을 하고 있었다. 그는 조금 성격이 가벼워 보였고, 뭐랄까…… 신나 보였다.

"이거 더 다오. 맛있구나."

그리고 해인이 가장 좋아하는 코코아를 두 잔째 얻어 마시고 있었다. 아무리 봐도 놀러 온 것 같은 모양새였다. 그것도 무슨 십년지기 친구 집에 말이다.

'사람을 그렇게 놀라게 해놓고는 뭐가 좋다고 혼자 저렇게 싱글벙글이람……'

갑자기 나타난 호랑이 선인은 왜인지 해인에게 굉장히 살갑게 굴고 있었지만, 해인으로서는 불편하기만 했다. 분명 지금 소파에 앉아서 찻잔을 홀짝이는 건 하얗고 노란 머리를 가진 인간 남자였는데, 해인의 눈에는 그가 거대한 호랑이로 보였다. 그래서 그가 너무도 어려웠다. 자의와 상관없이 쩔쩔매게 됐다.

"통성명도 안 했구나. 난 야호라고 한다."

"……산꼭대기에서 하는, 그……?"

"아니, 밤 야(燁)에 범 호(虎)."

"저는…… 박해인이에요."

아무래도, 선인에게는 사신의 주술이 안 통하는 모양이었다. 너무나 쉽게 이름이 말해져서 해인은 조금 울컥 북받치는 기분이 됐다.

"알아. 내가 기르는 아이인걸."

"사신에게…… 이야기 들은 적이 있어요. 제 몸 만드는 걸 도와주고 계신다고요."

"뭐, 나야 요즘 늘 한가하니까. 도 닦는 것도 몇백 년 하다 보면 질리는 법이고……. 아, 그리고 거의 다 만들었다. 사실 지금이라도 들어가도 되고."

이거 무슨 날벼락인지. 야호는 희소식이랍시고 전해주는 눈치였지만, 해인은 고개를 급히 내저었다. 사양하고 싶었다.

"저, 전에 듣기로 일 년 정도 걸린다고 했는데……."

"육체를 만드는 거야 열 달이면 하잖냐. 나머지 두 달은 몸을 네 살아생전의 나이만큼 성장시키는 거니까, 아기의 몸이라도 괜찮다면 지금부터 들어가도……."

"그, 다 되면…… 갈래요."

"그러렴."

굉장히 선뜻 고개를 끄덕이는 야호였다. 겨우 그 말을 전해주기 위해 여기까지 왔던 걸까? 해인은 떨떠름함을 숨기지 못했다.

"저를 데려가려고 오신 거 아닌가요?"

"아니, 그보단 네 몸이 완성되면 한 번쯤 여기 들러서 네 의중을 물어보라고 했거든. 모달 그 녀석이."

"아아……."

"그 녀석이 워낙 바빠서 내가 대신 왔지. 마침 등천 전에 한 번쯤 산 밖으로 유람 나오려던 차였고."

"……앗! 혹시 공원에서 찾았다고 말했던 것도……!"

"나였어."

그거 꽤 전부터였다. 왜 내내 지켜보고 있었던 걸까?

"왜 말을 걸지 않고요?"

"네가 그냥 인간인지, 사신탈을 쓴 인간인지 구분하는 건 힘들거든. 사신탈이란 본래 그런 거니까. 인간들 사이에 숨는 용도잖냐. 긴가민가해서……보고 있다가, 네가 고양이랑 눈인사를 하는 걸 보고 나서야 맞구나 싶었지."

그렇다는 건 시율과 함께 있었을 때부터 지켜봤다는 말이었다. 해인은 그걸 깨닫자 야호의 방문이 매우 달갑지 않아졌다. 왜냐하면, 그는 사신과 한패고, 사신에게 시율을 들켜서는 안 되니까. 사신은 애완고양이로서의 삶을 허락한 거지, 인간에게 정체를 들키는 건 허락하지 않았다. 그건 가장 금기한 일이었다.

시율이 자신의 비밀을 알고 있다는 걸 알면 그에게도 손을 쓸 게 분명했다. 언젠가 말했던 대로, 기억을 지울지도.

"모달 녀석이 직접 오고 싶어 했지만, 그 녀석 요즘 엄청 바빠서 말이지. 널 그렇게 만든 뒤에 수습한답시고 아주 동분서주했거든. 네 몸을 다시 만든다고 쓴 힘도 많을 테고, 그러느라 못한 명계의 일도 많을 테고. 겨우 네 몸의 틀만 만들어서 나한테 맡기고는 밀린 일들을 하고 있지."

"……그래서 언제 가실 거예요?"

"너 날 내보내고 싶어 하는구나."

"즈언혀 아닌데요."

이 인간 거짓말에 소질이 없고만. 야호는 해인의 영혼이 아주 맑고, 선하다는 게 마음에 들었다. 사신탈 안에 숨어 있어서 전부 보이진 않았지만 이렇게나 거짓말을 못하는 인간은 아무래도 드무니까. 그리고 해인 같은 영혼의 소유자는, 조종하기도 쉬웠다. 영혼이 투명한 만큼 주술이 잘 들었다.

사실 영혼이 더럽고 탁하면 주술도 잘 안 통하기 마련이었다. 튕겨 나온다고 해야 할까. 반하는 성질이 강해서 통제가 어렵다고 해야 할까. 만약 해인이 사신의 주술을 깨고 싶다면, 사악한 영혼이 되면 됐다. 인간으로선 평생 알 수 없는 방법이겠지만.

"박해인아, 사실대로 말하렴. 네가 무슨 생각을 하는지."

"내가 왜……."

"너는 내게 거짓말을 할 수가 없단다. 가장 하기 싫은 말을 털어놔 봐라. 바로 지금."

눈을 감아야 했는데. 저 번쩍이는 눈을 보면 안 되는 거구나. 해인은 다시 한 번 당한 다음에야 야호가 저에게 무언가 힘을 쓰는 방식이 저 눈이라는 걸 깨달았다. 적나라한 맹수의 눈동자. 일순간 심장을 멎게 할 만큼 강한 힘을 가진.

힘에 굴복한 것처럼 입술이 멋대로 움직였다. 성대가 멋대로 소리를 내고, 말하기 싫어서 고개를 도리질 치면서도 속을 내뱉는 걸 그만둘 수는 없었다.

"그를…… 들키고 싶지, 않아요. 사신이, 그의 기억을 지울 테니까. 금기를 깼다는 걸, 알면……."

억지로 토하듯 말해놓고는 덜컥 우는 수밖에 없었다. 인간이란 이토록 무력한가. 힘을 가진 존재란 왜 이리 잔인한가. 사신도 그러더니 이 호랑이도 똑같았다.

"아하, 낮에 그 남자? 너 정체를 들킨 거구나. 그렇지? 무슨 얘긴지 알겠다."

"안 돼요!"

해인은 주룩 두 뺨 위로 눈물을 흘리며 이 순간을 어떻게 수습해야 할지 알 수 없어서 야호의 다리에 급히 매달렸다. 빌어서라도 막아야겠다. 이런 식일 수는 없는 거다.

그의 기억이 지워지면 아무런 희망도 남지 않을 텐데. 단지 그의 기억만이라도 지키고 싶은 건데. 그게 그렇게 어려운 바람일까? 해인은 야호에게 조금쯤은 자비가 있기를 바랐다.

"제발……."

"뭐, 나랑 상관없잖냐. 그 비밀."

"……예?"

"아니, 그렇잖아. 모달 녀석 일은 그 녀석 일이고, 나한테 넌 그냥 내가 손수 기른 갓난쟁이일 뿐이야. 그리고 명계랑 선계는 법률도 달라요. 규율도 다르고 인간계에 대한 규정도 다르고."

"어음, 그럼……?"

야호는 정말로 귀를 파고 있었다. 새끼손가락으로 후비적후비적. 해인의 눈물이 허무하게도 말이다.

"일단 난 기본적으로 너희 일에 끼어들 생각이 없어. 네 편도 모달 편도 안 들 거야. 여럿이 끼어들수록 일이란 복잡해지기 마련이니까."

"……미친놈이라고 해서 미안해요!"

"아, 그거 잊고 있었는데."

"조, 좋은 호랑이라고 생각해요!"

"너 아부에 재능이 없구나. 아무튼 안심해라. 난 너희 일에 별로 관심이 없으니까. 그리고 무엇보다 난 지금 휴가 중이거든. 내가 쉬는 거에만 관심이 있다고."

그거 정말 듣던 중 반가운 소리였다. 해인은 야호가 다행히 사신의 편이라기보다는 중립적인 입장이라는 데 마음속으로 환호했다. 그러고 보니 아까 조만간 등천이 어쩌고 했었다. 그건 승천의 다른 말이니까, 그 정도로 도를 닦은 호랑이라면 아무렴 진중하게 중심을……

"그래서 말인데, 나 좀 여기서 지내도 될까? 아주 잠시만."

"……그게 무슨."

"이 땅에서는 보름달 두 번만 볼 생각이거든. 난 유람 중이라 여길 건너 대륙으로 갈 거란다. 그리고 아까 그 단것도 맛있더라. 사약 색인 거."

코코아를 말하는 모양이었다. 대륙은…… 중국일까? 해인은 이 안하무인 호랑이가 다시 두려워졌다.

"그거 사줄 테니까 다른 데 가면 안 돼요……?"

"난 어떻게 만드는 줄 모르는데?"

"가르쳐드릴게요!"

"에, 네 비밀이 그러니까…… 사람한테 고양이가 되는 걸 들키면……."

"악! 협박을 하면 어떡해요! 도를 닦는 신선이라는 양반이!"

"갈 데가 없는 걸 어쩌느냐. 인간세계에 아는 인간은 다 죽거나 먼저 등천했단 말이야. 너 말고는 없는걸."

어쩌면 이렇게 뻔뻔하지? 해인은 사신도 그랬지만 인간이 아닌 자들은 원래 이렇게 염치가 없는 건가 하는 의문을 가져야 했다.

"그…… 거시기 그 백두산은 어쩌고 휴가예요!"

"어 그거, 뭐랬더라…… 백로 녀석이 알려줬는데…… 어, 어…… 아! 말년 병장이래. 나더러. 인간으로 치면 말이야."

한마디로 뒹굴뒹굴하며 등천할 날만 기다리고 있다는 거잖아! 해인은 이 거머리 같은 호랑이를 어떻게 해야 할지 알 수 없었다. 초면에 무전취식을 희망하다니, 그것도 거의 신혼집이나 다름없는 집에서……! 사신에게 비밀을 말하지 않는 것으로 감사해야 하는 걸까? 하지만 아무리 그래도 이런 누가 봐도 수상한 흰머리 남자를 제멋대로 집 안에 들일 수는 없었다.

"강아지 한 마리도 아니고 성인 남자를 막 데리고 살 순 없어요. 여긴 내 집이 아니란 말이에요!"

"아, 너도 신세 지는 건가? 그럼 이러면 어떠냐?"

"……으악? 왜 이래요!"

야호는 갑자기 알몸이 되더니, 그러니까 몸에서 천들이 사라지나 싶더니…… 갑자기 푸짐한 털을 자랑하는 새끼 고양이로 변해 있었다.

"캬옹?"

"……미쳤나 봐! 누가 봐도 호랑이잖아요?"

아니, 고양이를 빙자한 호랑이 새끼로.

"에이, 고양이 같지 않나? 호랑이도 고양이 과던데."

"강은 다른 것도 아니고 수의사란 말이에요! 못 알아볼 리가……."

"내가 그 말 했나? 모달이랑 나는 멀리서도 대화할 수 있다고. 그냥 조금 집중해서 주파수를 맞추고 생각하면……."

"여기 살아요! 괜찮아!"

염치없는 미친 호랑이 새끼의 등장이었다.

해인은 초조하게 시계를 노려봤다. 그가 돌아올 시간이 점점 다가오고 있었다. 슬슬 식은땀이 나기 시작했고, 안절부절못하게 됐다. 시율은 날이 갈수록 귀가하는 시간이 아주 칼 같아졌는데, 그건 집에서 해인이 오매불망 저만 기다린다는 걸 알아서였다. 그는 퇴근하는 즉시 다른 데는 쳐다보지도 않고 오로지 귀소본능에만 충실했다.

만약 둘이 정말로 신혼부부였다면, 그는 타의 귀감이 되는 훌륭한 새신랑인 셈이었다.

"어이! 한 잔 더 줘!"

"……없어요."

"거짓말."

"봐요. 텅텅 비었잖아!"

반면 해인은 조신한 새 신부는 못 되었다. 안락한 둘만의 스위트 홈에 저런 걸 들이고 말았으니…… 같이 쫓겨날지도 모를 노릇이었다. 야호는 코코아 한 통이 바닥이 보이도록 얻어 마시고도 부족한지 더 내놓으라고 투덜대며 깽판을 치고 있었다.

"그럼 비슷한 거라도 가져와!"

"으, 무슨 애도 아니고! 그만 좀 먹어요!"

배 안에 거지라도 들어 있는 걸까? 아니면 본체가 호랑이라 먹는 양이 어마어마한 걸까. 날강도가 따로 없었다.

"응? 왜? 코코아는 애들만 먹는 건가?"

"그건 아니지만."

"그럼 줘!"

"……정말 이러기예요? 몇백 살은 먹은 호랑이 양반이 이러면 안 되는 거잖아요!"

"그럼, 노인 공경을 해."

야호가 게슴츠레한 눈으로 강한 의지를 표명하며 부엌을 가리켰고, 이번엔 딱히 주술을 쓴 것도 아닌데 해인은 할 말을 잃어야 했다. 엄청난 연장자가 저를 공경하라는데 달리 반박할 말이 떠오르지 않았으니까. 심지어 해인은 야호에게 약점까지 잡혀 있었다.

'더럽고 치사하다!'

약자의 설움이란 바로 이런 걸까. 시율에게 매일매일 귀하게 어화둥둥, 예쁨만 받다가 이런 시녀 노릇을 하려니 이것도 아주 고역이었다. 해인은 입술을 삐죽 길게 내밀고는 부엌을 뒤졌다. 마침내 코코아 비슷한 걸 찾아 내긴 했다.

'……맛은 비슷하잖아?'

그건 케이크를 만들 때 재료로 쓰는 알갱이 초콜릿이었다. 시율은 이걸 중탕으로 녹여서 이것저것 만들곤 했는데, 옆에서 그걸 구경하다가 몇 번 주워 먹은 기억이 났다. 제법 맛있었다. 이걸로 야호를 만족시킬 수 있을지 는 모르겠지만 말이다. 코코아 비슷하게 녹여서 가져다줄까 하다가, 귀찮기 도 했고 그럴 만큼 야호가 예쁘지도 않았다.

해인은 봉지를 탈탈 털어 밥그릇에 대충 개 사료 담듯 초콜릿을 채워서 는 야호의 앞에 놔주었다.

"뭐냐, 이건?"

"초콜릿이에요. 처음 봐요?"

"응, 염소 똥같이 생겼네."

"……더 맛있는 거예요. 일단 먹어봐요."

"코코아는?"

그놈의 코코아! 야호는 코코아를 마시기 위해 사람 모습을 하고 있었는 데, 해인은 투덜대는 야호의 입에 사료…… 아니, 초콜릿 몇 알을 억지로 집 어넣어주었다. 마지못해 몇 번 씹어보나 싶던 야호는 금세 초콜릿이 마음에 든 얼굴이었다.

"오오, 만족스럽군. 여긴 왜 이렇게 맛있는 게 많아?"

손에 먹을 걸 들려줘야 온순해진다는 점에서 야호는 절대 공경받을 노인 은 아니었다. 해인은 그래도 이걸로 야호가 잠시간은 얌전할 거라는 데 위 안을…….

"헛!"

순간 해인의 귓전을 스친 소리는, 엘리베이터가 멈추는 소리였다. 바로 이 층에.

"응? 몇 번 씹었는데 다 없어지네. 이거 더 없……."

"봉지째로 줄 테니까! 방에 들어가 있어요. 빨리!"

"와아."

초콜릿을 봉지째로 들려 주자 야호는 진심으로 기뻐했다. 해인은 그런 야호를 자신의 방 안으로 허겁지겁 밀어 넣었다. 그러곤 다급하게 설명했다.

"강이 오면 조금 설명을 하고 부를 테니까, 내가 나오라고 할 때까지는 절대 나오면 안 돼요! 알겠죠?"

"알았다."

"그리고 변신해서 나와요."

"오케이. 오케이."

갑자기 방에서 나오는 게 외간 남자인 것보다는, 짐승인 게 시율에게 덜 혼날 테니까. 야호는 초콜릿 때문인지 순순히 고개를 끄덕였고, 해인은 마지막으로 강조했다.

"그, 큰 거 말고, 작은 버전으로……."

손으로 아담한 모양을 만들어 보이자 야호는 초콜릿을 오도독, 오도독 씹어 먹으며 해인을 마주 봤다. 빤히.

"넌 내가 바보로 보이냐. 여기서 본체로 돌아다니게."

"그치만…… 세상 물정 모르긴 하잖아요."

해인의 눈에는 야호가 성인 남자의 모습을 하고 있든, 작은 아기 호랑이 모습을 하고 있든 대호의 그림자가 선명하게 보였다.

"어허! 겨우 세상 물정 조금 어두운 것 가지고! 이봐, 내가 누군지 알지? 도를 닦……."

"시끄럽고, 아무튼 들어가요."

더는 떠들고 있을 시간이 없었다. 이 구역의 왕이자, 설득 대상으로 아주 난이도가 높은 남자가 귀가했으니까. 그는 바로 현관 너머 있었다. 지금 도어록을 누르고 있었고.

해인은 긴장으로 마른 목을 축였다.

"너 무슨 사고 쳤지?"

히익, 아직 아무 말도 안 했는데! 시율은 집에 들어오자마자, 해인의 얼굴을 보자마자 바로 그렇게 말했다. 그러곤 미묘하게 굳은 얼굴로 주변을 두리번거렸다. 무슨 사고를 쳤나 찾는 모양이었다.

"강……."

"눈만 봐도 알겠네."

"그러니까 그게 말이야……!"

"목소리도 평소보다 한 옥타브 높고, 동공도 수축됐고, 식은땀 나고 손발을 자꾸 떨고 내 눈치를 살피는 게…… 너 분명 사고 친 거야."

그렇게 단언하면서도, 거실에서 달리 문제점을 찾지 못한 시율은 어서 실토하라는 듯, 해인의 눈을 들여다봤다. 그는 전에 없을 족집게였다. 어째 방안에 숨긴 백두산 호랑이보다 용한 것 같았다. 해인은 저도 모르게 자신의 방을 흘깃댔고, 시율은 신발을 벗으며 곧장 그쪽으로 향했다.

해인은 정말이지 이런 요령이 없었다.

"저 방이군."

"잠깐! 강, 잠깐만!"

맹렬한 그의 돌진에 당황해서는 그의 허리에 매달렸다. 조금 변명할 시간 정도는 줬으면 좋겠는데, 이 남자는 그런 거 없이도 상황 파악을 혼자 해버리는 능력자다 보니 죄인을 위한 여유 같은 건 주지 않았다.

"너 설마 길고양이 같은 걸 주워 온 건 아니겠지?"

"아니야!"

사실 반쯤은 맞는 것 같기도 하고? 해인은 울상을 한 채 시율을 말려봤지만 방문은 여지없이 벌컥, 열려버렸다. 아직 아무런 설명도 하지 못했는데 말이다.

"……내가 이럴 줄 알았지."

그나마 다행이라면, 야호가 사람 모습이 아니라 호랑이 새끼로 변해 있다는 점이었다. 초콜릿 봉지 속에 얼굴을 파묻고는 게걸스레 먹어대고 있었지만.

"조만간 한 마리 주워 올…… 줄…….."

야호에게 한 걸음 한 걸음 다가갈수록 시율의 목소리가 뒤틀렸다. 고양이치고는 너무 북슬북슬해 보였다. 그렇다고 절대 개도 아닌 것이……. 그는 뭔가 이상했는지 야호의 목덜미를 붙잡아 공중에 들어 올렸다. 그러곤 자세히, 초콜릿 묻은 그 얼굴을 들여다봤다.

이번에도 그는 얼굴을 보자마자 알아챘다.

"맙소사, 이건 호랑이 새끼잖아!"

"……네."

그럼 그렇지. 수의사가 그걸 구분 못 할 리가 없지. 저 기가 막힌 얼굴이라니. 시율은 몇 번이나 해인과 야호를 번갈아 봤다. 야호는 태평하게 입맛을 다시고 있었는데, 사람 손에 달랑 들어 올려져 있다고 해도 고양이와는 생김새부터가 달랐다. 우선 결정적으로 귀 모양이 달랐고, 발 크기부터가 몇 배나 차이가 났다. 짐승의 새끼란 대개 발을 보면 성체가 됐을 때의 몸집을 짐작할 수 있었다. 고로 고양이의 발과 호랑이 새끼의 발을 엄청난 차이가 있었다.

"이런 걸 대체 어디서……."

시율이 이렇게 황당해하는 것도 무리는 아니었다. 아무렴 해인도 같은 마음이었다. 집 안에 난데없이 호랑이가 있으니…….

"설명!"

"……어, 그……."

슬그머니 넘어가려는 해인에게 시율이 죄를 묻듯, 야호를 얼굴 앞으로 들이밀었다. 야호의 털이 얼굴에 철퍼덕 닿았다. 뭐라고 그를 이해시켜야 할까? 해인은 어쩌지 못하고 더듬거렸다.

"음…… 친구 같은……?"

"친구우? 이 호랑이 새끼가?"

"저기, 아는 호랑이가…… 애 좀 봐달라고…… 잠시……."

사실 처음에 생각한 변명은 고양이라고 우기는 거였지만, 이미 그른 것 같고. 사실 이것도 글렀다는 걸 알았다. 시율이 속아주길 바랄 뿐, 속일 수 없다는 것도 잘 알았고 말이다.

"고양이 친구는 호랑인가 보지? 사이가 각별해서, 음? 가끔 애도 맡기고?"

"이게 말이야…… 설명하기가 좀 힘든데. 그냥, 속아주면…… 안 될까?"

"속아달라고?"

"이번 한 번만! 다신 안 그럴게!"

"그럴 거면 차라리 좀 더 제대로 된 거짓말을 하란 말이야! 너 거짓말 되게 못해. 차라리 동물원에서 탈출한 걸 주웠다고 해라!"

그러게 그걸로 할걸! 해인이 깨달음을 얻은 표정이 되자 시율은 깊은 한숨을 내쉬었다. 해인도 시율에게 이런 시련을 주고 싶지 않았다. 아무것도 묻지 말고 정체 모를 호랑이를 당분간 같이 살게 해달라고 부탁하는 건……. 해인은 순간 다시 한 번 깨달음을 얻었다.

생각해보니 자신에게 걸린 주술은 사신탈에 대한 비밀을 지키는 거지, 야호의 존재에 대한 건 아니었다. 그럼 말해도 되는 거 아닐까? 그리고 시율이 야호와 친분이라도 생긴다면 나중에 저를 찾는 데 도움이 될지도 몰랐다. 해인은 급 얼굴에 화색을 띠며 들뜬 목소리를 냈다.

"그래, 강! 이건 말이야! 백두……."

"……아, 그거 말하면 안 돼."

"에……."

"하아?"

"그럼 지워야 하거든. 그걸 안 알려줬네. 세이프다."

네가 말하는 건 괜찮고! 말하는 호랑이는 괜찮은 거냐! 선계도 선계의 존재를 들키면 기억을 지우는 것으로 해결을 보는 모양이었다. 알고 보니 이 호랑이, 시한폭탄이나 다름없었다.

이런 게 잠시라도 도움이 될 거로 생각했다니!

해인은 벌린 입을 채 다물지 못한 채 시율의 손에 들려 달랑달랑 흔들리고 있는 야호를 쳐다봤다. 얼빠진 얼굴로 그러고 있자니, 야호가 고개를 갸웃거렸다. 세상에서 가장 얄미운 모습이었다.

"왜? 세이프. 아슬아슬했다는 뜻 아냐?"

"맞긴, 한데……."

"에헴! 공부 좀 했다고."

야호가 이상한 것에 뿌듯함을 느끼는 동안, 시율은 제 손에 든 그것을 천천히 바닥에 내려놨다. 마치 시한폭탄 다루듯.

"……."

"……."

아무래도 야호의 정체는, 방금 야호가 말을 해버린 것으로 충분한 설명이 된 것 같았다. 시율은 두 번째 당하는 일이라서 그런지 그리 당황하는 눈치는 아니었다. 그는 동물이 말을 하는 것쯤, 이제 익숙한 남자였다. 다만 시율은 두 눈을 가늘게 뜨며 해인에게 낮은 목소리로 물었다. 그 표정이 마치 해탈의 경지에 도달한 것 같아 보였다.

"……한 가지만 묻자."

"응……?"

"변신도 하냐?"

그가 손가락으로 가리키는 건 다시 초콜릿을 킁킁거리고 있는 야호였다. 그리고 그는 해인이 이걸 대답을 해도 되나, 이것도 안 되는 건가 고민하는 얼굴을 본 것만으로 답을 얻었다.

"됐다. 됐어, 알아들었어."

포기, 항복. 시율은 두 손을 들며 방을 나갔다. 해인은 얼른 그 뒤를 따랐다. 야호에게 한 가지 당부하는 걸 잊지 않았다.

"저기, 여기서 자요! 방에서 나오지 말고!"

"……강, 저기 말이야."

"뭐."

"화낼 거야……?"

땀을 뻘뻘 흘리며 눈치를 보자니, 시율은 침대에 걸터앉으며 해인에게 이리 오라는 손짓을 해 보였다. 슬금슬금 다가가자 그는 해인을 제 무릎 위로 앉게 하고는 잠시간 말이 없었다. 가느다란 어깨에 이마를 묻고는 소리 없는 한숨을 내쉬었다. 해인이 속아달라고 애걸한 걸 보면 뭔가 사정이 있는 것 같으니 봐주긴 봐줘야겠는데. 아무리 그래도 난데없이 호랑이는…….

그런 걸 기르는 걸 누가 보기라도 했다간…….

"언제 가는데?"

"……한 달! 길어야 한 달일 거야! 보름달 두 번이랬으니까……."

"너무 길어."

"미안해."

둘만 있을 시간도 부족한데, 이 무슨 불청객인지. 당연히 매우 마음에 안 든다는 얼굴을 하고 있는 시율이었다. 그런 그의 목을 끌어안으며 해인은 그의 이마에 느리게 뺨을 비볐다. 자신이 할 수 있는 최대한의 사과를 해야 했다. 사실 잘못한 건 해인이 아니었지만, 지금 그를 달래줄 수 있는 건 해인뿐이었다.

"될 수 있는 한 빨리 보내볼게. 응? 나도 어쩔 수가 없어서……."

"약점이라도 잡혔어?"

"……비슷한가? 저기 화 안 난 거지?"

어쩌면 내 남자는 이렇게 뭐든 척척 알아채는 걸까. 해인은 그의 통찰력에 감탄하며, 성난 그의 이마 사이에 입술을 눌렀다. 쪽쪽, 불편하게 좁혀 든 미간 사이에 자꾸 입술을 맞추자 조금씩 구김이 풀어졌다.

"끙…… 화가 났다기보다는, 어이가 없어서 그렇지."

"조금만 잘해주라. 어쩌면 도움이 될지도 몰라."

"도움은 무슨."

"나도 그 호랑이는 어렵단 말이야. 밉보이면 안 된다고."

그는 해인의 뽀뽀 세례에 마지못해 구긴 이마를 풀었고, 해인의 키스를 제 입술 가까이로 끌고 왔다. 이마보다는 입술 근처에 키스하게 하며 천천히 눈을 감다가…… 부릅뜨고 물었다.

"그런데 그거, 수컷이야?"

"수컷이긴 하지."

"……역시, 내쫓아야……."

"근데 봤잖아! 애 같은 거!"

"애인지 늙은인지 내가 알 게 뭐냐고."

시율은 아무래도 호랑이를 상대로 질투를 끓이고 있는 것 같았다. 해인은 그가 더 끓기 전에 얼른 진정시켰다.

"걱정 마! 그래도 내 취향은 절대 아니니까. 내 취향은 강이야!"

"……그거 확실히 기쁜 소리다만."

나오는 대로 한 소린데. 그는 그게 마음에 들었는지 곧장 기분이 좋아진 모양이었다. 내밀한 키스가 이어졌다. 해인은 얼떨떨하게 그의 입술을 따라가며 그의 목을 끌어안았다. 급하게 내뱉은 말이긴 하지만 순수한 본심이었다.

당연히 자신의 이상형은 시율이었고, 자신의 취향도 시율이고, 자신의 남편도…….

"으응……."

키스가 슬그머니 깊어졌다. 그가 제 허리를 힘주어 끌어안아서, 해인은 저도 그에게로 몸을 밀착했다. 너무 가까워져서, 서로의 피부에 있어서 경계가 모호해졌다. 그래, 요 며칠은 내내 이런 시간이었다. 떨어져 있는 시간을 보상받고 싶은 것처럼 집에서 단둘이 되면 사이가 깊어져서…….

"에헴, 저기……."

"흐악!"

"내가 귀가 좋아서…… 이런 거 다 들리는데. 흠흠."

열린 문틈으로 고개를 내민 건 야호였다. 해인은 깜짝 놀라 그의 무릎에서 도망쳤다. 야호는 귀는 좋은데 기척은 없어서 해인도 야호의 접근을 전혀 알아채지 못했다. 이것이 상위 포식자의 사냥법일까. 물론, 해인도 시율도 야호의 존재를 잊은 건 아니었다. 하지만 이렇게…… 이렇게…….

"그보다, 좀 같이 자도 될까?"

넌씨눈일 줄은…….

"사람 품이 그리워서 말이야. 나 사람 되게 오랜만이거든. 사이에 껴주라."

"……넌씨눈이라고 압니까."

"응? 나? 아니?"

"넌, 씨 눈치도 없……."

"자요! 자! 괜찮아! 이리 올라와!"

해인은 얼른 시율의 말을 가로막았다. 둘의 사이가 악화돼서 좋을 건 하나도 없었고, 자신은 야호의 비위를 맞춰야 했다. 시율은 굉장히 화가 난 얼굴이었다. 당장에라도 폭발할 것 같았다. 그건 해인이 감히 풀어줄 엄두도 내지 못할 만큼이었다.

'이, 이거 뽀뽀세례로는 안 되겠는데……?'

이 뒷감당을 어떻게 해야 할지, 벌써부터 두려워졌다. 이 호랑이는 대체 왜 나타난 걸까. 지금으로선 재앙이나 다름없었다.

늦은 아침, 현관에서 발걸음을 떼지 못하는 시율이었다.

"……잘 다녀와! 강!"

해인이 애써 밝게 출근 인사를 건넸지만 소용없었다. 그는 여전히 저기압이었다. 우선 그 이유는 첫째로, 어젯밤에 해인을 끌어안고 잠들지 못해서 욕구불만이 극에 달했고.

둘째로는…….

"여어, 돈 벌러 가나 봐? 보기 좋네."

"……뭐, 저런 게."

"그럼 수고해."

새끼 호랑이의 모습을 하고는 남의 집 거실을 편하게 어슬렁거리는 저 정체불명의 불청객 때문이었다. 집안의 웃어른이라도 되는 양 말하며 지나가는 모습이 아주 가관이었다. 그가 울컥한 걸 알았는지 해인이 다급하게 중재에 나섰다.

"나쁜 뜻은 없을 거야! 참아, 응? 저 양반 아무 생각 없어. 정말이야!"

솔직한 시율의 심경으로야 저 뻔뻔한 털북숭이를 당장 집 밖에 내다 버리고 싶었다. 하지만 해인이 이렇게 어려워하는 거로 보아 막 대할 상대는 아닌 것 같아 참아주고 있을 뿐이었다. 모종의 친분이 있긴 한 것 같으니, 해인의 체면을 생각해서 참는 거였다.

이 순간에도 참을 인 자를 백 번쯤 곱씹으며 말이다.

'참자…… 참아.'

문제는 하루 만에 그 인내심이 한계에 도달했다는 점이었다. 시율은 자신이 이렇게 참을성 없는 인간이라고 믿고 싶지 않았지만, 보란 듯 방과 방 사이를 왔다 갔다 하며 집 구경이 한창인 야호가 극도로 눈에 거슬리는 건 어쩔 수 없었다. 지금만 해도 해인의 방 구경을 끝마쳤는지 거실을 가로질러 느긋하게 베란다로 향하고 있었다.

시율은 그 모습을 눈으로 좇다가 이를 갈며 말했다.

"오늘 퇴근하면서 병원에서 애견방석을 하나 가져올 테니까."

"으응?"

"거기서 자게 해. 오늘 밤에는 어림없어. 침대는, 안 돼."

"우리 말을 들을까?"

저거 명색의 백두산 호랑인데…….

"그게 아니면 화장실에 가둬버릴 거야."

시율의 말에서는 격렬한 진심이 느껴졌다. 그는 아침에 눈을 뜨면 해인이 제 가슴팍에 안겨 있는 만족감 없이 하루를 시작하는 게 아주 끔찍하게 여겨졌다. 만약 내일도 그 만족감을 느낄 수 없다면, 그는 더 이상 인내심에 가치를 두지 않으리라.

매사 시니컬한 그를 사나워지게 하는 방법은 아주 간단했다. 그가 해인과 함께 있는 걸 방해하면 됐다.

"서, 설득해볼게!"

이 순간 해인의 어깨를 말아 쥔 시율의 손힘이 전에 없이 강력했다. 해인은 사태의 심각함을 느끼고는 얼른 고개를 끄덕였다. 물론 자신은 없었지만.

"……정체가 뭔지는 몰라도 말이지. 남의 집에 얹혀 지내려면 최소한의 염치는 있어야 할 거 아냐! 염치가."

"그래, 맞아! 염치가!"

시율이 으르렁댔고, 해인도 한술 거들었다. 일부러 야호에게 들으라고 하는 말이었지만, 정작 야호는 신경도 쓰지 않고 이번엔 거실을 가로질러 옷방으로 향하는 중이었다. 그 총총거리는 가벼운 발걸음조차 얄미웠다. 저런 뻔뻔한 생물을 맹해 빠진 해인이 설득할 수 있을 거라고는 시율도 기대하지 않았다.

둘은 누가 시킨 것도 아닌데 옷방으로 사라지는 야호의 뒤꽁무니를 눈으로 좇다가 동시에 한숨을 내쉬었다.

"하아, 일단 다녀올게."

이미 출근 시간이 한참 지난 뒤였다. 정체를 알 수 없는 호랑이와 해인 단둘을 두고 출근하려니 오만 생각이 다 들어서 시율은 좀처럼 집을 나서지 못하고 있었다. 저 호랑이를 믿어도 되는 건지. 혹시 위험한 건 아닌지. 해인의 정체도 모르는 와중에 저 호랑이의 정체를 알 수 있을 리도 없었다.

동족이라고 치부하자니 한쪽은 호랑이고 한쪽은 고양이였다.

야호의 등장으로 해인의 정체는 더 미궁에 빠진 상태였다. 시율의 고뇌는 더욱 깊어진 것이다.

"잘 다녀와! 그런데 인간, 나 네 옷 좀 입어도 될까?"

시율이 겨우 마음을 다잡고 현관을 빠져나려던 순간이었다. 옷방에서 웬 건장한 덩치의 남자가 얼굴을 쑥 하니 내민 것은 말이다. 무슨 마술공연도 아닌데, 호랑이 들어가고 사람이 나왔다. 그것도 아주 자연스럽게.

"허. 허허……."

해인이 기겁하며 야호를 다시 옷방으로 밀어 넣는 모습을 보지 않아도 알 수 있었다. 저게 그거라는 것쯤은 말이다. 헛웃음을 흘리긴 했지만 차라리 침착한 건 시율 쪽이었다.

"으악! 왜 변신을 하고 그래요! 미쳤나 봐!"

"응? 아아, 걱정 마. 여기까지는 괜찮으니까."

"……그놈의 비밀은 기준이 뭐예요, 대체!"

"어차피 저 남자, 네가 변신하는 것도 알잖아? 세이프야, 세이프. 그러니까, 옷 좀 빌려주라."

일단 저 뻔뻔한 남자의 반 묶음 한 하얀 머리가 가장 먼저 눈에 띄었다. 군데군데 어두운 갈색 브리지가 들어간 화려한 머리였으니까. 분명 동양인의 것은 아닌 금색과 은색이 오묘하게 뒤섞인 눈동자도 만만치 않게 특이했다. 맹수의 눈매를 닮은, 유난히 또렷한 아이라인은 인정하기 싫지만 강인해 보였다.

"그냥 지금 그거 입어요! 왜 강 옷을 달라고 하고 그래요?"

"모처럼 휴가니까 현대인 옷을 입고 싶단 말이야."

"꺅! 대충 입어요!"

"빌려줘. 뭐, 어때."

예의 그 새끼 호랑이 모습과는 상반되게도, 사람일 때의 야호는 시율보다도 훨씬 건강한 체격이었다. 뭔가 낡은 도포 위에 거적때기 같은 걸 걸치고 나왔지만, 헐렁한 옷차림인데도 알 수 있었다. 남자치고도 매우 커다란 덩치라는 걸 말이다. 해인에 비하면 두 배는 되겠다 싶었다.

그리고 야호는 서슴없이 해인을 만지고 있었다. 어깨나, 손, 머리 정도였지만, 시율은 그것도 용납하기가 힘들었다. 그래, 수컷이라고 하긴 했었다. 저렇게 젊은 얼굴일 줄은 몰랐지만. 그는 나가려던 걸 그만두고 삐딱한 자세로 서서 빈정거렸다.

"잠자리에, 밥에, 옷에, 보아하니 굉장한 손님 대접을 바라는 모양인데."

아웅다웅하던 야호와 해인의 눈이 그에게로 향했다. 시율이 언제 터지려나 했는데, 아무래도 지금인 모양이다. 어젠 그래도 초면이라고 존댓말을 써주는가 싶었는데 이제는 흔적도 없었다. 해인은 그러지 말라고 고개를 내저었지만 남자 둘이 싸우면 말릴 재간은 없었다. 호랑이 싸움에 고양이가 끼어들 순 없지 않은가.

"왜? 그럼 안 되나?"

"그러려면 좀 더 예의가 있어야 하거든."

"그런 건 너희가 나를 얼마나 성의껏 모시는가를 봐서 결정할 거다만."

"하!"

손님 대접 정도가 아니라 지극정성으로 모셔야 하는 건가. 시율이 대놓고 웃음을 터트렸고, 야호도 만만치 않게 싱글거리며 말했다.

"네가 사랑하는 이 여자라면 알 걸. 너희가 내게 얼마나 감사해야 하는지."

"……."

"난 그 비밀을 지켜주고 있거든."

시율이 울컥하든 말든, 해인이 울 것 같은 얼굴로 고개를 끄덕이든, 결국

승자는 야호일 수밖에 없었다. 시율은 신발을 신은 채로 거실로 올라섰다. 그대로 성큼성큼 이를 갈며 야호에게 걸어갔다. 해인은 설마하니 그가 무턱대고 주먹질 같은 걸 하지는 않기만을 바랐다. 야호와 싸워서 시율이 힘으로 이길 수 없다는 걸 너무도 잘 알았으니까.

야호는 지금, 배부른 맹수처럼 놀고 있을 뿐이었다. 먹지도 않을 사냥감을 잡아 가지고 노는 것과 같았다. 애꿎게 화나게 해서는 안 됐다.

동물의 본능 같은 걸까. 그게 해인을 너무도 불안하게 했다. 야호를 두려워하게 했다. 싸워서는 안 되고, 굴복하는 것만 생각하게 했다.

"……이봐, 옷 같은 건 마음대로 입어도 되는데."

"그거 고마운 이야기네."

으르렁대며 다가온 시율이 한 일은, 언제부턴가 해인의 어깨에 있던 야호의 손을 떼어내는 일이었다. 그게 다였다.

"남의 여자라는 걸 알면, 만지지 말아줬으면 좋겠어."

"아, 그러지, 뭐."

"다시는 말이야."

"봐서."

해인은 순간, 두 남자가 알 만큼 크게 안도의 한숨을 내쉬었다. 싸움이 날까 봐 저도 모르게 긴장하고 있었던 것이다. 시율은 여전히 야호를 무시무시하게 노려보고 있었지만, 때릴 것 같지는 않았다.

"……초콜릿이든 뭐든 박스로 사줄 테니까, 쓸데없이 만지지 말라고."

"좋다! 계약 성립이다!"

그리고 너무 흔쾌히 조련되는 야호였다. 이 순간 시율이 야호에게 주먹을 휘두르지 않은 이유는 간단했다. 맹수에 대한 본능적인 두려움 같은 걸 느껴서는 아니었다. 중간에 낀 해인이 너무나 겁에 질린 얼굴을 하고 있어서였다. 지금만 해도 슬쩍 두 남자의 눈치를 보더니 곧장 시율의 품으로 파고들었다.

그러곤 야호의 눈치를 보며 시율의 허리를 끌어안고는 문 쪽으로 슬금슬금 떠밀고 있었다. 둘 사이를 떨어트리려고 하는 게 너무 뻔히 보였다. 설마 제 남자를 때리기라도 할까 봐 노려보는 눈이 겁에 질린 것치고 제법 매서웠다.

"안 싸울 거야. 뭐, 그리 겁을 내."

야호의 눈에 그건 그냥 재롱 수준으로 보였지만 말이다. 털을 세운 고양이 정도일까.

"……옷 같은 거 때문에 싸우면 당연히 안 되죠!"

"왜? 중요하지, 옷은."

"호랑이면서 무슨 옷을 챙겨요? 그리고 보니까 변신하면서 만들 수 있는 거 같더구만!"

"아, 이거? 이건 환술이야. 나 사실 발가벗고 있어."

그 순간에는, 시율도 해인의 어깨를 붙잡고 빠르게 뒷걸음질을 쳤다. 설마 변태였을 줄이야. 둘은 얼른 야호에게서 멀어졌다. 해인은 못 볼 걸 본 것처럼 끔찍하다는 얼굴이었다.

야호가 끔찍한 패션을 선보이며 방에서 나왔지만 둘은 그쪽은 쳐다보지도 않고 있었다. 그리고 시율은 이미 지각 확정이었다. 차마 저 변태 같은 호랑이와 해인 단둘을 두고 갈 수가 없었다.

"안 되겠다. 못 두고 가겠어. 같이 출근하자. 응?"

"그치만, 야호…… 님이."

"님은 무슨. 버려."

해인은 야호를 혼자 두는 게 너무나 불안했다. 저도 한 사고뭉치 했지만, 저 호랑이도 만만치 않았으니까. 코코아를 먹겠다고 부엌을 건드리다가 집에 불이라도 내면 어쩌지 싶었다. 뭘 하지 말라고 해도 전혀 귀담아듣질 않으니 혼자 둘 수 있을 리 없었다. 하지만 지금 시율이 너무 간절한 얼굴이라, 고민이 되기는 했다.

"그럼……."

"안 돼. 나랑 놀아줘야 하거든."

역시 연인 사이에 도움이 될 리 없는 야호였지만 말이다. 해인과 시율은 마치 비련의 연인이라도 되는 것처럼, 헤어짐을 슬퍼하며 서로를 부둥켜안았다.

"오후에 수술 잡힌 것만 끝마치고 바로 돌아올게."

"응!"

"조금만 참고 있어."

봐주기 힘든 닭살 커플이었다.

야호는 제가 악역이라도 된 느낌에 투덜댔다.

"하여간 요즘 젊은 것들은, 누가 보면 내가 억지로 떼어놓는 줄 알겠네."

그리고 그건 야호만 모르는 사실이었다.

"아까 네 애인, 날 보는데 살기가 느껴지더라. 제법이야, 제법."

남의 거실을 점거하고 앉아서는 엄지를 치켜세워 보이는 야호였다. 해인은 뚱한 볼을 하고는 야호를 못마땅하게 노려봤다. 하루 만에 이렇게 싫어지기도 힘들 텐데…….

"그럼 예뻐하길 바랐어요?"

"내가 어때서? 얼마나 귀여운데, 이 몸이."

"세상에, 못 하는 소리가 없네."

"맞잖아? 내 유아기는 엄청 사랑스럽다고."

"그게 문제가 아니라, 커플 사이에 끼어서 자려고 들었잖아요! 아니! 잤잖아, 기어코!"

생각할수록 화가 나서, 해인은 참지 못하고 빽! 하니 소리를 질렀다. 하지만 그러고도 분이 풀리지 않아서 씩씩대며 연달아 소리쳤다.

"그리고! 무슨 신선이 인간 품을 그리워해요! 말도 안 돼, 정말! 오늘 밤은 절대 같이 안 잘 거예요!"

"에이, 치사하구만."

"절대! 여기서 지내고 싶으면 하다못해 혼자 자요!"

"하지만 난 인간들 살 냄새가 좋은걸."

"……힉?"

누가 육식동물 아니랄까 봐. 설마 강의 몸을 노리고……! 해인이 소름 돋는다는 얼굴을 하자 야호가 얼른 부정했다.

"아니아니. 이봐, 오해하지 말라고. 식욕이 돋는다는 뜻이 아니라. 정말 좋아해. 난 인간이랑 살았었거든."

"……호랑이가요?"

"그렇다니까. 고마워하라고. 인간에게 호의적인 신선은 별로 없으니까."

"으음……?"

"내가 네 육체의 성장을 도와준 것도 그래서고. 나 아니면 그런 거 해줄 신선은 없을걸? 뭐, 모달이 친구인 데다가, 내가 마침 한가해서 해준 것도 있지만."

그러고 보니 이 호랑이, 만들고 있다던 몸은 어떻게 하고 여기에 와 있는 걸까. 심지어 휴가라고 했는데. 해인은 이제야 슬슬 제 몸의 행방이 궁금해졌다. 야호가 나타난 뒤로 너무 정신이 없었던 나머지 정작 제 몸은 뒷전이었던 것이다.

"그거야 고마운데…… 내 몸은 그럼 지금 어떻게 되어가고 있는 거예요? 누가 돌봐요?"

"아, 내 은신처에 있지. 산의 수호신들이 대대로 차지하는 동굴인데, 지금은 백로가 지키고 있어. 내 후임이거든."

"백두산이랬죠?"

"맞아. 동굴 안에는 산의 정기가 고이는 연못이 있거든. 그 너머는 선계와 이어지기도 하지. 네 몸은 그 안에서 안전하게 어른이 될 거야. 그리고 완성되면 이전의 네 몸보다 말끔할걸? 노폐물이라고는 조금도 없는, 방금 환골탈태한 것처럼 뽀송뽀송한 몸이니까."

그간의 고생을 생각하면 그리 이득으로 들리지는 않았지만, 야호는 꽤나 뿌듯하게 말하고 있었다.

"어차피 이제는 안정기라 연못 안에 걸쳐만 두면 되는 거니까 난 놀러 나왔지."

"……놀러."

"인간들 구경이 하고 싶어져서 말이지."

"정말 인간들이랑 살았어요? 호랑인데?"

눈치가 엄청 없어서 그렇지, 저 들뜬 얼굴을 보면 야호는 정말 인간을 좋아하는 거 같았다. 해인은 의아함에 고개를 갸웃거렸다. 호랑이가 인간이랑 함께 살 일이 대체 뭐가 있을까. 서커스? 동물원?

"정말이야. 난 예전에 몇십 년 정도 인간들 틈에서 산 적이 있어."

"지금 나처럼요?"

"오, 그래, 조금 비슷할지도. 나도 인간을 사랑했거든."

"그런 게 가능해요?"

"왜 안 되겠어. 내가 사람이 될 수 있으니까. 그 손을 붙잡고 그 마음을 알 수 있으면, 사랑할 수 있지. 너라면 이해하지?"

물론, 이해했다. 분명 우리가 다르다는 걸 알면서도, 세상에 당당하지 못할 거라는 걸 알면서도 어쩔 수 없이 사랑하고, 어쩔 수 없이 행복을 바라는 마음을 말이다. 그와 자신의 마음이 같다면, 사랑할 수 있었다.

"나는 결국 잘 안됐지만."

그래서 커플을 방해하나! 해인은 여전히 야호가 조금 얄미웠지만, 야호가 했다는 사랑 이야기는 궁금해졌다.

"……어쩌다가요?"

"너는 그래도 본래 인간이지만, 나는 본래 호랑이니까 그런 거지."

"좀 들려주면 안 돼요?"

"음? 그런 얘기가 듣고 싶어?"

"이야기하기 싫으면 안 해도 돼요. 그냥, 나랑 비슷한 것 같은데. 잘 안됐다니까…… 무슨 이유였는지…… 궁금해서요."

"의외네. 백로랑 다른 녀석들은 이제 지긋지긋하다고 그만 듣고 싶어 하던데. 뭐, 내가 몇백 년을 떠들긴 했으니까."

그렇다는 건 무려 몇백 년 전 이야기라는 걸까. 그럼 서커스는 아니겠다 싶었다.

"나, 이 이야기를 인간에게 하는 건 처음이야."

"나도 노출증 호랑이의 연애담을 듣기는 처음이에요."

"노출증이라니. 태초의 모습이라고."

"네네."

"이런, 오랜만에 이야기하려니 어디부터 시작해야 할지 모르겠네. 난 본래 평범한 호랑이였어. 그런데 어느 날부터인가 생각을 깊이 할 수 있게 됐고, 하늘을 알게 됐지. 배가 고프지 않은 이상, 사냥하지 않았어. 생명을 알게 됐지."

야호가 신나서 떠들기 시작했고, 해인은 이야기가 좀 길었으면 좋겠다고 생각했다. 그래야 시율이 올 때까지 무사히 버틸 테니까. 둘이 앉아서 이야기만 했다고 하면 시율도 안심할 테고 말이다.

5. 호랑이랑 친구 되기?

"인간으로 변할 수 있게 되고, 얼마 지나지 않아서였지. 나라에 대대적으로 호랑이 사냥이 시작됐지. 그리고 난, 그때 죽을 뻔했어. 모달 녀석을 만난 것도 그쯤이야. 피바람이 부는 시기였지⋯⋯. 아, 인간들이 우릴 사냥한 이유가 뭐였는 줄 알아?"

"아뇨. 음, 위험해서⋯⋯?"

"차라리 그랬으면 좋겠네. 단순히 대륙의 황제에게 모피를 진상하기 위해서였어. 그래서 상처를 덜 내고 죽이려 들더라고. 사방에서 소리쳤지. 조심해. 눈을 찔러, 눈을 쏴."

비슷한 걸 역사 시간에 배운 것도 같았다. 중국의 황제가 호랑이 모피를 공물로 요구해서, 토종 호랑이들이 씨가 말랐었다는 그런 이야기. 상처가 적은 모피를 얻기 위해서 눈이나, 입안, 배를 찔러 죽인다고 했다. 그건 아주 잔인한 이야기였다.

그리고 가장 잔인한 사실은, 사람들은 지금도 오로지 멋을 위해서 모피를 찾는다는 거였다. 여우 목도리 하나를 위해서 몇 마리의 여우가 죽는지는 대부분 관심 없는 것처럼.

"이상하지? 인간을 기분 좋게 하기 위해 호랑이가 죽어야 한다니. 먹기 위해서도, 추위를 피하기 위해서 모피가 필요한 것도 아니야. 그냥 장식하기 위해서야."

해인은 자신도 사람인지라, 숙연하게 입을 다물 수밖에 없었다.

"영물이다 보니 말귀를 알아듣거든. 생각이 트이니까 그런 게 화가 나더군. 죽음을 받아들이는 것도 운명이지만, 그때만은 죽어주고 싶지 않았어."

"……용케 인간을 좋아하네요."

"그 싸움에서 아주 많이 죽이기도 했지. 날 사냥하려는 인간을 많이 물어 뜯었어. 그러다…… 겨우 도망쳤지. 사냥꾼들에게 쫓기면서, 온몸에 화살을 주렁주렁 달고는 정신없이 달렸어. 많이 뛴 것 같았는데, 사실은 그리 멀리 가지 못했지. 몸이 엉망이었거든."

해인은 자신이 그런 일을 당했다면, 과연 인간을 다시 좋아하게 될 수 있을지 자신이 없었다. 딱 한 번 가출을 했을 때, 저에게 돌을 던졌다는 이유만으로 아이들이 증오스러웠다. 작은 고양이의 몸으로 보면 아이들은 거대했고, 위험한 적이었다. 그 뒤로도 꽤나 오래 아이라면 이부터 드러냈었다.

"더는 움직일 수가 없어서 숨을 곳을 찾아 들어갔는데, 곰이 쓰다 버린 동굴 같았어. 지독한 곰 냄새 때문인지, 피를 너무 흘려서 후각이 마비됐는지, 모르고 들어갔는데…… 인간이 있더군."

"또 사냥꾼이었어요?"

"아니, 인간 여자였어. 뭔가 보따리를 품에 안고는 내가 나타날 줄 몰랐는지 덜덜 떠는 거야. 날 두려워하는데 죽일 필요 없었지. 도망가려니 하고 그 옆에서 기절했어."

그때부터 태평했구만, 이 양반. 죽을 뻔한 주제에 다시 인간 옆에서 잠들다니. 해인은 야호가 지금 살아 있는 게 대단해 보였다. 장수할 만큼 조심스러운 성미는 절대 아닌 거 같은데 말이다.

"눈을 떴는데, 그 인간 여자가 아직 옆에 있더라고. 내가 눈을 뜨니까 생쥐처럼 웅크리고 졸고 있더군."

"……똑같네요, 당신이랑."

"내가 자기를 해칠 거 같지는 않았나 봐. 이미 죽어가고 있기도 했고. 이미 내 눈에 사신의 그림자가 보였거든."

"그게 모달인가요?"

"그래, 그 친구 녀석. 근데 그때는 아직 친구 하기 싫더라고. 그래서 눈앞에 인간이 있기에…… 말을 걸었지. 엄청 놀라는 얼굴이 재미있었는데."

호랑이가 말하는 걸 본 여자는 어떤 기분이었으려나. 해인이 짐작하기로 아마 아직 꿈인 줄 알았을 것 같았다.

"첫말이 그거였어! 인간, 화살 좀 뽑아다오."

"윽, 여자한테 그런 걸 시키다니……."

"나 혼자 뽑을 순 없잖아. 인간으로 변하기에는 체력도 없고, 박혀 있으면 아프단 말이지. 그런데 뽑는 게 더 아프더라."

"흐히익."

"그런데 그 여자 정말 뽑아줬다고! 대단하지 않아?"

어디가 웃긴 대목인지는 모르겠지만 야호는 신나서 호탕하게 웃음을 터트렸다. 해인은 저도 모르게 조금 따라 웃다가…… 슬쩍 안 웃은 척했다.

"그 여자도 도망치는 중이라고 했어. 나랑 같았지. 날 사냥한 사냥꾼들 있잖아? 그 속에 잘은 모르지만 무가 쪽 양반들이 많이 끼어 있었나 봐. 그중 하나의 딸이라더군."

"어? 양반가 여식이면 그 시기쯤에는 거의 집에서 못 나오지 않아요? 무가라 괜찮나……? 아닌가? 으음, 내가 역사에 정통한 건 아니라……."

"맞을 거야. 혼기가 차자마자 얼굴도 모르는 남자랑 혼례를 올리게 됐대. 그래서 그 전에 마지막 소원이라며 아버지를 졸라서 사냥터에 따라왔다는 거야. 시집가면 바깥 구경하기가 더 힘들다나. 그래서 밖에 데려가 달라고 단식해가며 졸랐대. 작정하고 도망치려고."

"……대범하네요."

무가의 여인이라 그런 건가, 그 여자 제법 강심장 같았다. 가출하는 길에 말하는 호랑이와 만난 게 가장 큰일 같았지만 말이다. 해인은 화살을 뽑아 줬다는 그 여자가 바로 야호가 사랑했다는 여자라는 걸 어렵지 않게 알 수 있었다. 그냥, 말하는 저 표정을 보면 누구라도 알 듯했다.

"그 여자 이름은 청월이었어. 그리고 내 이름을 지어준 여자기도 해."

"사랑했다는 게 그 여자겠네요."

"맞아. 이때는 아직…… 그냥 은인일 뿐이었지. 나를 도와준 답례로 산 너머 마을에 데려다주기로 했어."

"엇, 의외로 은혜를 아는군요."

"의외라니! 얼마나 책임감 넘치는 호랑인데, 내가. 산 너머 마을에 갔더니 그 여자를 찾는 관군들이 쫙 깔린 거야. 알고 보니 그 여자 아버지가 군에서 한가락 하나 보더라고. 결국 또 하나 산을 넘었지. 그런데 거기에서도 여자를 찾고 있었어. 그래도 또 산을 넘고……."

"그러는 동안 정들었구나……?"

슬쩍 찔러 묻자 부끄러운 얼굴을 하는 험하게 생긴 남자라니. 야호의 인간 버전 모습은 절대 순한 인상은 아니었다. 위압감 넘치는 사나운 생김새로, 여지없이 강인해 보이는 얼굴이었다.

"그래, 그 여자를 등에 태우고 여자가 살 수 있을 만한 마을을 찾는 동안 그 인간 여자에게 감정을 배웠지. 웃는 것, 노는 것, 재미난 것, 소중한 것, 미안하다고 말하는 법."

"좋은 여자네요."

"그리고 당찼어. 그렇게 함께 몇 개월을 보냈지. 마침내 안전한 마을을 찾았을 때는 어째서인지 헤어지기가 싫은 거야. 산 아래에 여자를 내려주고, 마을로 걸어가는 걸 지켜보는데 기분이…… 너무 슬픈 거야. 형제가 죽었을 때처럼 공허하고, 쓸쓸했지. 이상한 기분이었어."

"사랑이죠."

"당시에는 그 감정을 뭐라고 불러야 하는지 몰랐어. 다만 막연히 헤어지기 싫어서…… 함께 있고 싶어서 인간으로 변했지. 처음으로 사람 앞에서."

"또 놀랐겠네요."

"뒤집어지던데? 그리고 구박하더니 옷부터 입혀주더라."

그때부터 노출증이었군! 해인은 집중해서 듣기 위해 부엌에서 비장의 과자를 꺼내 왔다. 커피맛이 나는 과자였는데, 야호에게도 비닐을 까서 먹는 법을 가르쳐 줬다.

"맛있잖아?"

"강이 해주는 건 더 맛있지만요."

"직접 만든단 말이야?"

해인은 시율이 왜 저를 먹는 걸로 길들였는지 알 것 같았다. 야호의 저 당장에라도 침 흘릴 것 같은 얼굴을 보니 말이다.

"말 잘 들으면 간단한 과자 정도는 만들어 줄지도 몰라요. 방금 만든 과자는 진짜 맛있는데, 어떻게 설명해줄 수가 없네요."

"……그, 그래?"

"강은 세상에나! 직접 케이크도 만든다구요. 대단하죠?"

"케크가 뭐냐?"

"……케이크! 우리가 어제부터 먹은 코코아, 초콜릿, 이 과자 다 합친 것보다 맛있는 거죠."

해인이 일부러 과장되게 자랑했다. 야호가 시율에게 조금이라도 상냥해지기를 바라면서 말이다. 자신이 왜 두 남자 사이에서 이런 고생을 하고 있어야 하는지는 의문이었지만.

"그런데, 혹시 이 집에 술은 없냐. 술. 옛날이야기를 했더니 술이 그립네."

"절대 아무 데도 그런 거 하나도 없어요."

와인 정도는 있지만. 호랑이와 술이라니, 함께 발음하는 것만으로 사고가 나는 느낌이었다. 해인은 단호하게 고개를 내저었지만 야호는 믿지 않았다.

"거짓말."

"……먹으면 혼나요! 취해서 추태라도 부렸다간 우리 둘 다 쫓겨난다고요!"

"나만 먹으마. 난 거의 안 취하거든."

"놉!"

"이러면 어때? 술을 먹게 해주면 오늘 밤에는 너희를 방해 안 하……."

"당장 가져오죠."

해인은 날래게 굴었다.

"앗 바보다! 그때는 남자답게 굴었어야죠! 그 인간 남자랑 꽃구경 가지 마! 하고!"

"푸핫! 그때는 내 마음을 몰랐다니까. 그게 내가 질투하는 건지도 몰랐어."

"어우! 아까워라."

"나중에야 알았지. 그게 사랑이라는 걸. 다른 인간 남자가 월을 보고 행동하는 게 나랑 똑같은 거야. 하루 종일 쳐다보고, 나를 향해 손이라도 흔들어주면 세상에 그것밖에 안 보여서, 지금이 낮인지 밤인지조차 모르게 되는 거지."

술과 과자, 호랑이와 고양이는 제법 괜찮은 조합이었다. 잠시간은 절친한 친구라도 된 것 같았다.

"나중에, 월이 인간 남자와 혼례를 치르게 됐을 때는, 이 마을에 데려오지 말걸 하고 후회를 했지."

"……으음……."

"바보 같은 일이야. 월이 내게 마음을 표현했을 때는 선을 그어놓고, 스스로 내쳐놓고, 나는 모르는 감정이다, 말하고 도망쳐 놓고는…… 평생에 걸쳐 그걸 후회하다니."

"몰랐잖아요. 그 감정이 어떤 이름인지."

"그래, 알았어도 어차피 잘되지 못했을 거다. 무엇보다 난 사람이 아니니까."

인간을 사랑하게 된 호랑이는, 인간이 인간과 결혼하고 아이를 낳고, 그렇게 사는 걸 멀리서 지켜보는 편을 택했다고 한다. 야호가 줄 수 없는 것들을 주는 건 평범한 인간 남자였으니까. 해인은 그리 동화 같은 결말은 아니라고 생각했다.

너무 현실적이니까.

"나와 마음을 통했다면, 월은 평범한 인생이 아니었겠지. 산속에 숨어 살며, 외롭게 혼자 늙었을 거야. 손자들에게 둘러싸여 죽는 날은 없었을 거야. 월이 인간으로서 평범한 여생을 보내고, 생을 마감한 건 좋은 일이야."

"그렇긴 하지만요. 야호가……."

"나는 괜찮아. 다만 내가 인간이 아니었다는 게 후회스러울 뿐이지. 왜 나는 호랑이로 태어났을까. 처음부터 사람이었다면 좋았을 것을. 그러면 모르는 것이 없었을 것을…… 월이 하는 말이, 무슨 말인지 알았을 것을."

"……."

"왜 월이 그렇게 붉은 뺨을 하고 나를 봤는지, 진작 알았다면 좋았을 것을. 그때의 흔들림이 아직도 마음에 남아 있지. 그게 내가 아직도 등천하지 못하고 있는 걸림돌이란다."

저렇게 인자하게 웃으니까 도를 닦는 신성한 생물이 맞는 것도 같았다. 해인은 자신의 나쁜 습관을 다시 느끼는 중이었다. 속 얘기를 조금 해주면, 도저히 미워할 수 없게 되는 것이다.

"끙, 야호…… 님은, 이제는 괜찮아요? 자기가 호랑이인 게?"

"호랑이면 어떻고, 인간이면 어떤가. 그렇게 여기는 게 도의 기본이다. 흔들리지 않는 것."

"……으음. 어렵네요."

"쉽게 말하자면, 너와 모달을 똑같이 두고 보는 거랄까."

"여전히 모르겠는데……?"

"돌과 황제를 같은 것으로 보는 게 도지."

해인은 한 가지는 확실히 알 수 있었다. 자신은 득도는 불가능하다는 사실이었다. 술기운에 흥겨운 야호의 설명을 듣자면, 대충 도라는 건 중립을 항상 지키는 것 같았으니까. 마음이 흔들리지 않는 것. 저는 시율만 엮이면 이성을 잃으니 무리였다.

"물어보고 싶은 게 있는데요."

"네가 내 얘기를 들어줬으니 나도 들어주지. 뭐냐?"

"그, 야호 님은, 나를 도와줄 수 없는 거죠……? 강에게 내 이야기를 해준다든가…… 그런 건."

"그런 직접적인 건 불가능해. 균형에 맞지 않으니까. 반칙이거든."

혹시나 했더니 역시나였다. 야호는 누구도 도울 마음이 없어 보였다.

"균형?"

"도란 그런 거니까. 인과율에 끼어들지 않는 것. 공평할 것. 누구도 편들지 않는 것. 내가 만약 너를 돕는다면, 나는 모달도 도와야 해. 아니면 너에게 그만큼의 대가를 받거나."

"그, 사신에게 말만 안 하면 되는 거 아니에요?"

"바로 나 자신이 알잖냐. 나는 내가 그릇된 걸 알아버리면 등천할 수 없어지거든. 내가 균형을 잃은 걸 나는 알지. 도란 자신과의 싸움이야. 자신이 자신의 감시자. 나를 매정하게 채점하는 건 바로 나 자신이지. 주술이 걸린 너라면 그게 어떤 건지 알 텐데."

너무 잘 알아서 탈이었다.

"미안하지만, 지금이 우리 균형의 최선이야."

"……."

사신을 도와 해인의 몸을 만들고, 해인을 위해 해인의 비밀은 지켜주는 것. 야호는 그 이상은 해줄 수 없는 듯했다. 그게 도이기에. 그걸 깨트리면 자신이 등천할 수 없단다. 해인은 알아들을 듯 알아들을 수 없는 이야기에 눈에 띄게 시무룩해졌다. 야호는 도와줄 수 없는 게 미안한지 조금 작아진 목소리였다.

"음, 쉽게 말하자면…… 네 이야기를 네 연인에게 전해달라는 건, 너의 욕심이잖냐. 내가 그걸 채워주면 사욕을 거드는 게 되는 거지. 그래서 난 널 도울 수 없단다."

"……저기, 그럼! 그냥 내가 궁금한 걸 대답해주는 건요?"

"어떤 거냐에 따라 다르겠지."

"사신이, 내가 본래의 몸으로 돌아가면 고양이로 살았던 기억을 지운다고 했어요."

"그럴 테지?"

"……그럼요. 지워지면…… 다신 살아나지 않아요? 만약 강을 길에서 봐도, 못 알아봐요? 강이 나를 알아보고 나를 불러도, 나는 하나도 기억하지 못해요? 본 것 같은 느낌이라도…… 받을 수 없어요?"

이것도 답을 얻을 수 없는 걸까? 내내 궁금했는데 어디에서도 알 수 없었던 이야기였다. 지워진다는 건 어떤 걸까? 두려움이 가득 섞인 물음에 야호는 말이 없었다. 해인으로서는 두려워질 만큼 오래. 실제로는 고작 몇 초였겠지만 말이다.

야호는 손을 뻗어 테이블 위에 있는 펜과 메모지를 가져왔다.

"이 정돈 알려주지. 넌 이것 역시 잊을 테지만."

"메모지?"

"봐라."

검은색 흔한 펜이었는데, 야호는 그것으로 메모지 위를 쭉 내리그었다. 그러고는 선을 그은 맨 위 메모지를 떼어냈다. 팔랑, 흔들어 보이는 메모지는 볼수록 얇은 종잇장이었다.

"영혼은, 뇌와 같아."

"……?"

"사실은 모든 걸 기억하지. 글씨를 지워도 펜에 파인 흔적은 남는 것처럼. 한 장을 걷어내도 그 아래 지나간 기억이 남는 것처럼."

야호는 해인이 손을 가져가 아무것도 쓰이지 않은 메모장 위를 만지게 했다. 바로 위에 있던 종이에 야호가 선을 그었던 흔적이 거기 그대로 남아 있었다.

미약한 자국으로.

"네가 기뻐할 만한 걸 이야기해주마."

"뭔데요?"

"인간들의 펜은 잉크가 가득해. 자신이 쓴 것을 아래에 아래까지 배어 나오게 새기지. 그래서 그럴까, 간혹 전생을 기억할 정도야."

그래, 그런 이야기를 분명 어디선가 들어봤다. 해인은 희망을 품었다. 전생을 기억하는 사람도 있을 정도라면 자신도 무언가를 떠올 수 있지 않을까? 기쁜 느낌에, 아무것도 쓰여 있지 않은. 위에 뭔가 그어졌던 파임만 겨우 남은 종이를 몇 번이나 더듬어 만졌다.

"이걸 떼어내 버려도, 분명 파인 자국이 남아 있지."

떼어낸 맨 위 장을 휴지통에 버리며 야호는 해인에게 가까이 속삭였다. 언뜻 상냥하게 느껴졌다.

"그 자리에 다시 색을 채우는 건 얼마든지 할 수 있어."

"……정말이죠?"

"그럼, 색도 없는 그 흔적을 찾을 수만 있다면. 이런 상태에서 말이지."

"앗."

야호는 메모장을 다시 가져가더니, 하나하나 떼어내 해인의 눈앞으로 떨어트리기 시작했다.

눈앞으로 우수수 떨어지는 메모지 조각은 순식간에 수십 장이 됐다. 해인은 잠시간 허망함에 굳어 있다가, 허겁지겁 파임이 남은 종이를 찾으려고 했지만 보이지 않았다. 한눈에 찾기에는 그건 아무런 색도 없어서…….

"이런 거다."

"……."

"사신이 기억을 지운다는 건 말이지. 녀석들은 지우는 데 있어서 전문가야. 허술한 최면 같은 것과는 달라."

해인은 멍하게 있다가 제 앞에 잔뜩 떨어진 메모지를 하나하나 줍기 시작했다.

"하지만, 여기 있잖아요. 있는데…… 그냥, 빨리 못 찾는 거잖아요. 그쵸?"

"맞다. 다른 것들에 가려서 찾을 수 없는 거지. 요는 잉크야."

"잉크?"

"어떤 잉크냐. 그리고 잉크는 감정이지. 네가 아래에까지 색이 배어 나올 만큼 제대로 쓴다면, 떠올릴 수도 있을 거다."

기뻐할 수도, 슬퍼할 수도 없는 이야기였다. 야호의 표정도 그랬다. 메모지를 전부 주워 든 해인도 그랬다. 남은 시간은 너무나 적었고, 아직 아무런 방법도 찾지 못했다. 시율이 저를 찾아오길 기대하는 것 말고는 아무것도.

"……유일한 희망이라면, 나는 강시율 말고는 누군가를 이렇게 사랑해본 적이 없다는 거예요."

그를 더 사랑해서. 그가 제 안에 더 깊게 파이길 바라야겠다. 누군가를 이보다 더 사랑할 수 있다면.

"강! 과자 구워줘, 과자!"

"……뭐? 난데없이 그게 무슨……."

"아니다, 케이크가 좋겠어!"

약속대로 평소보다 일찍 귀가한 시율은, 해인의 갑작스러운 조름에 이기지 못하고 곧장 부엌으로 떠밀려야 했다. 방금 퇴근한 사람에게 이 무슨 맹렬한 케이크 타령인지. 오늘은 또 무슨 일로 이러는 건지 알 수 없었다.

"빨리, 응? 강! 맛있는 거!"

해인은 호들갑스럽게 그를 오븐 앞으로 밀었는데, 그 뒤를 야호가 어슬렁어슬렁 따라붙고 있었다. 시율은 못마땅한 얼굴을 하고는 소매를 걷어붙였다. 옷도 갈아입지 못한 채 주섬주섬 천장에서 핸드 믹서기와 과자 틀을 꺼냈다. 일단 해인이 하라니까 하긴 하겠지만…….

"다 좋은데, 갑자기 케이크는 무리야. 재료도 부족하고."

"그럼 과자도 좋아. 맛있게 구워줘야 해."

"뭔데, 갑자기?"

"야호 님한테 먹여주려고!"

싫다는 말이 당장 목구멍까지 올라왔지만, 해인이 눈을 너무 반짝이고 있었다. 눈빛 반짝반짝 공격은 항상 효과가 좋았다. 그 눈은 고양이 모습일 때나, 사람 모습일 때나 그에게 직격탄으로 작용했다.

"강, 응?"

지금처럼 팔에라도 매달려서 조르면, 더할 나위 없는 강력한 효과를 발휘했고 말이다. 해인이 먹고 싶어서 만들어달라고 하는 거라면 얼마든지 기쁜 마음으로 만들리라. 아무리 피곤해도 컵케이크 백 개라도 구울 수 있었다.

"난 초코가 좋아."

"윽, 시끄러워요! 그건 야호 님이 다 먹어서 없어요!"

"에이이."

하지만 저 눈에 거슬리는 호랑이를 먹이기 위해 퇴근하자마자 케이크를 구울 애정 같은 건 없었다. 쥐어짜내려고 해도, 쥐꼬리만큼도 없었다. 그게 문제였다.

"안 해. 내가 왜 저 녀석 먹이자고……."

"앗! 그러지 말고, 응?"

"싫다니까."

"강…… 나도 먹고 싶어서 그래. 강이 해주는 과자 정말 좋아한단 말이야. 으응? 기양……."

대신 해인을 향한 애정이 넘쳐서 탈이었다. 해인은 그와 지내면서 조르는 기술이 상당히 늘어 있었다. 촉촉이 젖어 당장에라도 눈물을 흘릴 것 같은 눈으로 거듭 저를 부르면, 그는 무력해졌다. 그래, 눈이 반짝이는 이유는 눈물 때문이었다.

"정말 좋은데……."

결국 시율은 과자를 굽기 시작했다. 내가 왜…… 라고 생각하면서도 어쩔 수 없이 말이다.

본래 그는 확실한 이유 없이는 타인을 위해 움직이지 않는 이기적인 남자였지만, 해인을 만난 뒤로 묻지도 따지지도 않고 뭔가 하는 게 익숙해져 있었다. 자신이 조련당하고 있다는 건 알았다.

"세상이 좋아졌구나. 수컷이 부엌에 서다니."

"강은 요리를 진짜 잘하니까, 기대해도 좋아요!"

"아, 그러면 저 녀석은 직업이 요리사냐?"

야호가 신기하다는 얼굴로 바쁜 시율의 등을 가리켰다.

"아뇨. 수의사예요."

"그게 뭔데?"

"아, 모르시는구나. 하긴…… 생각해보니까 예전엔 수의사가 없었겠네요."

"나오면서 공부하긴 했는데, 워낙 속성으로 해서 말이지."

선인들 사이에는 <인간세계 열흘로 완전 정복!_현대판> 그런 책이라도 있는 걸까? 확실히 야호의 현대에 대한 지식은 기묘했다. 세이프는 알고, 케이크는 모르고 대체 뭐로 공부하면 그런…….

"이걸로 공부했는데."

"……엑!"

해인이 상상한 것과 비슷한 제목의 책도 책이었지만, 그걸 옆구리에서 꺼냈다는 게 더 충격이었다. 야호는 시율에게 빌린 후드티를 입고 있었는데, 그 옷의 어디에도 옆구리에 주머니는 없었다. 해인이 아는 한은 말이다.

"이게 나름 최신판이긴 한데 말이지. 한 20년 전에 유람 다녀온 녀석이 쓴 거라 그런지 뒤처지는 것도…….."

"바, 방금 어떻게 거기서……?"

"이거? 아공간이다만."

"……그게 뭔데요?"

"독립된 하나의 작은 차원이라고 해야 할까. 개인 사물함이지. 물건을 넣어 둘 수 있어서 편리해. 연결구를 입안에 만드는 녀석도 있고, 머리카락 사이에 만들기도 하는데, 난 여기가 편해. 인간일 때 도포를 입어 버릇해서 그런가?"

야호는 별거 아니라는 듯 옆구리에서 책을 한 권 더 꺼내 보였다. 마술쇼도 아닌데 눈앞에서 책이 사라졌다 나왔다 하는 건 선뜻 이해하기 힘든 일이었다.

"짜잔."

해인이 점점 입을 벌리자 야호는 재미를 붙였는지 제 옆구리에서 온갖 물건을 꺼내 보이고 있었다. 육포, 오래된 서책, 약재 뭉치, 처음 보는 짐승의 꼬리 뭉치, 낡은 버선, 무늬가 예쁜 비단 댕기, 뭔가의 뼈…….

"그만! 다시 집어넣어요! 얼른!"

"아이코, 간지러워라."

"이런 걸 왜 가지고 다녀!"

알 수 없는 뼛조각이 나왔을 때는 시율이 그걸 보기 전에 다시 집어넣어야겠다는 생각뿐이었다. 하지만 아공간을 열 수 있는 건 야호뿐이었고, 해인의 손으로는 애꿎게 옆구리를 간지럽히는 것밖에 되지 않았다.

"이거 제법 귀한 거다? 순종 늑대인간의 어금니……."

"됐으니까! 집어넣어요!"

"쳇, 가지고 있으면 흡혈귀 녀석들이 접근하지 못하는 부적이란 말이야."

"……뭐라는 거예요? 흡혈귀 같은 거 막 씹어 먹을 양반이."

"확실히 그건 그렇지만."

사신도 사신이지만, 야호가 더 기묘한 존재였다. 눈앞에서 아공간 같은 걸 보여주지 않나, 흡혈귀가 어쩌고 하질 않나, 늑대인간의 어금니를 주사

위 굴리듯 굴리질 않나. 물론 해인 본인도 그리 일반적인 존재는 아니었지만 말이다.

"필요한 녀석이 있으면 주려고 가지고 있던 건데, 어떠냐. 네가 마음에 들면 여기 묵는 값으로 이걸 줄까?"

"전혀, 마음에 안 들어요. 그리고 보통 사람들은 그런 거 필요 없거든요."

"그래? 그럼 저 녀석은? 몸에서 짐승 냄새가 엄청 나는데."

생각해보니 필요 없는 물건인지 야호는 은근슬쩍 그 어금니를 해인에게 주고 싶은 눈치였다. 해인은 대번에 고개를 내저었다. 그런 거로 숙박비를 대신할 마음은 없었으니까. 보답을 하고 싶다면, 좀 더 도움이 되는 거로 해주길 바랐다. 일부러 과자를 먹으려는 이유도 바로 그것 때문이었다.

아까의 대화를 통해 알게 됐는데, 야호는 도를 닦는 생물이기 때문에, 은혜를 입으면 반드시 그만큼 은혜를 갚아야 한다고 했다.

'도라는 것은, 모든 것의 균형에 서는 것이다. 누구에게도 해를 입히지 않는 것 또한 중요하지. 그건 곧 받으면 그만큼 갚아야 한다는 뜻이기도 하다. 알아듣겠느냐?'

'으음, 내가 머리가 나쁜 건 아니지만…… 쉽게 좀 말해주면 안 돼요?'

'누군가를 도우려면 그에 합당하는 은혜를 입어야만 한다는 말이지.'

언뜻 야호도 저를 돕고 싶다는 것처럼 들렸다. 하지만 그러려면, 그만큼의 대가가 필요하다는.

'……예전에 청월을 도와줬던 것처럼요?'

'맞아. 월은 나를 살려줬지. 난 그래서 월을 도왔고. 그런 은혜가 필요해. 내가 모달을 도와 네 몸을 만든 것도 그만한 은혜를 입었기 때문이야.'

'사신한테 입은 은혜는 뭐였는데요?'

'녀석은 나를 저승에 데려가지 않았지. 내가 생과 사의 경계에 있을 때, 마지막에 마지막까지 내가 살아나기를 몇 번이나 기다려 줬어.'

해인은 그 얘기를 듣고 한 가지를 꾀를 냈다. 사신이 야호에게 준 은혜만큼은 무리겠지만, 티끌 모아 태산이라고 야호에게 이것저것 해줘야겠다고 말이다. 양심에 찔려서라도 조금쯤은 도와줄 수밖에 없을 만큼 신세를 지게 할 작정이었다. 우선은 그 시작으로 맛있는 걸 먹이기로 했다. 뭐, 뇌물로 먹일 요리는 강이 하고 있었지만.

"야호 님은 역시 개코네요. 보통 사람이라면 강한테서 비누 냄새밖에 못 맡을 텐데."

"정확히는 호랑이 코지. 그것도 칠백 년 묵은."

"……칠백 살이었어요?"

"사실 칠백 살 뒤로는 안 세어서 정확히는 몰라."

그래도 자기 나이 정도는 알아둬야 하는 거 아닌가. 보아하니 늙지 않는 것 같으니 의미 없을지도 모르겠다 싶기는 했다.

"강은…… 아까 말했잖아요? 수의사예요."

"냄새로 보아 사냥꾼 같은 거냐? 직접 사냥해서 요리한다든가 하는 직업. 피 냄새도 장난 아니게 나는데, 저 녀석."

"에, 수의사가 뭐냐면…… 음, 동물들의 의사 선생님이죠. 그래서 여러 동물의 냄새가 나는 거예요. 수술을 하고 오는 거라 피 냄새도 조금 날 거고."

"언제 그런 게 생겼냐? 저 인간 그렇게 안 봤는데 기특한 인간이지 않냐."

야호 자신도 동물이라 그런지, 급 시율에 대한 호감도가 올라가는 것 같았다. 해인은 제가 수의사도 아닌데 뿌듯해져서는 콧대를 세웠다.

"에헴! 어때요? 좀 도울 마음이 생겼……."

"아니, 그건 별개의 문제지."

"쳇."

먹이고 입히는 거 말고, 무엇으로 더 은혜를 입게 할 수 있을지는 깊이 생각해봐야 할 문제였다. 살아생전 이런 궁리를 해보기는 처음이었다.

"저기, 야호 님은 한동안 여기에 있을 거라고 했잖아요? 그럼 뭐 하고 싶은 거 있어요? 따로 없으면 놀이공원 같은 데 데려가 줄까요? 그런 데 못 가봤죠?"

"아, 그거 안다."

"알아요? 어떻게?"

"여기 책에 나왔는데…… 인간들이 돈을 내고 줄을 서서, 비명을 지르다가 나오는 데라며? 그리고 동물들을 가둬놓고 구경시킨다던데. 난 패스하련다."

거, 도움이 안 되는 책일세. 맞는 말이긴 하지만…… 한참을 궁리한 회심의 아이디어가 거절당한 해인은 다시 열심히 머리를 굴려야 했다. 이 호랑이가 관심을 가질 만한 게 대체 뭐가 있을까.

"그럼, 아! 같이 월의 무덤 같은 거 찾아볼까요?"

"어디 있는지 아는데."

"……그, 그럼 후손을 찾아볼래요? 원한다면 어떻게든 찾아볼 테니까……."

"3대손까지 쫓아다니면서 지켜봤는데? 보릿고개에 굶어 죽을 뻔한 2대째 아이에게는 멧돼지를 잡아다 줬었지. 그게 벌써 엊그제 같구나."

미칠 노릇이었다. 칠백 살 먹은 호랑이는 대체 뭐에 혹하는 걸까. 청월에 대한 이야기랑, 단것에 환장한다는 거 말고는 아는 게 없었다. 해인이 그렇게 끙끙거리고 있는데, 시율이 곁으로 다가왔다.

"뭐야. 그사이에 둘이 꽤 친해진 것 같네."

반죽을 오븐에 넣고 왔는지 그의 손에는 장갑이 끼워져 있었다. 저에게는 요리를 시켜놓고 둘이 수다만 떨고 있으니 저런 표정인 것도 당연했다.

"우리야 원래 그렇고 그런 사이니까."

"……저기, 야호 님? 그거 표현 잘못 쓰셨거든요?"

"앗, 그래? 그럼 뭐라고 해야 하냐."

"우린……."

"알겠다! 양아버지는 어때? 내가 널 길러줬잖냐."

네, 전혀 기억에는 없지만 말이죠. 영혼도 안 들어 있는 텅 빈 몸을 보살펴준 건 고마운 일이지만, 그렇다고 해인이 야호를 아버지라고 하기에는 무리가 있었다. 달리 야호와의 사이를 정의할 단어가 없는 게 가장 큰 문제였지만 말이다. 해인이 고민에 빠진 사이 시율은 심각한 얼굴이 되어 있었다.

"이거 헛소리하는 거지? 그렇지?"

"앗, 그럼! 귀담아듣지 마!"

"설마 이 녀석을 아버님이라고 불러야 한다든가……."

"절대 아냐."

해인은 황급히 손사래를 쳤다. 이런 해괴한 호랑이랑 같이 있기는 해도 자신은 순수한 인간이었다. 고양이랑 사람을 왔다 갔다 하며 변신하기는 해도, 정말 인간이었다. 그리고 그건 시율에게 꼭 알려주고 싶은 사실 중 한 가지였다. 마음 같아서는 제 주민등록번호를 불러주고 싶었다.

"왜에? 난 아버지라고 불러줘도 좋은데."

"……시끄러워요! 헷갈리게 하지 말고 가만히 있으란 말이야!"

"너무하네. 낳아준 정만 정인가. 기른 정도 무시하지 말라고."

"강! 절대 야호 님 말은 신경 쓰지 마. 알겠지? 한 귀로 듣고 한 귀로 흘려!"

하지만, 해인의 그런 바람과 달리, 해인을 구미호 사촌쯤으로 여기는 시율이었다. 그에게 더 이상의 혼란을 가중시켜주고 싶지 않았는데 야호가 지금 그걸 방해하고 있었다. 하필이면 이게 자신이 도움 받을 수 있는 유일한 상대라니. 해인은 울고 싶을 뿐이었다.

오븐에서 갓 꺼내 온 유자 마들렌과 참깨 쿠키를 야호는 뜨겁지도 않은지 잘도 집어 먹었다. 해인이 하나 집어 먹을 동안 네다섯 개를 먹었으니, 마음에 들긴 한 것 같았다. 당연하겠지만 쿠키는 금세 거덜 났다. 시율이 과자를 주고 옷을 갈아입고 나온 사이에, 이미 바닥나 있었다.

"만족스럽구먼."

"그거…… 다행이네요."

야호에게 밀려 몇 개 못 먹은 해인은 텅 비어버린 그릇에서 부스러기를 주워 먹어야 했다.

"굉장하잖아? 방금 만든 과자라는 건. 따듯하고 행복한 맛이로다."

그야 혼자 다 먹었으니 어련히 그러시겠지만. 해인의 불쌍한 모습에 시율은 또 당장에라도 폭발할 것 같았다. 기껏 만든 과자가 전부 야호의 입에 들어간 탓이었다.

"그럼 과자는 마음에 든 거죠?"

"아주 좋아. 양이 조금 부족하지만."

해인은 그의 무릎을 토닥거리는 것으로 달래고는, 두 손을 싹싹 비볐다. 비굴할지는 몰라도 얻을 건 얻어야겠다.

"야호 님! 그럼 이제……!"

"어디 보자, 보답은 무엇으로 할까나."

"저기! 저기 난……."

"점을 봐주지."

"……네?"

"내가 꽤 신통하거든."

집어치워, 이 호랑이야! 이번엔 해인도 울컥하고 말았다. 누가 점 같은 걸 봐달라고 잘 보였겠는가. 자신과 시율의 미래에 직접적으로 도움이 될 만한 걸 원했다.

"무슨 점을 봐줄까? 금전운? 자녀운?"

"됐어요…… 그런 건."

"왜? 사양하지 말라고."

차마 입 밖으로 불만의 소리를 내지 못하고 있는데, 곁에 있던 시율이 나지막한 목소리로 물었다.

"먹을 걸 해주면, 보답을 해주는 거였어?"

"……야호 님은, 받은 만큼만 돌려준다 말이야. 대가 없는 건 하지 않아. 그런데 먹는 거 말고는 통 관심이 없어서……."

시율은 벌떡 자리에서 일어났다. 방금 옷을 갈아입었는데, 다시 자신의 방에서 코트를 꺼내 왔다.

"강?"

"나 잠깐 나갔다 올게."

"갑자기 어딜 가는데?"

"아까 케이크랬나. 잔뜩 만들어서 저 녀석한테 배 터지게 먹여주면 되는 거지? 마트에 가서 재료를 사 올게."

그렇지 않아도 내일은 그렇게 부탁해볼 생각이었다. 오늘 밤에 천천히 설명해서, 어떻게든 그의 도움을 받으려고 했다. 그는 그런 부가적인 설명이 별로 필요 없는 눈치였지만 말이다. 그리고 당장 나갈 채비를 하고 있었다.

"오오, 내 배를 터지게 하려면 좀 힘들 텐데."

"……다녀올게."

시율이 집을 나서는 모습을 지켜보면서는, 야호도 해인과 비슷한 생각을 하는 눈치였다.

"저 인간 머리가 상당히 좋아 보이네."

"아마도, 우리 둘을 합친 것보다 좋지 않을까요?"

"그건 인정하지 않겠지만. 아무튼 영특하고 재주 많은 인간인 건 맞아. 뭐, 저런 타입들이 대부분 그렇긴 하지."

"저런 타입이란 게 뭐예요?"

"단명하는 타입들."

다 먹은 빈 그릇을 치우며 대충 듣고 있던 해인은, 제 귀를 의심해야 했다. 야호도 그리 대수롭지 않게 말해서, 아무리 생각해도 제가 잘못 들은 것 같았다. 해인은 천천히 되물었다.

"방금 뭐라고 했어요?"

"단명."

"……내가 아는, 단명의 뜻은 하난데. 야호 님이 말하는 건 뭔가 다른 거겠죠? 응? 그런 거죠?"

그럴 거야. 어떻게 안 그럴 수 있겠어? 이런 건 말도 안 되잖아. 해인은 돌연 떨려오는 손끝을 주체하지 못했다. 손에 자꾸만 힘이 빠져서, 그릇을 떨어뜨릴 것만 같았다. 얼른 손에서 그릇을 내려놨지만 불안은 진해졌다.

"네가 아는 건 무슨 뜻인데?"

"빨리…… 죽는 거요."

"맞아. 나도 그걸 말한 거야."

순식간이었다. 제가 내뱉은 말에 제가 소름이 돋아서 손발이 저렸다. 그러고는 곧장 식은땀이 났다. 열이 급격히 오른 것처럼 어지러워지더니, 미친 듯 이번에는 등줄기를 타고 소름이 돋았다. 몸은 추웠다가 덥기를 삽시간에 반복했다. 이건 제가 죽기 직전과 같은 감각이었다.

그날, 그 뒤흔들리는 차 안에서, 죽음을 예감하며 꼭 이런 감각에 휩싸였었다. 해인은 울 것 같은 목소리를 내고 말았다.

"그런 농담…… 하지 말아요."

"사실만 말할 뿐이야. 저 녀석, 조만간 죽을 위기가 올 거다."

"……아니야! 말도 안 돼! 갑자기 그러는 게 어디 있어요!"

"왜 나한테 화를 내냐. 인생의 고비란 본래 갑자기 오는 법인걸. 보아하니 저 인간, 전생에 폭군이거나 장군이어서 많은 살생을 했다. 그래서 단명을 거듭하며 그 죗값을 치르고 있는 거다."

아무것도 들리지 않는 기분이었다. 그러나 거듭 반복해서 귓가에 울리고 있기도 했다. 해인은 귀를 틀어막고 싶어졌다.

"무의미하게 생명을 빼앗은 죄는 무겁거든. 생명의 귀함을 모르고 오만했던 인간이기에 죽을 위기를 유난히 자주 겪게 되지. 나약한 동물로 태어나거나, 인간이라면 아주 어려서 죽기를 반복해."

"……!"

"그러다 보면 저절로 목숨의 귀함을 깨닫게 되는 거지. 이유 있는 단명이란다."

"아무리 그래도, 싫어요. 그런 건."

"본래 그런 게 운명이야. 보렴, 그걸 반복한 덕에 이제는 금수의 목숨도 소중히 여기는 인간이 됐지 않아? 수의사라. 좋은 직업이야."

인간이 아닌 자와 대화하고 있다는 실감이, 이제야 찾아왔다. 야호는 그냥 점을 한 가지 봐준 것처럼 굴었지만 해인은 잔인한 충격에 정신을 차릴 수가 없었다. 그가 저를 찾지 못하는 게 아니라, 죽어서 오지 못하는 경우는, 상상해보지 못했으니까.

"싫어……."

그와 다신 만나지 못하는 이유가, 제가 그를 잃어버려서도 아니고, 그를 떠올리지 못해서도 아닌. 그가 저를 찾지 못해서도 아닌. 그가 죽어서라면, 이 세상에 다신 없어서라면…… 자신은 그의 곁을 떠날 의미가 없었다.

'말도 안 돼.'

눈물이란 참으로 무의미해서 아무리 흘려도 세상에 나아지는 것은 하나 없고, 스스로에게도 허무함만 채워질 뿐이라. 다신 울지 말아야지, 하고 수도 없이 다짐했는데. 그런 다짐 같은 건 지금 아무런 쓸모도 없었다.

그가 남들만큼의 생을 살지 못할 거라는 이야기보다 덧없고 무의미한 것은 또 없었으니까.

해인은 자신이 울고 있다는 걸 느끼지도 못해서, 눈물을 닦을 생각도 하지 못했다. 어딘가 제가 고장 난 기분이 들었다. 그렇지 않고서야, 이렇게, 아무것도 느껴지지 않을 수는 없을 테니까. 멍하니 우는 것 말고는 겨우 숨을 쉬고 있을 뿐이라…….

"슬퍼 마라."

"……."

"인간이란 본래 죽는 거다. 그건 누구도 막을 수 없는 거야. 갑작스럽고, 또 당연하지. 그건 누구보다 네가 가장 잘 알지 않냐."

야호의 말에 힘없이 고개를 들면서는 그제야 겨우 제가 울고 있다는 걸 알 수 있었다. 해인은 느릿느릿 손등으로 눈가를 문질렀다. 물론 한 번 죽음을 맞아본 자신처럼 그게 얼마나 허무하고 돌연한 일인지 아는 사람은 드물리라.

하지만 그렇다고 해서 그게 아무렇지 않다는 뜻은 아니었다. 해인은 힘껏 소리치고 싶었지만, 목멘 소리밖에 나오지 않았다. 떨리고 갈라진 가여운 소리밖에는.

"야호 님은 아무렇지도 않아요? 죽는 게…… 어떻게, 당연해요?"

"난 인간이 아니지 않냐. 인간의 죽음을 슬퍼하지 않아. 너희가 우리의 죽음을 슬퍼하지 않듯이."

"……그건 미안해요."

대부분 사람들은 개나 소가 죽는 일에 아무런 관심도 없다. 길에서 죽은 고양이를 보고 가여워하는 사람보다는 못 볼 걸 봤다고 여기는 사람이 많다는 것도 안다. 해인 역시 전에는 그랬으니까. 야호가 보기에는 인간 한둘 죽는 건 아무런 일이 아닐지도 모른다. 아니, 분명 그러리라.

"죽음은 그저 흐르는 자연의 일부일 뿐이지."

야호의 평온한 목소리를 듣자니 오히려 눈앞이 더 캄캄해졌다. 숨결이 거칠어져서, 가슴을 누르고 가늘게 숨을 몰아쉬는 것으로 해인은 겨우 자신을 진정시켰다. 하지만 야호를 보는 눈이 갈피를 잃고 엉망으로 흔들리고 있었다.

"그렇지만요, 소중한 존재가 죽는 게 어떤 건지는 야호 님도 알잖아요?"

"알지."

"그게 어떤 기분인지는……."

"물론 알지. 그러니 나도 너에게 연민과 애틋함을 느껴. 그럼에도, 죽음은 어쩔 수 없는 일이야."

그의 죽음이 야호에게는 아무것도 아닌 일처럼 들려서, 애꿎게도 울컥 야호에게 화가 났다. 원망할 곳이 아니라는 걸 알면서도 말이다. 하지만 달리 어디에 화내고 소리쳐야 할지 알 수 없었다. 야호처럼, 도인도 아닌데 '그래, 죽음은 누구에게나 일어나.' 그렇게 간단하게 인정할 수 있을 리 없었다.

"야호 님은 어떤지 몰라도…… 나한테, 강이 죽는 건……! 내가 죽는 것만큼 힘들어요. 그렇게 들린다구요!"

"뭐, 너야 평범한 인간이니까. 나처럼 도를 닦지 않는 이상에야 선뜻 받아들이기 힘들겠지."

죽음이란 건 세상에서 가장 끝에 가까운 말이라, 어떤 슬픔도 견줄 수 없는 일이라, 해인은 몸이 떨리는 걸 막지 못했다. 덜덜 떨리는 손을 꽉, 주먹 쥐면서는 시율의 얼굴을 떠올렸다.

"몇백 년을 살면서 무수한 죽음을 지켜보다 보면, 죽음이 당연하다는 생각밖에는 들지 않게 돼. 하지만 아무렇지도 않은 건 아니다. 죽음을 받아들이는 법을 배웠을 뿐이지. 영혼이 있는 한 다시 환생할 테니……."

"내가 그런 게 될 리가 없잖아요!"

"아이코, 귀야."

"난…… 그럴 만큼 오래 살지 못했어요! 강도, 벌써 죽고 싶을 리 없다고요!"

이 순간 소리치는 것 말고는 이 답답하고 아픈 것을 어떻게 표현할 길이 없었다. 마음 같아서는 야호의 멱살이라도 잡아 흔들고 싶었다. 그가 죽지 않을 방법을 내놓으라고…….

"맞아! 방법, 살 방법 같은 거 없어요? 강이 죽지 않을 방법이요!"

"으응?"

"당신이라면 알 거 아니에요! 산신이잖아!"

"죽지 않는 방법은 없어. 아무리 황제라고 해도, 죽음 앞에서는 무력하지."

그건 너무나 당연한 말이었다. 일순간 화가 나서 말이 나오지 않을 정도였다. 너무 당연해서…… 다시 눈물이 치솟았다. 울고 있으면서 또 눈물을 흘리는 게 지금 해인이 할 수 있는 전부였다. 바로 몇 분 전만 해도 그가 죽는 건 상상도 해보지 않은 일이었는데, 지금은 코앞의 일이 되어 있었다.

"뭐, 도라도 닦지 않는 이상은 말이야."

"……지, 지금부터라도 하면 돼요?"

"그럴 리가. 불로불사를 위해 도를 닦아서야 절대로 득도할 수 없어. 도라는 게 그렇게 만만하지 않거든."

"이…… 이! 그럼 어쩌라는 거예요! 결국 하나도 도움이 안 되잖아! 애초에 그런 걸 왜 알려준 거야!"

해인은 참다못해 야호의 멱살을 틀어쥐고 흔들었다. 저보다 두 배는 몸집이 큰 사내다 보니, 실상은 제 몸이 흔들리고 있었지만 말이다. 야호는 마사지라도 받는 양 태평한 얼굴이었다.

"뭐, 위로가 될지는 모르겠지만, 고비를 넘기면 살 수도 있지."

"……뭐요?"

"죽을 고비는 분명 닥칠 거야. 하지만 그 고비를 이겨낸다면, 살 수도 있겠지."

"누가…… 못 알아들어서 물어본 줄 알아요! 그런 것부터 말하란 말이에요! 왜 헷갈리게 이랬다저랬다 하는 거야!"

해인은 다시 탈탈, 야호의 멱살을 흔들었다. 그러나 여전히 흔들리는 건 자신뿐이었다. 울어서 퉁퉁 부은 눈이라 얼굴도 엉망이었다. 하지만 갑자기 시율이 죽는다느니, 어쩔 수 없다느니, 그런 소리를 하니까 제정신이 아니었다.

"지금 말하고 있잖아."

"너, 이 야……."

"말 안 한다?"

"……호 님."

"진정해. 진정."

적잖게 놀림 받은 기분이라 한 대 때려주고 싶었지만, 차마 그럴 수도 없었다. 해인은 겨우 야호의 목에서 손을 떼어냈다. 아쉬운 쪽은 자신이라, 다시 사바사바하는 수밖에 없었다.

"그래서 그게 언젠데요? 고비라는 거요!"

"정확히는 나도 모르지. 내가 알 수 있는 건 그게 가깝다는 정도야."

"얼마나요? 몇 달? 몇 주? 혹시 며칠은 아니죠?"

목깃에서는 손을 뗐지만 대신 팔을 붙잡고 흔들며 닦달했다. 이 호랑이는 사람을 가지고 노는 재주가 아주 신묘했다.

"내일일지, 몇 달 뒤일지, 내년일지 그런 건 나로선 알 수 없어. 다만, 그림자가 보일 뿐이야. 네가 사랑하는 남자를 죽이려는 운명의 그림자가."

예로부터 짐승의 눈에는 사신이 보인다는 속설이 있기는 했다. 그건 바로 이런 걸까. 해인은 마른 목을 축였다. 짧은 시간에 너무 울어서 따끔거리는 눈가를 문지르며 정신을 차렸다.

"저기…… 아까 죽음은, 절대로 막을 수 없는 거라고 했잖아요."

"당연하지. 안 죽는 인간도 있나?"

"그럼요?"

"막을 순 없어. 미룰 수 있을 뿐."

"……."

"평범한 인간인 이상 언젠간 죽어야지. 안 그래? 다만, 고비를 넘기면 조금 더 살 수 있을 뿐이야."

한 대 치고 싶다. 격렬하게 치고 싶어. 또 혼자만 태평한 야호였다. 해인은 이를 으득으득 갈아야 했다. 이 호랑이가 저를 놀리고 있다는 건 확실히 알겠다.

"그 조금이라는 건 대체 얼마큼인데요?"

"글쎄, 끽해야 몇십 년 아니겠어?"

아, 칠백 살 먹은 호랑이의 나이 개념이란 이런 거로군.

"미룰 수 있게 도와줄 순 없는 거죠?"

"무리야. 내가 개입할 수 있는 선이 아니라고."

"……끙."

"힘내봐."

야호는 해인의 어깨를 만지려다가, 멈추고 대신 머리 위를 토닥거려줬다. 아마도 시율이 만지지 말라고 해서 그러는 것 같았다. 시율은 이마저도 싫어할 것 같았지만 말이다.

"야호 님."

"응?"

"……일단 고마워요."

늦었지만, 야호가 나름의 방법으로 저를 도와주고 있다는 걸 알겠다. 별로 티가 나지 않아서 그렇지, 저를 꽤 생각해주고 있다는 것도. 해인은 문득 깨달았다. 제가 참 뻔뻔하다는 걸 말이다. 야호에게 당연하다는 듯 그를 살릴 방법을 내놓으라고 하질 않나, 도와달라고 하지 않나.

기껏 고비가 올 거라고 알려줬는데, 그런 걸 알려만 주고 대책은 안 알려 줬다고 성질을 부렸으니. 슬그머니 부끄러워졌다. '도'라는 야호의 법칙에 의하면 이건 상당히 무례한 일이었다. 도움을 구한다는 건 받기만 하려는 행위기도 했으니까.

"착하구나."

"……착하긴요. 지금도 날 안 도와준다고 해서 삐졌다고요."

"난 말이다, 너에게 감사의 말도, 사과의 말도 듣고 싶은 게 아니야. 모든 짐승이 인간에게 그럴 거야. 하지만…… 널 만나러 오기 잘했다 싶어."

"그건 또 무슨 뜻이에요?"

"네 영혼은, 월과 닮았다. 널 보고 싶다는 생각이 든 건 문득 월이 그리워 져서야."

얼굴도 아니고 영혼이라고? 해인이 고개를 갸웃거리자, 야호는 알 수 없는 얼굴로 웃어 보였다.

"너를 보면 월이 생각나. 선한 영혼은 바라보는 것만으로 위안을 얻게 해 주지. 난 너 같은 인간이 행복해지길 바라. 난 이루지 못했지만…… 너라도."

"음……?"

"그뿐이야. 내가 아무것도 바라지 않고 도와줄 수 있는 건 여기까지다."

한없이 만만해 보이다가도, 훌쩍 멀어지는 야호에게 해인은 다시금 꾸물

178

꾸물 기어들어가는 목소리로 고맙다고 말했다. 바람 소리만큼이나 작았지만 야호에게는 들렸으리라.

사고는 엉뚱한 곳에서 일어났다. 기껏 시율이 오기 전에 세수도 하고 머리도 만지고, 울었던 자국을 부지런히 없앴지만…….

"……왜 그래?"

해인은 시율이 집 안에 들어서자마자 울상이 되어버렸다. 마트에서 사 온 짐을 내려놓는 그의 모습을 보다가 그만 참지 못하고 왈칵 눈물을 쏟아냈다. 그건 그저 불가항력이었다. 저도 모르게 그의 얼굴을 다신 볼 수 없는 순간을 상상해버렸다.

다신 그의 손을 잡지 못하고, 그가 집에 돌아와 저를 보며 웃어주는 순간이 없다고 상상하자 눈물은 통제를 벗어났다. 마트에 간다고 나가서 돌아오지 못하는 게 죽음이라고 생각하니, 그것이 너무나 가깝게 느껴졌다.

그가 밖에 나갔다 왔다는 사실조차 불현듯 두려워졌다. 죽음을 안다는 건 이런 거로구나. 매 순간 피가 말라 심장이 경련하듯 옥죄어왔다.

'그에겐 말해서는 안 돼. 일상생활이 불가능해질 테니까.'

'알려줘서…… 조심하게 하는 게 낫지 않아요?'

'글쎄다. 과연.'

이제야 야호가 그렇게 당부했던 이유를 알 것 같았다. 죽음은 인간이 감당할 수 있는 공포 중에 가장 꼭대기에 있는 것이었다. 아는 것보다는 모르는 게 좋았다.

"강!"

갑자기 뚝뚝 울어버리는 해인을 보고 시율은 일순 놀라는가 싶더니, 소파에서 빈둥거리고 있는 야호에게 다가갔다. 그러곤 멱살째 들어 올리더니 곧장 주먹질을 했다. 저 커다란 몸을 들어 올리는 것도 놀라웠지만, 그가 결국 야호를 한 대 팼다는 것도 기겁할 일이었다.

"너 이 개자식!"

"엇, 아프지는 않지만 불쾌한데."

"도대체 무슨 짓을 한 거야! 네가 대체 뭔데 그래!"

"그리고 난 개가 아니라 호랑이야."

"입만 살아서는!"

시율은 아무래도 해인이 우는 게 야호 때문이라고 여긴 듯했다. 물론 그건 얼추 사실이기도 했다. 하지만, 아무리 그래도 때릴 정도는 아니었다.

"음…… 맞을 짓까지는 안 한 것 같은데."

"하, 뭔가 하긴 했다는 거네?"

어제도 참기에 시율은 주먹질은 생전 안 하는 남자라고 여겼다. 워낙 똑똑하고, 머리 쓰는 데 익숙하니 몸으로 치고받는 건 그와 머나먼 일이라고. 그런데 아니었나 보다. 제법 매서워 보이는 주먹질이 또 한 번 이어졌고, 해인은 온몸으로 매달려 세 번째 주먹은 겨우 막을 수 있었다.

야호는 왜 순순히 맞아주는 걸까.

"아니야! 야호 님 때문에 그러는 거 아니야! 강, 제발 그러지 마!"

"그럼 왜 우는 건데!"

정신없이 매달리고 있자니, 그의 화난 목소리가 귓가에 내리꽂혔다. 해인은 차마 대답할 수 없었다. 당신이 죽을 거라는 소리를 들었다고는, 얼마 살지 못할 수도 있다고는, 맨정신으로는 말할 수 없었다. 도저히.

"……그건."

"말해봐."

해인은 말해보려고 입술을 벙긋댔지만, 결국 아무것도 소리 낼 수 없었다. 끝내 입이 떨어지지 않아서 저를 보는 그의 무시무시한 시선을 피해야만 했다. 그렇다고 야호를 계속 맞게 둘 수도 없어서 해인은 시율의 허리를 붙들고는 그의 등에 얼굴을 묻었다. 그를 뒤에서부터 꼭 끌어안고, 그저 온 힘으로 달래는 수밖에는 없었다.

"미안, 말할 수 없어…….”

"또야? 또 나만 몰라야 해?”

"……야호 님을 때리지 마. 그러면 안 돼.”

따지자면 고마워해야 했다. 시율에게 그걸 설명하기란 힘들겠지만, 적어도 야호에게 이렇게 대해서는 안 되는 거였다. 물론 영문도 모르고 받아줘야만 하는 그의 답답함도 알았다.

"……강, 다 나 때문이야.”

"하.”

"나를 미워하고, 나를 싫어하고…… 나한테 화를 내! 강. 그게 나아.”

"그런 건 죽어도 불가능해.”

그는 더 이상 야호를 때리진 않았지만 답을 듣지 못하는 수많은 일에는 한계를 맞은 모양이었다. 그가 숨을 참는 게 느껴졌다. 해인도 알았다. 이렇게 불안정한 채로 버티는 게 얼마나 힘든 일인지 말이다. 말하지 못하는 것도 이렇게 답답한데, 그는 어떠할까. 제 몇 배나 힘들 건 당연했다. 그와 자신의 상황이 바뀌었다면, 저는 매일 못 버티겠다며 울었을지도 모른다.

이런 날들은 너무나 힘겨웠다. 함께 있어도 있는 게 아니고, 언제 떨어질지 몰라 날마다 불안하고 위태로워 온몸에 날이 섰다.

그리고 그날은 모든 걸 아프게 하고 있었다.

"매정하네, 그 인간. 아직 겨울인데 내쫓을 줄이야.”

밤의 옥상정원은 어딘가 섬뜩했지만 야호는 별로 개의치 않는 눈치였다. 늘어지게 하품을 하고 있으니 다행이었다.

"강이 원래 이 정도는 아닌데…… 요즘, 많이 날카로워진 것 같아요.”

"두 대나 맞았다.”

"대신 사과할게요! 우선 이걸로…….”

해인은 밖으로 쫓겨난 야호에게 날달걀과 이불을 내밀었다. 시율은 해인이 야호를 챙겨주러 나가는 것까지는 말리지 않았다. 못 본 척해주는 걸 봐서는 조르면 풀어질 것도 같았다. 우선 그때까지 야호는 옥상에 있어야겠지만 말이다.

"달걀?"

"혹시 멍들까 봐……."

"아직도 이런 방법을 쓰냐. 좀 더 신기술이 생길 줄 알았는데……. 그리고 어차피 멍 같은 건 안 들어. 내가 인간이었다면 모를까."

"그걸 다행이라고 해야 하나…… 그리고 아무리 괜찮아도 그렇지, 왜 가만히 맞고 그래요? 미안하게……."

"내가 같이 팼으면 그 녀석 죽었을걸? 한 대면 즉사야. 목뼈가 아작 나서."

"……흐이."

전혀 농담으로 들리지 않았다. 아니, 농담을 할 수 없다고 했으니 진담이리라. 어디선가 곰보다 호랑이의 펀치가 강력하다는 말을 듣기는 했다. 천하의 코끼리도, 호랑이를 보면 도망칠 정도라니…… 그 위력은 감히 상상도 안 갈 정도였다.

이건 강자의 여유인 걸까?

"우린 은혜는 반드시 갚아야 하지만 원한은 잊어도 되거든. 맞는 게 편하지. 또 속 시원히 너희를 도와주지 못해서 그런가, 맞춰줘도 괜찮겠다 싶었어."

"야호 님……."

그런 이유가 있었다니. 이쯤 되면 야호를 은인으로 대접해야 할지도 모르겠다. 강을 살려준 셈이기 때문이다. 조금이지만 감동해서, 원수 같기만 했던 야호가 슬슬 신령한 산신으로 보이기 시작했다.

"그리고, 호랑이가 고양이랑 싸워서야 되겠냐."

세상에 강시율을 건방진 고양이 취급 하는 건 야호밖에 없으리라. 물론 이 특대 사이즈 호랑이의 눈에는 모든 인간이 그렇게 보일지도 모른다. 하지만 저를 그런 취급을 했다는 걸 알면, 시율은 화를 풀지 않으리라.

"그 말 강 앞에서는 하면 안 돼요."

"왜?"

"그걸 알면 케이크 안 만들어 줄걸요. 먹어야죠, 케이크."

"먹어야지! 명심하마!"

야호가 단순해서 정말이지 다행이었다. 해인은 벤치에 폭신한 이불을 깔아주며 주섬주섬 가져온 봉지 과자들을 야호에게 한 무더기 들려줬다.

"아무튼, 미안하지만 오늘만 여기서 좀 버텨요. 이거라도 까먹고. 심심하면 이 책이라도 봐요. 그리고 혹시 사람이 올라오면 숨어요. 알겠죠? 노숙자로 오해받으면 끌려가니까."

"알겠다."

"누가 먹을 거 준다고 막 따라가면 안 돼요!"

"이게 날 뭐로 보고……."

"아침에 강이 출근하면 데리러 올게요."

뭔가 엄마 몰래 커다란 호랑이를 한 마리 옥상에 기르는 기분이 들었다. 시율은 엄마라기보다는 엄격한 남편 같은 느낌이었지만.

"그 인간 녀석 보아하니 타고난 고집이 장난 아닐 것 같던데, 만일 화를 안 풀면?"

"풀 거예요."

"호오. 자신 있어 보이네."

"그야 강은 나한테……."

"푹 빠져 있으니까?"

"사랑해서, 항상 져주니까요."

속상했지만 어떻게든 웃을 수 있는 건 그래서였다.

그가 저를 사랑한다는 건 자신 있어 할 일이라기보다는, 그가 확신시켜준 그의 마음이었다. 그에게서 비롯된 그를 향한 믿음이었다. 그래서일까. 오만

한 자신감보다는 그에게 감사하는 마음이 더 컸다. 항상 넘치듯 사랑받는 느낌은 과분하기만 했으니까. 부지런히 이 마음을 갚아보려고 해도, 결국 그에게는 견줄 수 없어서 한참 밀리고는 했다.

누가 더 사랑하네, 하는 일로 싸우는 건 꼴불견이라고 생각했는데, 그에게 지고 싶지 않은 게 하필이면 사랑하는 일이라는 것도 우스운 일이었다.

"강……?"

집으로 돌아와 현관문을 닫으며, 해인은 조심스레 그를 불렀다. 시율의 기척을 따라 그의 방으로 향했다. 그는 침대 머리맡에 기대 뭔가를 읽고 있다가, 해인이 문간에 서서 저를 뚫어져라 바라보자 책을 놓고 제 옆을 터주었다. 해인이 냉큼 그의 곁으로 파고들었다.

꾸물꾸물 그의 옆으로 자리 잡자, 그는 두 겹으로 된 이불을 하나씩 당겨 해인의 어깨 위까지 야무지게 덮어줬다.

"그 호랑이는?"

"옥상에, 이불 깔아주고 왔어."

"거기서 쭉 살라고 해."

그는 야호가 없자 다시 평소처럼 돌아와 있었다. 여유롭고, 무뚝뚝하지만 제게는 한없이 다정한 남자로. 입은 꽤 험하지만 사실은 좋은 남자. 남을 타박하는 퉁명한 목소리와, 제 뺨을 만지는 느긋한 손길은 같은 사람의 것이 아닌 것처럼 온기가 달랐다. 그는 타인에게 정말이지 인색한 남자였다. 그래서 그게 제게만 특별한 얼굴을 보여줄 때면, 더 부끄럽고, 더 벅찼다.

물론 싫어서가 아니라 너무 좋아서였다.

"강은 야호 님이 왜 그렇게 싫어?"

"……그럼 좋겠어? 갑자기 남의 집에 쳐들어와서 사람을 치사하게 만드는데."

"그게 다는 아닌 것 같아서. 강…… 보통은 안 그러잖아."

"……흥, 널 데리고 갈 것 같아. 그래서 싫어."

"야호 님은, 그런 거 아니야. 정말 아닌데……!"

"그렇다고 해도, 내가 싫어하는 무언가랑 한패 같은 기분이 들어. 그래서 그냥 싫어."

그 외에도 싫어할 이유야 많겠지만 그건 좀 정곡이었다. 그는 하여간 촉이 좋았다. 사신과 야호가 관련이 있는 건 맞았으니까. 해인은 딱히 고를 말을 찾지 못해서, 대신 이불 속에서 그의 허리를 끌어안았다. 애정 표현은 역시 비벼대는 거로 하는 게 최고였고, 그의 가슴 근처에 얼굴을 문지르자 그는 오냐오냐, 하듯 머리를 만져줬다.

"……아무튼, 때린 건 내일 사과할게."

"정말?"

"널 울린 건 아닌 것 같으니까……. 하지만 커플 사이를 방해한 건 너무했어."

"맞아! 그래도 때린 건 너무했어!"

"얌마. 지금 그 자식 편드는 거야?"

질투로군, 질투야. 해인은 더 힘주어 그에게 매달렸다. 말보다는 몸으로 표현하는 게 편할 때가 있어서, 그의 팔에 머리를 기대며 눈을 감았다.

"아니야. 내가 울어서 헷갈리게 한 것 같아. 그래서 미안해."

"너 요즘 너무 자주 울어."

핀잔과 걱정이 섞인 목소리가 들렸다. 머리카락 속으로 파고드는 그의 손길도 느껴졌다. 느리게 목덜미까지를 만지는 손의 온기를 느끼며, 해인은 슬그머니 웃었다.

"그건 그래. 인정."

"인정만 하지 말고……."

"응! 안 울게!"

"……그거야 믿지도 않아. 그냥, 말을 좀 해줬으면 하는 거야."

다른 건 아무래도 좋으니, 왜 우는지 정도는 알려주면 좋을 텐데. 이상한 바람이지만 그는 해인이 울 거라면 제 앞에서 울었으면 좋겠고, 제가 그 눈물을 만져줄 수 있으면 좋겠다고 생각했다. 어디선가 혼자 숨어서 우는 것보다는 아무렴 그게 나으니까. 하지만 해인의 눈물은 대부분 비밀스러웠다. 그는 해인이 저로선 이유도 알 수 없는 눈물을 흘리고 있을 때면 무엇도 해줄 수 없는 스스로에게 화가 났다.

눈을 잠시만 떼도 뚝뚝, 울고 있을 때가 있었다. 마치 길을 잃은 어린아이처럼 울고는 했다. 그리고 오늘도 그랬지만 그 얼굴은 항상 그를 부르는 것이었다. 그를 향해 무언가 호소하는 얼굴로 그에게 아무것도 말하지 않았다. 그걸 맞닥트릴 때면 그는 평정을 잃고 추하게 흐트러져야 했다.

"내가, 요즘 날카로웠어. 바보같이 굴고 있다는 거 알아."

"……응."

"불안해서 그래."

그가 그러는 이유를 알았다. 저 역시 그랬으니까. 해인은 제 뺨을 만지는 그의 손을 붙잡아 손등에 더듬듯 키스하며 그의 맥박을 느꼈다. 힘줄이 울룩불룩한 남자의 손등 위에 입술을 맞추며, 그가 제 뺨을 만지는 이유도 이와 같으리라 생각했다. 서로를 토닥거리는 순간은 더없이 따뜻했으니까.

그래서였다. 그의 손에서 이 온기가 사라질 거라고 생각하면, 또 두려움에 참을 새도 없이 눈물이 날 것만 같았다. 야호가 알려준 사실은, 언제든지 저를 고장 나게 했으니까. 또 덜컥 슬퍼지려는 걸 참으며 해인을 그의 손등 위에 속삭였다.

"야호 님은 말이야."

"……님은 무슨."

"그래 보여도 날 도와주고 싶어 해. 적이 아니야."

"대체 그 녀석의 어딜 봐서?"

"못 믿겠지만, 정말이야."

겨우 어제 하루, 이렇게 편하게 달라붙어 있지 못했을 뿐인데 그사이 그의 온기가 그리웠다고 하면 이상한 일일까. 해인은 몸을 일으켜 무릎으로

서며 그의 목을 두 팔로 다정하게 안았다. 힘을 주어 단단한 가슴팍에 기대자, 그의 손이 허리를 받쳐줬다.

해인은 시선이 닿는 그의 턱 끝에 키스했다.

"그보다, 강."

"음?"

"오늘은…… 안아주지 않을 거야? 우리 어제 떨어져 있었잖아."

이렇게나 조르고 싶은 기분인 것은, 그가 항상 넘치게 주는 애정들 때문이다. 이제는 그걸 느끼지 않으면…… 살 수 없는 기분이어서. 아이러니하게도 중독이란 게 어떤 건지 이 남자 때문에 알 것 같았다. 시율은 아주 잠시 침묵하더니, 부드럽게 온몸을 겹쳐왔다.

"사양할 리 있나."

녹아내리는 무언가와 닮은 달콤한 목소리였다. 얇은 옷깃이 거슬릴 만큼 그와 가까워졌고, 깊은 끌어 안김은 키스하는 행위와 같았다. 하지만, 이만큼 가까운데도 불안은 완전히 가시지 않았다. 더 많이 피부를 겹쳐야겠다.

그의 숨소리나 맥박, 온기, 냄새에 흠뻑 취하면 조금은 이 기분이 나아질까. 해인은 제가 먼저 그의 상의 속으로 손끝을 밀어 넣었다. 그를 느끼고 싶어서 조급해졌다. 그가 살아 있음을 실감하고 싶었다.

6. 무서운 이야기는 싫어

날이 밝았다. 겨울 아침은 쌀쌀했고, 해인은 어제 야호를 옥상에서 자게 한게 미안해서 공원으로 데리고 나왔다. 그리고 자신이 아는 최고의 맛집으로 데려와서, 없는 돈을 박박 긁어 맛있는 걸 사줬다. 해인 나름의 사과였다.

"오? 이거 좋구나."

"그죠? 야호 님 마음에 들 것 같았어요."

"그런데 이 붕어빵이라는 것도 과자냐?"

"음, 과자랑은 조금 다르지 않나. 이름도 빵이잖아요."

"둘이 뭐가 다른데?"

"그것도 몰라요? 그야 과자는, 딱딱하고. 빵은…… 으음……?"

"붕어빵인데 붕어가 안 들어 있는 이유는 또 뭐고?"

야호의 질문은 대체로 5살짜리 미취학 아동의 것과 비슷했다. 해인은 대답하기 귀찮아져서 미리 시켜둔 계란빵을 종이봉투에서 꺼내 야호의 입에 물려줬다.

"계란빵에는 계란이 들었으니까, 먹어봐요. 이것도 맛있어요."

덩치가 산만 한 야호는 꼭 입에 뭘 물려줘야 조용했다. 우물우물 받아먹는 모양이 계란빵도 만족스러운 모양이었다. 하긴, 야호가 싫어하는 음식을 찾기가 더 힘들 것 같았다. 해인은 5살짜리 사내아이를 챙겨주는 기분으로 종이컵에 뜨거운 어묵 국물을 따라서 내밀었다.

"국물도 같이 먹어요."

"뜨거워서 싫다."

"엇? 그래요? 그래야 맛있는데…… 야호 님도 싫어하는 게 있긴 있군요."

"나야 뜨거운 걸 먹을 일이 없으니까 그렇지."

그러네. 호랑이라면 보통 생식……. 히익. 해인은 순간 무서운 상상을 해 버렸다. 얼른 고개를 털어내는 걸로 잊으려고 애썼다.

"저기, 뭐 더 먹을래요? 내가 쏠게요! 돈 없으니까 2천 원어치 이상은 무리지만……."

"그럼 두 번째 먹었던 거로."

"아줌마, 크림 붕어빵 두 개 주세요."

"크림 붕어빵으로요? 알겠어요."

매일 이 근처를 산책하면서 안면을 튼 포장마차 아줌마는 아주 상냥했다. 엄마 같은 느낌이 들어서 해인은 여기 들리는 걸 꽤나 좋아했다. 돈이 없어서 자주 사 먹진 못하지만 말이다. 물론 배가 금방 차는 것도 문제였다. 오늘은 그러니 나름의 사치를 부리는 셈이었다. 야호에 대한 손님 대접이라고 해야 할까.

"여기 맛있죠? 이 근방에서 여기 붕어빵이랑 계란빵이 제일 맛있어요."

"이런 건 처음 먹어보지만 그런 것 같다."

"여기 붕어빵 꼬리에는 앙금도 들어 있다고요."

"다른 덴 없냐?"

"아무래도 없는 데가 많아요. 아주 중요한 포인트죠."

"참고하지. 나 이 앙금이라는 것도 마음에 든다."

나란히 서서 붕어빵을 먹으며 심오한 대화를 나누고 있는데, 포장마차에 손님이 하나 더 들어왔다. 겨울이라 비닐 천막이 주변에 쳐져 있었는데 그걸 열고 사람이 들어오자 찬바람이 함께 훅, 들어왔다.

"어서 오세요. 뭘 드릴까요?"

"붕어빵 14개 주세요."

"팥으로 드려요, 크림으로 드려요?"

"으음, 적당히 반반 섞어주세요."

"네, 지금 구워야 해서 조금 시간이 걸려요. 5분 정도요."

해인은 먹던 국물을 하마터면 입 밖으로 뿜을 뻔했다. 누가 14개나 시키는 걸까 하고 힐끔 봤더니, 아주 낯익은 병원 여직원이 바로 옆에 서 있었던 것이다. 중간에 야호를 끼고 있기는 했지만, 여기서 마주칠 줄 몰랐던 터라 당황스러웠다. 동물병원 직원들끼리 먹을 심부름인지 그녀는 유니폼 위에 까만 파카만 걸친 채였다.

'하긴, 병원이랑 여기랑 제법 가까우니까……. 음. 이왕이면 방유나랑 마주쳤으면 좋았을걸.'

그녀는 해인을 바로 알아보지는 못하는 것 같았다. 낯이 익은 정도인지 몇 번 힐끔댔다. 해인이야 고양이로 병원 안을 활개 치고 다니며 매일같이 봤으니 한눈에 그녀를 알아봤지만, 그녀는 해인의 이 모습은 딱 한 번 봤을 뿐이었다. 나날이 금기 사항이 업데이트되는 이 몸이, 그나마 조금은 자유로웠을 때. 아마도 죽은 강아지를 병원에 데려갔을 때였나, 그때 병원에 저 여자가 있었던 것 같았다.

해인이 그렇게 기억을 더듬고 있는데 야호가 끼어들었다.

"너 뭘 보냐."

"……네?"

"왜 쳐다봐."

이 트러블 메이커. 동물의 세계에서 눈을 마주치는 건 전투 신청인 걸까. 야호가 더 이상한 짓을 하기 전에 해인은 얼른 야호와 그녀 사이로 끼어들었다.

"날 본 거예요! 나!"

"엉? 그래?"

"……죄송해요. 그냥 낯이 익은 것 같아서……. 혹시 우리 동물병원에 오시는 손님인가요?"

당황했는지 그녀가 말을 걸었는데, 해인도 당황스럽긴 마찬가지였다. 저도 모르게 어색하게 뺨을 씰룩거렸다. 도망칠까. '내가 개냥이예요.'라고 말할 순 없으니까. 이 금기가 주렁주렁 달린 몸은 거추장스럽기 그지없었다. 지금 같은 상황이면 여지없이 벙어리가 되어버려서…….

"그 아가씨 시율 선생님 애인이잖아요."

"네에?"

"어휴, 눈만 오면 둘이 와서 하나씩 먹고 가는데 얼마나 보기 좋은지 몰라요. 강 선생님이 가끔 혼자 와서 어묵도 사 가고. 붕어빵이랑. 저 아가씨가 좋아한다고. 아주 신혼부부야."

여자의 눈이 해인의 약지로 향했다. 반지가 끼워져 있었다. 그와 같은 반지. 이내 그녀의 눈이 야호에게로 향했다. 붕어빵을 한입에 집어넣고 있는 이상한 남자에게로.

"그러시구나……. 그럼 이쪽은……?"

"친척…… 이에요."

고양이랑 호랑이는 같은 과니까, 그렇게 큰 거짓말도 아니었다. 해인은 그녀가 행여나 이상한 오해를 하지 않기를 바랐다.

시율은 질투가 꽤 심한 남자라, 이상하게 말이 들어가면 큰일이었다.

"이게 뭐예요!"

"이…… 미안."

아까 포장마차의 일도 포함해서, 해인은 야호에게 짜증을 부리고 있었다. 며칠 봤다고 조금 편해졌는지 처음 야호를 만나고 도망쳤던 바로 자리에서 말이다. 길고양이들에게 밥을 주는 곳이었다. 오늘은 텅 비어 있었지만.

"한 마리도 안 나오네!"

"냄새가 그렇게 나나?"

야호는 제 팔에 코를 묻고 킁킁, 냄새를 맡았다. 호랑이 냄새를 맡았는지 고양이들은 꼬리 끝도 보이지 않았다. 평소라면 밥을 얻어먹겠다고 너도나도 나와서 애교를 부릴 녀석들인데, 목숨 귀한 줄 아는 모양이었다.

"……내일은 따라오지 마요."

"에, 할 거 없는데."

"티브이 보는 법 가르쳐 줄게요."

"티브이! 나 그거 뭔지 안다. 안에서 사랑과 전쟁이 나온다며."

"뭐, 비슷하죠?"

"그런데 네 애인 화는 풀린 거냐?"

이렇게 물어보니 야호가 꼭 친구 같았다. 그간은 애인이랑 싸우고 그 얘기를 할 곳이 없었으니까.

"풀었어요. 그리고 강은 화는 내도, 사람 힘들게는 안 해요. 화내고 끝이니까."

"장점이로구나, 그건."

"저녁에 강이 퇴근할 때쯤 공원 앞으로 같이 마중 나가요. 그리고 은근슬쩍 함께 집에 들어가면 될 거예요."

강도 사과하겠다고 했으니까, 자연스럽게 둘이 섞어두면 될 것 같았다.

"좋다. 그럼 오늘은 케이크 먹을 수 있는 거냐?"

야호의 관심사는 하나뿐이었지만 말이다. 그놈의 배는 아무래도 끝이 없는 것 같았다.

"뭐, 내일 강이 쉬니까 해줄지도요."

"케이크라, 환상의 맛이라던데. 두근두근하는구먼."

"……남의 남자한테 두근두근하지 말아요."

"큽."

야호가 대뜸 웃음을 터트린 건 해인이 말도 안 되는 질투를 해서일지도 모른다. 해인은 껄껄대고 웃는 야호 때문에 민망해졌다. 그렇게 웃을 것까지야…….

"그, 그만 웃어요!"

"크하하! 누가 커플 아니랄까 봐, 둘 다 소유욕 하고는."

"……우씨."

"아아, 그러고 보니 어제 가르쳐준다는 걸 깜빡했네. 조심할 걸 가르쳐 주마. 오늘 먹는 붕어빵의 답례로."

실컷 웃어놓고는, 해인이 삐질 것 같자 미끼를 내미는 야호였다. 그리고 해인은 그것엔 생선 앞의 고양이처럼 될 수밖에 없었다.

"강의 얘기예요?"

"그래. 이 정돈 그 녀석에게 조심하라고 알려줘도 될 거다."

"뭔데요?"

"불이나, 물은 아니야. 화재나 익사는 아니라는 거지. 병마도 아닐 테고, 건강한 젊은 남자가 그럴 확률은 낮잖냐. 그럼 녀석이 조심해야 할 후보는……."

"교통사고?"

불현듯 생각나는 게 그것이었다. 자신이 당한 것과 같은 것. 가장 흔하게 일어나는 두려운 일 중 하나.

"장담은 못 하지만 가장 확률이 높을 테지. 그게 요즘 사신들이 애용하는 방법 같더라고."

"그치만, 그런 건 너무하는 거 아니에요? 사고 낸 사람은 무슨 죄예요?"

"뭐, 너야 어차피 기억을 잃을 거니까 알려주는 거다만…… 죽고 죽이는 것도 다 운명이 얽힌 결과야."

"죽이는 것도 운명이라고요?"

"그래. 전생에 강시율이 죽였던 인간이, 이번 생에 강시율을 죽일 거다."

감당 못 할 이야기들이 너무 많아, 어지러워졌다. 이 몸으로 생활하게 된 뒤로 인간들의 영역이 아닌 이야기를 너무 많이 들었더니 더 이상 자신이 평범한 사람이 아닌 것 같은 기분이 들었다. 해인은 눈앞이 깜깜해지는 걸 애써 정신을 붙잡았다. 슬퍼만 하기에는 그의 목숨이 달려 있었으니까.

"그럼 너무 많잖아요……! 강은…… 전생에 사람을 많이 죽였다고 했잖아요?"

"그래. 그러니 불리하지. 그래서 단명할 운명이라고 했잖냐. 녀석을 죽이고 싶어 하는 영혼이 아직도 이 세상에 있어. 원한을 풀고 싶어 하지."

"……."

"자신을 죽인 걸 운명으로 이해하고 받아들이는 영혼도 있겠지만, 억울함에 그걸 한으로 삼은 영혼도 있다. 죽이기 위해 태어날 수도 있지. 그게 악연이야. 죗값을 치른다는 말은 괜히 있는 게 아니야."

그가 얼마나 많은 사람을 죽였는지 알 길이 없으니, 이것 또한 공포였다. 죗값을 치른다는 말은 그저 잔인하게 들렸다. 그가 얼마나 많은 단명을 거듭했는지도 상상이 가지 않으니, 두렵고, 끔찍했다. 이제 와서 그에게 말할 수도 없었다.

당신에게 곧 죽을 위기가 찾아올 텐데, 그건 전생의 죗값이라고. 기억도 나지 않을 테지만, 아주 오래전에 당신이 아주 많은 사람을 죽여서…… 당신도 죽어야 한다고.

"……누군데요, 그게? 누가 강을 죽여요?"

"나도 모르지, 그거야. 어느 생에 어느 영혼이, 어디에서 만나 어떻게 복수할지는. 그리고 영혼이 품은 원한이다 보니, 자의라기보다는 우연히 일어나는 경우가 많을 거다. 개입하되, 직접 죽이는 게 아닐 수도 있어. 예상과 달리 교통사고가 아닐 수도 있고."

"알려줘요, 야호 님! 내가 어떻게 해야 해요?"

"일단 지켜봐야겠지. 사고가 일어날지도 모르니까."

그런 답을 바라는 게 아닌데……. 사색을 하고 있던 해인은 벤치에서 벌떡 일어났다. 좋은 생각인지는 모르겠지만 자신이 할 수 있는 일이 하나 떠올랐다. 제가 그를 구할 수 있을지도 몰랐다.

"맞아, 나 순간이동을 할 수 있어요! 그걸 연습하면 만약의 때에 도움이……."

"뭐어? 너 미쳤냐."

"왜요? 그러라고 알려준 거 아니에요?"

"순간이동은 쓰면 안 돼. 너무 위험해. 내가 알려준 건 그런 뜻이 아니었다. 널 희생해서 구하라는 게 아니야. 절대 아니야."

"그럼요?"

"너 잊고 있는 것 같은데, 녀석을 위기로 인도하는 건 죽음의 운명과 그것들을 이행하는 사신이야. 모달과 같은 녀석들! 너와 같은 사신탈을 쓴 자들."

노상 태평하고 한량 같던 야호의 얼굴에서 처음으로 웃음기가 깡그리 사라졌다. 야호가 심각하게 구는 이유를 해인은 도저히 짐작할 수 없었다.

"……그런데요?"

"하이고…… 이래서 인간들은…… 답답해라. 잘 들어라. 네가 만약 사신탈의 힘을 써서 녀석을 죽음의 위기에서 구하면, 너는 되살아날 수 없을 거야."

"어째서요?"

"녀석을 죽이려던 사신이 널 발견할 거다. 힘을 쓰면 들키고 말아!"

사신. 그를 죽이려는 사신. 물론 죽음의 곁에는 당연히 사신이 있을 테지만…….

"명심해라. 그랬다간 모든 게 끝난다. 모달 녀석이 그간 해온 노력도, 네가 되살아날 기회도…… 모든 게 물거품이 돼. 감히 사신탈을 쓰고 있는 인간을 발견하면 어느 사신이 눈감아줄 것 같으냐? 그건 중죄야. 너도 모달도, 엄라의 앞으로 붙잡혀 갈 기다."

텅텅, 귓가가 울리고 세상이 무겁게 느껴졌다. 서 있는 것도 벅차졌다. 확실히 모달이 그런 이야기를 했었다. 다른 사신을 조심하라고 했다. 누누이 강조했다. 얌전히 지내라고. 걱정되는지 일부러 시간을 내 잘 있나 보러 오고는 했고. 그래도 불안한지 주술을 덧대 걸었고. 야호를 보내서, 저를 감시했다.

"이미 한 번 실수를 덮으려고 했던 모달은 소멸될 것이고, 너는……."

되살아날 수 없겠지.

이대로 세상에서 사라지겠지. 사고가 났던 그날에, 죽은 게 되겠지. 말하지 않아도 알 수 있었다. 그 공허한 울림은 말이다.

"사신탈이란 본래 인간들 사이에 숨기 위해서 만들어진 것. 그 안에 가만히 있으면 사신들도 널 알아볼 재간은 없다. 다만, 힘을 쓸 때만은 낌새를 눈치챌 거다. 변신하는 순간이나, 순간이동 하는 찰나에는……."

"……들키겠군요."

"특히나 너처럼 평범한 영혼이 제대로 기를 갈무리할 리도 없지. 너 기운을 쓰는 법 모르지?"

"그게 어떤 건데요?"

이 몸은 여러 가지 기를 이용해 움직였다. 달의 음기나, 시율이 주는 양기를 충전해서 그 힘으로 사람의 모습을 유지했다. 하지만 그건 숨 쉬는 것과 같은 일이라 '쓰는 법'과는 다른 것 같았다. 해인이 멍청하게 되묻자 야호가 면전에 대고 한숨을 푹푹 내쉬었다.

"내 참, 너 순간이동 해봤다고 했지? 그때 기운을 얼마나 썼냐."

"……딱 한 번 해봤어요. 그런데 사람으로 서너 시간 있을 만큼의 기운이 사라졌어요. 그렇게 멀리 움직이지도 않았는데."

"그게 바로 기운을 '못 쓰는' 거다. 보통은 그렇게 많이 안 쓸걸? 네가 힘을 조절할 수 없으니 기운을 낭비한 거지. 네가 그런 식으로 흘린 기운들을 사신들이 감지하면…… 모든 게 끝이다."

순간 야호의 얼굴이 깜짝 놀랄 만큼 가까워졌다. 바짝 힘을 준 미간이 겁을 주는 어미 짐승의 것 같았다.

"네가 힘을 쓰는 건 '나 여기 있소, 잡아가시오.' 하는 것밖에 되지 않아.

너희 표현으로 자살행위라는 거지."

"나를, 사신으로 알 수도 있잖아요……? 사신탈을 쓰고 있으니까요. 그런 척하면……."

"쯔쯧. 세상천지에 인간을 살리려고 드는 사신이 어디에 있겠냐."

바보같이 태평하다고 생각했던 야호가 저를 그런 눈으로 보자 해인은 기분이 이상해졌다. 누가 누구를 바보 취급 하는 건지……. 물론 이쪽 방면의 지식은 야호가 월등하니 입 다물 수밖에 없었다.

"명심해라. 무턱대고 힘을 쓰다간 무슨 사달이 날지 몰라. 특히나 순간이동 같은 건 기를 흘리고 다니는 행위니까, 절대로 쓰지 마라. 앞으로는."

"……으음."

"연습 같은 거 하다가는 너부터 죽어. 아니, 살아날 수 없어."

아무리 그렇게 겁을 줘도, 선뜻 대답할 수 없었다. 해인은 다만 바짝 말라오는 목을 축였다.

"대답해라."

"모르겠어요……."

"이 멍청이가."

"그, 그치만! 꼭 내가 힘을 써야 하는 위기가 아닐 수도 있잖아요? 그렇잖아요?"

"……."

"어떤 사고일지 모르는 거잖아요! 아주 가벼운 사고일 수도…… 있는 거니까……."

야호는 대답해주지 않았다. 지그시 해인을 바라보다가 혀를 내두를 뿐이었다. 왜 평소처럼 귀를 후비적거리며 대수롭지 않은 일처럼 대답해주지 않는 걸까. 불안은 멋대로 무럭무럭 자라났다. 그러다가 너무 커져서, 목을 조여오고 있었다. 혼자 감당하기에는 이 모든 게 너무나 벅찼다.

하지만 제가 정신을 차리지 않으면…… 죽는 건 시율이라. 해인은 어떻하든 생각을 해야만 했다. 간절한 눈으로 야호에게 매달리는 수밖에 없었다.

"……오늘 같은 보름달을 특히나 조심해라."

야호는 괜찮을 거라는 말은 해주지 않았다. 대신 조용히 하늘을 가리켰다.

"보름달……?"

"보름달이 뜨는 날은 사신들의 힘이 가장 강력해지는 날이거든. 사신탈은 요괴의 몸을 비롯해서 만들었기 때문에 음기에 최적화되어 있지. 아, 그건 알겠지?"

"알아요. 그런데 그게 왜요?"

"사신들이 가장 죽이기 힘든 건 건강한 젊은 남자거든. 그래서 주로 보름달이 뜰 때를 노릴 거야. 힘이 팽배할 때. 단명이란, 억지로 죽인다는 말과도 같아. 더 살 수도 있는 영혼의 수명을 토막 내는 거니까."

언뜻, 그건 감옥에 들어가는 것과 비슷한 말로 들렸다. 죗값을 치른다는 기준을 두고 본다면 같은 걸지도 모르겠다. 세상은 해인이 몰랐던 잔인한 이야기투성이였고, 그것들은 하나같이 자비롭지 않았다.

"누릴 수 있는 삶을 강제로 박탈시키는 거야. 그러니 영혼은 당연히 반발한다. 살려고 힘을 품어. 그럼 사신은 죽이기 위해 더 강한 살기를 써야 하지. 보름달이 뜨는 날만큼 사신이 칼을 들기 좋은 날도 없다."

아직은 낮이라 보름달이 어슴푸레하게 그림자처럼 보일 뿐이었다. 평소 더없이 아름답다고만 생각했던 달이, 이 순간에는 그를 죽이려는 처참한 칼날처럼 보였다. 하늘은 너무 넓었고, 그 안 어디에 다른 사신이 있을지도 알 수 없었다.

지금 하늘을 올려다보는 기분이 평소와는 너무도 달랐다. 누군가 그의 죗값을 물으러 올 거라고 생각하자 저 하늘마저 적으로 보여서…….

"내가 가르쳐 줄 수 있는 게 있다면 가르쳐 주마. 실질적으로 큰 보탬은 못 될 테지만."

"……야호 님. 혹시, 보름달을 두 번 보고 가겠다고 했던 건…… 강 때문이었어요?"

"본래는 네 얼굴만 보고 가려고 했다만…… 네가 하고 있는 짓이 너무 가여워서 이러고 있는 건지도 몰라."

"……."

"해줄 것도 달리 없지만."

이 두려운 순간에, 적어도 제 편으로 야호 하나는 있어서 다행이었다. 아니, 적은 아니라는 것만으로도 큰 위안이 됐다. 해인이 너무 반짝반짝한 눈으로 저를 바라봐서일까. 부담스러운지 야호가 시선을 피하며 말을 덧붙였다.

"강조하지만 난 중립을 지켜야 하거든. 원망은 마라."

"아니에요. 원망이라니, 당치도 않아요."

"……인간들이란 해줄수록 양양이라……."

"충분히 고마워요. 정말이에요! 야호 님이 없었다면…… 저, 지금 너무 무서워서 제정신이 아닐지도 몰라요."

해인은 무서운 일에는 쥐약이었다. 하물며 가짜라는 걸 알면서도 공포 영화조차 보지 못했다. 대낮이어도, 누가 같이 봐줘도 절대 불가능한 수준이었다. 그런데 지금 그와 견줄 수 없을 만큼 두려운 사실과 마주치고도 똑바로 정신을 차리고 있는 건, 힘닿는 한 도와주려는 야호와…… 시율 때문이었다.

그럴 수밖에 없었다. 대가 없이 그를 위해 움직일 수 있는 건 자신뿐이었으니까.

죽어라, 기운을 내는 수밖에 없었다.

"……괜히 알려줬어."

"빨리 말해봐요!"

"그냥 경고만 해주려던 건데, 내가 어쩌다 코를 꿰이었지……?"

"투덜투덜, 남자가 시끄럽긴. 사신을 피하는 방법 없냐니까요?"

"가르쳐준다고 하는 게 아니었는데……."

놀이터의 장난감 말 위에 올라탄 야호는 해인이 들려준 멜론바를 먹으며 마지못해 질문에 대꾸는 해주고 있었지만, 그리 건질 건 없었다.

"사신들 속이기란 쉽지 않아. 인간들은 항상 그 방법에 목매지만 성공한 사례도 적고."

"그건 있긴 있다는 거잖아요? 어떻게 하는 건데요?"

"뭐…… 사신들은 들어갈 수 없는 영험한 절에서 동자승으로 유년시절을 보낸다든가, 어릴 때 여장을 시켜서 다른 집에 맡겨 기른다든가."

"강은 이미 어른인데요?"

"그러니까, 다 커버리면 숨기가 힘들어. 눈속임은 어릴 때나 되는 거니까."

해인은 할 수만 있다면 전부 받아 적을 태세였다. 주술 때문에 오로지 머리로 외워야만 했지만 말이다.

"저기, 그럼 제가 기를 사용하는 방법을 배우면요?"

"네가?"

"기를 못 써서 더 위험한 거라고 했잖아요. 그러니까……."

"기를 다스리고 갈무리하는 건, 결코 하루아침에 할 수 있는 게 아니야. 적어도 몇십 년의 수련이 필요하지. 기를 느끼는 데만 최소 일이 년이 필요하고."

"그래요……?"

질문마다 시무룩해지길 반복하는 해인이었고, 야호는 그 집요한 정성에는 박수를 쳐주고 싶었다. 끝없이 뭔가 생각해내는 집념은 감탄할 만했으니까.

"인석아, 누누이 말했잖냐. 내가 할 수 있는 것도, 네가 할 수 있는 일도 거의 없을 거라고."

"……있긴 있는 거니까, 힘낼 거예요."

"힘낸다고 사신이……."

"야호 님이 그랬잖아요? 고비를 넘기면 살 수도 있다고."

솔직히 말하자면 야호는 해인이 이렇게 집요하게 굴지 몰랐다. 처음엔, 당장 제 몸으로 돌아갈 수도 있는데 그걸 거부하고 여기에 남겠다는 이유가 누구 때문인지 너무 뻔해서 보기 가여웠다. 명이 얼마 남지 않은 남자를 사랑하는 게 어떻게 가엽지 않을까.

심지어 그와의 기억을 잃고 싶어 하지 않는 모습을 보면서는…… 그가 저를 찾아오기를 바라는 덧없는 희망을 보면서는 절로 고개를 내두를 수밖에 없었다. 인간들은 미련했다. 나중이 있을 것으로 생각했다. 지금 당장 하지 않으면 안 되는 일이 있다는 걸 잘 알지 못했다. 그래서였다. 남은 시간을 알려준 건, 해인이 애꿎은 희망을 버리고 지금 남은 그와의 시간에 충실하기를 바라서였다.

"……넌, 네 몸으로 돌아가는 일부터 생각하는 게 낫지 않겠냐."

"아뇨. 지금은 강이 가장 중요해요."

"무슨 뜻이냐."

"만약 아무런 대책도 나오지 않는다면…… 난 돌아가지 않을 거예요."

영혼까지 꿰뚫어 보는 야호의 눈에는, 대부분의 인간의 운명이 보였다. 어떤 성격을 가지고 어떤 생각을 하며 남은 삶이 어떨지까지 전부. 하지만 드물게도 해인은, 잘 보이지 않았다. 겨우 그 영혼의 본질만 엿볼 수 있었다. 해인이 사신탈을 쓰고 있기 때문이었다. 위장이 용이한 걸 뒤집어쓰고 있는 것도 점을 치는 데 거슬리는데, 심지어 제 본래의 몸이 아니다 보니 모든 걸 볼 수는 없었다.

만약 이렇게 고집 있는 성격인 줄 알았더라면 시율의 운명에 대해 알려주지 않았을지도 모르겠다.

"거참, 너 말이다……."

"……앗, 강이다!"

한 소리 하려던 야호는, 해인이 쪼르르 달려가 버려서 말할 곳을 잃어야 했다. 분명 코는 제가 더 좋을 텐데, 시율의 기척을 먼저 느낀 건 해인이었다. 이게 바로 인간들의 무서운 점이었다. 낯간지럽게 표현하면 사랑의 힘이라고 해야 하나.

"너, 왜 또 나왔어?"

"오늘은 좀 따듯했잖아."

"그래도 겨울은 겨울……."

"여어!"

"……쳇."

시율은 뒤늦게야 야호를 발견한 모양이었다. 야호가 가볍게 고갯짓을 하며 알은체를 하자, 대놓고 혀를 찼다. 저런 건방진 인간이 어디가 좋은 걸까.

야호는 진심으로 그 점이 의문스러웠다. 해인과 시율은 본질부터가 꽤나 다른 영혼을 가지고 있었다. 시율은 어느 쪽이냐면, 살짝 사악한 쪽이었다. 그런데도 악귀가 들러붙지 않을 만큼 강한 기를 가지고 있었다.

화려한 전생의 내력을 보면 당연한 일이었지만.

"강! 그러지 마."

반면 해인은, 누가 봐도 순도 높은 선한 기운의 소유자로…… 속된 말로 맛있어 보이는 영혼이었다. 저 몸 밖으로 빼낸다면 잡아먹겠다고 들러붙을 악귀가 한둘이 아닐 것 같았다. 저 둘의 영혼을 날로 붙여놓는다면, 이론만 보면 명명백백하게 해인 쪽이 잡아먹힐 터였다. 기의 세기부터가 달랐으니까.

그런 둘이 어울리냐 아니냐를 묻는다면, 당연히 아닌 쪽이었다.

그런데도 궁합이 좋아 보이는 건 왜일까.

강시율의 영혼이 해인의 영혼에 집착한다는 건 분명했다. 그런데 그게 잡아먹고 싶어서라기보다는, 다른 것들로부터 지키고 싶어 하는 거로 보이는 이유는…… 뭘까. 그건 성향에 어긋나는 일이었다. 육식동물이 초식동물을 새끼로 여기고 기르는 것만큼이나 이상한 광경이었다.

해인의 전생까지 보인다면 그 이유를 알 수 있을 텐데.

"야호 님! 얼른 와요!"

"……흥."

"맛있는 거 해준대요! 빨리 와요."

짙은 금색 눈동자를 번뜩이며, 야호는 둘의 뒤를 따랐다. 둘이 서로를 위해 어디까지 할지가 궁금해졌다.

옥상정원에는 아담한 정자가 하나 있었는데, 가끔 주민들이 고기를 구워 먹기도 하는 곳이었다. 해인도 이곳을 애용했다. 여름엔 너도나도 소풍 나오듯 차지해서 자리가 거의 없었지만 겨울은 워낙 춥다 보니 한적했다. 지금만 해도 시율과 해인, 야호 셋뿐이었다.

본래는 해가 지는 걸 보며 한가롭게 저녁을 먹을 예정이었는데 어느새 밤이 되어버린 건 야호가 이것도 해달라, 저것도 해달라 귀찮게 굴어서였다.

"우리 이거 다 먹을 수는 있는 걸까?"

결국 만들어진 양은 심히 걱정스러울 정도였다. 잡채에 김치전, 파전, 닭볶음탕과 오삼불고기 등등. 심히 한국인스러운 입맛을 가진 호랑이 덕에 셋이 먹기엔 넘치는 양이 되었다. 손님 대접은 이 정도면 제대로 하는 것 같았다. 아무리 달갑지 않은 손님이긴 했지만 말이다.

하지만 야호는 제가 받은 이 융숭한 대접이 그리 마음에 안 드는 모양이었다.

"양이 좀 적은걸. 그나저나 막걸리는 없는 거냐. 인간들이 센스가 없구나, 센스가."

"야호 님…… 이거 거의 10인분……."

어째 바라는 메뉴들이 하나같이 술안주 같다 했더니 자리를 잡자마자 술부터 찾는 야호였다. 시율이 이를 갈 만한 이유는 차고 넘쳤다.

"이 호랑이, 배 터지게 먹고 죽었으면."

"하하! 좋은 태도야. 그래야 오래 살지."

"뭐라는 거야."

어쩌면 저렇게 싸늘한 눈일까. 심지어 약간의 혐오까지 담겨 있었다. 야호를 대하는 시율은 유난히 가시가 뾰족하게 돋아 있었고 확실히 그는 타인에게 대체로 그런 남자였다. 해인은 이제야 그게 그의 살아남는 방법일지도 모르겠다는 생각이 들었다. 단명을 거듭하다 보면 성격이 좀 꼬이는 건 어쩔 수 없으리라. 타인에게 예민한 건 자신을 지키기 위해서일지도.

"아무튼 이렇게 술상도 차려줬겠다."

"밥상인데."

"친해지자는 뜻으로……."

"설마……."

해인은 야호가 옆구리에 손을 가져갈 때부터 불안했다. 기어코 거기서 도자기로 된 커다란 옥색 술병을 쑥, 하니 말도 안 되는 방법으로 꺼냈을 때는 할 말을 잃었고 말이다. 이 호랑이, 정체를 말하면 안 된다면서 기술을 너무 남발하고 있었다.

"……방금 그거 어디서."

시율이 놀라는 것도 당연했다. 해인도 그런 기술은 안 쓰니까. 아공간 어쩌고라니!

"마술이야, 마술."

"말도 안 돼…… 거짓말 못 한다면서요!"

"그렇게 틀린 말은 아니잖아? 맞잖냐, 마술."

해인까지 놀라게 해놓고는 뻔뻔하게 어깨를 으쓱여 보이는 야호였다. 마술이라니. 겨우 그런 거로 속일 수 있을 것 같지는 않았지만, 시율은 따지지 않도록 잘 조련된 남자였다. 그는 해인을 힐끔 보는 거로 제가 본 해괴한 장면을 수긍해버린 듯했다. 기상천외한 일들에 익숙해진 시율이 불쌍해졌다.

"내가 아주 아끼는 술이지. 평양의 벽향주(碧香酒)라고 해. 요즘도 있는지는 모르겠는데."

"술은 안 좋아해서."

"자, 한 잔 받아."

"……이봐, 방금 싫다고 했잖아."

시율의 이마에 힘줄이 튀어나온 거로 보이는 건 착각이리라. 하지만 '정말 싫다, 이 호랑이.'라고 얼굴에 써 붙인 건 분명했다.

"가, 강?"

"……술 생각 없어."

"좀 놀아줘."

"잔도 없고."

말이 떨어지기 무섭게 야호는 제 옆구리에서 잔을 꺼내 보였다. 잔은 두 개였다. 옥색 도자기로 된 것으로 보아 술병과 한 쌍인 것 같았다. 그리고 그런 건 아무래도 좋으니 마술은 그만 보여줬으면 좋겠다. 해인이 쩔쩔매는 만큼 시율의 심기가 언짢아지는 것도 당연했다. 억지로 술을 권하는 건 그를 자극하기 좋을 뿐이었으니까.

"안 먹어."

"내기를 하자, 그럼."

"안 먹는다니까?"

"나랑 대작을 해서 이기면, 좋은 걸 가르쳐 주지."

"하, 누가 그런 바보 같은 짓……."

"나는, 이 아이의 이름을 걸지."

……저요? 해인은 야호가 손끝으로 저를 가리키고 있다는 데 잠시 당황했다가, 그랬다가, 놀라 시율을 올려다봤다.

"……할게."

시율은 어느새 쳐다보지도 않고 있던 술잔을 들고 있었다. 조금 멍한 채로 해인은 야호의 주량이 어느 정도인지 가늠해봤다. 오래 산 호랑이니, 엄청 강할 거라는 것만 겨우 짐작할 수 있었다.

야호의 술병은 참으로 이상한 술병이었다. 끊임없이 술이 흘러나왔다. 안쪽이 어떻게 되어 있는 건지는 몰라도, 몇십 잔을 따르도록 술은 동나지 않았다. 결국 시율이 쓰러질 때까지도 말이다.

"강……."

처음엔 둘 다 무슨 물이라도 마시는 것처럼 휙휙 잘도 넘기더니 어느 순간부턴가 시율의 낌새가 심상치 않아졌다. 스무 잔을 넘겼을 즈음부터였을까. 균형을 잃거나, 얼굴이 붉어지는 건 아니었지만, 해인은 그가 취하고 있다는 걸 알 수 있었다. 말수가 거의 없어지나 싶더니 표정이 눈에 띄게 심각해졌고, 묵묵히 술잔을 기울이기만 하는 것으로 제가 취했다는 걸 감추고 싶어 했다.

술기운을 소리 없이, 그러나 악착같이 버티는 게 보였다. 하지만 아무리 내색하지 않으려고 해도 인간인 이상에야 한계는 찾아왔다. 시율은 다른 잔과 마찬가지로 가볍게 건배를 하고, 입으로 술을 가져가 들이켜자마자 그대로 고꾸라져 버렸다.

전조도 없이 푹, 하고. 해인의 어깨 위로 말이다.

"내가 이겼군."

힘없이 자신에게로 무거운 몸을 기울이는 시율을 붙잡으며, 해인은 속상함을 참을 수 없었다. 혹시나 하는 희망에 그를 말리지 않은 자신이 원망스러웠다. 이름 같은 거 몰라도 되니까, 무리하지 말라고 한마디라도 할걸.

그깟 이름이 뭐라고 그를 말리지 못한 걸까. 이렇게나 가망 없는 일이라는 걸 알면서.

'하다못해 기권해도 괜찮다고, 이해할 수 있다고, 그렇게라도 이야기해줄 걸.'

얼마든지 더 마실 수 있을 것처럼 건배하고, 결국 기절하듯 쓰러진 그의 모습에는 죄책감마저 느껴졌다. 해인은 그의 머리를 제 무릎에 기대게 하며 뜨거워진 이마 근처를 쓰다듬다, 살그머니 이마 위에 입술을 맞췄다. 피부 아래가 열기로 뜨거웠다.

그는 지금 과한 술기운에 휘말려 거의 의식이 없어 보였다. 열이 오르기 시작한 몸은 독감이라도 걸린 것처럼 뜨겁고 묵직했다. 그의 이마를 하염없이 쓰다듬으며 해인은 적어도 이 열기를 제가 나눠 가질 수 있기를 바랐다.

이 지경이 되도록 참다니, 그가 무식하게 구는 날을 보게 될 줄은 몰랐다.

"술맛 좋고, 바람 좋고. 좋구나, 옥상에서 내려다보는 도시의 경치도. 나름 풍취 있어."

해인은 거의 울 것 같은 낯인데, 야호는 여전히 혼자만 유유자적했다. 건배할 상대가 없어지자 아예 술병을 입으로 가져가 병째로 들이켜며 기지개까지 켜는 모습이 그렇게 얄미워 보였다. 세상엔, 시율도 당할 수 없는 상대가 있었다.

"······너무해요, 야호 님."

"난 기회를 준 것뿐이야."

"대체 주량이 어느 정돈데요? 인간이랑 비할 바가 되기는 해요?"

"글쎄다. 몇 그릇이 아니라 몇 동이로 세기는 하지만······ 나도 한계는 있어."

'동이'면, 항아리를 말하는 거였다. 해인은 시율의 이마를 쓰다듬다 말고 뾰족한 눈으로 야호를 노려봤다.

"그건 결국 이기는 건 불가능했다는 이야기잖아요. 대체 왜 그런 장난을······."

"장난이라니. 난 너희를 돕고 싶어. 그래서 진심으로 내기를 건 거야. 녀석도 진심으로 응했고."

"······이해할 수 없어요."

"쉽게 말해줄까? 이 정도 난이도다, 네 이름을 알려준다는 건."

시율을 이렇게 만든 야호를 원망스레 노려보는 것도, 더는 할 수 없었다. 해인은 힘없이 시율을 내려다봤다. 악몽이라도 꾸고 있는 걸까, 숙취가 괴로운 걸까. 그의 표정이 좋지 않았다. 그의 뺨을 쓰다듬으며 해인은 결국 탓할 곳은 저 자신뿐이라는 생각을 했다.

"야호 님이 말했던 불가능은 이런 거였군요."

"그래, 나와의 불가능에 가까운 내기에서 이기거나, 내게 어떤 은혜라도 입히지 않는 이상, 내가 너희를 돕기란 불가능해."

"……."

"그냥은 끼어들 수 없는 내 사정도 있단 말이지. 내기라도 거는 게 최선이라고."

쉽지 않았다. 신선에게 도움을 받는다는 것은. 그만하니 사신도 야호를 보낸 거겠지만. 아마 야호가 쉽게 도움의 손을 뻗을 수 있는 존재였다면, 저를 보고 오라고 보내지도 않았겠다는 생각이 들었다. 야호는 이런 까다로운 면에서 사신에게 믿을 만한 존재일지도 모르겠다. 야호를 이용하려면 큰 은혜를 입혀서 답례로 도움을 받든가, 그도 아니면 내기에서 이겨야 했는데…… 그 난이도가 정말이지 인정사정없었다.

"정말 돕고 싶으면…… 조금은 쉬운 내기를 걸라고요."

"그래서야 반칙이잖냐."

"그놈의 반칙 때문에 사람 죽겠어요!"

숙취로 죽는 사람이야 없겠지만, 과음으로 기절한 시율의 모습에는 어쩔 수 없이 화가 났다. 해인이 소리친다고 움찔이라도 할 야호는 아니었지만 말이다. 야호는 다만 자신의 어깨를 으쓱여 보일 뿐이었다.

"그 녀석 죽어라 마시던데."

"이름 같은 걸…… 알려준다고 하니까."

"불가능한 내기라는 건 애초에 그 녀석도 알았을 텐데. 그런데도 덤빌지가 솔직히 조금 궁금했거든."

해인은 지그시 입술을 깨물었다. 시율도 이 내기에 거의 승산이 없다는 것쯤은 시작하기도 전에 알았으리라. 승률도 모르고 덤빌 만큼 어수룩한 남자가 아니었으니까. 그래, 얼마나 희박한지는 스스로가 가장 잘 알았으리라.

그런데도 손에 잔을 든 건…….

"적어도, 그 녀석도 네게 간절하다는 건 알겠다."

왜일까. 요즘 들어 해인은 그를 볼수록 눈물이 날 것 같은 기분이 됐다. 자꾸만 그의 뺨을 쓰다듬게 됐다.

감고 있는 그의 얼굴을 들여다보는 시간마저 안타까워졌다.

방까지 시율을 옮겨다 준 건 야호였다. 해인이 시율을 업어 나르는 것도 불가능한 일 중 하나였기 때문이다. 덩치 큰 남자가 하나 더 있다는 건 이럴 땐도움이 됐다. 침대 위에 시율을 눕힌 뒤에야 해인도 겨우 숨을 돌릴 수 있었다.

"휴, 고마워요. 혼자서는 못 옮겼을 텐데."

"그래. 옮겨준 대가는 붕어빵 하나면 된다."

"……누구 때문에 취한 건데요."

"난 속이 하얀 게 좋더라."

원하는 게 확실한 유료 서비스 전문 호랑이였다. 클레임을 걸 수 있다면그리하고 싶을 정도였다. 너무 대놓고 대가를 운운하고 있으니까.

"끄응, 알았어요. 내일 사주면 되죠?"

"좋다."

"일단 오늘 야호 님은 제 방에 가서 자면 돼요. 저기 건너편 방이에요. 이불이라면 깔아줄 테니까……."

"아, 묻는다는 게 깜빡 잊었다만, 모달 녀석이 너에게 건 주술 말이다. 정확히 어떤 건지 알고 있나? 주문을 외웠을 테니 이름을 들었을 텐데."

철천지원수 같은 그 주술의 이름을 어떻게 잊겠는가. 시율의 이마를 찬찬히 쓰다듬고 있던 해인은 그가 완전히 잠들었다는 걸 확인한 뒤에야 대답할수 있었다. 주술은 그런 것이었다.

"그건 왜요? 기억하기로는 금동술이라고 했던 것 같긴 한데…… 말 못 하는 거로 끝나는 게 아니라, 거기에 반하려고 하면 제 목을 조여와요. 이러나날 죽이겠다 싶을 만큼 강력해서…… 너무 싫어요."

"금동술이라, 너 까다로운 녀석에게 걸렸구나. 그건 거의 저주로 치부되는주술인데."

역시 저주였군. 해인은 한층 뚱한 얼굴이 됐다. 야호가 대수롭지 않게 말을 잇기 전까지는 그랬다.

"뭐, 그래도 잠시 약해지게 만들 수야 있겠지만."

"……예? 정말? 어, 어떻게요? 그런 방법이 있어요?"

"있지. 있어."

"세상에…… 야호 님도 조금은 도움이 되긴 하려나 보네요!"

"너 이 녀석, 무례하긴."

해인은 진심으로 놀라고 있었다. 어째서 한 번도 생각해보지 않았던 걸까? 주술을 풀어볼 생각을! 주술만 약하게 해도 뭔가 희망이 보일 것 같았다.

"뭔데요, 그래서!"

"당연하겠지만, 알려주는 데는 대가가 필요해."

역시 공짜는 아닌 모양이었다. 하긴 다른 것도 아니고 무려 주술을 약하게 만드는 방법이었으니까. 해인은 금세 심각해졌다.

"내가 할 수 있는 거면 다 할게요. 뭐가 필요해요? 참고로 나 돈은 별로 없는데……. 혹시 영혼이나 수명 같은 건……?"

"음, 붕어빵 열 개."

어떤 어마어마한 대가를 요구할지 몰라 한껏 긴장한 것이 무색하게도, 야호는 해인의 눈앞에 손가락 열 개를 펼쳐 보였다. 혹시 손가락 하나당 열 개인 걸까? 해인은 조심스레 물었다.

"……백 개?"

"아니, 열 개."

시율을 한 번 업어다 주는 것도 붕어빵 한 개면서, 열 번 업어다 주는 가격밖에 되지 않다니. 대체 이 호랑이의 서비스 단가표는 종잡을 수가 없었다.

"생각보다…… 많이 싸네요. 좋긴 좋지만."

"뭐, 주술을 풀어주는 것도 아니고 잠시 약해지는 방법을 알려주는 거니까. 그리고 이 정돈 다들 아는 거거든."

인간은 보통 모른다는 걸 꼭 말해줄 필요는 없으리라. 인간이 아닌 자들은 대부분 아는 눈치니 말이다.

"무엇보다 방법을 안다고 다들 할 수 있는 것도 아니라서 비법 자체는 별 것 아닌 셈이지."

"뭔진 모르지만 좋아요. 그 비법이라는 거 그래서 어떤 거예요? 붕어빵이라면 내일 당장 사줄게요."

"그럼 내일 말하련다."

"……나쁜 호랑이! 세속에 찌든 호랑이! 도를 닦는다면서 너무 단호한 거 아니에요!"

"기브 앤 테이크지. 난 합당한 대가를 받는 것뿐이야. 누누이 강조하지만 남이 당연히 도와줄 거라는 생각은 버리는 게 좋아. 좋지 않다고. 나쁜 버릇이로다."

이럴 때만 신선처럼 고고하게 구는 야호였다. 그러면서 요구하는 게 무려 붕어빵이라는 건 놀라운 사실이었고 말이다. 이상한 데서 양심적이었다.

늦은 아침, 시율은 미간을 잔뜩 좁힌 채 자신의 침대에서 눈을 떴다. 집으로 돌아온 기억이 없었다. 잠옷으로 갈아입은 기억도 당연히 없었다. 어제 자신이 참담한 패배를 겪었다는 건 되새길 것도 없는 일이었다. 이기면 그게 이상한 일이라는 것쯤은 내기를 시작하기도 전에 알고 있었지만, 그래도 그 이상한 일이 일어나기를 바라는 마음이었다.

'나도 참 바보 같은 짓을 했어.'

지독한 숙취가 그의 머리 한구석을 괴롭히고 있었다. 속이 지독하게도 쓰렸다. 숙취가 오도록 술은 먹기란 거의 처음이었다. 적어도 그건 그가 생각하는 한 더럽게 멍청한 짓 중 하나였으니까. 하지만 다른 것도 아니고 이름을 가르쳐 주겠다고 하니까. 그리고 저는 모르는 이름을 그 호랑이 녀석은 알고 있다고 생각하자 분한 마음이 들었다.

스물두 번째 잔이었나. 거기까지는 센 건 기억이 났다. 더 먹었다간 급성 알

코올중독으로 죽을지도 모르겠다는 생각이 들 때쯤…… 의식이 날아갔다.

완벽하게. 펑, 하고 터지듯.

"강? 일어났구나!"

"……음."

"속은 괜찮아? 머리는 안 아파? 응?"

이제나저제나 그가 일어나길 기다리고 있던 해인은 그가 몸을 일으키는 소리에 냉큼 방으로 뛰어 들어왔다. 침대 위, 그의 곁으로 가까이 올라오며 그의 안색을 살폈다. 시율은 지끈거리는 머리를 붙잡고 방 안을 둘러봤다.

"그 호랑인?"

"거실에서 티브이 보고 있어."

"……꿈이었으면 좋겠는데. 그 녀석이 나타난 것부터가."

"그…… 저기, 어제는 야호 님이 강을 여기까지 옮겨다 줬어!"

시율이 오만 인상을 쓰고 있자 해인은 다급하게 덧붙였다. 이 두 남자는 왜 이렇게 상극인 걸까.

"거참 고맙네."

자꾸 미간을 구기는 거로 보아 숙취가 보통이 아닌 모양이었다. 야호의 말에 의하면, 선인들이 애용하는 그 술병 속에는 작은 연못만큼의 술이 들어간다고 했다. 그리고 어제는 둘이서 그 반을 마셨다고 했다. 물론 야호가 한참 더 많이 마시긴 했지만…… 시율이 먹은 양도 결코 적은 건 아니었다. 오늘이 그가 쉬는 날이라 그나마 천만다행이었다.

해인은 잽싸게 부엌으로 달려가 미리 준비해뒀던 꿀물을 타 왔다. 이전에 제가 숙취에 시달렸을 때 그가 해줬듯이 말이다.

"강, 이거 마셔 봐. 조금은 편해질 거야."

일어나면 타주려고 계속 기다렸다는 걸 그는 알까.

시율은 순순히 해인이 내미는 따뜻한 머그잔을 받아 들었다. 꿀의 비율이 엄청 높아서 한 모금 마시자마자 사레가 걸릴 뻔하기는 했지만 말이다. 혹시 꿀 반 물 반으로 탄 건가 싶을 정도였지만, 정성은 기특했다. 이게 아마 딴 애는 맛보고 좋다고 판단한 당도겠지만.

"맛있네, 고마워."

"다행이다. 나 꿀물은 처음 타봐서……."

말하면서 해인은 슬쩍슬쩍 시율의 눈치를 살폈다.

"뭐 할 말 있어?"

"……있잖아, 강? 야호 님이…… 점을 보는 게 특기인데 말이야."

"……점?"

"강의 점을 봐줬거든?"

"너 그런 거 믿지 말라니까."

시율은 눈앞에 해인이나 야호 같은 존재를 두고도 점이라는 것에 대해서는 상당히 부정적인 편이었다.

"그냥 참고삼아. 재, 재미로 본 건데…… 저기, 당분간 강은 차를 조심해야 한대!"

"차 조심? 그런 말을 누가 못 해. 누가 그런 사이비 말을 들을까 보냐."

정말 심각한 충고인데 시율은 귓등으로도 안 듣는 눈치였다. 꿀물을 비우는 데 전념하는 거로 보아서 지금 들은 이야기를 금방 잊을지도 모르겠다 싶었다.

"아니야. 야호 님은 용하니까 조금 맞을지도 모르는걸? 그, 아! 맞아! 강이 어렸을 때 큰 위기가 있었을 거라고. 그런 것도 얘기했어."

"내가 어렸을 때?"

"혹시 짚이는 거 혹시 없어? 제법 용할 거야. 정말이야!"

용해야 해. 뭐라도 맞혔다는 걸 알려줘야 해. 그래야 충고를 들을 테니까!

해인이 애탄 얼굴로 저를 바라봐서 시율은 마지못해 기억을 더듬어봤다. 다디단 꿀물을 마시고 있자니 속이 달래지고 있었다. 아주 오래전 기억이 하나 떠올랐다. 내심 깊숙이 묻어뒀던 이야기고, 제 입으로 다신 말하고 싶지 않았던 이야기지만 확실히 짚이는 게 한 가지 있긴 했다.

"……위기라. 있긴 있었지만."

"그치? 있었지? 야호 님이 맞혔다니까."

"나 어릴 때 납치된 적이 있거든."

그런 건 줄은 몰랐는데. 해인은 동그란 눈을 한 채로 굳어버렸다. 야호에게 시율이 이번 생에도 이미 두 번의 죽을 고비를 넘겼고, 곧 세 번째가 닥칠 거라는 이야기를 들었을 뿐이었다. 그리고 이 세 번째 고비가 마지막이라 그것만 넘기면 남들만큼 순탄한 생을 살 수 있을 거라고, 그렇게만 들었다.

두 번째 위기는 아마도, 해인이 구해줬던 화재현장 같았다.

"부모님이 재력도 있고, 원한도 많이 사는 분들이다 보니 내가 운 나쁘게 표적이 됐던 것 같아. 하필 형제 중 나였던 건 내가 그쯤에 초등학생이라서였을 거야. 하굣길에 끌려갔었지. 흔한 이야기였어."

"그거…… 하나도 안 흔한데……? 그리고 대체 무슨 원한으로 그런 짓을 해?"

시율이 담담하게 이야기하는 만큼 해인은 울컥 화가 났다. 누가 무슨 잘못을 했든, 그게 정말 살의를 가질 만한 잘못이든 아니든, 그 화살이 아이한테 돌아가서는 안 되는 일이니까.

"아버지가 차린 종합 병원 때문에 인근에 작은 개인 병원들이 줄지어 망했거든. 그때 길거리에 나앉은 개업의 중 하나가 범인이었는데…… 하루아침에 빚쟁이가 됐으니, 반쯤 미치는 것도 무리는 아니었지. 이혼당하고, 사채업자들에게 매일 협박당하고, 그랬다나 봐."

"그래도 강한테 그러면 안 되지!"

"웃긴 건 차라리 납치범은 이해할 수 있겠다는 거야. 난 내 아버지를 이해 못 하겠더라고. 범인은 아버지한테 병원 문을 닫을 걸 요구했어. 자신이 당한 대로 말이야. 그걸 나한테 전화하도록 시켰기 때문에 똑똑히 기억나. 엉엉, 울면서…… 아버지 살려주세요. 이 아저씨가 날 죽인대요. 아버지가 병원을 안

닫으면 날 가만 안 두겠대요. 아버지. 아버지…… 몇 번이나 불렀지."

컵을 만지작거리며 오래전 이야기를 내뱉는 시율은 잠시간 그때로 돌아간 것 같았다. 표정은 그대로였지만 눈이나 목소리가, 공포에 내몰려 숨 막혀 하는 아이의 것이었다.

"어, 어떻게 됐어? 금방 구출된 거지? 그렇지?"

"그러면 죽을 위기로 안 치지."

"……그러면?"

"우리 아버진 결코 호락호락한 인물이 아니었거든. 날 구하려고 하지 않았어. 병원 문을 닫지 않으면 나를 죽인다고 했는데도, 그러면 환자들이 죽는다고 무시했지."

환자들은 다른 병원에 옮길 수도 있었을 텐데. 해인은 자신이 의사가 아니니 잘은 모르지만, 적어도 제 자식이 인질로 잡혀 있다면 그럴 수는 없을 거라고 생각했다. 제가 이성적이지 못해서 그런지는 몰라도 말이다.

"물론 맞는 말이긴 해. 아무렴 환자가 중요하지. 자기 아들이 인질로 잡혀 있는데도 흔들림 없는 대단한 분이야. 그런데 말이지…… 그 대단한 판단력으로 납치범이 제정신이 아니라는 걸 몰랐을 리 없다는 게 나를 놀랍게 할 뿐이야. 그 미친놈 악에 받쳐서는 정말로 나를 죽이려고 들었거든."

"으으……."

"아버지 병원을 망하게 할 수 없다면 나라도 죽이려고 드는 게 보였어. 그것도 복수일 테니까. 날 어떻게 죽일까 고민하다가 칼이나 그런 건 못 쓰겠는지…… 땅을 파기 시작하더라고. 얼마나 파 들어갔으려나…… 자력으로 도망쳤지. 아버지가 날 구할 것 같지 않으니 내 발로 뛰어야지, 어쩌겠어? 생매장당할 순 없잖아."

문득, 해인은 시율이 제 가족과 사이가 별로 안 좋다는 걸 되새겼다. 특히나 부모님과 말이다.

"운이 좋았는지, 간신히 살았고 범인도 붙잡혔지. 벌써 20년도 더 된 이야기지만. 너, 왜 네가 울 것 같은 얼굴이야? 이미 다 지난 얘긴데."

"강이, 안 괜찮았을 것 같아서……. 무서웠을 것 같아서……."

다 큰 어른인 제가 짐작하기로도 이렇게 무서운데. 어린 그라고 제정신이었을까.

"당연히 한동안 심각했어. 대인 공포증에 시달렸고, 밤이면 잠들지 못했지. 사람들 몰래 정신과 상담도 받아야 했고. 트라우마가 남으면 안 되니까…… 하지만 여전히 난 사람을 별로 좋아하지 못해."

그는 무서운 이야기일수록 대수롭지 않게 말하는 버릇이 있었다. 그건 아마도 두려운 마음을 숨기려는 위장일지도 모른다.

"그걸 숨기려고 더 못되게 구는 건지도 몰라."

"강."

몸에 가시를 두르고, 말에 칼을 심는 건 그가 살기 위한 방법이었다. 자신이 고통당하지 않기 위해서. 그의 전생이 지금의 그를 괴롭히는 것만 같았다. 해인은 무릎을 일으켜 그의 목을 끌어안았다.

그는 잠시간 말이 없다가, 느리게 해인의 허리를 붙잡았다.

"그러고 보니 이 얘기, 가족 말고는 너한테 처음 하는 거야."

"……응."

"누구한테도 말한 적 없어."

이 순간, 그가 저를 끌어안게 해줘서 얼마나 고마운지 말하고 싶었다. 그가 저에게만은 가시를 세우지 않고, 날을 보이지 않아서 그것만으로 제가 사는 이 시간이 의미 있다고. 해인은 그의 뺨을 만졌다. 손바닥에 따스한 온기를 느끼며 점점 그의 입술에 가까이 다가갔다.

"나 다 들었는데."

"……"

"애들아, 밥은 안 주냐?"

야호가 문가에 빼꼼, 고개를 내밀지 않았다면 멈추지 않았을 텐데.

해인은 어쩐지 지금 이 순간 시율이 언젠가 야호를 죽이겠다는 다짐을 하는 것 같다고 생각했다.

시율은 요 며칠간 제가 수의사가 아니라 사실 요리사였던가, 하는 회의감에 젖어 있었다. 야호가 나타난 이래 야호의 전속 요리사가 되어버린 탓이었다. 모처럼의 휴일이건만 그는 자신이 만들 수 있는 온갖 종류의 케이크를 구워야 했다. 덩치가 산만 한 육식동물을 위해서 말이다. 제철인 딸기가 듬뿍 들어간 치즈 케이크부터, 커다란 퐁당 쇼콜라, 녹차 롤 케이크, 사과 타르트, 바나나 초콜릿 무스. 야호가 소비한 며칠 치 식량이 저와 해인의 몇 주 치에 해당한다는 사실에도 새삼 화가 치밀고 있었다. 이 식객은 염치가 없어도 너무 없었다.

"난 이 검은 게 제일 맛있다. 코코아 맛도 나고 말이지. 이거 이름이 뭐냐?"

"그건 퐁당 쇼콜라예요."

"이 노란 건?"

"치즈 케이크인데, 차갑게 만들어 먹어도 맛있어요."

"이것들 내가 다 먹어도 되는 거냐."

야호는 케이크 한 조각을 두 입 만에 먹는 엄청난 식성을 자랑했고, 해인은 그 마수에서 겨우 타르트 한 조각을 사수할 수 있었다. 혹시나 그것도 뺏길세라 열심히 포크질을 해야 했다.

"우물우물, 그러고 보니 어제 말하다 만 주술 약하게 하는 법 말인데."

"풉."

"왜 그러냐?"

"……강도 같이 있는데, 그런 걸 말해도 돼요?"

"그거 말해달라고 뇌물 먹인 거 아니었냐? 그리고 네가 주술에 걸려 있다는 것쯤은 보면 누구나 아는 거잖냐."

그런 거라도 말해줄 수 있으면 좀 진작 해달란 말이지. 해인은 제가 본래 사람이라는 것만큼 확실한 정보는 아니었지만, 이거라도 어딘가 싶었다. 시율은 제게로 둘의 시선이 쏠리자 일단 고개를 끄덕였다. 그간 공부해온 온갖 비과학적인 정보들이 빛을 발하는 순간이었다.

"짐작은 했지. 당연히 뭔가 있을 거라고는."

"우물우물, 이 녀석. 주술에 걸렸어."

어차피 손으로 집어 먹으니 쓰지도 않는 포크로 해인을 가리키며, 이 녀석 감기 걸렸어, 하듯이 쉽게 말하는 야호였다.

"그거 새삼 확신시켜줘서 고맙다고 해야 하는 건가."

"뭐, 대단한 것도 아닌데. 그래도 고마우면 이거나 더 만들어 오든가."

"사 온 재료도 전부 써버려서 오늘은 무리야. 내일 해주지."

"그래? 아무튼, 그 주술을 약하게 만드는 법을 가르쳐 주려던 차거든."

그런 중요한 이야기를 생크림 묻은 손가락을 쪽쪽, 빨면서 말해도 되는 건지 모르겠지만 해인은 아무튼 야호의 이야기에 귀를 기울였다. 시율도 그간 해인에 대해 이런 이야기를 해주는 존재를 만난 적이 없어서, 이제야 야호의 존재가 어떤 도움이 될 수 있는지 겨우 실감하는 것 같았다.

"잠깐, 궁금한 게 있는데 그 주술, 동양적인 거야, 서양적인 거야?"

"그런 구별은 사실 무의미하지만 주체가 동양적인 존재니까, 동양적인 거겠지."

"구체적으로 어떤 건지……."

"그렇게 세세한 건 말할 수 없어. 애당초 저 녀석이 걸린 게 그런 주술이니까. 말해줄 수 있는 건 지금 주술에 걸렸다, 거기까지야."

"난해하게도 지껄이는구나."

"뭐라고?"

"자, 이것도 마저 먹어."

"아이코, 고맙습니다."

시율은 해인이 하는 걸 보고 야호의 조련법이라면 대충 눈치챘고, 제 몫으로 무릎 위에 놔뒀던 케이크 두 조각을 미련 없이 야호에게 넘겨줬다.

"그래서 그 주술…… 이란 게 뭔지는 모르겠지만, 그걸 약하게 하면 어떻게 되는 건데?"

"글쎄다? 잘하면 너한테 자기 본체가 뭔지 정도는 말할 수 있게 되지 않을까."

"본체? 본체면…… 정체 같은 거였나?"

"그렇지."

시율은 가만히 제 턱 끝을 긁적였다. 사람이 아닌 것과, 사람의 일이 아닌 대화를 하고 있으려니 기분이 참으로 이상했다. 그래도 얻을 수 있는 건 얻어야 했다. 그건 이 문제를 제 머리로 이해할 수 있느냐 아니냐와는 별개의 문제였다. 그는 스무고개도 아닌데 생각나는 것들을 하나씩 내뱉었다.

"구미호."

"아냐."

"마녀?"

"땡. 그만둬라. 어차피 이건 내가 말해줄 수 있는 게 아니니까. 그보다 지금 중요한 건 초승달이 뜨는 날이야."

초승달. 보름달과는 반대인 것. 달이 가장 작아지는 날. 해인은 받아 적을 기세로 눈을 반짝였다. 주술을 약하게만 할 수 있어도 시율에게 무언가 말할 수 있는 게 생기리라. 야호의 말처럼, 자신의 정체를 말할 수 있게만 되어도 더 바랄 건 없었다. 물론 그 이전에 시율의 위기가 무사히 지나가야겠지만 말이다.

"여러 날이 있지만 가장 대표적인 건 달로써 기준을 잡지. 그리고 너에게 주술을 건 존재가 가장 약해지는 날. 주술도 가장 약해진다. 그건 아주 기본적인 법칙이야."

"……보름달과는 반대인 거군요."

사신의 힘은, 보름달이 뜰 때 가장 강력하고, 초승달일 때 가장 약해진다.

절대적인 기준은 아니지만 분명 영향을 끼치는 기준이었다.

"맞다. 초승달이 뜨는 날 강한 힘을 가진 신의 그늘로 숨어들어라. 너처럼 스스로에게 능력이 없는 경우는 그게 최선이니까."

"신의 그늘? 그건 또 무슨 뜻이에요?"

"영험하다고 소문난 절이나, 교회를 찾아가. 성당도 상관없지. 인간들의 믿음이 쌓이는 곳이면 돼. 그곳에는 반드시 신이 깃들어."

"……하지만 나, 그런 데 못 들어가요. 일본에 갔었는데 붉은 문을 통과하지 못했어요."

해인은 자신이 거부당했던 순간을 똑똑히 기억했다. 신사의 입구에서 부정한 것으로 취급되어, 신의 영역에 발을 들이지 못했던 그날을 말이다.

"바로 그거야. 그 저항이 널 구해줄 거다."

"아예 들어갈 수도 없는데도요?"

"그러니 억지로 들어가야지. 뚫고 들어가. 그리고 들어간다고 죽진 않아. 다소 괴롭겠지만 말이지."

"그, 그 다소라는 거……."

그날, 겨우 문 앞에 섰을 뿐인데도 피부 끝이 온통 저릿저릿했다. 그런데 그 안에 들어가라니. 야호가 혹시 저를 죽이려는 건가 싶을 정도로 엄두가 나지 않았다. 해인은 파랗게 질린 얼굴이 되어서는 작게 고개를 내저었다.

"그 안에서 네 모든 건 철저하게 억압당할 거다. 네 몸도 영혼도 약해질 거야. 그리고 주술도 함께 약해지지. 무슨 뜻인지 알겠냐?"

"……."

"네가 거부당한다는 건, 네 주술도 함께 거부당한다는 거다. 너와 주술은 한 몸이니까. 네가 약해지는 만큼 주술도 쇠약해져. 그리고 그때를 노리면, 뭔가 할 수 있을지도 모르지."

"그거, 무슨 말인지 알겠어요."

해인은 가까스로 고개를 끄덕였다. 그간 한 번도 주술을 풀어볼 생각은 하지 못했었다. 상상도 해보지 않았던 일인데 야호의 말을 듣고 보니 정말 간단한 일이었다. 저주를 풀려면, 그에 반대되는 것이 필요했다. 이를테면 신의 가호, 축복. 주술에 독이 되는 게 필요했다. 따지자면 해인에게는 이독 제독인 셈이지만.

"참 쉽지?"

"……네, 붕어빵 열 개인 이유를 알겠네요."

"간단하잖아. 누구나 생각할 수 있다고."

"저기, 난 전혀 모르겠는데."

주어가 전부 빠진 대화라서인지, 시율이 가만히 듣고 있다가 느지막이 끼 어들었다. 하지만 지금으로선 구체적인 대답을 해줄 수 없었다. 그러기 위 해선…….

"다 말해줄게, 강! 이 방법이면 말해줄 수 있어! 같이 교회에 가자!"

"……난 네가 힘들어질 거라는 것 말고는 못 알아듣겠는데?"

"그런 건 괜찮으니까, 신경 쓰지 마!"

"너 전에, 산책로에서 그랬던 것처럼 쓰러지는 건……."

"안 죽어, 안 죽어."

야호가 껄껄거리며 거들었다. 야호는 마지막 하나 남은 케이크를 장렬하 게 해치운 참이었다. 그사이 텅 비어버린 테이블 위를 보며 시율은 이거 어 디서부터 태클을 걸어야 하는 건지 알 수가 없었다. 해인은 혼란스러운 눈 이 된 시율의 손을 덥석 붙잡았다.

"강, 부탁이 있어. 나 몰래 나를 교회나 절에 데려가 줘."

"……몰래?"

"혹시나 내가 중간에 아프다고 안 가려고 해도, 그래도 억지로 끌고 가줘. 그러면 된대!"

알아버리면 주술이 방해할 테니까. 될 수 있는 한 자신은 모르는 게 좋았 다. 해인은 거듭 시율에게 당부했다. 그럴수록 어째 그의 표정이 나빠졌지만 말이다.

"싫어."

"강? 왜 그래? 우린 같이……."

"난 그런 거 못 해."

그러고 보니 주술도 주술이지만, 제가 아픈 꼴은 못 보는 이 남자도 문제였다. 그렇다고 해인 혼자 거기에 가서야 주술이 약해져도 아무런 쓸모가 없는데 말이다. 곁에 그가 있어야 주술이 약해진 의미가 있었다. 해인은 극렬하게 거부하는 시율의 옷깃을 붙잡았지만 그는 강경했다.

"강……."

"네 정체 같은 거 몰라도 나는 상관없어!"

"……하지만."

"네가 아픈 건 죽어도 싫어! 그런 위험한 데는 안 데려가!"

시율은 아무래도, 교회나 절이 해인을 아프게 하는 곳이라고 생각하는 듯했다. 물론 그건 사실이었다.

하지만 그곳에 가야만 주술이 약해지는데, 그게 저에게 독이어도 지금은 필요한데. 하지만 그 사실을 그에게 설명할 수는 없고 그걸 설명하려면 그곳으로 가야만 하는 아이러니한 상황의 반복이었다. 해인은 입술을 깨물었다 벌리기를 몇 번이나 반복했다.

답답함에 자신의 목을 쥐어뜯고 싶어만 싶어졌다. 피가 나도록 긁어내려서 말을 할 수 있다면, 몇 번이고 그럴 텐데.

"강…… 이건……."

"절대 안 돼!"

시율은 돌연 이를 갈며 소리치더니, 야호를 무시무시한 눈으로 노려보고는 자신의 방으로 들어가 버렸다. 방문이 박한 소리를 내며 거칠게 닫혀버렸다. 해인은 허무하게 거실에 남아 답을 바라듯 야호를 돌아볼 수밖에 없었다.

순식간에 일어난 일에는 야호도 꽤나 당황한 눈치였다. 좋은 방법을 알려

줬더니, 엉뚱한 쪽에서 반동이 일어났으니 말이다.

"으음, 이건 또 예상하지 못한 반응이네."

"……."

"……붕어빵은 못 돌려줘. 이미 먹었단 말이야."

비법이 쓸모없어져서 저를 노려본다고 생각했는지, 야호가 뒷걸음질을 치며 고개를 내저었다. 하지만 해인은 그런 건 아무래도 좋았다.

"강이…… 화났어요…… 나한테."

다만 왈칵 울먹이는 건, 제가 기어코 시율을 화나게 해서였다. 그것이 못 견디게 속상했다. 잘해본다고 하는데 자꾸만 틀어졌다. 되는 게 하나도 없었다. 아픈 걸 참는 것 말고는 더는 자신이 할 수 있는 것도 없는데. 그건 또 그가 용납하지 않아서…….

"흑!"

자신이 너무 쓸모없게 느껴져서 그걸 견딜 수가 없었다. 시율을 위해서 하려는 일이 시율을 화나게 하면 대체 무슨 소용이 있는 건가 싶어졌다. 해인은 눈가를 손등으로 벅벅 문지르며 눈물을 훔쳤다. 엉망인 얼굴로 히끅거리고 있자니 야호가 예의상 토닥여 주려는지 한 걸음 다가왔다.

"이 녀석아, 울지 말……."

시율의 방문이 벌컥 열렸다.

"너! 울 거면 들어와서 울어!"

"……응?"

"왜 거기서 우냐? 왜?"

야호에게 안겨서 우는 건 죽어도 싫은 시율이었고. 해인은 시율이 문을 열자마자 쪼르르 그의 품으로 달려가 버렸다. 야호 따위는 안중에도 없다는 듯 말이다. 이제 거실에 남겨진 건 야호뿐이었다. 칠백 년 묵은 호랑이는 밀려오는 쓸쓸함에 작게 중얼거려야 했다.

"참 내, 너무 대놓고 찬밥 취급 하는 거 아니야? 아무리 커플이지만……."

짝을 만나고 싶어도 짝이 없는 자의 서러움이라니. 야호는 어디 500년쯤
묵은 암컷 호랑이 없을까, 하는 씁쓸함을 느껴야 했다. 제 짝은 아니라는 걸
알지만 월이 보고 싶었다. 살다가 인간 커플에게 질투를 느끼게 될 줄은 몰
랐다, 진짜.

　그건 야호가 시율의 집에서 식객으로 지낸 지 일주일쯤 지난 어느 날이
었다. 아침부터 점괘가 불길했다. 그건 흔히 안면 있는 자가 죽거나 큰 위기
를 맞으면 나오는 점괘였다. 야호는 태평하게 빨래를 널고 있는 해인을 급
히 불러들였다.
　"뭔데요?"
　"그 녀석, 오늘 언제 돌아오냐?"
　"오늘은 별일 없다고 했으니까, 평소처럼 저녁 7시쯤 돌아올 거예요."
　"……불안한데. 점괘가 나빠."
　"점괘요?"
　야호는 해인의 눈앞에 제 손바닥을 펼쳐 보였다. 그렇지 않아도 아침마다
야호가 손바닥 안에 쥐고 끼릭, 끼릭 만지작거리던 게 뭔지 궁금하던 차였
다. 희고 누런 그것들은, 여러 짐승의 어금니였다. 대체 왜 그런 거로 점을
보는 걸까.
　"물소의 어금니는 눕고, 곰의 어금니는 거꾸로 섰다. 그리고 삵의 어금니
가 여우의 어금니와 붙었다. 늑대의 어금니는 바닥으로 떨어졌어. 그리고
내 어금니는 내 손바닥을 찔렀지."
　"……흉조예요?"
　"수호신은 힘을 잃고 악운이 강해질 거다. 기상은 땅을 쳤고 스스로를 찌
르니, 불길한 일이 일어날 거다."
　점 같은 걸 잘 믿지 않았지만, 야호의 말에는 한없이 불안이 거세졌다. 해
인은 저도 모르게 손끝을 떨며 창밖을 바라봤다.

"하지만 오늘은, 보름달이 아니잖아요? 그냥 흔한 반달인데…… 아니, 거의 초승달이잖아요."

"인석아, 그건 절대적인 기준은 아니라고 했잖냐."

"……나갈래요. 강한테. 가볼래요."

해인은 들고 있던 빨래를 바닥에 우수수 떨어트리고는, 홀린 듯 현관으로 걸어갔다. 하지만 야호는 그대로 가게 두지 않았다. 해인의 손목을 붙잡아 저를 보게 했다. 시율이 얽히면 해인이 얼마나 이성을 잃는지 그간 봐와서, 야호는 해인을 보내는 것이 불안했다.

"한 가지는 약속해라."

"뭘요? 이것 놔요. 빨리 강한테 가봐야……."

"만약 그 녀석이 네 눈앞에서 죽어도, 네 탓은 아니라는 걸 알아야 해. 그건 운명일 뿐이다."

"맙소사, 불길한 소리 하지 말아요. 강은 안 죽어요!"

해인은 제 입으로 소리치면서도 그렇게 불길할 수가 없었다. 마음이 더 조급해졌다. 그런데 야호는 손을 놔주지 않았다. 야호가 위하는 사람은 제 손으로 사람으로 기른 해인이지, 시율이 아니었다. 야호는 시율이 죽는다 해도 그에 슬퍼할 해인을 가여워할 뿐. 수명을 다한 시율은 당연하게 여길 게 분명했다.

"야호 님, 빨리 이 손 놔줘요!"

"꼭 가야겠냐."

"……안 가면요?"

"네가 간다고 변할 건 없다. 차라리 그냥 여기서……."

죽어서 돌아오길 기다리는 건, 죽어도 할 수 없었다. 해인은 고개를 내저었고. 그와 동시에 야호의 손아귀에서 사라져 있었다. 그러곤 겨우 두어 발짝 앞으로 옮겨가 있었다. 제가 힘을 쓰고도 얼떨떨한지 잡혀 있던 제 손을 내려다보다가, 해인은 그대로 현관으로 바삐 뛰어갔다.

야호는 텅 빈 제 손바닥 안에서 타는 듯한 불길함을 느꼈다. 순간이동은 그렇게 쓰지 말라고 했는데. 이걸 쓰면······.

"인석아!"

야호는 불현듯 죽는 게 시율이 아닐 수도 있겠다는 생각이 들었다. 다시 제 손바닥을 내려다봤지만 이미 어금니들은 흩어져 바닥을 구르고 있었다. 그 와중에 오래 가지고 있던 어금니 하나가, 왜인지 깨져 있었다.

삶의 것이었다.

해인은 허겁지겁, 무언가에 쫓기기라도 하는 것처럼 정신없이 아파트 현관을 빠져나왔다. 이렇게 뛰어봐야 병원 근처에는 얼씬도 못 한다는 걸 누구보다 잘 알았다. 하지만, 가만히 있을 수가 없었다. 그런 점괘를 듣고 어떻게 평정을 유지할 수 있을까.

온갖 걱정에 사로잡히면서도 할 수 있는 건, 조금이라도 두려움과 마주서는 것뿐이었다. 일단 시율에게 가까이 가는 것. 정말 그런 일뿐이었다.

"같이 가자니까!"

".......으악!"

"나 원, 네가 그렇게 뛰어간다고 무슨 답이 나오냐. 얌전히 있으라니까 말도 참 안 들어요."

"으, 깜짝이야! 언제 따라왔어요!"

해인이 막 놀이터 앞을 지나는데 야호가 해인의 옆을 가뿐하게 앞질러 갔다. 부지런히 뛰는 사람이 무안할 만큼 야호는 느긋한 자세였다. 기척도 없고 소리도 없었다. 야호는 뒷짐까지 지고 유유자적 걷는 모습이었는데도 어째 해인보다 속도가 훨씬 빨랐다.

"아무렴 내가 너보다 느릴까. 축지법이라고 알기나 하냐. 이 몸은 구름도······. 거, 멈추라니까 그러네."

무슨 늦게 돌아다니는 딸 잡으러 다니는 아빠도 아닌데, 야호는 먼저 가 버리려는 해인의 뒷덜미를 인정사정없이 잡아챘다. 마치 버릇없는 고양이의 목덜미를 잡아 올리듯 말이다.

"모달이 묘하게 널 불안해하는 이유를 알겠다."

"이거 놔요!"

"누가 전생에 고양이 아니랄까 봐, 얌전한 것 같으면서 온갖 사고는 다 치는구나."

야호의 손에 목뒤의 옷깃을 잡힌 해인은 잠시 버둥거렸지만 하나도 소용없었다. 무슨 쇠사슬에 칭칭 감긴 것처럼 단단히 붙잡히고 만 것이다. 어쩔 수 없이 해인이 다시 한 번 순간이동을 하려는데, 그보다 빨리 야호가 엄한 목소리를 냈다.

"가지 말라는 게 아니야. 같이 가자는 거잖냐."

"······거짓말! 야호 님이 도와줄 리 없잖아요! 막으려고 그러는 거죠?"

"아니다. 혼자 보내기 불안해서 그래."

야호는 분명 아군이었지만, 시율의 편은 아니었다. 그러니 해인은 의심의 눈길을 빛내는 수밖에 없었다.

"야호 님은 강이 죽거나 말거나 관심 없잖아요! 순 먹을 것만 찾고!"

"으흠, 관심이 없다기보다는 그게 순리니까······."

"그거나 그거나요!"

"······난 너를 보호할 의지가 있다. 네 어린 몸을 새끼 기르듯 품에 끼고 몇 달간 기른 것도 나이며, 모달에게 널 부탁받은 것도 나야. 넌 더 살아야해. 그런데 넌 마치 그게 부당하다는 것처럼 말하는구나?"

그야 그 걱정과 호의의 반의반이라도 시율에게 나눠준다면, 이렇게 혼자싸우는 기분이 들지는 않을 테니까. 하지만 야호는 대부분의 짐승이 그렇듯

이 제가 사랑하고 싶은 이만 사랑했다.

"날…… 걱정해주는 건 고마워요. 그치만 내가 걱정되는 건 강이란 말이에요. 지금 위험한 것도 강이잖아요?"

"난 바로 그게 걱정되는 거야. 넌 그 녀석만 얽히면 네 안전은 안중에도 없잖냐."

"……그동안 계속 별일 없었잖아요. 난 괜찮을 거예요."

야호는 해인을 걱정했고 해인은 시율만 걱정해서 둘의 생각은 일치하려야 일치할 수가 없었다. 지금도 서로 다른 말을 하고 있었으니 말이다. 야호의 눈에 시율이 더 거슬리는 건 그래서였다. 시율은 분명 존재만으로 해인을 위험하게 만들었으니까.

"나는 네가 더 위험해 보인다."

"강이 아니라, 내가요?"

"그래."

애초에 둘은 영혼의 상성부터가 너무 달라서, 함께 있으면 한쪽이 불행에 빠지기 좋았다. 그리고 불행에 잡아먹히는 건 대부분 해인일 게 자명했다. 점을 칠 것도 없이, 지금 하는 것만 봐도 그런 모습을 얼마든지 상상할 수 있었다.

인간들은 인정하지 않지만 함께해서 한쪽을 죽게 하는 궁합이 정말 있었다.

"왜요? 단명…… 어쩌고 하는 건 강의 이야기였잖아요?"

"그것도 맞아. 하지만 오늘 점괘가 가리키는 건 너일 수도 있겠다는 생각이 들어. 넌 분명 이전에도 그 녀석으로 인해 죽은 적이 있을 거다. 전생의 어딘가에서 그 녀석은 너의 원수였을지도 몰라."

"……."

"내가 보기엔 말이다, 넌 그 녀석과 조금이라도 빨리 떨어져야 해. 그래야 네가 살아. 점점 그런 확신이 든다."

해인은 도망가려고 꿈틀거리던 몸에서 힘을 풀었다. 야호의 눈빛이 너무 진지해서는 아니었다. 다만 야호의 말에 생각나는 일이 있어서였다. 언젠가 사신 모달이 말한 적 있었다.

'이번 생에서의 네 인연은 과거 네 간언에 분노해 너를 유배 보냈고, 네가 죽은 뒤에야 후회하며 너를 기리는 비석을 세웠던 왕이야.'

'네가 구하고 죽은 그 아이도 왕의 환생이었어. 너도 참 대단한 충심이지 않냐. 두 번이나 목숨을 바치다니 말이야.'

아무리 생각해도, 그건 시율이었다. 사신은 보지 못하는 것을 야호는 볼 수 있었다. 둘은 볼 수 있는 것이 비슷한 듯 달랐다. 사신은 남은 생과 지난 생에 대한 기록을 명부를 통해 읽을 수 있었지만, 자신의 담당인 해인의 명부 말고는 볼 수 없다고 했다. 반면 야호는 그 신통한 눈으로 전생과 운명의 흐름을 모두 읽었다. 그리고 사신탈을 쓰고 있는 해인의 운명은 잘 보이지 않지만, 시율은 똑똑히 보인다고 했다.

둘의 이야기를 모두 들으니 이제야 알 것 같았다.

'그렇구나, 강이로구나.'

야호의 말에 의하면 시율은 과거에 인간들의 정점에 서 있었고, 그 권력으로 무수한 살생을 해서 지금도 그 업을 단명으로써 치르고 있는 남자였다. 사람으로 태어난 이상 어릴 때마다 죽을 위기를 겪었을 거라고 했다. 드문드문한 이야기들을 조합해볼수록 확신이 들었다.

돌연 머릿속이 차분해졌다. 조용히 그런 이해를 하고 있자니 멍하니 멈춰 서는 수밖에 없었다.

"……너, 왜 말이 없냐? 충격받았냐?"

야호의 걱정과는 반대였다. 해인은 이 와중에 조금 기쁜 감정이 들었다. 그렇다는 건, 그게 시율이라는 건…… 이렇게 고양이가 되어서 만나지 않았더라도 언젠간 그를 만났을지도 모른다는 이야기였으니까. 이번 생에 그가 자신의 인연이라, 헤어져도 다시 만날 확률이 높다는 말이니까. 그런 게 바로 운명이니까.

'물론…… 둘 중 하나가 죽지 않는다면 말이지만.'

입 밖으로 낼 수도 없을 만큼 싫은 이야기였다. 지금껏 생각해본 적은 없지만 운명이란 참 난해한 녀석인 것 같았다. 만나는 것도 운명이지만 한쪽이 죽는 것도 운명이라면 말이다.

예의 그 동백나무가 심어진 집 앞은, 해인이 항상 시율의 퇴근을 기다리는 곳이었다. 그리고 해인이 병원에 다가갈 수 있는 최대한의 거리기도 했다. 담장 앞에 쪼그려 앉은 해인은 공원의 출구를 지그시 바라봤다. 한심하긴 하지만 이게 할 수 있는 전부였다.

"……기껏 뛰쳐나오더니, 그냥 이러고 기다리는 게 다냐?"

"음, 휴대폰이 있기는 한데, 얼른 오라고 연락하면…… 괜히 급하게 나오다가 혹시라도 다칠까 봐요."

"어차피 무작정 기다릴 거면 집에서 있는 게……."

"이러는 편이 덜 불안하거든요."

야호는 이게 뭔 짓인가 싶은지 계속 툴툴댔지만, 해인은 이렇게라도 길목을 지키고 있는 게 마음이 편했다. 그리고 병원에서 집으로 오는 길에 차도를 가로지르는 곳도 이곳뿐이었다. 저 공원의 후문을 나와서, 이 동백나무가 심어진 집 앞으로 신호등도 없는 2차선 도로를 시율은 매일 가로질렀다.

출근할 때, 퇴근할 때, 여길 지날 수밖에 없었다. 이곳은 유력한 사고 지역이었다.

"그렇게 걱정되면 차라리 뭐냐, 그 동물병원인지 뭔지 하는 데로 가 있는 게 안 낫겠냐."

"맞긴 한데 거긴 못 가요. 병원에 절 그릴 수 있는 사람이 있거든요. 그래서 위험 구역으로 찍혔다고 해야 하나……."

"흠, 그렇구만. 결국 주술이 문제군."

"……의외로 쉽게 약화할 수 있는데 강이, 싫어하니까요."

할 수 없이 찻길만 노려보고 있던 해인은 불쑥, 야호의 옷깃을 잡아당겼다. 야호는 벽에 기대서 있었는데 그렇지 않아도 큰 키를 쪼그려 앉은 채 올려다보는 건 목이 아픈 일이었다.

"뭐냐?"

"야호 님, 아까 그 점 한 번 더 보면 안 돼요? 정말 내 얘긴지…….'

"……너 차라리 네 얘기였으면 하는 거 같다."

"내 얘기면 내가 조심할 수나 있잖아요! 그리고 나는…… 무슨 일이 생겨도 정말 죽진 않으니까. 지금 이 몸은 사신탈인걸요."

불안한 목소리와 떨리는 눈으로 해인은 야호의 옷깃을 꼭 붙잡았다. 그리 협조적이지 않은데도 야호 말고는 기댈 곳이 없었다.

"점은 같은 주제로는 하루에 한 번밖에 볼 수 없어. 다시 봐봐야 적중률만 떨어질 뿐이야."

"그래요……?"

"그리고 신통한 내가 봐도 적중률은 5할 정도다. 점이란 '높은 확률로 그럴 수 있다는' 운을 점쳐줄 뿐이니까. 정말 10할, 100%에 가까운 점을 본다면 그건 점이 아니라 예언이겠지. 엄청 조심하라고는 해주겠지만 절대적으로 일어나진 않는다."

50% 확률이란 꽤 높은 수치였다. 절대적으로 일어나는 게 아니라고 해도 그리 안도되지는 않았다. 해인은 영 찝찝한 얼굴이었다. 야호도 그랬고 말이다.

"그리고 너, 그게 네 진짜 몸이 아니라 사신탈이니까 죽어도 괜찮다고 여기는 모양인데, 그거 큰일 날 소리다."

"으, 또 나쁜 얘기 하려고 그러죠."

"네가 모르는 사실을 알려주려는 거다. 그 몸은 그 안에 있을 때나 안전해. 인간의 몸과는 달라."

"으음, 어떻게 다른데요?"

"인간의 몸이라면, 어떤 충격에도 자기 영혼을 붙잡고 있어. 몸이 완전히 죽어서도 그렇지. 자신의 몸이니까 자신의 영혼을 지키려고 들어. 하지만 사신탈은 다르다. 임시로 쓰기 위해 만들어진 것이라 몸이 부서지거나 약해지면…… 영혼부터 뱉어낸다."

"망가지면 영혼이 튕겨 나갈 거라는 이야기는 전에 사신에게도 얼핏 들었는데……."

그걸 왜 조심하라고 했더라? 해인은 처음 이 몸을 받았을 때 들은 얘기들을 떠올려 봤다. 지금 야호가 하는 이야기와 비슷했다.

"영혼이 날로 노출되는 건 아주 위험한 일이다. 차라리 사신에게 붙잡히면 운이 좋은 거지. 최소한 영혼이 무사히 명계로 인도될 테니까. 그럼 환생이라도 하지."

"운이 나쁘면요?"

"운이 나빠서 악귀한테라도 잡혀가면…… 넌……."

야호는 입에 담기도 싫다는 얼굴이었다. 무슨 말인지 알 것 같았다. 그간 들은 이야기가 있었으니까.

"악귀의 먹이가 되어서, 다신 환생도 못 한다, 그거죠?"

"그래 맞다. 너 이 무서운 얘기를 잘도 아무렇지 않게 하는구나? 그건 영혼한테 일어날 수 있는 가장 끔찍한 일이라고. 하물며 나도 두려운데."

야호가 이렇게 겁을 주는데도 별로 무섭지 않았다. 영혼이니 악귀니 하는 것이 잘 실감 나지 않는 건 둘째 치고, 어쩔 수 없다는 생각만 들어서였다.

"……하지만."

"흠?"

"저 골목으로 강이 나오는데, 그를 향해 차가 돌진한다고 생각하면…… 몇 번이고, 그곳으로 날아갈 것 같아요. 다른 건 아무 생각도 못 할 것 같아요. 자의와는 상관없어요. 제가 죽어도 강이 살면, 그게 나은 것 같으니까."

해인은 자신의 무릎을 끌어안으며 계속해서 공원의 출구를 노려봤다.

"제가 순간이동을 할 수 있고, 그게 강을 구한다면, 써야 맞아요."

"……안 된다. 인간의 본능이라는 건 말이야, 자기 생명을 가장 귀하게 여기게 되어 있어. 아니, 모든 생명이……."

"본능대로 다들 위험을 감지하고 살면, 아무도 안 죽게요?"

왜일까. 작게 헛웃음이 났다. 시율이 저를 위험하게 하고, 이미 몇 번쯤 그로 인해 죽었을지도 모른다는 야호의 경고에도 해인이 든 생각은 하나였다.

자신이 참 미련하게도 그를 좋아하는구나.

같이 있으면 죽는다고 해도 같이 있고 싶구나.

이미 몇 번이나 그런 운명을 반복한 것 같은데 또 그의 곁에 있는 자신이 신기했다. 이쯤 되니 그와 만난 건 당연했다는 생각이 들었다. 고양이가 되지 않았어도 결국 어디선가 그와 만났을지도 모르겠다는 우스운 생각도 들었다.

"너 이건 심각한 문제다. 네가 다신 삶을 부여받지 못한다고 생각해봐! 그래도 좋냐?"

"어쩔 수 없어요. 그래도."

"……고집 하고는, 겁이 많은 건지 없는 건지 통 모를 녀석이구먼."

"겁은 많아요. 많은데……."

"그런데?"

"강이 죽는 게 더 무서울 뿐이에요. 그것보다 무서운 게 없어서."

해인은 제 무릎을 끌어안으며 불안한 얼굴로 울 듯 말 듯 웃었다. 만약의 일이 두렵지 않은 것은 아니었다. 죽고 싶은 것도 아니고. 다만 그가 죽는 게 무엇보다 싫을 뿐이었다.

"……그런 거냐."

"네, 그런 거예요."

야호가 커다란 몸을 숙여 해인의 곁으로 쪼그려 앉았다. 그러곤 깊은 한숨을 내쉬며 어쩔 수 없다는 눈으로 해인을 바라봤다.

"죽어도 좋은 거구나."

"죽을 만큼 좋은 거예요. 그리고 아마, 내가 위험에 빠지면…… 강도 뛰어들 거예요."

그러길 바라진 않지만, 그럴 거라는 걸 알 수 있었다. 너무도 당연하게 확신하면서 쓸쓸한 기분이 들었다.

"미련하다, 미련해. 역시 인간들은 미련해."

"……아무튼 나는 강을 지켜야겠으니까! 야호 님은 날 지켜줘요!"

"뭐? 너 좀 뻔뻔해졌구나?"

"지킬 게 있으니까요. 그리고 아무리 뻔뻔해도 설마 야호 님만큼은 아니겠죠."

아직 시율이 퇴근하려면, 5시간은 남아 있었다.

"……뭐야? 어디서 나타났어?"

"강, 얼른 집에 가자!"

시율은 어디선가 나타나 제 옆구리에 팔짱을 끼는 해인 때문에 못내 당황하는 중이었다. 추위를 피해 목도리 속에 얼굴을 묻고 묵묵히 걷고 있는데, 갑자기 누가 제 오른손에 팔짱을 끼나 싶었더니 해인이었다. 오늘은 지독한 꽃샘추위였다. 당연히 집에서 배 깔고 누워서 텔레비전이나 보고 있을 줄 알았는데 왜 여기 나와 있는 걸까.

몸은 또 왜 이렇게 차갑고.

"너 언제부터 여기 나와 있었어? 몸이 찬……."

"가자꾸나!"

"……이건 또 뭐야."

기척도 없이 이번엔 반대쪽에서 야호가 나타났다. 그러곤 해인이랑 짜기라도 했는지 양쪽에서 하나씩 시율의 팔에 팔짱을 끼고는 반강제로 차도를 건너고 있었다. 해인이야 그렇다 치지만, 왜 이 호랑이랑 자신이 팔짱을 껴야 하는 건지 알 수가 없었다.

누가 보면 엄청 사이좋은 셋인 줄 알겠다.

"이게 뭐야! 그냥 걸어가면 되잖아?"

"잔말 말고 이대로 가!"

아니, 이건 걷다 보니 마치 형사들한테 연행되는 느낌이었다. 양쪽에서 팔짱을 끼고 있으니 걷기도 힘들었다. 한쪽은 너무 키가 컸고 한쪽은 너무 작아서, 그 사이에 낀 느낌이 아주 별로였다. 심지어 야호가 귓가에 뭔가를 속삭이는 건 숨결이 느껴져서 기분이 더러웠다.

"난 퐁당 쇼콜라가 좋더라."

시율은 야호의 목소리가 닿은 귀를 손으로 덮으며 오만상을 써야 했다.

그래도 시율은 집까지 안전하게 이동됐다.

집에 도착하자마자 시율은 우선 몸이 차가운 해인부터 욕실로 밀어 넣었다. 따뜻한 물로 제대로 녹이고 나오라고 신신당부하고는, 야호를 노려봤다. 야호는 마치 백수 삼촌처럼 거실에 드러누워 텔레비전을 보고 있었는데, 일주일 사이 이 집에 너무 적응해 있었다.

"뭐였던 거야?"

"음, 네 녀석 운이 오늘 바닥을 치고 있었지."

"……차 조심이었나."

"그래."

시율이 보기에 야호는 뭐랄까, 사이비 교주 같달까. 야호가 뭐만 말하면 해인이 쩔쩔매는 것도 보기 싫었다. 남의 집 거실에 저러고 누워 있는 것 자체도 민폐인데, 원룸을 한 달 구해줄 테니 그리로 가라고 해도 들은 척도 하지 않았다. 해인 옆에 붙어 있으려고 구는 것도 야호의 수많은 얄미운 포인트 중 하나였다.

"그리고 있잖냐."

"뭐, 또 배고프다는 거겠지."

이 식객은 먹는 양도 어마어마했다. 밥은 기본이 세 공기였고, 반찬은 주는 대로 먹긴 다 먹지만 타박이 심했고. 매일 단걸 먹이지 않으면 저 커다란 몸으로 바닥을 굴러다녔다. 그리고 그 투정을 들어야 하는 건 결국 시율이었다. 시율은 야호 덕분에 태일이 얼마나 좋은 룸메이트였는지 새삼스레 깨닫는 중이었다.

"배도 고프긴 한데. 그보다 오늘은 그간 네 집에서 먹고 묵은 답례를 할까 하는데."

"하? 뭐로?"

"그 아이의 말대로 해."

"뭘."

"성당이건 절이건, 데려가라."

시율은 그 말이 어디가 어떻게 답례인지 생각하고 싶지도 않았다. 야호와 대화할 때면 늘 그랬듯 인상을 구길 뿐이었다.

"전에도 말했지만 그건 안 해."

"해. 조언에는 이유가 있는 거다."

"……네가 날 얼마나 우습게 보는지는 모르겠지만, 안 해."

"그 아이 모르게 데려가. 어차피 네놈이 절대 안 데려간다고 해서 방심하고 있을 테니, 차라리 잘됐지."

"……안 간다니까 그러네."

두 남자 사이에 조용한 말싸움이 시작됐다. 시율이 야호라면 질색하듯, 야호도 시율을 무시하는 경향이 있었다. 마치 제 딸 데려가서 고생시키는 사위 보듯이 말이다. 그리고 밥 먹여주고 재워주며 그 대접을 받고 웃어줄 시율이 아니었다. 둘은 어쩔 수 없이 앙숙이었다.

"그러고 보니 추천할 만한 성당이 있지. 산책하다가 본 곳인데 남쪽에 있더군. 정갈하고 오래된 곳이었어. 분명 효과가 있을 거야."

"내 말은 또 무시하는군."

"안 가면 후회할걸."

"……젠장."

"죽어라 후회하게 될걸."

이 호랑이 자식, 거의 저주를 쏟아붓고 있었다. 이쯤 되니 점이라면 고개부터 내젓는 시율도 신경이 쓰일 수밖에 없었다.

"대체 내가 무슨 후회를 하게 된다는 거야?"

"얻을 걸 얻지 못한 후회."

"……아파하는 건 싫어. 못 보겠다고."

"그래도 들어줘. 죽은 사람 소원도 들어준다는데. 그게 별거야?"

말에서 묘한 압박이 느껴져서, 시율은 야호의 말을 완전히 무시하지 못했다.

"그게 그렇게 가치 있는 일인가."

"충분히."

"……이름이라도 알 수 있는 건가."

"그 정돈 안 되겠지만, 만난 이상 알아둬야 할 건 알 수 있겠지."

시율은 해인이 씻고 있는 욕실 문을 바라봤다. 그는 갈등하는 눈이었다.

해인도 원하고 야호도 이렇게 말하는 걸 보면, 분명 뭔가 위험을 감수할 만한 가치는 있을 거라는 생각이 들었다. 하지만 선뜻 움직이기에는 아직도 제 옷깃을 붙잡고 쓰러지던 해인의 얼굴이 똑똑히 기억나 망설여졌다.

한강 변에서, 그는 정말 해인이 죽어버리는 줄 알았다. 잠시지만 정말 숨을 쉬지 않았을 때는 저도 모르게 눈물이 났다.

해인이 눈을 감고 있는 동안은 저도 산 것 같지 않은 기분이었다.

그 공포가 도통 그를 움직이지 못하게 했다.

"저 녀석 엄청 힘들어해. 하면 안 되는 무언가를 하면……."

"뭐, 자기가 아파도 좋으니 가고 싶다잖아. 그런데 그 성의를 무시하면 예의가 아니지."

"난 모르겠어."

"적어도 그건 알잖아?"

"……?"

"너희에게 시간이 쥐꼬리만큼 남았다는 거."

웃으면서 뭐라는 건지. 이러니 시율이 야호를 좋아할 수가 없었다. 그래도 욱하는 동시에 마음이 움직이긴 했다. 마침 모레가 휴무였다. 달력을 노려보다가 다시 야호를 노려보며, 시율은 이를 갈았다. 또 이 호랑이에게 놀아나는 기분을 지울 수가 없었다.

"……젠장. 그래서 그 성당이 어딘데."

시율이 젖은 머리를 말려주겠다고 해서 해인은 냉큼 그에게 모든 걸 내맡겼다.

이 행위는, 그러니까 그가 머리를 말려주는 이 시간은 부끄럽기는 참기 힘들 만큼이지만 매우 연인 같은 느낌이 들어서 좋아했다. 공주님 대접을 받는 기분이 나쁘지 않다고 해야 하나. 그의 입장에서는 개나 고양이 따위의 털을 말려주는 것과 동급일지 몰라도 말이다.

해인은 시율의 커다란 손이 제 머리카락 속 이곳저곳을 만져주면 그 자체로 졸린 느낌이 들면서 몸 안이 간지러워졌다. 보글보글, 몸 안에 보드라운 거품이 차오르는 것도 같았다.

그 느낌은 아주 간지럽고, 따듯하고, 또 치밀도록 달콤했다.

"좋아?"

"으응, 기분 좋아……."

그의 가슴과 배 사이쯤에 머리를 기대고 거의 녹아내려 있는 해인이었다. 마침 침대 위이기도 했다. 무방비하게 기분 좋은 얼굴로 풀어져서는, 그의 손길과 드라이어의 미풍을 만끽했다. 방금 씻고 나온 얼굴은 뽀송뽀송했고 두 뺨은 발그레했다. 살짝 벌어진 입술은 여린 분홍빛이었지만, 조금만 자극하면 붉어진다는 걸 그는 알았다.

시율은 머리를 말려주다 말고 해인의 말랑한 뺨을 꼬집어봤다. 아주 살짝. 그러자 어느새 그의 무릎까지 흘러내려가 있던 해인이 동그란 눈으로 그를 올려다봤다.

"왜?"

"그냥. 부드러워 보여서."

그의 무릎을 베고 누운 채 몇 번 눈을 깜빡이던 해인은 배시시 웃고 말았다. 저를 보는 그의 얼굴이 야호를 대할 때와는 너무도 달라서, 몇십 겹의 차갑고 사나운 가면을 벗겨낸 얼굴이라, 그도 이 시간은 저와 같이 행복한 것 같아서. 웃음에 화답하듯 그는 허리를 숙여 해인의 뺨과 눈가에 입술을 눌렀다.

해인은 간지러운 소리를 내며 그의 손등을 붙잡았다. 그러다 보니 어느새 그와 깍지를 끼고 있었다. 누구의 손이 먼저 손가락 사이로 파고든 건지는 알 수 없었다. 다만, 시율이 가볍게 키스하고 떨어지며 입술 위로 속삭였다.

"너 말이야, 귀찮다고 머리 대충 말리면 피부병 생긴다."

"……우 씨, 무드 없게."

"중요한 거거든."

"직업병이래요."

"네가 건강하길 바랄 뿐이야. 아무 데도 아프지 않고, 힘들지도 않고, 불편하지 않은 걸 바라."

누가 수의사 선생님 아니랄까 봐 걱정이 넘쳤다. 고맙긴 하지만 키스하는 와중에 듣고 싶은 말은 아니었다. 애초에 해인은 아프고 싶어도 아프기 힘든 체질이었다. 이 몸은 아마 발가벗겨서 남극에 가져다 놔도 감기 따위 안 걸리지 않을까 싶었다. 무식하게 튼튼해서…… 물론, 한 가지 경우는 빼야겠지만. 주술.

"다 됐습니다, 손님."

그사이 시율은 해인의 머리카락을 공들여 말리고는 만족스러운지 손으로 흐트러뜨리고 있었다. 방금 말린 머리는 결 좋게 찰랑거렸다.

"머리 말려준 값은, 주는 건가?"

"음, 키스 한 번이면?"

"부족한데."

"그럼 두 번 하지, 뭐."

유치한 장난이지만 즐거웠다. 해인은 누워 있던 몸을 부스스 일으켜 그의 뺨을 만짐과 동시에 그의 입술에 느긋한 키스를 했다. 갓 말린 머리카락 사이로 그의 손끝이 파고들었다. 그의 무릎 위로 안기며 그의 목을 끌어안고 깊숙이 파고드는 입맞춤을 이어갔다. 어루만지는 데 취해서 숨을 참았고, 따뜻한 손끝에 눈꺼풀을 파르르 떨며, 피부가 닿은 열기에 목을 몇 번이나 움찔거렸다.

야호만 없었다면, 이대로 눕기 좋았을 텐데. 느긋하게 뒹굴 수 있었을 텐데. 해인은 살짝 그런 아쉬움을 느끼고 있었다.

"있잖아."

"응?"

"모레, 내가 쉬는 날에 말이야……."

그답지 않게 시율은 말하는 데 뜸을 들이고 있었다. 키스 직후라 바로 눈앞에 그의 입술이 달싹이는 게 보여서, 해인은 거기서 눈을 떼지 못하고 있었다. 입맞춤은 항상 아쉬웠다. 좀 더 길어도 좋을 텐데.

"요즘 우리 통 단둘이 못 있었잖아. 저 녀석 때문에."

"그랬지."

"밖에 나가서 데이트하지 않을래?"

"어, 아! 좋아!"

해인은 얼른 몸을 일으켜 그와 똑바로 마주 앉았다. 간만의 데이트! 생각만 해도 호들갑스러워지는 기분이었다.

"저 녀석은 물론 안 데려가."

"그것도 좋아! 그치만 멀리는 가면 안 돼. 조심해야 하니까. 안전한 데로 놀러 가자."

"뭐, 가까이 가도 괜찮고."

"난 무조건 좋아! 우리 어디로 가는데?"

"……영화 같은 거? 어때."

"좋아!"

어쩌면 이렇게 기뻐하지. 제가 말하고 있으면서도 시율은 고작 영화관 데이트에 해인이 이렇게 눈을 반짝일 줄 몰랐던 터라 문득 미안해졌다. 성당이라고 말하지 말래서 대충 둘러댄 것뿐인데. 매일 집에서 보기도 하고, 항상 옆에 붙어 있다 보니 도리어 데이트는 보통의 연인들만큼 하지 못했다는 게 떠올랐다.

무리해서 일본에 다녀온 거랑, 몇 번 번화가에 나간 것, 집 근처 공원을 산책한 걸 빼면 왜 이제 알았나 싶게 데이트 횟수가 적었다. 열 달을 넘게 함께 지냈는데 말이다. 변명하자면 상대가 평범하지 않아서, 그런 뻔한 걸 좋아할 거라고 생각하지 못했다. 덧붙이자면 가출할까 봐 집 안에 두는 게 중점이어서.

이렇게 좋아할 줄 알았다면 자주 데이트할 걸 그랬다. 영화 같은 거 주말마다 보러 갈 걸 그랬다. 몇 번인가 같이 영화를 본 적은 있었지만, 이렇게 좋아하는 줄은 몰랐는데 말이다.

"……영화를 그렇게 좋아했었나?"

"아니, 별로?"

"그럼?"

"그냥 둘이 데이트하는 게 좋아."

시율은 방긋대는 해인의 뺨을 매만졌다. 그는 적어도 이제 해인이 자의로 사라질 거라는 걱정은 하지 않았다. 둘 중 누구든 먼저 손을 놓지는 않을 거라는 것도 말이다.

"내가 무심했네. 미안해. 다른 가고 싶은 곳은 없어?"

"있지만…… 먼 곳은 안 돼. 난 영화면 좋아."

"그래그래, 당분간 몸 사리랬지. 그 이야기라면 귀에 딱지가 앉겠어."

"……음, 그건 그래? 내가 너무 많이 얘기했지?"

"그보다 말해봐. 네가 가고 싶었던 데. 전부."

시율은 그렇게 물으며 해인의 팔뚝을 잡아끌었다. 그러곤 아까처럼 해인이 제 가슴에 등을 기대게 했다. 뒤에서부터 꼭 안고는 해인의 어깨에 턱을 괴며, 뭐랄까. 커다란 짐승처럼 비비적거리기 시작했다. 뭐든 조르라고 속삭였다. 지금의 시율은 말하면 뭐든 들어줄 것만 같았다. 부끄러운 느낌이 들 만큼 진한 애정 표현을 하고 있었으니까.

하지만 해인이 아는 데이트 코스라고 해봐야…….

"……저기, 놀이동산에 가고 싶긴 한데…… 수목원 같은 데랑…… 강이 안 좋아할 것 같아."

"왜?"

"음, 어린애 같잖아?"

"아니. 좋은데? 둘이 같이 가면 나쁜 곳은 없을걸."

이 남자는 가끔 이렇게 상냥함을 폭발시킨달까. 난데없이 흘러넘치게 마음을 보여준달까. 키스할 때도 이렇게 뺨이 뜨겁지는 않았던 것 같았다.

"……응."

"더 가고 싶은 곳은?"

"이번엔 좀 그렇고…… 나중에."

문득 깨닫기로, 평범한 연인 사이가 아니다 보니 위태로운 와중에 계단을 몇 개 빼먹고 오른 느낌이었다. 시율은 그것들을 전부 빼곡히 채워야겠다는 생각이 들었다. 커다란 손으로 해인의 허리를 끌어안아 제 품 안으로 당겼다. 끌려오는 몸의 귓가가 붉어지는 게 보였다. 그는 귀 뒤쪽에 입술을 대고 조금 더 다정한 말을 속삭였다.

"그래. 저 녀석이 가면 그때. 어디든, 약속할게."

나긋한 그의 목소리에 해인은 어째선지 목 안이 메어왔다.

제 허리를 끌어안는 그의 손에 안기며 간지럽기도 하고, 내심 행복하기도 하고. 대단한 약속도 아닌데 너무 기뻐서…… 울 것 같아서 웃어버렸다.

"너무 기뻐."

"겨우 이런 거에? 조금 더 대단한 걸 졸라도 되는데."

"……강, 나 이 말은 한 적이 없는 것 같아."

해인은 지금 말하는 게 부끄러워서 그를 돌아보진 못했다. 대신 그의 가슴에 좀 더 몸을 기댔다.

"난 강을 만나서 아주 행복했어. 누군갈 사랑하는 일은 기분 좋은 거야. 그걸 배웠어. 그리고 내가 사랑하는 사람이 날 사랑해주는 건…… 정말 대단한 거야."

"……당연한 소릴."

"전에는 몰랐어. 고마워, 강. 당신을 만나서 기뻐."

그제야 고개를 돌리며, 시율과 마주 키스하려던 해인은 조금 흠칫거리며 문 쪽을 쳐다봤다.

시율도 마찬가지였다.

"……"

"……안 오네."

항상 이렇게 좋은 때를 보내고 있다 싶으면 나타나는 야호 때문이었다. 몇 번쯤 방해받은 반사작용이랄까. 오늘은 어쩐 일로 안 보였다.

"웬일이지?"

"조금은 눈치가 생겼나 봐."

잠시 그렇게 속닥거리던 해인과 시율은, 이내 거리낌 없이 입술을 겹쳤다. 그건 어차피 야호가 나타나도 멈출 것 같지 않았다.

데이트하는 날의 아침은 오랜만에 해가 따뜻했다. 간밤에 눈이 조금 오긴 했지만, 마지막 꽃샘추위답게 살짝 쌓인 정도였다. 비보다는 아무렴 눈이 좋았다. 해인은 콧노래까지 흥얼거리며 옷을 꾸며 입었다.

"……."

"……나가니?"

시율이 걱정하지 않도록 단단히 삼중으로 껴입고 있는데, 야호가 문간으로 고개를 내밀고는 빼꼼히 방 안을 기웃거렸다.

"야호 님, 마침 잘 왔어요."

"오냐?"

"이거 줄게요. 이따가 나가서 붕어빵 사 먹고, 계란빵도 사 먹고…… 과자도 사 먹어요. 돈은 알죠?"

해인은 계속 신경 쓰이게 구는 야호에게 꼬깃꼬깃 숨겨뒀던 비장의 만 원을 건네줬다. 돈 모으기 힘든 해인에게 만 원이란 몇십만 원 정도의 가치가 있었는데, 지금 수중에 있는 전 재산이기도 했다. 부디 오늘은 귀찮게 하지 말아달라는 뇌물이기도 했고, 명색이 손님인 야호를 혼자 두고 데이트 나가는 게 찔려서이기도 했다.

"뭐, 이런 걸 다. 사양은 안 하마."

"남으면 돌려줘요."

"남을진 모르겠다만."

"바라지도 않았지만……."

데리고 갈까도 0.1초 정도 생각해봤지만, 역시 안 될 일이었다. 그래서야 전혀 데이트가 아니었으니까. 야호가 부디 오늘 하루 정도는 혼자 잘 놀고 있기를 바랄 뿐이었다.

"사실 이런 걸 바라고 온 건 아니고, 우연히 뭘 좀 찾아서 말이지. 너한테 주마."

그건 뭔지 알 수 없는 헝겊 뭉치였다. 낡아서 그런지 살짝 갈색빛을 띠었고, 한약 따위를 포장하는 데 썼던 건지 약재 냄새가 진하게 풍겼다. 하지만 약재는 아니었고, 약재를 감쌌던 천 조각으로 또 무언가를 포장했을 뿐이었다. 나름 끈으로 매어놓은 걸 봐서는 선물처럼 포장한 것 같았다.

"이게 뭔데요?"

"나한텐 필요 없는 거거든."

잠시 냄새를 맡아봤지만 약재 냄새가 강해서 내용물은 전혀 알 수 없었다. 야호는 가끔 제 옆구리 속에서 쓸데없어 보이는 물건을 꺼내서 해인에게 쥐여 주고는 했다. 그러곤 먹을 거랑 바꾸려고 들었는데, 대부분 해인에게는 조금도 필요 없는 것들이었다. 이번에도 그런 것 같았다. 심지어 대가 없이 준다는 점에서도 분명하게 알 수 있었다. 자기한테는 정말정말 필요 없는 물건이라는 걸 말이다.

"가서 열어봐라."

"데이트 가서요?"

"그래. 나도 예전에 주운 건데, 너한테 더 도움이 될 것 같아서."

뭔지는 몰라도 주운 거란 말이지. 해인은 조금 찝찝했지만 일단 성의를 봐서 헝겊 뭉치를 코트 주머니에 챙겨 넣었다.

"······일단 고마워요. 참, 그보다 오늘 점괘는 어때요? 나가도 될 것 같아요?"

시율이 들을세라, 은밀하게 물었다. 요 며칠 아침 일과는 야호의 점괘를 체크하는 것이었다.

"좋다고 나오던데. 점이란 게 워낙 풀이하기 나름이긴 하지만."

"정말요? 뭐라고 나오는데요?"

"바라던 걸 이룰 거라는구나."

"······엥? 겨우 영화 보는데요."

"흠흠, 그냥 뭐든 좋게 나오는 날이 있기 마련이지. 의외로 흔하거든. 뭘 해도 안 되는 날보다는 소소하게 잘되는 날이 많지 않니? 생각해보라고."

"그야······ 뭐."

"아무튼 오늘 너희 둘은 안전하다고 나와."

그렇다니 안심이었다. 사실 외출하기 조금 불안했는데 말이다. 해인은 방긋 웃으며 야호의 손을 붙잡았다. 크게 흔들며 신나 했다.

"고마워요! 얼른 다녀올게요. 그리고 오늘은 혼자 있게 해서 미안해요."

"괜찮다. 좋은 일이 있을 거라니까, 연인끼리 나가는 것도 좋겠지."

"데이트니까 이미 그 자체로 좋은 일인 걸요."

야호에겐 미안했지만, 나가는 건 정말 즐거운 일이었다. 웃음이 자꾸 나올 만큼.

"그래, 나는 그게 너에게 도움이 되길 바라마."

시율은 아주 조심히 운전했다. 오늘은 어중간하게 녹았다 얼은 눈길이었고, 타이어에 체인을 감기는 했지만 그래도 천천히 가서 나쁠 건 없었다. 근래는 날씨가 아주 오락가락했다. 비가 왔다, 눈이 왔다. 따듯해졌다가 살이에이게 추웠다가. 종잡을 수가 없어서 운전하기 다소 불편한 날씨였다.

그가 집중력을 조금 흐트러트린 건 정지 신호에 잠시 차가 멈춰 선 사이였다. 해인이 기껏 차려입고는 어울리지 않게 주머니에서 더러워 보이는 천 조각을 꺼내서 펼치기 시작했을 때.

"뭐야?"

"야호 님이 준 거. 도움이 될 거라고 하던데……. 앗, 강은 앞에 봐, 앞에."

"안전 운전 하고 있거든요."

"음…… 이게 뭐지?"

아주 대충 된 포장은 그냥 내용물을 감추기 위한 것에 그치지 않았다. 해인은 헝겊 사이에 들어 있는 하얀 천 조각을 꺼내 들었다. 뭐 때문에 천으로 천을 또 감싼 걸까. 그보다는 왜 레이스 손수건 같은 걸 준 거고? 이게 무슨 도움이 되는 건지 짐작도 가지 않았다.

"손수건이야?"

시율이 보기에도 그런 걸까. 해인은 의아함에 고개를 갸웃거리며 반투명한 레이스를 들어 올렸다. 막상 허공에 들어 보니, 그건 네모보다는 세모에 가까운 모양이었다. 세모난 걸 보아 아무래도 손수건은 아닌 것 같았다. 펼쳐 보니 꽤 크기도 해서 더욱 정체를 알 수 없었다.

"이런 걸 왜 준 거지……?"

"나, 그거 뭔지 알아."

"응? 뭔데?"

"……여자들이 기도할 때 머리에 쓰는 베일 있잖아. 미사보였나."

딱히 종교를 가진 건 아니었지만 시율의 말을 듣고 보니 알 것도 같았다. 해인은 긴가민가하며 미사보라는 물건을 제 머리에 한번 얹어봤다. 예스러운 레이스 무늬가 테두리를 곱게 장식하고 있었고, 가볍고 부드러웠다. 오래전 물건이라 조금 표면이 거칠었지만 질 좋은 것임은 분명했다.

몇 번 앞으로 뒤로 얹어보다 보니 쓰는 법도 알 것 같았다.

그건 언뜻 보면 신부들이 결혼식 때 머리에 쓰는 면사포 같기도 했다. 화려하기보다는 소박한 무늬라는 점에서 기도할 때 쓰는 미사보에 가까워 보였지만 말이다. 여하튼 그건 하얀 레이스로 된 여성용 베일이었다.

"맞네! 미사보!"

"……역시."

"그래도 왜 준 건지는 모르겠는걸?"

야호가 엉뚱한 건 어제오늘이 아니었지만 이런 걸 대체 왜 준 걸까. 그냥 예뻐서? 여자 물건이니까? 하지만 현대인들은 데이트할 때 이런 거 안 쓰는걸. 해인은 여전히 고개를 갸웃거리고 있었다.

"야호 님 말이야, 조선시대 여자들은 외출할 때 머리에 이런 걸 쓰잖아? 혹시 그런 거 생각한 걸까?"

"……글쎄."

"아무래도 그런 것 같아! 하여간 야호 님은……."

"그건, 아닌 것 같아."

웬일로 시율이 야호를 두둔하는 걸까. 해인은 그게 의외라서 베일을 쓴 채로 시율을 멀뚱히 바라봤다. 그러다가 차가 서면서 보이는 어떤 상징을 발견했다. 조금 뒤늦게.

"아마 우리가 여기 올 걸 알아서 준 것 같은데."

"……왜, 왜 여기에 서?"

"평일 방문 차량은 여기 주차하라고 표지판에 쓰여 있으니까."

그렇지만, 여기는 영화관이 아닌데. 몇 번 간 적 있는 영화관이랑은 전혀 다른 곳인데. 주변에는 흔한 빌라촌과 성당 말고는 없었다. 그리고 시율은 길만 건너면 바로 성당인 자리에 차를 세우고 있었다. 상가는 몇 개 보였지만 데이트할 만한 곳이 전혀 아닌데 말이다. 아니, 그보다…… 방금 시율이 뭐라고 했더라.

여기에 올 걸 알았다고?

해인은 멍하니 제가 쓰고 있는 베일을 내려다봤다.

"혹시……."

"맞아. 성당에 온 거야."

"……야호 님이랑 얘기한 거야?"

"그래. 너 모르게 오라며."

그랬지. 그 말은 하는 동안에도 속이 찔린 듯 아팠는걸. 한동안 얼얼했어. 하지만 절대 안 데려오겠다고 해서, 틀린 줄 알았는데.

'정말 생각도 못 했어.'

해인은 천천히 고개를 움직여 차창 밖으로 보이는 무성한 수풀로 둘러싸인 오래된 성당과, 그 꼭대기에 있는 커다란 십자가, 그리고 기도하는 아름다운 성모 마리아상을 바라봤다. 상앗빛 마리아상의 머리에도 자신의 것과 비슷한 베일이 씌어 있었다. 이제야 야호가 이 베일을 준 의미를 알 것 같다. 어렴풋이나마.

'잘 부탁한다는 의미일까. 도와달라는 의미나? 신이 정말 있다면…… 몇

번이고 빌겠지만.'

해인은 다시 한 번 제 베일을 빤히 바라봤다. 그렇게 성당이랑 두어 번쯤 더 번갈아 보고 있자니, 시율이 걱정스러운 목소리로 물었다.

"너, 그거 쓰면 더 아파지는 거 아냐?"

"……그치만, 더 효과가 있을지도 모르지."

"전혀 모르겠어. 사실 난 무교인 데다가……."

"들어가자."

"……아파지면 언제든지 그만둬도 돼."

"아니야! 고마워!"

아직 차에서 내리지도 않았는데, 지척에서 성당을 올려다보는 것만으로 심장이 두근거렸다.

그건 막연한 기대였다. 정말로 뭔가 할 수 있을지도 모른다는 희망. 내내 거치적거리다 못해 싫어 못 견디겠던 주술을 잠시라도 따돌릴 수 있다니, 이런 순간이 올 줄 몰랐다. 그에게 뭘 말할지도 생각해보지 못했는데. 너무나 갑작스러운 기회였다. 말할 수 있게 되면 뭐부터 하려고 했더라?

이름? 이름이 좋을까. 하지만 야호가 그건 어려울 거라고 했으니까, 사는 곳이 어떨까. 아리아로 오라고 알려줄 수만 있어도 좋겠는데. 하지만 엄마 집에 가 있을지도 모르는데. 그럼 휴대폰 번호가 좋을까? 아! 휴대폰은 그때 사라졌잖아. 차랑 같이 낭떠러지 밑으로 떨어져 버렸지. 그럼 뭘 알려줘야 하지? 그가 저를 찾게 하려면? 주술은 얼마나 약해지는 거지? 얼마나 그에게 사실에 근접하게 말할 수 있는 걸까.

해인은 어지럽게 생각을 곱씹었다. 그리고 그럴수록 벌써 제 몸이 아파오는 걸 느꼈다.

주술은 제 기능에 항상 충실했다. 한순간도 방심하지 않았다.

하지만 해인은 이번만은 절망하지 않았다.

"……너, 식은땀 나."

"이 정돈 괜찮아."

"동공도 흔들려."

"아마, 너무 기뻐서 그럴 거야."

정말이었다. 너무 설레는 게 문제일 뿐이었다. 막상 코앞에 기회가 오자 뭘 해야 할지 모르겠다. 너무 많은 생각이 들어서 오히려 선뜻 결정을 못 하겠다. 안에 들어가서 또 기절할지도 모르니까, 미리 말할 걸 생각해둬야 했다.

"……네 손, 떨리고 있어."

시율은 식은땀이 배어 나오기 시작한 해인의 작은 손을 붙잡았다. 그러는 동안 해인은 그에게 말해줄 만한 한 가지 사실을 겨우 떠올렸다. 제가 고등학생 때 그린 수채화의 제목이었다. 큰 상을 받은 작품이라 인터넷에 제목만 쳐도 제 이름이 함께 나왔으니까. 다른 많은 연관 검색어가 있겠지만, 그러니까 내뱉어볼 만할 것 같았다. 너무 직접적인 건 말하기 불가능할 테니. 주술이 약해진 틈을 타 해볼 만한 건 그런 거였다.

해인은 겨우 흥분되는 마음을 다잡았다.

"강, 이제 들어가 보자. 나 뭘 말할지 결정……."

"조금만 더 마음의 준비를 하자."

"아니야. 지금도 괜찮아!"

서서히 심박 수가 상승하는 건 가슴을 꽉 채운 기대 때문일까. 아니면 주술 때문일까. 그도 아니면 성당 자체가 제 접근을 거부하는 걸까. 어느 쪽이든, 전부든 상관없었다. 만에 하나 너무 고통스러워서 기절해도 그가 챙겨줄 테니까. 난데없이 쓰러져도 그가…….

"……그게 아니라. 내가, 마음의 준비가 안 됐어."

"……강?"

"미안, 바보 같은 건 아는데. 네가 또, 쓰러지면…… 그걸 볼 준비가 안 됐어."

또 나만 성급했던 걸까. 그러고 보니 시율은 여기 오는 걸 죽어도 싫다고 했었지. 그렇게 말할 정도였어. 해인은 안전벨트를 풀고 당장 내리려고 서

두르던 것을 그만뒀다.

"잠깐이면 돼."

그는 정말 심각한 얼굴이었다. 전쟁에라도 나가야 하는 사람처럼. 이건 좀 이상한 일이었다. 떨고 식은땀을 흘리는 건 저인데, 그로 인해 더 힘들어하는 건 그라는 사실이 말이다. 해인은 저만 각오해서 될 일이 아니었다는 걸 이제야 깨달았다. 손을 뻗어 운전석에 앉아 있는 그의 무릎을 조심스레 쥐었다.

"강, 정말 고마워. 여기 오고 싶지 않았는데…… 내가 졸라서 와준 거 알아."

"……아니야. 전부, 내 욕심일지도 몰라. 내가 널 힘들게 궁지로 몰아넣고 있는 것 같아. 넌 이러지 않아도 되는데…… 스스로 힘들 필요 없는데…… 나 때문에 이러는 거니까. 내가 너한테 이런 걸 강요한 건 아닌가 싶어서……."

"……강! 우린 같은 걸 생각하나 봐. 나는 내가 쓸데없이 강을 힘들게 한다고 생각했어."

마침 안전벨트를 풀고 있어서, 그에게 더 가까이 다가가는 건 어렵지 않았다. 해인은 가까운 그의 한쪽 어깨에 손을 기대고 이마를 얹었다. 무슨 말을 해야 그가 제 마음을 알아줄까. 잠시 침묵하다가, 나지막이 뱉어내는 건 그다지 자신 없는 지금의 속내였다.

"있잖아, 사실 나 별로 대단한 건 못 할지도 몰라. 들어가자마자 나오겠다고 꼴사납게 울지도 모르고…… 그래도 내가 할 수 있는 한 해볼게. 그건 하게 해줘."

"……."

"봐, 내가 더 욕심내는 거 맞지? 강은 내 욕심에 휘둘리는 것뿐이야."

"그건 아니야."

"확실한 건 어떻게 되든 내가 하고 싶어서 하는 거야. 내가 바란 거야. 강은 그것만 알아줘."

해인은 그의 손을 붙잡았다. 그는 눈을 마주쳐오며, 알 수 없는 칭찬을 했다.

"넌, 항상 대단해."

"설마. 사실 내가 가장 바라는 건 그냥 강이랑 하루라도 더 같이 있는 거야. 정말 소박한걸."

그마저 몹시 어려운 일이지만 말이야.

살짝 웃는 동안 시율의 손이 거꾸로 해인의 손을 움켜쥐었다. 자의와는 별로 상관없는 제 손의 떨림을 느끼며 해인은 피식 웃는 것으로 그를 안심시키려고 애썼다. 그에게 최대한 가까이 다가가서, 그의 코끝에 자신의 코끝으로 키스했다.

"있잖아, 베일을 쓰고 있으면 우리 결혼식 하는 거 같겠다."

"넌…… 이 와중에."

"내가, 강이 아닌 사람이랑 결혼하는 건 상상이 안 가게 되어버렸는걸."

처음이었다. 그가 저를 진정시키거나, 놀리는 것으로 위로해준 적은 숱하게 많았지만, 제가 그를 다독이는 건 말이다. 이런 순간이 언제 또 오려나. 해인은 제게 가까운 그의 어깨 사이로 뺨을 묻었다. 그는 잠자코 받아줬는데, 어쩐지 몸이 바짝 굳은 것 같았다.

"으음. 난, 이미 우리가……."

"응?"

"결혼한 거랑 같다고 생각했는데."

"……."

"분명 프러포즈도 했고. 또, 넌 거절하지 않았고. 우린 같이 살고 있고…… 또…… 또……."

갑자기 왜 긴장하나 했더니 진지하게 그런 말을 했다. 이 남자도 이렇게 부끄러워할 때가 있구나. 오래 살고 볼 일이네. 해인은 붉어진 그의 얼굴을 마음껏 구경했다.

"또?"

"내가 너 말고 누굴 또, 사랑하겠어."

"……기뻐. 나도 그래."

"그때 그거, 프러포즈였던 거야. 혹시 모르는 건 아니겠지?"

모를 리가 있을까. 해인은 일본에서의 일을 하나같이 행복하게 기억했다. 그가 반지를 주기 위해 서프라이즈로 준비했던 동백꽃 일은 그중 가장 기억에 남았다. 때로는 이것들을 잊느니, 죽는 게 낫겠다 싶을 만큼.

"내가 꽃 냄새를 맡아버려서 망쳤지?"

"……그래, 조금 망쳤지만."

"그건 내가 미안해. 다음엔 못 맡았으면 좋겠는데."

살가운 그의 이마에 제 이마를 기대며, 해인은 조금 눈을 감았다. 얼굴의 굴곡을 겹치다가 느긋한 키스를 했다. 마침 쏟아지고 있는 햇살처럼, 강하진 않지만 온전히 느끼면 행복한 그런 키스.

"강은 나한테 뭐가 제일 궁금해?"

"궁금한 거라. 그거야 많지만."

"내가 말하지 못한 것 중에!"

사거리에서 신호등이 바뀌길 기다리며, 그에게 물었다. 오늘은 아주 사이 좋은 연인처럼 보이고 싶어서 해인은 굳이 그의 손을 붙잡았다.

"글쎄, 난 네가 뭘 말 못 했는지도 모르는걸."

"어…… 그러네."

"네가 알려주고 싶은 게 뭔지도 모르겠고."

"강이 내가 나라는 걸 알아볼 수 있는 그런 거랄까."

"그게 뭐야. 너는 너지."

얼굴이 바뀌는 건 아니지만…… 기억이 없는 자신도 자신이라고 할 수 있는 걸까. 그를 떠올리지 못한 자신을, 자신이라고 할 수 있는 걸까. 해인은 전에는 그를 잊었어도 자신은 자신이라고 생각했다. 하지만 지금은 그건 아니라는 생각이 들었다. '과연' 같을까. 강시율을 알기 전의 '박해인'은 지금과 너무도 다른데.

그를 잊은 자신이 그에게 지금의 자신과 같은 여자일지도 의문이었다. 그가 만에 하나 자신을 찾는다고 쳐도, 그냥 얼굴만 본뜬 인간 여자라고 생각하고 지나치면 어쩌지 싶었다. 그를 사랑하는 지금의 자신과, 그를 사랑하지 않는 과거의 자신은 모든 게 다를 텐데. 성격도, 생각도, 하물며 그를 향한 목소리까지.

　지금의 저는 그에게 항상 애정 어린 음성이지만, 본래의 자신이라면……이런 목소리조차 모를 텐데. 더군다나 그가 찾는 건 사람이 아니라, 고양이로 변하는 여자일 텐데.

　"……안 되겠다. 너 또 긴장했어."

　"아닌데!"

　"바짝 굳어서는, 성당은 역시 관둬야겠……."

　"아냐. 아냐, 잠깐 다른 생각 해서 그래!"

　바로 길 건너에 보이는 성당은, 주술을 약하게 하기 위해 찾아온 곳이었다. 주술을 약하게 한다는 건 사람으로 돌아간 후의 자신을 염려하는 거고. 어쩔 수 없이 그런 걱정들이 밀려왔다. 야호가 시율의 위기를 점쳐준 뒤로는 잠시 잊고 있었는데 말이다.

　"아앗!"

　"뭔데 또?"

　신호가 초록으로 바뀌는 순간에야 떠올랐다. 제 손이 허전하다는 걸.

　"베일이, 없어."

　"뭐야?"

　"……아무래도 차에 놓고 내린 것 같아."

　"지금 베일 하나 못 챙기는 컨디션으로……."

　"잠깐만, 얼른 가져올게!"

　평소에도 워낙 잘 잊어버렸지만 긴장해서 그런지 하필이면 베일을 차에 놓고 내린 모양이었다. 평상시에 빈손으로 잘 돌아다니는 게 나쁜 습관인 걸까. 다행히도 신호등과 차와의 거리는 얼마 되지 않았고, 해인은 시율이 역시 성당은 그만두자고 하기 전에 서둘러 움직였다.

눈이 남은 바닥이 조금 미끄러웠지만, 고양이의 감각을 자랑하는 해인이 미끄러질 정도는 아니었다. 총총 뛰어서는 차 앞에 도착하자 차 문이 열렸다. 그는 신호등 근처에서 주머니에 손을 넣은 채 해인 쪽을 보고 있었다. 아마 주머니 안에는 차 리모컨이 들어 있으리라.

"있다. 있어."

베일은 해인이 앉아 있던 조수석 바닥에 떨어져 있었다. 조금 흙이 묻어 있어서 탈탈 털고는 시율 쪽으로 걸어가며 가볍게 하얀 베일을 흔들어 보였다. 찾았다는 뜻이었다. 시율은 보고 있다가 가볍게 고개를 끄덕여줬다.

얼른 가서 그와 팔짱을 끼고 길을 건너야겠다. 다음 신호는 놓치지 말아야지. 해인은 베일을 꼭 쥐고는 그를 향해 발걸음을 재촉했다.

섬뜩함을 느낀 건 그때였다.

부우웅.

아직 시야에 잡히진 않지만, 그가 서 있는 코너 바로 저편에서 망가진 엔진 소리 같은 게 들렸다. 헛바퀴가 돌 때의 쇳소리도. 매캐한 타이어 타는 냄새도. 단순히 듣기 불쾌한 소리라 이상한 기분이 드는 줄만 알았다.

언젠가 들어봤던 날갯짓 소리가 들리기 전에는.

푸드덕, 새가 바로 머리 위를 가로질러 날아가는 불길한 소리가 났다. 예전에 이런 소리를 들은 적이 있었다. 추락하는 차 안에서였다.

그때 나는 하얀 새를 봤지.

고개를 들어 새를 확인할 여유는 없었다.

그새 코너 뒤에서 나타난 차는 기괴하게 회전하며 가드레일을 치받았고, 그대로 쳐부수고 넘어섰다.

시율도 소리를 듣고 돌아볼 만큼 엉망으로 도로를 점령하고, 미끄러지고, 타는 냄새를 흘리며…… 커다란 트럭이 무자비하게 그를 노리고 있었다. 해인은 그가 제게서 눈을 떼고 차 쪽을 돌아본 순간 손에서 베일을 놔버렸다.

'……야호 님, 틀린 것 같아요. 오늘의 점괘는.'

많이 빗나갔어요.

'바라던 걸 이룰 거라는구나.'

아니다. 맞을지도 모르겠어요. 내가 바라는 건 그가 사는 것이었으니까.

해인은 더 이상 생각할 수 없었다.

"강!"

그를 부르는 시간마저 아까웠다. 그 시간마저 길었다. 발을 움직여야 할
지 손을 뻗어야 할지도 알 수 없었다. 다만 눈을 한 번 크게 깜빡였을 때는,
코앞에 그의 얼굴이 보였다. 그만큼 가까운 회색빛 덤프트럭도.

그리고 그를 힘껏 밀어낼 수 있어서 다행인 순간이 있었다. 다신 겪고 싶
지 않았지만.

그건 너무 아팠으니까.

8. 예견되어 있었던 일

의식은 거의 없었다. 오로지 허공을 부유하는 그런 혼몽함만 남아 있었다. 무생물이 되면 이런 감각일까. 들리는 소리도 없고, 할 수 있는 말도 없었다. 다만 얼마 안 가 해인은 뭔가가 자신을 깨물고 있다는 것만 어렴풋이 깨달을 수 있었다. 그건 아프다기보다는 자신이 점점 허무해지는 것과 같은 기분이었다.

물린 곳이 연기처럼 흐트러져 사라졌다. 아무래도 야호가 경고했던 악귀 같았다. 그것이 저를 꽉 깨물고 뱀이 똬리 틀 듯 점점 감싸는 게 느껴졌다. 주변이 온통 새까매졌고 쉿소리 같은 목소리가 소름 돋는 웃음을 터트렸다.

도망가면 좋겠다는 생각은 들었지만, 스스로는 조금도 움직일 수가 없었다. 이대로 실낱같은 의식도 사라질 거라는 걸 알 수 있었다.

'강은, 괜찮을까.'

달리 드는 생각은 없었다. 자신이 잡아먹히고 있다는 건 알았는데, 그저 무언가에 취한 것처럼 점점 무기력하게 잠이 오는 기분이었다. 악귀의 이에는 영혼을 약하게 하는 독이라도 있는 모양…….

[이 사악한!]

정신이 번쩍 든 것은 커다란 맹수의 울음소리를 들은 직후였다. 그게 저와 악귀의 사이를 찢어내듯 가르고 지나갔다.

[천하고 간악한 악귀야! 당장 사라지지 않으면 만 조각을 내버릴 테다. 날 체로 으적으적 씹어 먹어주랴!]

해인은 물려 있던 것에서 풀려났다. 덩그러니 어디론가 떨어지는 느낌에 눈이 떠질락 말락 했다. 아까보다는 정신이 들었지만, 여전히 있으나 마나 한 정도였다. 왜 이렇게 의식이 늘어지는 걸까.

"하이고, 이를 어째. 내가 너 때문에 미치겠다. 미치겠어."

호들갑스러운 야호의 목소리에 해인은 눈을 뜨고 앞을 보려고 노력했다. 뭐가 어떻게 된 건지는 보고 싶었다. 하지만 겨우 뜬 눈에 보이는 건, 다른 세상에 온 것처럼 아름다운 광경이었다.

드넓게 펼쳐진 구름 위의 세계였다.

자신은 그 위를 빠르게 날고 있었다. 정확하게는 야호의 손에 들려서 말이다.

'아무래도, 하늘을 날고 있는 것 같지.'

겨우 시선을 움직이자 야호의 반대쪽 옆구리에 들린 제 고양이 몸이 보였다. 저 몸을 이렇게 밖에서 보기는 정말 오랜만이었다. 그건 흘깃 봐도 망가져서 피를 뚝뚝 흘리고 있었는데, 망가지면서 본래의 형태로 돌아간 것 같았다.

그도 아니면 자신이 그 안에서 튕겨 나와 버려서 사람 형태를 잃어버린 걸지도 모르겠다. 어느 쪽이든 시율이 흉한 모습을 보지 않기만 바랄 뿐이었다. 자꾸만 눈이 감겼다. 해인은 더 이상은 정말이지 힘들었다.

가물가물한 눈으로 너무 가까이 보여서 신기한 태양을 보다가, 스르륵 눈을 감고 의식을 까무러트렸다.

"해인아. 박해인아."

야호가 저를 들고 너무 탈탈 흔들어서 눈이 떠졌다. 그리고 어딘가에 계속 꾸깃꾸깃 밀어 넣으려고 해서, 불쾌한 기분이 됐다.

뭔지는 모르겠지만 싫어.

"여기 들어가야 해!"

싫다니까.

"어서 기억해내라. 이건 네 몸이잖냐."

"아니? 야호 님? 언제 돌아오셨……."

"어허, 이놈아! 아직 잠들면 안 된다니까 그러네! 영혼은 잠을 자지 않아! 잠들면 형체를 잃어버려서 사라진다! 정신 차려!"

하지만 자꾸 졸린걸. 해인은 자신이 지금 영혼 상태라는 건 알았지만 매우 졸린 걸 버틸 수가 없었다. 자꾸만 병든 닭처럼 꾸벅꾸벅 졸았는데, 그러면 야호가 거칠게 흔들어 깨웠다.

"이거 원, 너무 약해졌구나."

"야호 님, 그건 또 어디서 난 영혼이에요?"

"백로야. 백로야."

"한동안 안 돌아오신다더니 왜 벌써 돌아오셨고요?"

"이걸 어떻게 해야 하나. 자기 몸에 안 들어가려고 들어."

홀연히 나타나 백로라고 불린 건 은색에 가까운 하얀 머리를 바닥에 끌릴 만큼 길게 기른 미인이었다. 남자인지 여자인지도 알 수 없는 신비한 미모의 소유자였는데, 사람의 형상을 하고는 있었지만 장담컨대 사람이 아닐 게 분명했다.

"아, 보살펴 주시던 그 몸의 주인인가요?"

"그래. 그 아이다."

"자기 몸인데 안 들어가려고 들다니…… 그거 이상하네요. 수명이 다 된 건 아닌가요?"

"아니다. 그럴 리는 없는데."

"그것도 아니면, 다른 몸에 미련이 있는 거겠죠. 자기 몸을 거부할 이유가 어디 있겠어요."

"……그건 망가졌는데. 봐라."

"맙소사, 왜 괴의 사체를 들고 다니세요?"

"인간 세상에 사신탈을 두고 올 수는 없잖냐. 나라도 챙겨야지."

둘이 뭔가 수군거리는 동안 해인은 마음 놓고 다시 졸기 시작했다. 얼마 못 가 야호에게 탈탈 털렸지만 말이다. 해인은 좀 쉬고 싶었다.

"얘야, 봐라. 이건 완전히 고장 나서 다시는 못 들어간다."

야호는 대뜸 해인의 눈앞에 문제의 사신탈을 들이밀었다. 사신탈이라는 게 튼튼하긴 한지 그 커다란 트럭과 부딪쳐놓고도 사지는 멀쩡하게 붙어 있었다. 전체적으로 검은색이다 보니 상처도 그리 심해 보이지 않았다. 손발이 꺾여 있고, 입에서 피를 흘리고 있지만 않으면 더 좋았겠지만 말이다.

"이쪽이 네 몸이다. 여기에 들어가서 자렴. 어떠냐?"

쓸 수 없게 된 검은 고양이의 몸을 치우고, 야호가 다시 내밀어 보인 건 작디작은 아기의 몸이었다. 그 몸은 마치 갓 태어난 것처럼 옅은 분홍빛이었다. 야호의 손이 워낙 크다 보니 아기는 더 작고 연약해 보였다. 그래서일까? 해인은 선뜻 그게 제 몸이라는 실감이 나지 않아서 멀뚱히 쳐다보기만 했다.

몇 번인가 해인을 꾹꾹, 아기의 몸에 밀어 넣으려던 야호는 결국 포기했는지 땅이 꺼져라 한숨을 내쉬었다.

"……어쩐다. 영혼 다루는 건 내 전문이 아니란 말이지. 이렇게 억지로 밀어 넣는다고 들어가는 건 아닌 것 같은데."

"그야 당연하죠. 영혼이 그렇게 쉽게 다룰 수 있는 것도 아니고……. 그래도 사신님이라면 어떻게든 다시 영혼을 육체에 집어넣는 방법을 아실 텐데요. 사신님을 부르면 되지 않겠어요?"

"안 돼. 그럼 이 사태가 어떻게 된 건지 설명해야 한단 말이야."

"……또 사고 치신 거군요?"

백로는 아무래도 야호가 사고 치는 데 익숙한 듯했다.

"흠흠, 정확히는 이 녀석이 사고를 친 거라고. 그리고 그 충격 때문인지, 악귀한테 물려갈 뻔해서 그런지 좀 멍한 상태야. 말도 못 하는 걸 보면 약해질 대로 약해진 것 같다."

"아, 그럼 그것 때문일지도 모르겠네요. 너무 약한 영혼은 몸을 차지할 수 없잖아요? 같은 거죠. 영혼이 약해서 몸에 못 들어가는 거예요."

"……내가 봐도 그런 것 같긴 한데."

"그리고 보니까 이 영혼…… 상태가 심각한데요? 보세요. 여기도 뜯겨 나가서……."

"쉿쉿."

해인은 모든 걸 듣고는 있었다. 생각도 했다. 의식도 조금 있었고. 하지만 뭔가 말하는 건 되지 않았다. 예전에 사신과는 영혼 상태로도 대화를 했던 것 같은데 말이다. 야호가 사신만큼 영혼을 다루지 못해서 그런 건지, 아니면 해인의 영혼이 너무 약해져서 생각을 전달하는 것도 못 하는 건지는 알 수 없었다.

"안 되겠다. 일단 결계부터 쳐야겠어."

"도와드릴게요. 무슨 결계를 치실 건가요?"

"근방의 순수한 기를 끌어모으는 결계와, 이 아이의 영혼이 이 공간 밖으로 나가지 못하게 하는 보호 결계."

"기는 모아서 뭐하시려고요?"

"이 녀석이 조금은 회복되지 않으려나 싶어서. 그러면 몸에 들어갈 힘이 생길지도 모르지."

"음, 될지도 모르겠네요."

한마디라도 해보려고 애썼지만, 영혼 상태의 몸은 둥둥 허공을 떠다니는 이상의 능력은 없는 것 같았다. 마치 무슨 아메바 따위처럼 일차원적인 본능에만 충실했으니까.

그 안은 갑갑했다.

영혼 상태일 때가 몸도 훨씬 가볍고, 아무 생각도 안 들어서 기분도 좋았는데. 이건 뭔가 거추장스러웠다. 무거운 거죽을 뒤집어쓴 이상은 되지 않는 느낌이었다. 해인은 야호의 노력 덕에 제 몸에 들어오긴 했지만 완전히 자리 잡은 건 아니었다. 다시 나가고 싶어서 꿈틀거렸다.

"시율! 강시율을 만나야지, 해인아."

"……."

"거기서 나오면 못 만나게 되잖냐. 불편해도 좀 참자. 그래야 만나든 말든 할 거 아니냐."

그러게. 강은 만나야 하는데. 해인은 답답함을 참아보기로 했다. 비좁은 그 안에서 편하게 누워보려고 노력했다. 얼마큼의 시간이 흘렀는지는 모르겠지만 자신이 딱 맞게 누울 수 있는 자리를 찾은 것 같았다. 움직일 수 있는 것들이 느껴지기 시작했다. 손발을 찾아 꼼지락거리자 감각이 잡혔고, 입술을 찾아 옹알이도 해봤다.

숨이 쉬어진 건 조금 더 많은 시간이 지난 다음이었다.

"후아……."

해인이 힘껏 숨을 들이쉬었다 길게 내쉬자, 야호가 기특하다는 듯 내려다보고 있었다. 야호의 손안에 아담하게 안겨 있는 기분이 그리 나쁘지 않았다. 이렇게 보니 아빠 같기도 하고. 우리 진짜 아빠는 좀 더 점잖지만 말이야.

'만약 야호 님이 아빠라면, 엄청 장난스럽고 친구 같은 아빠일 거야.'

해인이 그런 생각을 하며 천천히 눈을 깜빡이자 야호가 가느다란 속눈썹 끝을 톡, 건드렸다.

"이제 겨우 한숨 돌렸구나."

"된 건가요, 야호 님?"

"연못 안에 넣어두면 좀 더 안정을 찾겠지. 자, 박해인아. 이제 푹 자려무나. 다음에 눈을 떴을 때는 말을 할 수 있게 될 거다."

확실히, 지금의 몸은 웅얼웅얼하는 옹알이밖에 나오지 않았다. 그리고 자꾸 졸리기는 영혼일 때와 마찬가지였다. 하루의 반 이상은 자야 하는 아기의 몸이라서 그런 걸까? 여하튼 자도 된다니 이렇게 반가울 수가 없었다.

해인은 곧장 마음 놓고 깊숙이 잠들었다. 모처럼 방해 없는 단잠이었다.

"……결국 점괘대론가."

"무슨 일인데요?"

"둘 다 안전해졌거든. 사내 녀석은 죽을 고비와 멀어졌고, 이 녀석은…… 조금 문제가 생기긴 했지만 무사하고."

"무슨 말씀인지? 이제 좀 제대로 말씀 좀 해보세요. 이번엔 인간 세상에서 무슨 짓을 하고 돌아다니신 겁니까?"

백로의 못마땅한 물음에 야호는 바로 대답하는 대신, 해인을 시간이 빨리 흐르는 연못 속에 살며시 집어넣었다. 그 연못은 선계와 연결되어 있어서 선계의 시간으로 흘렀는데, 가득 채우고 있는 것은 물이지만 물이 아니었다.

순수한 기의 원액이라는 표현이 더 어울렸다. 그 안에서 잠들면 먹지 않아도 되고, 아프지도 않았다. 자칫 방심하면 그 안에서 평생을 잠들겠지만 말이다.

"처음엔 그냥 나들이였는데…… 어쩌다 보니 사신이랑 악귀를 따돌리고 냅다 튀었지 뭐냐."

"……어쩌다 보니, 라는 거로 너무 많은 걸 얼버무리시는 거 같은데요. 악귀는 그렇다 치고, 사신에게 추적당하는 건 위법입니다. 어느 세계 법으로 도요!"

"하하."

"도대체가. 등천이 코앞인 분이 왜 그러고 다니시는……."

"아, 그거 미뤄졌다, 백로야. 한 몇십 년은 더 수행해야 할 것 같아."

"네에?"

"참지 못하고 이 녀석을 구해버려서, 중립을 지키지 못했거든. 나도 아직 먼 모양이야. 더 수행해야겠다."

뒤통수라도 한 대 얻어맞은 것 같은 백로를 보며, 야호는 남의 일인 양 어깨를 으쓱여 보였다.

"그, 그냥 내버려 두셨어야죠! 죽는 건 순리 아닙니까! 명보다 이르든, 늦든……."

"내버려 뒀다면 더 오래 양심의 가책에 시달렸을걸."

"……야호 님."

"그나마 구했으니, 몇십 년 수련하는 거로 끝나는 거지. 잡아먹히는 걸 봤다면 백 년은 더 지체했을 거야. 자책이란 녀석은 떨쳐내기 힘들거든. 내가 안다."

백두산에서 가장 존경받는 호랑이면서, 선계에서도 언제든 오기를 기다리고 있는 거물이면서, 야호는 항상 손해를 보고는 했다. 이런 성격만 아니었다면 500년쯤 수련했을 때 등천했을 것이다. 백로는 다음에 또 야호가 나들이를 나간다고 하면 죽어도 말려야겠다고 생각했다. 그도 아니면 따라붙거나.

"하아…… 인간을 좋아하는 건 그러니 손해라는 겁니다."

"넌 인간이 왜 그리 싫으냐."

"끝이 없다고요, 인간들의 욕심은. 양보해줘도 고마운 줄도 모르고. 우리 먹을 걸 다 가져가고. 남의 고향을 오염시키고. 그런 녀석들을 도와주기 시작하면 우리만 거덜 납니다."

"그야 그렇지만. 좋은 녀석들도 있는걸."

"가뭄에 콩 나듯 있죠. 인간에게 정체를 들키면 그 기억을 지우라는 규율이 괜히 생긴 게 아니잖습니까."

먼 옛날에는 인간과 산신들이 함께 이웃처럼 지내던 시절이 있었다. 하지만 인간들이 산신의 힘을 원하기 시작하고, 처음엔 좋은 마음으로 비를 내려주거나, 가뭄을 알려줬던 산신들도 그 욕심에 지치기 시작했다. 착한 인간에게 금도끼를 하나 줬더니 온갖 인간들이 몰려와서 너도나도 도끼를 달라고 타령한 건 유명한 일화였다.

인간들이 발전하는 만큼 산신들은 그들에게서 멀어졌다. 이제 인간들은 대부분 산신의 존재를 믿지 않았다.

"……그래서 말인데, 아까 말씀하신 사내 녀석 기억은…… 지우신 거죠?"

"아니."

"야호 님!"

"하지만 그 녀석은 내가 백두산 산신인 걸 모르는걸. 그냥 사람이 되는 호랑이 정도."

"사람으로 변할 수 있는 호랑이가 몇이나 된답니까!"

"뭐, 어떠냐. 서양엔 많지 않냐."

"그런 서양 요괴들이랑 대야호 님을 어찌 비교합니까!"

해인이야 곧잘 야호를 지나가는 멍멍이 취급 했지만, 야호는 사실 천제(天帝)의 호위장군으로 러브콜도 받은 몸이었다. 문제는, 도를 닦고 있다 보니 자신이 얼마나 위대한가에는 별로 관심이 없다는 거였다.

"괜찮다, 괜찮아. 등천하면 인간 세상에서 지은 죄는 다 없던 일로 해주니까."

"……그런 것까지 계산하신 겁니까? 하여간 대단하십니다."

백로가 감탄인지 질색인지 모를 소리를 내며 고개를 내저었고, 야호는 연못 안에 잠든 해인을 빤히 들여다봤다.

"외면하는 게 나도 편하지만, 도와주고 싶은 욕심이라는 것도 있지 뭐냐."

"그게 뭔 욕심이래요. 저는 그런 거 모릅니다."

"그러냐."

"야호 님은 아무튼 또 손해 보신 거예요! 남 좋은 일만 하신다고요! 이제부터라도 인간을 좀 멀리하세요! 뭐, 이 아이가 월의 환생이라도 된답니까?"

큰소리 내지 말라는 듯 손을 내저어 보이는 야호는 정말 새끼를 기르는 짐승 같았다.

"그건 아니지만, 월의 딸이랄까."

"……네에?"

"월은 항상 단명하는 지아비를 만나서 나를 슬프게 하더니, 이번에도 그런 모양이야. 그뿐이냐? 이 녀석도 제 어미랑 똑같지 뭐냐."

"그 지긋지긋하게 말씀하시던 청월 말입니까? 그 딸이라고요? 그런 건 또 언제 아셨습니까?"

"나들이 나가서 이 아이를 처음 봤을 때 알았지. 영혼을 마주하면 알 수밖에. 월의 잔재를 내가 못 알아볼 리 없지 않냐."

영혼에는 친한 다른 영혼의 기척이 남기 마련이었다. 인간들의 표현으로 하면 냄새 비슷한 것으로, 해인에게서 가장 강하게 풍기는 다른 영혼의 잔재는 시율이었고, 그 뒤가 어미의 것이었다. 그런데 그게 아무리 봐도 월의 것이었다. 잊을 수 없는 냄새를 몰라볼 리 없었다.

심심풀이 삼아 기르게 된 갓난아이가, 하필이면 월의 자식이었다니. 야호는 이것도 지독한 인연의 하나라는 걸 알고는 수긍하는 수밖에 없었다.

그래서일까. 야호에게 해인은 제 자식 같은 구석이 있었다.

해인은 알 리 없겠지만.

저를 부르는 소리에 해인은 가늘게 눈을 떴다. 야호가 수면 위에서 저를 향해 손을 내미는 것이 보였다. 물 안에서 끌려 나가자 그곳은 낯설고 커다란 동굴이었는데, 동굴의 천장은 뻥 뚫려 있어서 달이 보였고, 연못은 그 달빛을 직격으로 쬐고 있었다.

아름다워서 세상 일부가 아닌 것 같은 곳이었다.

해인은 멍하게 주변을 둘러봤다. 기억이 아주 드문드문했다. 사고 이후의 기억은 거의 없다고 봐야 했다.

"기분이 어떠냐."

벗은 몸으로 동굴 한가운데 서 있으니 추울 만도 한데, 아무렇지도 않았다. 이곳은 공기 자체가 따뜻한 것 같았다. 조금 둔하게 제 손을 내려다보는 해인에게 야호가 깨끗한 천을 한 장 둘러줬다.

해인은 제 손바닥이 왜 이렇게 작을까, 하는 생각에 빠져 있었다. 그러고 보니 야호도 평소보다 많이 커 보였다.

"아, 지금은 대충 서너 살이려나? 아직 다 큰 게 아니거든. 그래도 말하는 데는 별로 무리가 없을 거다."

"⋯⋯강은요?"

"너 이 녀석, 눈뜨자마자 한다는 소리가 그거냐."

몸이 작은 것도 작은 거지만, 어찌어찌 내는 목소리가 어눌했다. 갓 말을 배운 아이처럼 말이다.

"강은, 괜찮아요?"

일어서서 가만히 있는 건 무리가 없었지만, 걷는 건 조금 힘들었다. 이 몸은 모든 게 처음이었다. 해인은 넘어질 뻔했다가 야호의 옷깃을 붙들고 거듭 되물었다.

"강은요?"

"⋯⋯그 녀석은 무사해. 그보다 네 손이나 움직여봐라."

"손은 왜요?"

"해봐라."

겨우 눈을 떴는데 웬 손 타령일까. 해인이 가만있자 야호가 먼저 해인의 두 손을 가져가 주무르듯 만졌다.

"움직이냐?"

"어?"

"역시. 이 손이군."

어째서일까. 왼손이 이상했다. 서툴긴 해도 다른 신체는 전부 생각대로 움직여 줬는데, 왼손만은 요지부동이었다. 꼬집어보자 아픈 감각은 살아 있는데, 전혀 움직이진 않았다. 왼손 팔꿈치 아래로는 제 것이 아닌 것처럼.

"제 손이 왜 이런 거예요? 몸이 잘못 만들어진 건가요?"

"아니."

"그럼요?"

그림을 그리는 해인에게, 오른손만큼은 아니겠지만 왼손도 중요했다. 왼손이 안 움직이자 스스로 천을 어깨 위로 여미는 것조차 버거웠다. 해인은 계속해서 왼손을 움직이려고 해봤지만 소용없었다. 손 하나가 무력했다.

"네 왼손은, 영혼일 때 악귀에게 뜯어 먹혔다."

야호가 그답지 않게 눈을 피하며 말했다.

듣고 나니 어렴풋이 그런 기억이 나는 것도 같았다. 해인은 흐린 기억 사이에서 뭔가에 물려갈 뻔했던 걸 떠올렸다. 잡아먹히기 시작했던 것도. 그런 거구나. 그때, 무언가를 잃어버린 거구나. 해인은 잠시간 말이 없었다. 선뜻 제 왼손이 움직이지 않게 됐다는 걸 받아들일 수가 없었다. 그나마 오른손이 아닌 데 감사해야 하는 걸까.

"······그럼, 평생 못 쓰나요?"

왼손을 못 쓰면 생활이 좀 불편하겠다. 그리고 또 어떤 게 힘들려나. 당장은 상상 가는 게 없었다. 왼손이 안 움직인 적이 없으니까.

"아니, 영혼은 재생한다. 다시 왼손이 자라나긴 하겠지만······ 문제는, 적어도 몇십 년이 걸릴 거다."

"······겉보기엔 멀쩡한데. 이상한 느낌이네요."

"영혼의 문제니까."

해인은 영혼이 없다는 제 왼손을 만져봤다. 만져지고 있다는 걸 알 것 같았다. 그건 신체의 문제라서일까.

"영혼이 회복되는 만큼 조금씩 움직이기야 하겠지만, 본래대로 쓰려면 얼마나 시간이 들지는 모르겠구나."

"······오른손이 아니라 다행이에요. 그래서 강은, 괜찮아요? 정말 무사한 거죠?"

"······그놈의 강시율 타령은. 보여주마. 이리로 와라."

자신의 일부가 움직이지 않는데도 해인이 생각보다 충격받지 않은 건, 이 정도면 그가 무사한 값으로는 싸다고 생각되어서였다.

'손 하나면, 아깝지 않아.'

시율 타령을 하는 해인을 야호는 마지못해 연못 밖으로 이끌었는데, 해인은 지금 한 걸음을 떼는 데 몇 분씩 걸렸고, 보다 못해 야호가 제 손으로 안고 갔다. 그러고는 아주 오래된 은색의 수경 앞에 해인을 내려줬다. 시율을 보여준다더니. 이건 뭘까. 언뜻 봐서는 고급스러운 물그릇일 뿐이었다.

"인간 세상을 훔쳐볼 수 있는 수경이다. 특정한 인간을 찾아서 볼 수도 있고."

"와……."

"찾고 싶은 인간의 머리카락이 있다면 말이야."

"저한텐…… 그런 거 없는걸요?"

"나한테 있다. 두세 번 훔쳐보면 거덜 날 양이지만."

야호는 이런 날이 올 줄 알았던 걸까. 그도 아니면 머리카락을 수집하는 취미라도 있는 걸까. 품에서 책을 꺼내 든 야호는 그 사이에 끼워 둔 머리카락 한 가닥을 수경에 떨어트렸다. 그러곤 동그란 수경의 가를 손끝으로 빙, 둘러 만졌다. 그러자 수경의 물이 혼자 파문을 일으키며 얕게 흔들렸다.

"들여다봐라. 녀석이 뭘 하고 있는지."

신기하게도 정말 수면의 아래로 시율의 모습이 보였다. 물과 함께 넘실대느라 그리 선명한 모습은 아니었지만, 그가 분명했다. 그리고 그는 조금 말라 있었다. 난데없이 해인은 가슴이 욱신거리는 걸 느꼈다.

"……그 뒤로, 시간이 얼마나 지난 건가요?"

"일주일."

겨우 일주일밖에 되지 않았다니. 그런데 그는 저렇게 힘들어 보였다. 당장 그를 만질 수 있다면 좋을 텐데. 해인은 작은 아이의 손으로 수경 위를 만져봤다.

하지만 물에 손이 닿자 그의 모습이 사라져서, 손을 떼어낼 수밖에 없었다.

"그런데 저긴 어디냐."

"여기는 저랑 강이 처음 데이트했던 곳이에요."

"흠, 대체 저기서 뭐 하는 거지?"

"······제 그림을 팔던 화랑이에요. 지금은 문을 닫은 것 같지만."

그는 낯익은 곳에 가 있었다. 아무래도 해인의 흔적을 찾고 있는 것 같았다. 화랑은 몇 달 사이 망해버린 듯했다.

"이런, 이런."

"저를 찾고 있나 봐요. 저럴 줄 알았어······."

"죽었다고 생각하는 게 편할 텐데······. 뭐, 시체도 사라지고 나도 사라졌으니, 미련을 못 버리는 건 당연하겠지만."

시율은 힘들 때면 손으로 제 얼굴을 감싸 쥐고, 스스로 어지러운 마음이 수습될 때까지 손을 내리지 않고는 했다.

그리고 지금은 아주 오래, 얼굴을 덮고 벽에 기대 있었다.

"······이거, 만져봐도 되나요?"

"상관없다."

"강이 없어지는 건 아니겠죠?"

"잠시 안 보이기야 하겠지."

그럼 안심이었다. 해인은 조심스레 손을 뻗어 다시 수경의 수면을 쓰다듬었다. 그의 얼굴이 조금 크게 보여서, 그 위에 살며시 입술을 눌렀다. 두 뺨이 젖은 건 수경의 물 때문이리라.

벌써 그가 그리웠다. 이렇게 빨리 헤어지게 될 줄은 몰랐는데.

"강······."

그에게 들릴 리 없다는 걸 알면서, 그를 불렀다. 스스로도 이렇게 애가 타는 것이 가엽고 슬펐다.

"강, 보고 싶어."

날 데리러 와. 기다릴게.

때는 완벽한 봄날이었다.

거리는 해가 졌음에도 사람들로 가득했고 밤이 와도 더 이상 춥지 않았다. 거리의 북적이는 사람들 사이로 이질적인 존재 둘이 홀연히 나타난 건, 달이 구름에 가린 틈바구니였다. 하나는 검은 갓은 눌러쓰고 검은 도포를 입은 새까만 차림의 소년이었고, 하나는 낡았지만 하얀빛의 도포를 입은 건장한 덩치의 사내였다.

둘은 바쁜 걸음으로 사람들 사이를 휘적휘적 걸어갔다. 그들은 아무에게도 부딪치지 않았고, 아무에게도 보이지 않았다. 그러니 사람들은 기묘함도 알아채지 못했다.

"너는 도대체 왜 따라오는 거냐?"

"같이 좀 가면 어때서 그러냐. 내가 보살핀 아이니 마지막 모습 정도는 봐 두고 싶어서 그러지."

둘의 목소리 역시, 아무에게도 들리지 않았다.

"호랑이 주제에 잔정이 그렇게 많아서 어쩌려고 그러냐."

"어쩌긴, 여태껏 그래왔듯 그렇게 살겠지."

"희한한 녀석."

"그나저나 모달 네 그 모습은 오랜만에 본다. 한 이백 년 만인가?"

"요즘은 인간들에게 친근함을 줘야 한다며 업무 중 사신탈 착용이 필수니까. 뭐, 인간들이 날 보자마자 비명부터 안 지르는 건 확실히 좋다만."

모달은 푸른빛 도는 피부나 생기 없는 눈만 아니라면 15살쯤 되는 평범한 소년으로 보였다. 그는 물이 뚝뚝 흐르는 무언가를 천으로 감싸 대충 옆구리에 끼고 있었는데, 하얀 발이 밖으로 나와 바닥에 끌리고 있었다. 해인의 발이었다. 그 모양을 힐끔대나 싶던 야호가 불안한지 손을 뻗었다.

"뭐냐?"

"내가 안고 가는 게 낫겠다. 돌아가는 길을 사신이 안고 있는 것부터가 불길하니까."

"말 거참 막 하는구나."

"사실이잖냐."

따지자면 해인은 죽었다 살아나는 길이었고, 야호는 이왕이면 제 손으로 배웅해주고 싶었다. 야호는 기어코 모달의 손에서 해인을 빼앗아 제 품에 안아 들었다. 그리고 천을 조금 들춰 숨 쉴 틈을 만들어줬다. 방금 막 연못에서 꺼내 온 해인은 얕은 숨을 몰아쉬며 여전히 깊게 잠들어 있었다.

"그런데 말이다, 이렇게 급할 필요가 있냐. 오자마자 밖으로 데리고 나올 필요는……."

"뭔 흰소리냐. 그럼 이게 느긋하게 할 일이냐? 난 서둘러 이 일을 마무리 짓고 싶다. 그건 박해인도 마찬가지일 거다."

"……."

"빠를수록 서로에게 좋은 것 아니냐."

약속했던 날보다 이틀이나 빨리 나타난 모달이었고, 모달은 해인을 인간 세계로 되돌려놓는 걸 조금도 지체하지 않았다. 그건 야호가 당황스러워할 만큼 순식간이었다.

"으음, 그래도 깨워서 인사 정도는……."

"깨워봐야 울기밖에 더 하겠냐. 보니까 지내던 인간들이랑 정이 들었는지 귀찮게 하더라."

"그래도 이대로 기억을 지워버리는 건 너무 가엾지 않냐."

"넌 인간에게만 어찌 그리 무르냐. 대화를 한들 뭐가 달라질까. 달라질 건 아무것도 없다. 그리고 어차피 지울 기억, 전부 쓸데없는 일이다."

모달의 말도 틀린 것은 아니었다. 하지만 야호는 해인이 제 기억이 지워지는 순간에도 잠들어 있기를 바라진 않았다. 물론 깨어 있다고 해도 달라지는 것은 없겠지만 말이다. 기억이 지워지는 걸 안다고 해도 할 수 있는 건 없을 테니까. 어쩌면 모달의 말대로 이대로 조용히 돌려보내는 게 나을지도 모르겠다.

잠자코 해인의 젖은 머리카락을 보다가, 몸에서 물기를 날려 보송보송하게 만들어주는 것 말고는 야호도 더는 해줄 수 있는 게 없었다.

"여기가 좋겠군."

마땅한 곳을 찾아 두리번거리던 모달이 파란 간판을 가리켰다. 야호는 저게 무엇을 뜻하는 건지 알 수 없었다. 해인을 아무 데나 두고 갈 수는 없었다.

"……파출소? 뭐 하는 데냐, 저기는."

"관청이라고 하면 네가 알려나. 아무튼 저 앞에 두면 안전할 거다. 집이니 뭐니 하는 것도 찾아줄 테고."

"관청이라, 그렇군."

"저 근처에 내려놔라."

문으로 보이는 투명한 유리 옆에 해인을 기대 앉히며, 야호는 바닥의 냉기를 적당히 날려버렸다. 해인은 천을 한 장 두른 것 말고는 아무것도 입고 있지 않았다. 야호는 해인 근처로 주변의 더운 공기를 잔뜩 끌어모았다.

"옷은 어쩔 거냐."

"아, 입혀야지. 어디 보자…… 옷은, 저것들처럼 하면 되려나."

야호와 달리 모달에게 이 일은 어서 해치우고 싶은 골칫거리일 뿐이었다. 모달은 일사천리로 움직였다. 휙휙, 검은 도포의 소맷자락을 휘둘러 해인에게 지나가는 누군가 입고 있을 것 같은 청바지와 후드티를 입히고, 이어 열 명 중 네댓이 신은 것 같은 운동화도 신겼다.

야호는 그걸 구경하다가 해인이 투덜거렸던 한 가지 문제를 떠올렸다.

"이 녀석이 그러던데, 너 때문에 자기 차가 할부가 남았는데…… 그래서…… 뭐랬더라? 아무튼 어려운 말이었는데, 그건 어쩔 거냐. 물어내라던데."

"자동차 말이군."

"널 만나면 따지고 싶어 하던데. 네가 깨우지도 않고 있으니까."

"으음…… 그건 못 만드는데. 너 할 줄 아냐?"

"나도 못 만드는데."

모달과 야호는 멀뚱히 서로를 보며 턱을 긁적였다. 생명체가 아닌 이상 뭔가 만드는 건 그리 어렵지 않은 일이었다.

다만…….

"기본적으로 구조를 알아야 만드는데 그런 기계의 구조를 우리가 어찌 알겠냐."

"그럼 대신 금이라도 주든가."

"아, 그러면 되겠다. 보석 같은 건 쉽지."

"이왕이면 금괴로 해라, 금괴! 큼지막한 거로."

"안 돼. 그랬다간 이 녀석 경찰 조사를 받게 될걸?"

"음? 왜냐? 그럼 금 두꺼비로 해라. 금 호랑이는 어때?"

야호가 이해할 수 없다는 얼굴을 했지만 모달은 귀찮은지 대답도 해주지 않았다. 이어 모달이 또 한 번 소맷자락을 펄럭였을 때, 해인의 주머니 부근은 묵직하게 변해 있었다. 완벽한 보상은 못 되었지만 사신의 힘으로 되돌려줄 수 있는 건 여기까지가 한계였다.

"얼추 된 것 같군."

모달이 다가서자 야호는 해인의 곁에서 한 걸음 물러섰다. 남은 게 뭔지 잘 알고 있었다. 야호는 시선을 돌렸고, 모달은 검은 도포 자락 사이에서 핏기 없는 허연 손을 꺼내 해인의 이마를 짚었다. 사신의 손은 차갑고 섬뜩한 것이라, 해인은 순간 깨어날 듯 눈가를 움찔거렸다.

하지만 깨어나지는 못했다. 인간이 아닌 자들이 그렇게 종용하고 있었으니까.

"박해인아."

"으응……."

"망각(忘却)의 강의 이름으로, 다른 세계의 일은 전부 잊어라. 그래야 너도 본래의 생활을 되찾을 수 있을 테니. 인간은 인간의 일만을 기억하는 게 좋다."

모달의 손끝에서 미세하게 퍼져 나오는 그건 빛이라기보다는 연기였다. 푸르고 보랏빛인, 마치 수증기 같은 것.

다름 아닌 저승의 힘.

"······눈물을 흘리는데, 의식이 있는 건가?"

"아니. 인간들은 대부분 기억을 지울 때 어째서인지 눈물을 흘려. 모두 그래."

제 기억이 지워진다는 걸 본능적으로 아는 걸까, 아니면 단순한 반사작용일까. 어느 쪽이든 눈물이 가로지른 뺨은 보기 힘든 것이었다. 긴 시간을 살며 많은 것을 봐온 야호였지만 인간의 기억이 지워지는 순간을 보는 건 이번이 처음이었다.

그건 대체 어떤 상실감일까. 평범한 존재가 아니게 된 이후로 기억이란 영원한 것이 된 야호로서는 짐작이 가지 않는 일이었다. 해인이 저를 잊는다는 게 아주 조금 쓸쓸하게 느껴지긴 했다.

"됐다. 가자."

마침내 모달이 손을 떼어냈을 때도 해인은 여전히 가늘게 눈물을 흘리고 있었다.

"······된 건가?"

"그래. 달이 나오기 전에 서둘러 돌아가야 해."

모달은 누가 볼까 무서운지 돌아가는 걸음을 재촉하고 있었다. 야호는 한 번 뒤를 돌아봤지만, 그뿐이었다. 둘이 떠나자 그제야 사람들 눈에 해인의 모습이 보이기 시작했다.

언제부터 거기 있었던 건지는 아무도 알지 못했다.

인간들의 표현을 빌리자면, 조촐한 뒤풀이였다. 야호와 대작을 할 만한 존재는 그리 많지 않았는데, 모달은 드물게도 야호에게 지지 않는 애주가였다. 겉모습은 10대 소년이었지만 말이다.

"기억을 나중에 지우거나 할 수는 없는 거였나."

허전한 연못 안을 한참 들여다보던 야호가 문득 물었다. 모달은 술잔을 기울이다 말고 어이없다는 얼굴이었다.

"하? 너희 세계 법도에서는 그게 가능하던가?"

"물론 아니지만."

"인간은 인간의 일이 아닌 걸 알아서는 안 돼. 그래서 좋았던 예는 없으니까. 자멸하거나, 혼란을 불러일으킬 뿐이야. 지우고 말고는 내 선택 사항이 아니라고. 애초에 우리 존재를 아는 채로 일상생활은 불가능해."

모달은 어쩐지 쓸쓸해 보이는 야호가 그새 해인과 정이 많이 든 모양이라고만 여겼다. 처음 해인의 몸을 맡겼을 때도 꽤나 정성을 들이는 듯하더니 말이다. 다소 괴짜라는 점에서 일을 부탁할 때는 좋았는데, 지금은 뭔가 줬다 빼앗은 기분이 들게 하고 있었다.

예뻐하던 고양이가 가출이라도 하면 저런 얼굴일까.

"이봐, 그렇게 쓸쓸하면 인간을 하나 골라서 짝으로 삼든가."

"풉."

"그 수밖에 없잖아? 기억을 지우지 않으려면 반려로 삼아서 네 쪽 세계의 일원으로 만들거나, 도를 닦게 해서 선인이라도 되게 하는 수밖에 없으니 말이야."

"뭐, 그런 뜻은 아니었다만."

야호는 알 수 없는 웃음을 짓고 있었다. 모달은 잔을 채우며 되물었다.

"아냐?"

"전혀."

인간이 측은지심에 길 잃은 짐승을 주워 기르듯, 간혹 산신 중에도 측은지심에 길 잃은 인간을 주워 보살피는 경우가 있었다. 대개는 치료해서 본래 세계로 내려 보내지만, 간혹 정을 통해 연을 맺는 경우도 있었다. 야호라고 못할 건 없었다. 다만 함께 등천하지는 못할 테니, 짝이 죽거든 등천해야 할 터.

무수한 제약이 있기는 하지만 전례가 없는 것도 아니었다.

물론 모달이 선계가 아닌 저승의 존재다 보니 쉽게 말하는 거긴 했지만 말이다.

"무리야. 인간 중에, 뭘 말고 짝을 고를 생각도 없지만 내 짝이 죽는 걸 보고 혼자 등천할 만큼 대단치 못하다, 나는."

"거참, 남들은 잘만 하더구먼."

"같이 죽고 싶을 것 같다."

"……죽음도 통달해야 하는 게 등천 아니었냐."

"그렇다만, 죽음도 두렵지 않게 하는 게 사랑 아니냐."

야호는 빈 연못을 보며 해인을 떠올렸다. 해인을 이성으로 사랑해서 떠올리는 게 아니라, 해인이 시율을 그렇게 사랑한 게 생각나서였다. 만약 해인은 그대로 악귀에게 잡아먹혔어도 만족했을까? 사랑하니까? 잘 모르겠으니 역시 저는 짐승인 모양이었다.

"난 이래서 도 닦는 것들이랑 대화하는 게 싫다. 무슨 세상 이치랍시고 읊는 게 전부 결국 돌고 도는 눈치니 통 어려워서……."

"돌고 도는 것 맞다. 그러니 결국 중립이 답인 거고……. 이런, 그보다 너한테 묻고 싶은 게 있었는데."

"나한테? 도를 닦는 호랑이님께서 모르는 것도 있나."

야호는 여전히 해인이 걱정됐지만, 만만치 않게 모달의 안위도 걱정됐다. 분명 이번 일에 잘못이 큰 건 명백하게 모달이었다. 그렇지만 딴에는 수습한다고 동분서주하는 걸 빤히 봐왔고. 할 수 있는 한 원상 복귀시킨 것도 사실이었다.

그리고 오늘에야 겨우 일단락됐다고 저렇게 안심하고 있었다.

하지만, 사실은 시율의 존재가 남아 있었다. 시율을 내버려 둬도 될지가 내심 마음에 걸렸다.

"……모달, 그 아이 기억을 지운 이유 중 하나가 염라 때문도 있었지? 만에 하나라도 기억을 읽히면 안 되니까."

"맞다. 인간들은 죽어서 염제님 앞에 서는데 그때 생전의 모든 기억을 읽히지. 염제님뿐이다. 인간의 기억을 그렇게 상세하게 전부 읽을 수 있는 것은."

"기본적으로 그거, 생전의 기억을 읽어서 다음에 무엇으로 환생하게 할지 결정하는 거잖냐."

"너무 악질인 것은 지옥으로 보내기도 하지만…… 거의 그렇지. 설마 이런 기본적인 것을 묻는 거냐?"

염라대왕, 즉 염제는 저승의 왕이자 죽은 것들의 죄를 다스리는 신이었다. 그리고 이번 일은 간단하게 보면 규칙을 어기고 '신'을 속인 것이었다. 그렇기에 중죄였다. 거기까지는 해인의 관심사가 아닐 테지만 말이다. 하여튼 만약 이 일을 들킨다면 소멸되는 건 모달이었고, 모달이 해인의 기억을 지우는 데 급급한 이유는 다른 것보다는 염라 때문이 가장 컸다.

만에 하나 해인이 기억을 가지고 있다가, 명보다 빨리 죽기라도 한다면. 그래서 모달이 손쓸 새도 없이 다른 사신의 손에 염라의 앞에 세워진다면. 그래서 기억을 읽힌다면…… 그건 쉽게 말하면 모달이 제 목을 조를 증거물을 폐기하지 못한 것과 같았다.

"……저기, 너 환생이 언제랬지?"

"이제 37년 남았다. 저승사자 생활은 정말 지긋지긋해."

그리고 지금의 문제는 모달이 모르는 그 증거물이 하나 더 있다는 것이었다. 모달은 해인의 기억을 지웠으니 됐다고 여기고 있는 눈치지만…….

"너희도 일단 사신의 업을 벗으면, 모든 죄는 다 씻어지는 거냐?"

"무슨 소리냐?"

"우리는 일단 등천하면 지상에서의 모든 죄를 다시 묻지 않거든. 그런 식인가 묻는 거다."

"아, 그렇지. 일단 윤회의 길로 들어가면 사신일 때의 죄나 추가적인 업무는 다시 묻지 않아. 또 스스로 목숨을 끊어서 사신의 업을 받지 않는 이상은 말이야."

"흐음……."

해인의 기억을 지웠으니 됐다고 여기고 마음껏 술을 마시고 있는 자신의 친구를 보며, 야호는 부디 시율이 앞으로 37년 이상은 살아주길 바랐다. 적어도 모달이 사신의 업을 벗은 뒤에 들키면 염라도 어쩌지는 못할 테니 말이다. 마음에 안 들지만, 어쩔 수 없이 가끔 시율을 보러 가야겠다 싶었다. 그 녀석을 오래 살게 하려면 지켜보는 수밖에 없기 때문이다.

야호는 이 값을 뭐로 받아야 할까 궁리했다.

"모달 너 말이다."

"응?"

"그렇게 죽어라 모든 걸 잊고 환생하고 싶은 이유가 대체 뭐냐. 항상 노래를 부르잖나. 다시 태어나고 싶다고."

"말하기 싫다니까. 부끄럽다고."

"그걸 말해주면, 너한테 도움이 되는 걸 해주지."

"……끄응. 또 혼자 뭔가 꿍꿍이를 꾸미는구먼. 이래서 도 닦는 짐승들이란……."

별것 아니지만 야호에게 그건 몇백 년 된 의문거리였는데, 그간은 전혀 말해줄 생각이 없어 보였던 모달이 오늘은 술이 거하게 들어가서 그런지, 아니면 신경 쓰이던 일이 해결돼서 그런지 슬그머니 말문을 열었다.

"……정말 별거 아닌데."

"으흠."

"다시 어머니의 아들로 태어날 거다."

"어머니?"

"그래. 그래서 어머니를 행복하게 해드릴 거야. 이번에야말로 부모보다 먼저 죽는 자식이 되지 않을 거다. 어머니보다 오래 살아서, 가시는 길 봐드리고 손자를 안겨드리고, 그런 삶을 얻고 말 거다."

뭐랄까, 너무 심심한 것이라 야호는 오히려 할 말이 없어졌다. 이런 심심한 이유라서야 수지가 안 맞았다. 얼마나 마셨는지 슬슬 동이 난 술병을 거꾸로 들어 흔들며 야호는 툴툴댔다.

"그게 다냐?"

"아, 또 돌림병에 걸려오지 않는 것도 중요하지. 팔다리가 문드러져 떨어져서, 산 것이 산 것이 아니어도…… 스스로 죽지 않는 것도 매우 중요하고."

"뭐, 다 좋다만. 자식으로 태어나는 게 네 마음대로 되겠냐."

"후후, 비밀인데…… 사신으로 일하면서 깨달은 게 몇 가지 있지. 죽어라 그리워하면, 닿게 되어 있어. 그게 바로 연(緣)이다."

아, 그렇군. 그런 것 같더라. 야호는 마지막 한 잔을 들이켜며 조금 수긍했다. 왜냐하면 본래의 몸으로 돌아온 해인에게서는 전생을 엿볼 수 있었으니까.

"그렇군. 알 것 같다. 어떤 건지."

다음에 시율을 찾아가면, 그 곁에 해인이 있을 것 같은 기분이 들었다.

9. 길을 잃어버린 날들

종종 알 수 없었다. 자신이 왜 여기에 있는 건지.

"이상하군요."

"……."

"관절 반응도 정상인데."

해인은, 멍한 눈으로 담당의 가운 자락만 바라봤다. 어쩐지 그 하얀 가운 자락이 신경 쓰여서 하염없이 눈에 담았다. 많이 낯이 익었다. 의사가 아니라 가운이. 물론 의사 가운이 눈에 익은 건 당연한 일이긴 한데, 예전이랑은 다른 느낌으로 자꾸만 신경이 쓰였다.

"박해인 씨?"

"……아, 네."

"뼈에도 이상 없고, 근육에도 이상은 없어요. 오히려 너무 건강해서 신기한 상탭니다. 이렇게 종합검진 결과가 좋은 사람, 저는 정말 처음 봅니다."

30대 중반의 젊은 남자 의사는 해인이 다른 병원에서 가져온 소견서나, 이 대학병원에서 한 종합검진 결과를 뒤적이면서 마치 너무 건강한 게 문제라는 듯 말하고 있었다. 해인은 이제 이 반응이라면 질려버린 상태였다. 유명하다고 해서 찾아간 의사들은 하나같이 해인의 신체 건강에 감탄을 금치 못했다.

"아마, 제가 술도 담배도 안 해서……."

"아니, 그래도 이렇게 뭐랄까, 아름답다 싶을 정도로 피 상태가 깨끗하고 뼈가 곧기가 참 힘들거든요? 관리만 잘하시면 평생 무병장수할 몸인데. 교본에 싣고 싶을 정도로 완벽한 건강쳅니다. 의사로서 설렐 정도로 신체가 참……!"

"……에."

"건강관리 비법이 뭡니까? 혹시 뭐, 특별한……."

해인은 앉은 의자째로 뒤로 조금 물러섰다. 대놓고 질색하고는 굳은 얼굴로 주섬주섬 짐을 챙겼다. 한 손으로는 재킷을 챙겨 입는 것도 오래 걸렸다. 여기도 결국 마찬가지였다. 움직이지 않는 왼손 좀 봐달라고 왔는데 듣는 건 '너무 건강하시네요!', '놀랄 만큼 건강하시네요!', '어쩌면 이런 축복받은 신체를!' 모조리 이런 광적인 반응이었다.

"이런. 너무 감탄한 나머지 제가 그만 실례를……."

"됐어요."

"환자분, 계속 같은 답을 들어서 화가 나신 건 알겠지만, 검사 결과는 정말 놀랄 만큼 깨끗합니다. 나쁜 곳을 찾으려야 찾을 수가 없는 상탭니다. 이런 식이면…… 남은 건 한 가지뿐입니다."

"그게 뭐죠?"

못마땅한 채로 진료실을 빠져나가려던 해인은 그 자리에 멈춰 섰다. 지금까지 들렀던 병원에서는 죄다 이유를 모르겠다는, 몸에는 아무런 이상이 없다는 답만 들은 채였으니까. 이 의사라고 그리 미더워 보이는 건 아니었지만 답만 알려준다면 뭐라도 좋았다.

"개인적인 소견입니다만, 혹시 정신적인 문제가 아닐까……."

"나더러…… 지금 정신과에 가보라는 건가요?"

"환자분, 신체적인 문제가 아니라면 정신적인 트라우마일 가능성도 염두에 두어야 합니다. 혹시 짚이는 거라거나……."

"······그런 거 전혀 없어요! 있으면 내가 이러고 다니겠어요!"

해인은 저도 모르게 빽, 하니 소리를 질러버리고는 스스로도 당황하는 중이었다. 손이 움직이지 않는 답답함 때문일까. 본래도 그리 좋은 성격은 아니었지만 요즘 들어 더 나빠진 기분이었다. 온갖 것에 짜증이 나고 초조하고 마음이 급했다. 뭔가 알 수 없는 불안함이 자꾸만 엄습해서 숨을 쉬는 게 불편할 만큼 힘들 때가 있었다.

이유도 없이 한 손이 안 움직이는데 여유로울 수 있는 사람이 대체 어디에 있을까 싶으면서도, 그러고 싶진 않았다.

"······죄송해요. 하지만 그건 아닌 것 같아요."

"아니, 환자분. 그렇게 나쁘게만 받아들이시면 이유를 찾아서 치료할 수가 없잖습니까. 간단한 상담이라도 한번 받아보시면······."

"아뇨. 감사합니다! 이만 가볼게요."

해인은 거의 도망치듯 진료실을 빠져나왔다. 빠르게 걸으면서는 덜렁거리는 왼손이 싫어서 오른손으로 붙잡았다. 울컥울컥 화인지 눈물인지 알 수 없는 것이 멋대로 쏟아지려고 했다.

병원에 오는 것도 상당이 기가 빨리는 일이었다. 병원이 집과 멀어서는 둘째 치고 병원 자체의 분위기라거나 이런 식으로 아무 답도 듣지 못하는 반복이 심신을 지치게 했다. 한숨 돌리고 갈까 싶어서 카페에 들른 해인은 커피를 시키고는 곧장 후회했다. 등 뒤로 점점 줄이 길어지고 있었다.

카운터 여직원은 다소 당황하는 눈치였다.

"아······ 손님, 도와드릴까요?"

오른손밖에 쓸 수 없다는 건, 지갑에서 카드를 하나 꺼내는 데도 시간이 배로 든다는 뜻이었다. 두 배도 아니었다. 거의 세 배쯤. 아침에 혼자 씻고 옷을 입는 건 다섯 배쯤 더 걸렸다. 설거지를 해도 깨끗이 안 되고, 책을 읽을 때도 못 견디게 불편했다. 타자를 치는 것도 한 손 독수리 타법밖에 되지 않았다.

"여기요. 오래 걸려서 미안해요."

"네, 카드 받았습니다. 포인트 카드 있으세요?"

"……아뇨."

사실은 있지만. 그걸 지갑에서 찾아서 꺼내는 데 1분이 걸릴지도 모른다. 해인은 그냥 고개를 내저었다. 카드를 찾는 게 이 지경이니, 계산이라도 하려고 지폐나 동전을 꺼내는 건 더 오래 걸렸다. 일상생활이 불가능한 건 아니지만 편하게 했던 걸 어렵게 하려니 이건 상당한 고역이었다.

주저앉아 그냥 울고 싶어질 만큼 기가 막히고 어이가 없었다. 처음엔 제가 기억에도 없는 교통사고라도 당했나 싶었다. 그저 모든 게 당황스러웠고. 사실 아직도 이게 적응된 건 아니었다.

"주문하신 따듯한 바닐라라테 나왔습니다."

커피가 나오길 기다렸다가 구석진 자리를 하나 차지한 해인은 소파 위에 늘어질 대로 늘어져버렸다.

정말 지쳤다.

이전까지는 왼손을 고치고 싶어서 병원에 다녔다면, 이제는 그냥 왜 안 움직이는지만 알아도 감지덕지할 것 같았다.

"……하하."

이제는 맥이 빠질 대로 빠져서 헛웃음만 나왔다. 다른 병원에 가도 똑같은 답을 듣게 될 게 분명했고, 더는 다닐 기운도 없었다. 힘없는 왼손 대신 오른손에 이마를 괴며 해인은 길고 긴 한숨을 내쉬었다.

"어디서부터 문제인 거지……?"

저도 모르게 중얼거리고는 고개를 내둘렀다. 감도 잡을 수 없었으니까. 정확히 이 주 전이었다. 해인이 파출소에서 눈을 뜬 건 말이다. 왠진 모르지만 제가 그 앞에 잠들어 있었다고 했다. 그곳은 전혀 모르는 동네였다.

'아가씨? 정신 차려요!'

수중에는 휴대폰도 없고 신분증도 없고 아무것도 없었다. 심지어 차 키도 없었고, 대신 처음 보는 금목걸이가 주머니에서 무슨 미역처럼 줄줄이 엮여 나왔다. 금 좀 모아본 아줌마의 말에 의하면 그 정도 금이면 딱, 소형차 한 대 값이라고 했다. 해인은 틈만 나면 하는 생각에 또다시 빠져들었다.

분명 저는 자료 조사와 작업을 겸한 여행을 떠난 길이었다. 차를 끌고 작업실을 나선 것도 기억이 났다. 요금소를 지나고, 고속도로를 탄 것도. 굽이굽이 한 산길을 천천히 타고 올라갔더니 꼭 지금처럼 귀가 먹먹해졌던 것도 똑똑히 기억났다. 거의 꼭대기에 올라갔을 때 안개가 자욱해서 더 조심히 운전해야겠다고 생각했었다.

그래, 거기가 해인이 가진 기억의 끝이었다.

"……눈을 뜨니, 파출소."

눈을 가늘게 뜨고 머리를 아무리 쥐어짜도 소용없었다. 그 뒤는 바로 파출소였다. 해인은 소리도 못 내고 허탈하게 웃느라 어깨만 조금 들썩였다. 처음에 파출소에서 눈을 뜨고 벽에 걸린 시계를 보고는 사람들이 단체로 저를 놀리는 줄 알았다. 무슨 몰래카메라, 그런 건 줄 알았다.

왜냐면 전자시계에 떠 있는 날짜가 자신이 여행을 떠났던 날보다 1년이나 뒤였으니까. 난데없이, 1년.

'아가씨 괜찮아요?'

'이럴 리가 없는데……. 이거, 이거 무슨 장난이죠? 티브이 프로 같은 거죠? 그쵸?'

'참나? 우리가 이런 장난을 왜 칩니까? 경찰이 그렇게 한가해 보여요?'

'하지만…… 이건, 너무 이상한데…….'

장난이 아니라면 이럴 수는 없는 거라고 생각했다. 정말 1년이 지났다면 그건 더 어이없는 일이었으니까. 어쩔 줄 모르는 해인을 취했다고 생각했는지, 경찰은 보호자를 부르라고 했다. 그래, 그때도 뭔가 이상했다.

'됐으니까, 보호자 불러줄게요. 연락처 아는 사람 불러봐요.'

'……보호자요?'

'와줄 사람 있을 거 아니에요.'

'아, 엄마랑…… 또…….'

'또?'

'어? 또 누가…… 분명.'

부를 보호자라고는 엄마밖에 없으면서 왜 자꾸 누군가 또 있는 것 같은 기분이었을까. 아빠가 돌아가신 지 오래라는 걸 새삼 까먹은 건 아니었는데. 해인은 아직도 가끔 그때 그 이상한 기분이 떠올랐다. 엄마 말고 다른 보호자가 있는 것 같은 기분에 몇 번이나 바보처럼 같은 말을 되뇌다가…… 갑자기 왈칵 울어버렸으니까.

뭔가 떠올리고 싶은데 생각이 나지 않으니까 대신 눈물이 나버렸다. 창피하게도 한참을 그렇게 뭔가 알 수 없어서 울었더란다. 엄마가 파출소로 데리러 와서 등짝을 때릴 때까지 쭈욱.

'세상에! 얼마나 술을 먹으면 이러고 있어!'

'……엄마. 뭔가 이상해.'

'그 나이에 그러는 네가 더 이상해!'

그날에는 정말 과음을 해서 그런 줄 알았다. 몸에 술기운은 전혀 없었지만 그것 말고는 이해할 길이 없었으니까. 하지만 집으로 돌아와서도 계속 열병 같은 허무함에 시달려야 했다. 바람만 불어도 눈물이 꾸역꾸역 흘렀다.

며칠이 지나도, 기억은 돌아오지 않았다. 해인은 정말 1년간의 기억을 잃어버린 뒤였다.

"아으!"

뭐가 어떻게 된 건지는 여전히 알 수 없었다. 해인은 오늘도 답답함에 몸을 꼬다가, 커피가 다 식어버린 뒤에야 정신을 차렸다. 식은 커피를 홀짝이면서는 멍하니 생각했다.

'……정말 정신과에 가봐야 하나…….'

솔직히 말하자면 1년이나 기억이 날아가 버린 것도 큰 문제였다. 난데없이 왼손이 움직이지 않는 게 너무 큰 충격이라 그건 살짝 뒷전으로 밀려났지만 말이다.

"사실은 총체적 난국이지…… 그렇지……."

해인은 혼자 고개를 끄덕이며, 내일은 작업실에 가볼 궁리를 했다. 사실 그 생각은 어제도 했고 그제도 했지만…… 오늘도 일상으로 돌아가지는 못하고 있었다.

집 앞에서 길을 잃고 헤매는 기분이었다. 매일 아침 집에서 눈을 뜨면 그때부터 그랬다.

"내 차는 대체 어딜 간 거야?"

거의 한 달이 흐른 뒤에야 작업실에 가보는 해인이었다. 경찰에 신고도 했지만 차는 여전히 찾지 못했고 의문의 금붙이는 써도 되는 건지 자신이 없어서 뚜벅이 신세였다. 오르막을 오르다가 괜히 투덜투덜 성질을 부려봤지만 그런다고 오늘도 기억이 돌아오진 않았다.

왼손 역시 여전히 남의 것인 양 말을 듣지 않았다. 이래저래 불안정한 느낌이라 본래 독립해서 살던 작업실로 바로 돌아오는 대신 엄마랑 지내는 중이었는데, 왜인지 전에는 듣기 싫던 엄마의 잔소리 같은 게 그럭저럭 참을 만했다.

아마도 왼손이 움직이지 않으니 혼자서는 불편한 게 많아서일까? 아, 좋은 건 또 있었다. 밥을 차려준다는 거였다. 설거지는 시키지만.

'네 왼손 왜 그러는지는 모르겠지만, 내가 밥 차렸으니 설거지는 네가 해라.'

'……너무한다! 딸 손이 안 움직인다는데!'

'오른손은 멀쩡하잖아? 의사들도 일단 자꾸 움직여보라고 했고.'

엄마의 성격이 매사에 시큰둥하다는 건 이럴 때 좋은 일일지도 모르겠다. 심각해지려야 심각해질 수가 없었기 때문이다. 쓸데없이 오른손 하나로 설거지하는 요령만 늘어 있었다. 이쯤 되니 오른손이라도 움직여서 다행이라는 생각이 드는 해인이었고, 어쩐지 전에도 이런 생각을 한 것 같다는 느낌이 들었다. 내내 왼손이 움직이지 않아서 짜증만 났었는데, 대체 언제 그런 생각을 했던 걸까.

'데자뷔 같은 게 심해졌단 말이지.'

지금만 해도 그랬다. 작업실 앞에 도착하자 어째서인지 바로 얼마 전에도 이렇게 언덕을 걸어올라 작업실에 왔던 것 같은 기분이 들었다. 그러니까, 아주 근래에 말이다. 기억을 잃은 중간에 작업실에 들렀던 걸까? 아니면 예전의 기억이 새삼 나는 걸까? 자신은 대체 1년간 뭘 하고 다녔던 걸까.

후련히 답을 알 수가 없으니 생각만 많아져서 해인은 곧잘 이렇게 멍하니 서 있게 됐다. 이렇게 있으면 꼭 무언가 떠오를 것 같은 기분이라…….

빠앙!

또 저도 모르게 도로 한가운데 서 있었던 모양이었다. 해인은 흠칫하며 차 쪽을 향해 고개를 숙여 보이고는 얼른 건물 안으로 뛰어 들어갔다. 어쩐지 예전과 달리 자동차 경적 소리가 많이 무서워졌다. 쓸데없이 위축되고, 긴장이 돼서 자신이 왜 이러는 건지 스스로도 도통 알 수가 없었다.

'역시 기억을 잃은 와중에 차에 치인 적이 있는 걸까? 아니면 차에 치여서 기억을 잃었거나. 몸에 상처는 없지만…… 손이 안 움직이는 걸 봐서는 그런 것 같은데.'

그렇든 아니든, 때때로 이상하게 구는 자신은 확실히 불안했다. 해인은 지금 상태로 저 혼자 사는 건 역시 무리라고 판단했다. 아리아로 돌아오는 대신 여길 정리하고 엄마의 집으로 들어갈까 하는 고민 중이었는데, 지금에야 마음에 굳어졌다.

분명 여행을 떠나기 전에는 1년 반 넘게 남아 있던 작업실의 계약 기간이 이제는 반년도 채 남지 않아서 차라리 결정하기는 편했다.

'그래. 좀 아깝지만, 지금 난 혼자 살 수 있는 상태가 아닌걸. 누가 찾아올 것도 아니고…… 그러는 편이 좋겠어.'

해인은 여기에 온 김에 작업실 뺄 준비를 하자고 생각했다.

역시 작업실에 들른 적이 있는 것 같았다. 청소도 되어 있었는데, 꽤나 근래에 한 느낌이었다. 끽해야 몇 달 사이에 말이다.

"난, 왜 캔버스를 꺼내놨지?"

해인은 방 한가운데 꺼내놓은 이젤과 캔버스를 보며 몇 번이나 고개를 갸웃거렸다. 기껏 방 청소를 해놓고는 캔버스를 꺼내둔 게 이상했다. 남이 청소했나 싶기에는 모든 물건이 해인이 원하는 자리에 놓여 있었다. 이건 분명 제가 한 청소였다. 자신은 뭘 그리려고 했을까? 어렴풋이 이게 무슨 뜻인지는 알 것 같았다. 나중에 그리라는 신호였다.

스스로 자신에게 주는. 그게 뭐였는지는 당최 기억이 안 난다는 게 문제였지만. 요즘은 모든 게 문제였다. 이런 걸 마주해봐야 한숨밖에 나오지 않았다.

"모르겠어……."

캔버스를 더듬다가 혹시 싶어서 붓을 꺼내봤지만, 어쩐지 손이 그림을 기억하지 못하는 느낌이었다. 그림을 그린 적 없는 손인…… 그런 기분. 그럴 리 없는데 말이다. 하지만 평생의 반 이상을 쥐고 있던 붓조차 지금은 낯설었다. 분명 머리가 기술을 기억하고 있으니 그릴 수는 있을 것 같은데, 몇 번 붓을 만지작거린 것만으로 지금은 무리라는 걸 알 수 있었다.

보조가 되어주지 못하는 왼손도 문제였지만 이런 정신 상태로 뭔가 그릴 수 있을 것 같지가 않았다. 컨디션이 좋아도 제대로 그릴 수 있을까 말까였으니까.

걸리는 것투성이였다. 결국 해인은 붓을 놓고 도구 상자를 뒤적였다. 그러다가 연필을 집어 들었는데, 어째서인지 이거론 뭔가 그릴 수 있을 것도 같았다.

'연필은 전혀 좋아하는 도구가 아닌데 왜 손에 잡혔을까. 간단한 거라 그런가. 연필로 뭘 그릴 수 있지? ……사람? 난 사람 그리는 것도 별로 안 좋아하는데…… 그런데, 어쩐지 초상화 같은 걸 그리고 싶어. 으음, 뭐, 손 풀기에는 그 정도가 좋을지도…….'

재료를 찾았기 때문일까. 그리고 싶은 이미지 같은 게 머리 한구석에 떠오르려고 했다. 여자는 아니고, 남자가 그리고 싶었다. 섬세한 근육질 같은.

'머리 색이 좀 밝은 남자, 입술은 섹시할 것 같고. 코가 매력적일 거야. 눈매는……? 그런데 이 남자 누굴까.'

얼굴도 알 수 없는 흐린 누군가의 이미지를 홀연히 되새기고 있는데, 등 뒤에서 인기척이 났다.

"똑똑?"

"……민 선생님."

"역시 해인 씨구나, 또 오랜만이네? 지나가다 들러봤어."

"아, 제가 문을…….""

"그래, 이상해. 문을 왜 이렇게 활짝 열어놓고 있어? 아무나 들여다보게. 원래 꼭꼭 닫고 살면서."

멍하게 구느라고 그랬다는 대답은 할 필요 없어 보였다. 정신 놓고 다닌다는 소리라면 엄마에게 질리도록 들었으니까. 해인은 가볍게 어깨를 으쓱여 보이고는 연필을 내려놨다.

"잠깐 들른 거라서요."

"으음? 자기 또 뭔가 달라 보인다?"

"네?"

"어쩐지…… 앳되진 것 같다? 어우, 부러워. 자기는 뭐, 혼자만 역행이라도 해?"

민이영은 툭하면 해인에게 귀엽다느니, 어려졌다느니, 오늘따라 피부가 좋다느니, 해인이 낯간지러워하는 그런 칭찬을 쏟아내고는 했다. 그리고 오늘도 그랬다. 단순히 연하라 귀여워서 그런다고 넘기긴 했지만 역시 들으면 부끄러웠다.

"설마요. 그럴 리가요."

"아냐. 겨울에 봤을 때보다 전체적으로 꽤 어려 보여. 피부도 더 좋아져서는 비법이 뭘까."

"……겨울이요?"

"그래, 우리 같이 술 먹은 날."

이렇게 엉뚱한 곳에 목격자가 있을 줄이야. 해인은 제가 1년 치 기억이 날아갔다는 걸 주변에 말하지 않은 상태였다. 사람을 거의 만나지 않은 것도 있었지만, 그건 어떻게 설명해도 괴이한 일이었으니까. 애초에 해인은 제힘든 얘기를 주변에 사서 하고 다니는 타입도 못 되었다.

"죄송한데, 제가 잘 기억이…… 안 나서요. 그게 정확히 언제예요?"

"해인 씨 그날 엄청 마시긴 하더라. 필름 끊길 만했어!"

"그랬어요?"

"정확히는, 한 세 달 전인가? 아니다! 작년이니까…… 벌써 넉 달 전인가……? 으음. 가물가물한데. 정확하게는 수문이가 알지 않을까? 같이 마셨잖아."

그것도 역시 해인의 기억에는 없는 일이었다. 해인이 표정을 구겨서일까. 민이영이 손사래를 쳤다.

"미안, 미안. 알잖아? 난 원래 날짜 감각이 꽝인 거."

"강 선생님은…… 어디…… 에."

"수문이? 오늘은 외주 미팅 갔는데?"

해인은 제가 내뱉을 말을 조금 곱씹고 있었다. 뭐였을까? 방금 강 선생님이라고 말하니까 굉장히 싫은 느낌이었는데. 원래 그렇게 불렀는데 새삼스레 왜 이렇게 거북한 걸까. 강수문을 강 선생님이라고 안 부르면 뭐라고 부르지?

"강…… 선생님."

"응?"

"강 선생님…… 강……."

해인은 제가 그걸 소리 내 곱씹고 있는 줄은 꿈에도 몰랐다. 몇 번이나 그랬다는 것 역시.

"세상에! 왼손이 왜 그래! 뭐? 안 움직인다고?"

매사 덤덤하기 짝이 없는 제 엄마를 보다가 이렇게 호들갑스럽게 반응해주는 이영을 보니 해인은 오히려 민망해졌다. 사실은 이게 정상일 텐데 말이다.

"그게, 병원에서도 이유를 모르겠다고 해서요."

"큰일이네? 그럼 어떻게?"

"일단 손 문제도 있고, 몸 상태도 안 좋고 해서 작업실도 빼고 좀 쉬려고 해요."

"세상에, 아까워라. 남들은 못 들어와서 안달인 곳인데……."

"어차피 6개월밖에 안 남았고요. 그 안에…… 나을 것 같지도 않아서……."

"어머, 그럼 그것도 못 하겠네?"

이영은 뒤늦게 뭔가 생각났는지 아주 낭패라는 얼굴이었다.

"왜, 우리 전에 같이했던 전시회 있잖아. 제주도에서!"

"기억나죠."

"그때 내가 소개해준 사람 기억해? 나한테 외주 맡겼던 사람인데 다음에 꼭 해인 씨랑 일하고 싶어 했다던…… 요기 점 있는 부티 나는 아줌마 있잖아. 화장품 회사 마케팅 부장이라고 했던."

"으음, 황…… 부장님이었나요?"

"그래그래! 해인 씨 기억력 좋네?"

이런 건 다 기억나는 걸 보면, 해인은 엄마의 말대로 뭐든 호들갑 떨 필요는 없는 것도 같다는 생각을 했다. 해인의 엄마가 매사 무덤덤한 건 뭐든 호들갑을 떨면 작아질 일도 커지고, 될 것도 안 된다는 본인의 지론 때문이었으니 말이다. 하여간 강한 사람이라…….

해인은 그 영향을 묘하게 받아서 강한 척 뻗대다가 부러지는 스타일이었다. 아무래도 제가 약해빠진 건 아빠를 닮은 것 같다고 생각했다.

"이번에 나한테 전화가 왔더라고. 그때 해인 씨 연락처를 받기는 했는데, 그 연락처로 아무리 전화를 해도 연결이 안 된다고. 실례지만 혹시 해인 씨 연락처 아느냐고 말이야."

"……휴대폰을 잃어버려서, 새로 개통하긴 했는데……."

주섬주섬 주머니에서 휴대폰을 꺼내 보이긴 했지만 역시나 거의 무음 모드인 해인의 휴대폰이었다. 벨 소리 노이로제는 작가들의 고질병이었다.

"그래, 그래서 내가 예전 번호는 아마 고장 났을 거라고 알려줬지."

"감사해요. 저기, 제가 연락드려 볼게요. 아마 사정상 거절해야겠지만……."

"그거야 해인 씨 알아서 할 일이지만. 자기 연락처 좀 뿌리고 다녀라. 응? 사람들이 일을 맡기고 싶어도 자기 연락처를 모르잖아. 낯가리는 것도 가리는 거지만, 일은 하고 밥은 먹고 살아야지. 자긴 너무 숨어 지내! 오죽하면 클라이언트가 나한테 연락처를 물어봐?"

"그럴게요. 몸…… 회복만 조금 되면요."

"정말이지? 좀 나으면 협회에 말해서 상업적으로 꾸준히 일을 받아봐. 홈페이지 같은 거 만들어서 개인 외주도 받고. 요즘 많이들 그렇게 해!"

해인은 원체 낯가림도 심하고, 컨디션 난조가 심한 거로 이 바닥에 제법 파다했다. 작품 기복이 심한 건 그런 문제였다. 그 외에도 외국에서 먼저 작품 활동을 시작한 탓에 상을 받은 것도, 출품이 주로 되는 것도 대부분 외국이었고. 그 덕에 한국에서는 오히려 인지도가 낮은 감이 있었다.

한국에서 박해인이라는 작가나, 작품의 흔적을 찾기란 정말 힘든 일이었다. 본인이 워낙 땅굴을 파는 게 특기인 성격이었으니까.

"아, 밥 먹으러 가기 전에 관리실에 좀 들러도 될까요?"

"그래. 뭐 하려고?"

"작업실 빼려면 어떻게 해야 하는지 좀 물어보려고요."

그리고 지금, 일신상의 불안정을 이유로 더 숨으려 하고 있었다.

관리실에 들른 해인은 뜻밖의 이야기를 듣는 중이었다.

"계속 저를 찾는 사람이 있다고요?"

"예에, 작가님이 여기서 작업하시는 건 어디서 알았는지, 꼭 묻고 싶은 게 있다며 계속 관리실로 연락이 오나 싶더니, 며칠 전에는 직접 왔다 가기까지 했습니다."

해인은 워낙 나다니질 않아 희귀동물 같은 구석이 있었다. 이렇게 제 발로 관리실에 온 것도 처음이었다. 운이 좋다고 해야 하는 걸까? 관리실 직원은 마침 잘됐다 싶었는지 얼른 명함을 한 장 건네줬다.

"연락처라도 전해달라더군요. 하도 끈질겨서 번호를 맡아두긴 했는데…… 그렇지 않아도 이걸 어떻게 전해드리나 고민하던 참입니다."

"특이한, 이름…… 이네요."

"아는 분입니까?"

"전혀요."

강시율이라는 이름은 아무리 봐도 낯설었다. 그런데 인상적이었다. 왠지 얼굴을 알 것 같다는 생각이 들면…… 이상한 걸까? 역시 이상하겠지? 요즘 제가 이래저래 이상하긴 했다. 해인은 그런 티를 내는 건 질색이었다. 미쳤다는 소리밖에 더 듣겠는가 싶었다.

"누군지 모르겠어요. 다른 얘기는 없던가요?"

"으음, 바로 그저께 제가 있을 때 다녀갔는데. 작가님이 혹시 고양이를 한 마리 기르지 않았냐고, 그런 이상한 걸 묻더군요. 저야 모른다고 했죠."

"고양이요? 뜬금없이……. 이상한 남자네요."

불쾌할 이유는 많았다. 우선 명함을 받아 든 순간부터 서서히 심장이 반응했다. 낯설게 두근거렸다. 뭘까, 이 기분 나쁜 감정은? 전혀 모르는 느낌이었다. 해인은 결국 고개를 내젓고는 명함을 돌려줬다.

"죄송해요. 모르는 분이네요."

"그럼?"

"못 준 거로 해주세요. 조만간 작업실도 뺄 거고, 이래저래 연락이 안 된다고요."

해인이 이 업계 작가들 사이에서 유명한 사실은 또 있었다. 귀여운 외모를 하고는 철벽이 끝내준다는 점이었다. 그리고 그 근원은 극심한 낯가림이었다.

"명함을 돌려줄 것까지야 있어?"

"하지만 전혀 모르는 사람인걸요."

"만에 하나 중요한 연락일 수도 있잖아? 예전에 알던 사람이라거나……."

"아닐 거예요. 제가 아는 사람은 정말 적거든요. 까먹을 만큼 사람을 알지도 못하고…… 애초에 그러니 1년이나……."

1년이나 기억이 날아갔는데도 지내는 데 별문제가 없지. 해인은 새삼스레 자신이 참 쓸쓸한 타입이구나 싶어졌다. 얼마나 사람들과 안 친한 인생을 살았는지 1년의 공백을 주변인 대부분이 모르고 있었다.

제가 뭘 했는지 알까 싶어서 연락해보니, 몇 없는 친구들은 너 살아 있었냐는 농담이나 해댔고, 엄마조차 해인이 1년간 뭘 하고 다녔는지 전혀 모르는 눈치였다. 다 커서 독립시킨 딸이니 별로 신경을 안 썼다는 편이 정확하겠지만 말이다.

아무리 그래도 그렇지, 이 무심한 사람들은 단순히 박해인의 방랑벽이 또 도졌다고만 생각한 걸까.

'난 대체 뭘 하고 돌아다닌 거지……? 산속에 숨어서 수행이라도 한 거야?'

최근 한동안 해인은 자신의 1년간의 행방을 추적해봤는데, 집에 두어 번 들른 것과 작업실에 한 번쯤 나온 걸 제외하면 그 외에는 모든 행방이 묘연했다. 누굴 만나지도 않았고 원래 가려던 여행지에 간 것도 아니고. 혼자 무슨 별세계라도 다녀온 것처럼 아무런 흔적도 없었다. 놀랄 만큼.

해인은 멍하니 턱을 괴며 빨대를 물었다. 기억나지 않는 1년 사이에 분명 무슨 일이 있었던 건 같은데, 그게 뭔지 알 길은 없으니 자꾸 뿌연 기억 사이를 헤매느라 멍하게 구는 것도 무리는 아니었다. 제가 말하던 것도 잊어버리고 해인이 커피만 쭈욱, 쭉 들이켜고 있자니 이영이 되물었다.

"1년이나?"

"아, 그냥…… 거의 1년이나 안 보인 것 같은데…… 그걸 아무도 모르더라고요. 제가 주변에 사람이 없긴 없는 것 같아요. 생각해보니 친구도 거의 없고……."

"어머 왜? 우리 있잖아!"

"……고마워요."

수문과 이영은 어쩐지 해인을 귀여워했고 동생처럼 챙겨줬다. 해인이 벽을 치거나 말거나 거리낌 없이 다가와 살갑게 놀아주고는 했는데, 그럴 때면 해인은 불편함과 부끄러운 감정이 공존해서 어찌할 바 모르고는 했다. 혼자가 더 편하다고 생각한 지는 오래인 해인이지만 이 둘에게만은 조금 약했다. 이 둘 아니면 이렇게 지치지도 않고 계속 먼저 다가와주는 사람도 없었으니 말이다.

"친구는 평생에 셋이면 충분하더라."

"……셋도 안 되면 어떻게 해요?"

"나랑 수문이 있잖아! 그래도 잠수는 좀 그만 타라. 해인 씨는 얼굴 보기 너무 힘들어. 오죽하면 별명이 희귀동물이야?"

그 별명 누가 지은 건지 알 것 같았다.

"그거 강수문 씨가 붙인 거죠?"

"뻔하지, 뭐. 후후. 앗, 자기 얘기 하는 건 또 어떻게 알아서 저기 오네."

해인과 이영은 같이 저녁을 먹기 위해 카페에 앉아 강수문을 기다리고 있었는데, 외주 미팅을 다녀왔다는 수문은 드물게 작업복이 아니라 말쑥한 양복 차림이었다.

"미안, 미안! 늦었지."

"20분이나 지각했어. 희귀동물 아가씨가 모처럼 나타났는데 이러기야?"

"그러게 말이야. 사과의 뜻으로 오늘은 내가 밥 살게."

급하게 왔는지 수문은 자리에 앉자마자 이영이 마시던 에이드를 벌컥벌컥 들이켰고 이영은 그걸 웃으며 지켜봤다. 나긋한 손길로 품에서 손수건을 한 장 꺼내줬다. 자수 장인에 해당하는 이영의 하얀 손수건은, 아름답고 섬세한 자수가 가득 들어가서 땀 같은 걸 닦아도 될까 싶을 만큼 예술적 가치가 높아 보였다. 하지만 수문은 거리낌 없이 받아 썼고 이영도 아까운 눈치는 아니었다. 왠지 그 모습을 넋 놓고 바라본 해인은 고개를 갸웃거려야 했다. 전에도 이 둘이 이런 느낌이었나?

1년 전에는 몰랐는데 오늘 보니 어쩐지 이영과 수문이 단순한 친구가 아닌 것도 같았다. 갑자기 둘을 보고 왜 그런 느낌이 들었는지는 몰랐다. 해인은 조금 망설이다가 둘을 보며 말문을 열었다.

"저기…… 역시 두 분 사귀시는 거 아니에요? 그것도 아니면 예전에 사귀었거나……."

"어머? 해인 씨가 그런 걸 다 묻고 웬일이야."

"그러게, 희한하네. 다른 사람들이 우리가 사귄다 아니다로 내기해도 해인 씨는 전혀 관심 없었잖아."

"그랬나…… 그랬어요? 그냥 오늘 보니 그래 보여서……."

둘 사이에 분위기라거나, 묘한 시선의 섞임 같은 게 문득 눈에 띄었다면 왜 그런 걸까. 전에는 이런 걸 느끼지 못했는데. 하지만 오늘따라 이영과 수문이 나란히 숨을 쉬고 있는 것만 봐도, 어쩐지 내밀한 연인 사이를 보듯 속이 간지러워졌다.

그걸 뭐라고 표현한단 말인가. 새삼스럽지만 두 분이 잘 어울려요? 연인 같은 그런 분위기가 느껴져요? 연인 간의 미묘한 기류가 이런 건가요?

해인은 제가 생각해도 바보 같아서 얼른 손사래 쳤다.

"아우, 죄송해요. 제가 뭐라고 한 거지……? 미쳤나 봐. 그냥 못 들은 거로 해주세요."

연애도 한 번 제대로 안 해본 제가 그런 걸 감지한다고 말하는 자체가 우스운 일이었다. 무슨 재주로 그걸 알아본다는 걸까.

"난 역시 해인 씨가 귀엽더라."

"그러게, 드디어 해인 씨도 남녀 보는 눈이……. 아, 잠깐 전화 좀 받을게."

수문과 이영은 웃음을 터트리며 고개를 끄덕였다. 뭔가 말해주려는 눈치였는데, 그보다 빨리 수문의 품 안에서 휴대폰이 울렸다.

"네, 여보세요? 누구요? 아아…… 형이구나. 오랜만이네?"

"이거 먹어, 해인 씨."

이영은 점점 얼굴이 붉어지고 있는 해인의 손에 커피와 함께 나온 조각 초콜릿을 들려줬다. 해인은 민망함을 감추려고 허겁지겁 이영이 들려주는 대로 입안에 넣고 있었다.

"아직 미술 하냐고? 나 조각하잖아. 그래. 잘 지내지. 어디? 아뜰리에 아리아?"

먹을 걸 욱여넣다 말고 힐끔, 통화 중인 수문을 바라본 건 익숙한 이름이 들려서였다. 이영도 수문 쪽으로 시선을 돌렸다. 그도 그럴 게 자기들 사는 곳이 대화에 나오니 흥미가 생겼다. 수문은 대체 누구랑 통화하는 걸까. 해인과 이영은 그런 공통된 의문을 느끼고 있었다.

"잘 알지. 거기, 맞아. 작가들 모여 사는 데. 거기가 왜? 음, 아는 사람 있냐고? 내가…… 거기 사는데?"

"누굴까요?"

"글쎄. 수문이는 아는 사람이 워낙 많아서 말이야."

그새 얼굴에 뭘 묻히고 있었던 모양인지 이영이 상냥하게 웃으며 해인에게 냅킨을 한 장 내밀었다. 해인은 급하게 입가를 문댔고, 수문은 통화가 길어지자 다소 난감한 얼굴이 되어 있었다.

"엥? 구경이라니, 별로 상관은 없지만…… 일단 나 어딜 좀 가야 해서. 나중에 얘기하자, 형. 안 되는 건 아닌데…… 나중에. 어어, 알았어, 형."

"뭔데 그래? 천천히 통화해도 되는데."

"아니, 왠지 얘기가 길어질 분위기라."

잠자코 쳐다만 보는 해인과 달리 이영은 궁금한 건 못 참는 성격이었다.

"누군데?"

"친척 형인데, 오랜만에 연락 와서는 대뜸 아직도 미술 하냐고. 그러더니 아리아에 아는 사람 있냐고 묻네."

"흐음, 아리아는 왜?"

"모르겠어. 내가 거기 산다고 했더니 와보고 싶다고, 초대해줄 수 있냐고 심각해지는데? 이런 부탁 하는 사람이 아닌데 희한하네? 별일이야."

휴대폰을 집어넣으며 어깨를 으쓱여 보이는 모양이, 수문도 영문을 모르겠다는 얼굴이었다.

"으음…… 뭐, 취재 같은 건가? 그 사람 혹시 기자야?"

"그건 아닐 텐데. 별로 친하진 않았지만 머리가 좋아서 의대 간 거로 알거든. 아마 지금 의사일걸? 어렸을 때 친가 친척들 모이면 제일 예뻐하던 형이야. 항상 수석이었거든."

"어머, 너희 친가들 한가락 하지 않나."

"그래, 그래서 별로 안 친해. 왕래 안 한 지도 꽤 됐고…… 친가 어른들이 잘난 척이 좀 세서 말이야. 그러고 보니 이 형 내 번호는 어떻게 알았지? 연락 안한 지 7년도 넘은 것 같은데……. 아무튼 미안. 이제 밥 먹으러 가자. 메뉴는?"

수문은 저 때문에 배를 곯고 있는 두 여자한테 미안한지, 서둘러 자리에서 일어났다. 이영은 고민할 것도 없이 외쳤다. 얻어먹는 해인은 얌전히 대세를 따랐다.

"고기!"

"……저도 고기요."

카페를 빠져나가며 수문은 뭔가 아닌 거 같은지 혼자 작게 중얼거리고 있었는데, 해인은 그 얘기가 영 신경 쓰였다.

"음? 의대가 아니었나……? 뭐, 아무렴 어때."

강수문과 문이영은 자타 공인 애주가였고, 밥을 먹자더니 결국엔 고기와 함께 술을 시키고 있었다. 해인은 못 먹는 술은 아니었지만 눈앞의 둘에 비하면 귀여운 수준의 주량이었다.

"엇? 정말? 우리 같이 술 먹었던 거 기억 안 나?"

"안 난대, 전혀. 그날 너무 마신다 하긴 했지."

"엄청 마셨지! 그러다 갑자기 사라져서 우리가 얼마나 놀랐어? 해인 씨 그날 술값에 보태라면서 나한테 6,530원인가 주고 간 건 기억나? 그것도 전부 동전으로."

이렇게 민망할 때가 또 있을까. 해인은 테이블 위로 점점 고개를 숙이다가 더 이상 숙일 곳도 없을 즈음에야 고개를 들며 호기롭게 외쳤다.

"왜 그랬지……. 하여간 죄송해요. 오늘은 제가 살게요!"

"그런 뜻은 아니지만 말이야."

"카드도 가져왔고, 정말 제가 쏠게요. 맨날 얻어먹었잖아요?"

"뭐, 어때. 맨날 우리가 끌고 왔잖아."

"그치만…… 저 이번에 작업실도 빼고요…… 그 전에 밥 정도는 사게 해주세요."

마침 해인은 신분증과 함께 카드를 재발급받은 직후였다. 지난 1년간의 기억과 함께 통장 잔액도 날아갔으려니 했는데, 잔액은 놀랄 만큼 그대로였다. 1년간 저는 한 푼도 안 쓴 모양이었다. 지난 행적이 더 미스터리해지게도 말이다. 카드 명세만 있어도 어디서 뭘 했는지 정도는 알 수 있을 텐데.

"왜? 작업실을 뺀다고?"

"개인적으로 사정이 좀 생겨서요. 푹 쉬어야 할 것 같아요. 당분간 작업할 상황이 아니라서……."

"무슨 사정?"

"……그냥 좀."

"뭔데? 도와줄 수 있는 거면 도와줄게."

"그래 말해봐. 아까는 별로 말하기 싫은 것 같아서 안 물어보긴 했는데

나도 궁금해."

수문이 끈질기게 이유를 물었고, 이영도 수문에게 편승해서 점점 해인을 압박하고 있었다. 해인은 어째 조금씩 가까워지는 이영의 얼굴이 부담스러워서 망설이다가 겨우 말문을 뗐다. 이상한 소문을 낼 사람들도 아니니, 이 둘에게는 말해도 될 것 같았다.

"사실, 기억이 좀 없어요."

"술 먹은 기억?"

"아뇨. 전체적으로 한 1년 정도가…… 하나도 기억 안 나요."

"……어머?"

"이런. 어쩌다?"

그건 해인이야말로 궁금한 이야기였다. 그러게요. 어쩌다 그랬을까요. 해인은 답답하던 차에 마침 눈앞에 놓인 생맥주를 집어 들었다. 벌컥벌컥 들이켜봤지만 그런다고 답답한 게 가시지는 않았다.

"모르겠어요. 그야말로 기억이 안 나는 거니까."

"그럼…… 기억이 안 난다 안 난다 했던 게, 정말 그거였어?"

"네…… 저기, 어디 소문내지는 말아주세요. 괜히 이상해 보일 것 같아서 거의 말 안 하고 있거든요. 사실 눈치채는 사람도 없는 것 같고요. 소문나봐야 긁어 부스럼 같아서……."

"비밀로 하는 거야 어렵지 않지만. 그거 괜찮은 거야?"

"으음, 사실 딱히 크게 불편하진 않은데…… 기억이 좀 없으니까 가끔 참을 수 없이 불안해요. 기억을 찾으려고 멍하니 있게 되고…… 길에서도 자꾸 그러니까 사고 날 뻔하고요. 아, 전 괜찮아요. 쉬고 나면 1년 잊어버린 것도 잊어버릴 거예요."

순간 심각해졌던 이영과 수문은 해인 본인이 애써 웃으며 괜찮다고 말하자, 그리 호들갑을 떨지는 않지만 여전히 걱정스러운 모양이었다.

"그럼 남자 친구는?"

"그래, 맞아. 그때 얘기했지."

"네? 누구요?"

"해인 씨 남자 친구. 그 친구는 그거 알아? 헤어졌나, 그 뒤에?"

이 사람들이 지금 무슨 소리를 하는 걸까? 해인은 이영의 알 수 없는 물음에 남은 맥주를 비우며 눈만 멀뚱거렸다. 이들이 하는 말이 저와는 너무 상관이 없어서 뇌에 입력이 안 되는 느낌이었다.

"어쩌면 저렇게 까맣게 모르겠다는 얼굴이야?"

"완전 처음 듣는다는 얼굴인데?"

"기억 안 났댔지, 참."

"아 참. 그러네."

그런 해인을 보며 수문과 이영은 작게 수군거렸지만 어차피 맞은편에 있다 보니 결국엔 귀에 다 들리고 있었다. 이영이 수문의 옆구리를 찌르는 듯했고, 수문은 등 떠밀려 말문을 열었다. 그러곤 뭔가 어려운 얘기를 할 것처럼 뜸을 들였다.

"흠흠, 왜 우리 셋이 술 먹었다는 날."

"그날도 기억 안 나요."

"그날 해인 씨…… 남자 친구랑 싸운 것 같았어."

"헤에…… 누구랑 누가요?"

"해인 씨랑, 남자 친구."

"푸흡."

아, 잘못 들은 게 아니었구나. 아니었어. 이런, 망할 세상에. 해인은 마시던 맥주를 뿜어내기에 이르렀고, 수문과 이영은 그럴 것 같았는지 요령 좋게 튀는 것을 피한 뒤였다. 몇 번이나 잘못 들은 것인 줄 알았는데…… 아무래도 제 귀는 정상인 모양이었다. 해인은 코까지 역류한 맥주로 괴로움을 느끼면서도 급하게 되묻지 않을 수 없었다.

"저한테 남자 친구가 있어요?"

"……우리야 모르지."

"아무래도 해인 씨 본인이 알겠지……?"

폭탄을 던져놓고는 모르겠다는 수문과 이영이었다.

"방금 그렇게 물어보셨잖아요?"

"하지만 우리도 정말 잘 몰라. 그날 술김에 해인 씨가 남자 친구인지 누구 욕을 엄청 하는 거야. 그런데도 좋다고. 그 사람 너무 좋아한다고…… 그냥 그런 얘기 했었어."

"그리고 그거 나중에 꼭 전해달랬지."

"맞아, 맞아! 그런 술주정도 했지."

뒤통수를 한 대 제대로 얻어맞으면 이런 느낌일까? 자신은 대체 무슨 짓을 하고 다닌 걸까. 그리고, 대체 누굴 잊어버린 걸까. 해인은 술은 거의 마시지도 않았는데 진한 어지러움을 느끼고 있었다.

방랑벽을 고쳐야겠다는 생각이 이렇게 심각하게 들기는 처음이었다. 기억뿐 아니라 누군가까지 잃어버렸다고 생각하자 씁쓸함은 이루 말할 수 없이 커졌다.

'정말 남자 친구가 있었던 건가…… 나한테? 혹시 두 사람의 오해는 아닐까.'

해인은 이불에 누워 있다 말고 드라마 재방송을 보고 있는 엄마의 등 뒤로 슬금슬금 다가갔다. 익숙한 냄새가 나는 등에 매달리자 조금은 안정이 됐다. 여전히 속은 서걱거리는 불안으로 꽉 차 있었지만 말이다. 그걸 잠재우기 위해 엄마의 등에 더 꼬옥, 매달렸다.

그러자니 어느 순간 문득 전에도 이렇게 누군가의 등에 자주 매달렸던 것 같은 기분이 들었다. 더 단단한 어깨였던 것 같은데…… 아빠일까? 아니면 전혀 기억나지는 않지만 있었을지도 모르는…….

"엄마."

"으응?"

딸이 부르거나 말거나 드라마에서 눈을 떼지 않는 엄마가 야속하긴 했지만, 그래도 상담할 곳이 달리 없었다.

"있잖아. 나, 남자 친구가 있었나 본데…… 혹시 아는 거 있어?"

"……아, 있다고 했었다. 했었어."

"……그런 건 좀 일찍 말해주면 안 돼!"

나만 몰랐던 거야! 해인은 엄마의 귓가에 버럭 성질을 내버렸고, 그제야 돌아보는 엄마의 얼굴은 뭐가 문젠지 모르겠다는 표정이었다. 해인은 남 일에 관심 없는 제 고질병이 엄마를 닮았다는 걸 확실히 알 수 있었다.

"왜? 중요한 거였어?"

"중요한 거지!"

"네가 그냥 통화하다가 스치듯 말한 걸 내가 중요한 건지 아닌지 어떻게 아니?"

"……뭐라고 했는데?"

"음, 네가 뭐랬더라……."

그리고 곧잘 귀찮아하는 이 성격도 말이다. 딸이 심각하게 굴거나 말거나 다시 드라마에 눈길을 주고 있는 엄마였고, 해인은 그 등에 매달려 버둥거려야 했다.

"생각해봐, 빨리! 아휴, 드라마 좀 그만 보고!"

"늙으면 기억이 잘 안 나는 거야. 그때 너 사귀는 사람이……."

"……응!"

"……아, 자세히 말 안 하던데. 안 물어봐서 모르겠다, 얘."

"으아아! 너무하네, 거, 정말!"

"뭐 하는 사람이냐고는 물어봤어. 그런데 네가 얼버무리다 끊었잖니. 그러니 나도 기억이 안 나지. 그렇게 중요하면 한번 데려와서 보여주든가 했어야지! 어딜 되지 않는 투정이야?"

어째 주변 사람들이 하나같이 도움이 안 됐다. 다들 뭔가 알긴 알지만 결국 까보면 아무것도 모르는 상황의 반복이었다. 해인은 답답함에 이불 위를 데굴데굴 굴렀고, 그러다가 먼지 날린다고 등짝만 얻어맞기에 이르렀다.

"아파!"

"어휴, 이게 또 나잇값도 못 하고!"

이렇게 서러울 수가. 해인은 제 엄마지만 이 사람 참 모질구나 싶었다. 하기야 이 씨 아줌마 하면 근방에서 성격이 독하기로 파다했다. 그러니 남편도 없이 딸을 미대 보냈다는, 대단하다는 소리를 듣기도 했다.

여하튼 이런 사람 밑에서 스파르타로 자랐으니 해인이 경계심 많고 날선 야생동물처럼 자란 것도 당연한 일이었다.

"왜 몰라 왜! 딸 남자 친구가 있다는데 엄마라는 아줌마가 말이야!"

"이 다 큰 걸 때릴 수도 없고……."

"엄마아, 더 생각해봐? 응? 중요한 거란 말이야."

"네가 언제부터 나한테 미주알고주알 알려줬다고 내놓으라고 조르니, 조르길? 어휴, 왜 갑자기 이렇게 떼쓰는 게 늘어서는……. 어디서 안 하던 어리광을 배워왔어!"

"……으으."

그러게 말이다. 이렇게 버둥대면 누군가가 오냐오냐 얼러주며 모든 소원을 들어줄 것 같은 기분이었다. 일단 그게 제 엄마는 절대 아니었다. 해인은 투정이 통하지 않자 엎드린 채로 꿍얼꿍얼대며 이불 속으로 온갖 불만을 토해냈다.

"다른 집 엄마는 딸이 아프면 옆에서 24시간 간병해주고 먹고 싶은 거 다 해준다는데, 우리 엄마는 왜 잔소리밖에 안 한담. 아무래도 친엄마가 아닌 것…… 아악!"

"매를 벌어요, 꼭! 드라마 좀 보자, 드라마! 그리고 너 옥탑방 쓸 거야 말 거야? 너 안 쓸 거면 세 준다?"

"……쓸 거야, ……요."

해인이 기어들어가는 소리로 대꾸했다. 도통 정 없는 제 엄마에게 삐졌지만 챙길 건 챙겨야 했다. 작업실도 빼기로 한 마당에 옥탑방은 꼭 필요한 장소였다.

"그럼 세 안 준다?"

"내가 청소해서 작업실로 쓸 거야."

"달에 두 장이다."

"……엄마!"

"얘, 거저야, 거저. 많이 깎아준 거야. 나도 손해는 안 봐야지."

"나 돈 없는 거 알면서!"

"그러니까 일을 하세요. 더 놀면 네가 인간이니? 길 가는 고양이가 너보단 쓸모 있겠다, 얘."

역시 이 아줌마는 친엄마가 아닌 게 틀림없었다. 해인은 입술을 꽤나 내밀었다가, 엄마가 확 하니 노려보자 언제 그랬냐는 듯 웃는 얼굴을 했다. 이러니저러니 해도 엄마랑 있는 건 좋았다. 엄마라도 곁에 있어서 다행이었고.

해인은 그 구박을 받고도 다시 엄마의 등에 매달렸다.

작업실 이사 견적을 내기 위해 이사 업체 사람과 만나기로 한 해인은 아침부터 작업실로 향하고 있었다. 그런데 이유를 알 수 없는 저기압 상태였다. 눈을 떴을 때부터 뭔가 불쾌하더니, 작업실과 가까워질수록 점점 그게 심해졌다.

'으음, 그 꿈을 꿔서 그런가?'

해인은 허여멀건 한 꿈을 가끔 꿨다. 정말 허여멀건 했다. 그게 다였다. 안개 바다 같은 속에서 한참 헤매다가 누가 부르는 것 같아 뒤를 돌아보면 꿈에서 깨어났다. 빛을 쫓아가도 꿈에서 깨어나 제 방 창문으로 새어 들어오는 아침 햇살과 마주할 뿐이었다.

겨우 누군가의 손을 잡은 것 같아서 깨어보면 그건 엄마의 손이었다.

그 희뿌연 세상에서는 가끔 새의 날갯짓 소리 같은 게 들렸고, 어디선가 맹수의 울부짖음이 들렸다. 그리고? 아, 그리고 누군가 한 사람이 그 공간에 더 있을 것 같은 기분이 들었지만 아무리 찾아도 보이지 않고 그저 혼자였다.

그렇게 헤매다 보면 찝찝한 채로 아침을 맞이하고는 했다.

"……역시 개꿈인가?"

아니면 이사하지 말라는 하늘의 계시라도 되는 걸까? 이사와 관련된 뭐만 하려고 들면 꼭 꿈을 꾸고 기분이 바닥을 치니 그것 말고는 짚이는 게 없었다. 단게 들어가면 기분이 나아질까 싶었다. 해인은 골목 아래 편의점에 들러 아쉬운 대로 막대 사탕을 하나 사서 입에 물었다.

그러곤 방금 만든 쿠키 같은 걸 먹고 싶다는 되지 않는 생각을 하며 느긋하게 작업실로 향하는 오르막을 올랐다.

"흐흠, 흠."

슬슬 여름이다 보니 해가 강렬했고, 해인은 캡 모자를 깊이 눌러쓰며 귀에 이어폰을 꽂았다. 이렇게 휘적휘적 길을 걷는 순간이 좋아진 건 언제부터일까. 전에는 산책을 그렇게 좋아하지 않았는데. 멍하니 혼자 방 안에 앉아 있는 편이 더 취향이었다.

그런데 근래는 어딘가 걷고 있지 않으면 불안해서 계속 밖으로 나오게 됐다. 누가 보면 뭘 찾는 줄 알겠다 싶을 만큼 자꾸만 밖을 쏘다녔다. 정처 없이 걷고 싶은 충동에 시달렸다. 시도 때도 없이 멍해져서 이런 게 위험하다는 걸 알지만 멈출 수 없었다.

"날씨 너무 좋은 거 아냐?"

해인은 하늘을 보며 괜히 거꾸로 걸어봤다. 1년 전과 지금의 자신이 무엇이 달라졌는지, 근래에야 몇 가지 확실하게 깨달았는데 그건 바로 자신이 좋아졌다는 점이었다. 그리고 기분 좋아지는 방법을 알게 됐다. 땅굴을 파다가 하늘을 한번 올려보게 된 정도지만 말이다.

이전에는 매사 자신에 대한 불만과 질책으로 가득 차 있었다. 자신에게 모질었고, 그러다 보니 잘나지 못한 자신이 싫었다. 그런데 요즘은, 기억이 없어졌다는 혼란이 조금 가시자 그런 건 아무래도 좋다는 생각이 들었다. 한 손이 움직이지 않지만 나쁘지 않았고, 그렇게 슬프지 않았다.

잡생각이 늘어 그림이 그려지지 않았지만 자신이 원망스럽지 않았고. 그래도 사랑스럽고, 그래도 기특했다. 자신도 누군가에겐 소중할 것 같았다.

자신이 좋아진 이유는 알 수 없었지만…… 분명 그랬다.

해인은 다시 똑바로 앞을 보고 걸으며 알 수 없는 콧노래를 흥얼거렸다. 그러다 아뜰리에 앞에 누군가 오도카니 서 있는 모습을 발견했다.

'누구지?'

이사 업체 사람이랑 만나기로 한 시간은 아직 많이 남아 있었고, 저 남자는 아무리 봐도 업체 사람은 아닌 것 같았다. 그냥 손님인 모양이었다. 아니면 지나가던 사람. 해인은 사탕을 꺼내 물며 그 사람 옆을 지나쳤다. 그러면서 키가 큰 낯선 남자에게 힐끔 시선이 간 건 그 남자가 마치 서럽게 울고 난 것 같은 얼굴을 하고 있어서도 아니었고, 듣기 힘든 한숨 소리를 흘려서도 아니었다.

남자는 왼손에 반지를 두 개 끼고 있었는데, 약지에 하나 새끼손가락에 하나, 그렇게 두 개였다. 그게 조금 특이했다.

본래는 남이 무슨 액세서리를 하고 있든 관심이라고는 쥐꼬리만큼도 없는데 어째서 그게 눈에 들어왔는지는 모를 일이었다. 아마 햇빛에 반짝거리며 빛을 반사해 시선을 끌어서일까.

"저기, 실례합니다."

"네?"

"여기서 지내세요?"

"그런…… 데요."

갑작스레 남자에게 불러 세워진 해인은 대답을 하면서 뒷걸음질도 했다. 모자를 더 깊이 눌러쓰며 슬금슬금 도망칠 준비하는 건 모르는 사람과 대화하는 게 어려워서였다. 남자와 눈이라도 마주칠까 봐 고개를 더 숙였다.

"혹시 여기에……."

"아?"

난데없이 강한 바람이 휙 불어와 해인의 모자를 날린 건 그때였다. 해인은 한참 공중에 뜨는 제 모자를 바보같이 올려다보다가 손을 뻗었지만 오른손 하나로 잡기에는 역부족이었다.

이 좋은 날씨에 뜬금없이 무슨 바람일까.

순간 그런 의문을 떠올리면서도 해인은 쪼르르 달려가 남자 앞에 떨어진 제 모자를 주워 들었다. 떨어져도 하필 정확히 거기였다. 주춤주춤, 나뒹굴어 먼지가 묻은 모자를 주워서 털고는 다시 머리에 쓰려고 했다. 하지만 그림자가 다가왔다.

"……?"

고개를 드니, 낯선 남자가 너무 가까이 서 있었다. 평소라면 놀라서 주저앉았을지도 모르겠다. 하지만 그러기엔 남자의 표정이 너무나 당황스러운 것이었다. 울고 싶은 걸까, 웃고 싶은 걸까? 어려운 표정이었다. 해인은 저도 모르게 입술을 벌렸고, 남자가 제게로 손을 뻗는데도 도망치지 않았다.

낯가림 하면 둘째로 서러운 제가 멍하니 있다가 붙잡혔다는 건 정말 이상한 일이었다.

"……으악?"

뒤늦게 정신이 번쩍 들어 소리쳤을 때는 이미 남자의 두 손에 얼굴을 붙들려 있었다. 해인은 입에 물고 있던 사탕을 꼴사납게 바닥에 떨어트려 버렸다. 맹세하는데, 남자에게 이렇게 만져지기는 처음이었다. 뒤늦게 당황해서는 남자를 밀어내려고 했다.

하지만 밀어내는 손 족족 남자는 익숙한 것처럼 전부 잡아챘다. 뭐, 이런 남자가 다 있담!

"뭐, 뭐야!"처음 보는 남자가 이렇게 불쑥 접근하면 낯가림 없는 여자라도 기겁할 거라고 장담할 수 있었다. 언제 봤다고 남의 얼굴을 주물럭거린 단 말인가. 애초에 이 정도 도망가려고 굴면 손을 놔줘야 하는데, 몇 번 때리려는 해인의 손을 붙잡고 얼굴을 들여다보는 데 온 신경을 쏟는가 싶던 남자는…… 해인을 덥석 끌어안기에 이르렀다.

뭐야, 이 미친놈은!

남자는 오히려 아주 힘껏 해인을 끌어안았다. 그것도 숨이 막힐 만큼 강하게. 해인은 또 한 번 당황해서는 한동안 멍청하게 안겨 있었다. 곧장 밀쳐내지 못했다. 몸에서 힘이 빠지는 건 이런 걸 처음 겪어봐서다. 그래, 너무 당황한 나머지 몸에서 힘이 풀린 거야. 절대 안겨 있는 기분이 나쁘지 않아서는 아니야!

"이……이! 야! 이 변태 새끼야!"

겨우 밀쳐내며 소리쳤는데, 그제야 맥없이 뒤로 떠밀린 남자는 욕을 듣고도 좋다고 웃고 있었다. 뭘 저리 기뻐 보이는 얼굴일까?

남자가 한 걸음 다가와서, 한 걸음 물러서려고 했지만 발이 움직이지 않았다. 무서워서는 아니었고 어쩐지 제게로 뻗어지는 남자의 손길이 익숙해서였다.

"나, 모르겠어?"

"……모르는데?"

홀연히 서글퍼지는 그의 얼굴에 저까지 눈물이 나려고 해서 해인은 당황해야 했다. 처음 보는 남자의 손길을 피하는 건 아주 당연한 일인데 그게 자신이 잔인한 것처럼 느껴져서…… 이 남자의 손을 피하는 건 말도 안 되는 일처럼 느껴져서. 어느샌가, 피하는 것보다 가만히 허락하는 게 훨씬 마음이 편하다는 걸 깨달아버려서.

남자가 다가올수록 저는 자신답지 않게 굴고 있었다.

"그래, 네가 말한 게 이런 거였구나."

살며시 닿은 남자의 손끝이 울먹이고 있었다.

"매일 찾았어. 울고 있을까 봐."

"……."

울고 있는 건 그쪽 같은데? 해인은 남자가 저를 그런 눈으로 보는 동안은 아무것도 할 수 없었다.

"울지 않고 있어서 다행이야."

어째서일까. 원망하며 물어도 좋다고 말하는 손끝은 오히려 물 수 없었다. 저를 쓰다듬는 남자의 손을 도저히 뿌리칠 수 없었다. 해인은 제가 이 남자의 손길을 기다렸다는 걸 깨달아야만 했다.

그러지 않고서야 이렇게 버겁도록 기쁜 마음이 이유 없이 마음속에 태어나지는 않을 테니까.

"날…… 알아요?"

그를 향해 조심스레 물었다. 대답은 울음 섞인 한마디였다.

"나 왔어."

외전 1. 다시 시작하기

해인은 살포시 미간을 찌푸렸다.

여름에 가까워진 햇살이 유달리 강하게 눈을 찌르고 있어서는 아니었다. 그보다는 역광 사이로 나타난 거슬리는 얼굴 때문이었다. 근래 들어 눈에 익은 차가 아뜰리에 주차장에 들어오나 싶었는데, 역시나 그 남자였다.

"……또 왔네. 저 남자."

못마땅하게 중얼거리면서도 해인은 남자가 차에서 내리도록, 그리고 곧장 저를 향해 걸어오도록 눈을 떼지는 못했다. 저 남자가 나타나면 온 신경이 그쪽으로 쏠렸다. 제가 왜 이러는지 이해할 수 없었다. 그래서 저 남자가 불편했다.

"안녕, 해인 씨."

즐거운 듯 자신의 이름을 부르는 남자를 해인은 언짢은 표정으로 올려다봤다. 그는 햇살에 바스러질 듯한 밝은 머리 색과 유난히 짙은 눈 색을 가지고 있었다. 어딘가 얄궂은 모양의 입술은 흔히 말하는 섹시한 남자의 것이었지만, 해인이 보기에는 그냥 이상한 남자일 뿐이었다.

그의 등장을 매우 불편해하는 해인의 태도에도 그는 마냥 웃어 보였다.

꽤나 뻔뻔한 남자라는 건 이제 분명히 알겠다.

"오늘은…… 왜 또 왔어요?"

"이사한다는 이야기를 들어서 도와줄까 하고."

오늘 이사하는 건 또 어떻게 알았을까. 해인은 남자를 노려보듯 올려다봤다. 한 달 전에 처음 본 이 남자는 지금처럼 해인의 주변을 시시때때로 배회하고는 했다. 신경 쓰일 즈음 되면 사라졌다가, 잊을 만하면 다시 나타났다.

왜 그러는지 알았다. 본인 말로는 자신과 잘 아는 사이라고 했으니까. 기억에는 전혀 없지만 말이다.

'……사실은 아는 정도가 아니라 연인이었다고 했지만.'

문제는 그 말을 도저히 믿을 수가 없다는 거였다. 차라리 그냥 아는 사이, 그 정도로만 했으면 순순히 인정했을지도 모르겠다. 충분히 그럴 수 있으니까. 그렇지만 연인이라니. 자신이 아는 한 자신에게 그런 건 절대 무리였다.

해인은 고개를 내두르며 남자에게서 한 걸음 물러섰다.

한 달 전 이 남자가 난데없이 나타나 저를 끌어안고 놓아주지 않던 순간을 아직도 똑똑히 기억했다. 남자가 힘주어 붙잡았던 어깨에는 아직도 그의 손아귀가 느껴지는 듯했다. 아프도록 끌어안긴 기억은 오래가는 법인가 보다.

그리고 그에 놀라 길바닥에서 울음을 터트려버린 건 정말 창피하고 화나는 일이었다. 자신이 울어버린 걸 해인은 그렇게밖에 설명할 수 없었다. 그때 경찰에 신고했어야 하는데. 넘어갔더니 계속 나타나지 않는가. 이런 걸 뭐라고 하더라…… 그래.

"……스토커 같아."

남자를 흘겨보며 작게 중얼거렸지만 전혀 신경 쓰는 기색은 아니었다. 뭐라고 불러도 좋은 것 같았다.

"수문이한테 우연히 들었거든. 이사하는데 남자 손은 하나라도 더 있으면 좋잖아."

해인은 힐끔, 뒤쫓아오던 수문을 노려봤다. 수문은 해인의 짐을 날라주다 말고 그대로 굳어 있었다. 출처야 뻔했다.

강수문과 강시율, 이 두 남자가 친척이라는 데 해인은 꽤나 불만을 느끼는 중이었다. 수문의 친척만 아니라면 이 남자가 제 주변에서 이렇게 얼쩡거릴 핑계가 줄어들 텐데. 아무리 전에 아는 사이였다고 하고, 조심조심 얼쩡거려도 기억에 없는 커다란 남자는 심적으로 부담스러울 뿐이었다.

절로 한숨이 삐져나왔다.

"하아……."

"귀찮게 안 할게."

"시율 씨는 전문직이라고 들었는데, 꽤 한가하신가 봐요?"

"……요즘은 휴직 중이거든."

남자는 해인의 어지간한 핀잔이나 박해에는 눈도 하나 깜짝 안 했지만, 이상하게 거리를 두고 자신을 부르면 그것만은 조금 슬퍼하는 눈치였다. 씁쓸하게 웃으며 저를 보면 그게 또 신경 쓰여서 큰일이었다. 하지만 강시율을 달리 뭐라고 부른단 말인가. 심지어 나이도 다섯 살이나 많은 남자를 이름만 부를 수도 없었다.

해인은 이래저래 이 남자가 불편할 따름이었다.

"아무튼 사람은 충분해요. 우리끼리 할 수 있어요. 안 도와주셔도……."

"저기, 해인 씨?"

"앗."

"형…… 짐 가지러 올라가 버렸는데."

남자는 말하는 와중에 사라지고 없었다. 휙 돌아보니 건물 안으로 들어가는 뒷모습만 보였다. 하여간 남의 말 정말 안 듣는 남자였다. 애꿎은 수문만 이를 갈며 노려봤다. 이게 다 강수문 때문인 것만 같았다. 수문의 친척만 아니었으면 진작 떨쳐냈을 텐데.

극구 도와주겠다는 이삿짐이라고 해봐야 작은 1톤 트럭 하나 겨우 채우는 수준의 양이었다. 용달 아저씨와 수문이 도와주고 자신과 이영이 같이 나르는 거면 충분했다. 해인은 남자가 상자 하나를 들고 내려오자마자 쪼르르 달려갔다.

"이봐요!"

"말해."

"도움은 됐다니까요! 왜 남의 걸 맘대로 만지고 그래요?"

해인이 신경질적으로 남자의 손에 들린 짐을 빼앗으려고 했지만 오른손 하나로는 역부족이었다. 애초에 손 하나로는 큰 상자를 들 수도 없었다.

"남이라니. 그렇게 말하면 섭섭한데."

"댁이 뭐길래요?"

"일단, 수문이 사촌 형이지."

그거 아주 대단한 방패였다. 둘이 하나도 안 친한 걸 뻔히 아는데. 어렸을 땐 자주 봤지만 성인이 되고는 거의 안면이 없었다고 이미 수문에게 들어서 알고 있었다. 해인은 제가 뻔뻔하지가 못해서 이런 뻔뻔한 사람은 별로 좋아하지 않았다. 이 남자의 이런 억지에는 슬슬 화가 났다.

"그래도 이럴 권리는 없는 거죠! 빨리 그거 내려놔요."

"어떻게 들려고 그래. 저기까지 옮겨만 줄게."

"이, 그거 내놓으라고요! 주인 허락 없이 이러는 건…… 이런 건, 명백한 도둑질이에요! 알아요?"

남의 도움 받는 건 정말이지 질색이었다. 상자를 뺏고 싶어서 잠시 버둥거렸지만 남자의 옷깃만 붙잡고 늘어지는 꼴이었다. 해인은 제가 뭐 하는 짓인가 싶어 성질이 났다. 결국엔 버럭, 하니 소리를 질렀다. 자꾸만 자신의 생활에 끼어드는 남자를 이해할 수 없었다.

"아, 그래? 그럼 경찰을 불러야지."

"뭐예요?"

"도둑에, 스토커라며."

"그건…… 말이 그렇다는 거죠!"

"내가 아는 한, 넌 그런 짓은 못 하는 여자야. 안 그래?"

다 안다는 듯 씩 웃고는, 마저 상자를 나르는 남자가 왜 이렇게 얄미워 보이는 걸까.

"으이 씨."

언제 봤다고 다 아는 것처럼 군담. 내가 경찰을 못 부를 것 같아? 까짓것…… 까짓것……. 남자의 말이 맞았다. 해인은 그런 짓은 할 수 없었다. 말처럼 쉽지도 않을뿐더러, 남자는 교묘하게 해인이 심하다고 느끼는 경계는 넘지 않았다. 엄청 신경 쓰이게 하면서도, 막상 성질을 내려고 하면 사라지고 없어서 약 오르게 할 뿐이었다. 해인은 제 분에 못 이겨 그 자리에 서서 씩씩거리며 화를 식혀야만 했다.

"해인 씨."

그때 수문이 곁으로 다가왔다. 해인은 울상을 하고는 돌아봤다.

"수문 씨가 잘 말해준다고 했잖아요!"

"……말하긴 했는데."

저 이상한 남자, 저는 역시 모르겠다고. 불편하니 안 보이게 해달라고 했더니 자기가 잘 말해주겠다던 수문은 오히려 저쪽 편이 된 느낌이었다. 역시 가재는 게 편인 걸까. 수문은 난감한 듯했다.

"형이 원래도 좀 개인주의긴 했는데…… 저런 식은 아니었거든?"

"나한테 왜 저런대요, 도대체?"

"……해인 씨가 좋은가 봐."

"으악, 누가 그런 부담스러운 얘기 듣고 싶대요?"

해인은 대번에 질색했다. 누굴 좋아한다느니 사랑한다느니 그런 건 너무 낯설고 부끄럽고 창피하게만 느껴졌다. 연애라고는 쥐꼬리만큼도 관심 없는 남의 이야기일 뿐이었다. 그런 해인에게 우리가 사랑했고, 같이 살았다고 주장하는 남자는 난감한 존재일 뿐이었다.

"정말이야. 그리고 형 말로는 해인 씨랑 자기가 연인이었다고……."

"증거도 없어요. 그런 건!"

"해인 씨……."

"그렇잖아요! 전에 우리가 알고 지냈다느니, 사귀었다느니…… 그 얘긴 나한테도 했지만 같이 찍은 사진 한 장 없는데 그걸 어떻게 믿어요? 정말이라면 그런 증거 정도는 있어야 하잖아요?"

겨우 1년 사이에, 길다면 긴 시간이지만 평생에 비하면 짧은 그 시간에 자신이 누굴 좋아하고, 사랑하고, 심지어 같이 살았다는 걸 도무지 믿을 수가 없었다. 자신의 이야기라 더더욱 믿을 수 없다고 하면, 누군간 이해해줄까?

낯선 이에 고질적인 반항감과 불편함이 해인을 더욱 날 서게 만들었다.

"저기, 형이 성격이 좀 냉해서 그렇지— 절대 이상한 장난 칠 사람은 아니거든. 형은 진지했어. 해인 씨에 대해 말할 때……."

"애초에 기억도 안 나는데 그런 얘기 해봤자 무서울 뿐이에요. 그리고 만에 하나 사귀었다고 해도, 증거도 없고! 기억도 없고! 그럼 안 사귄 거랑 뭐가 달라요?"

경계로 똘똘 뭉친 해인의 성격을 아는 만큼 수문은 해인이 이것들을 받아들이기 힘들어한다는 걸 알았다. 원래부터 남자라면 아주 불편해하는 해인이라 저도 이영과 함께가 아니면 말도 잘 걸지 못했으니 말이다.

시율에게 경고하지 않은 것도 아니었다. 한 달 전 시율이 처음 아뜰리에에 방문했던 날에도 그런 이야기를 했었다.

'형! 해인 씨한테 왜 그래, 대체? 언제 봤다고 그러느냐고. 무서워하잖아.'

'……내 여자 친구야. 분명.'

'가, 갑자기 나타나서 뭐라는 거야, 지금?'

'우린 같이 살았어. 박해인은…… 내가 아는 사람이야. 사람…… 이라고.'

그때 시율은 조금 이상하게 굴었다. 혼란스러워 보였고 어지러운 눈을 했다. 수문에게 몇 번이나 해인에 대해 물었다. 몇 년을 알고 지냈는지, 어린 시절을 봤는지, 근래 이상한 일은 없었는지. 최근 1년 정도 행방을 아는지, 여러 가지를.

'원래도 주로 혼자 숨어 지내는 사람이기는 했지만, 한 1년가량 정말 안 보였어. 그러고 보니 기억이 없어졌다는 이야기를 듣긴 했지만…… 이거 비밀이랬는데.'

'……날 못 알아보는 거로 짐작하긴 했는데. 일단 그거면 충분해. 어떻게 된 건지 알겠어. 넌 이제 신경 쓰지 마.'

'잠깐, 형은 말이야. 머리가 좋은 건 알겠는데, 그래서 그런지 뭐든 혼자 생각하고 이해해버려. 그거 사람을 무섭게 하는 거 알아? 형이 뭘 이해했는지 모르겠지만 해인 씨는 전혀 아니라고. 신경 쓰지 말라는 거 무리야. 내 친구란 말이야.'

'너 무슨 말이 하고 싶은 건데.'

'해인 씨 겁 많은 사람이야. 낯가림도 심하고. 형이 억지로 뭔가 하려고 굴면 나 정말 못 두고 봐. 이영이한테도 혼날 거라고. 막 대하거나 하지 마!'

'……그런 건 너보다 내가 잘 알아. 겁 많은 거, 낯가림 심한 거, 의심 많은 거, 어지간히 곁을 안 주는 거, 안 친한 사람 옆에서는 항상 도망칠 궁리만 하는 거.'

몇 년 만에 마주한 사촌 형과 뜬금없이 해인에 대한 심각한 대화를 나누는 그 이상한 상황에서, 수문이 조금이나마 안심할 수 있었던 건 시율이 한심하다는 듯 저를 봐서였다. 그리고 저보다 잘 알고 있는 것도 같아서. 시율은 귀신같이 해인의 특징을 읊고 있었다.

'맞아, 그렇지. 그래서 이영인 고양이 길들이는 기분이라고 하고는 했어. 그래서 형은 이제 어쩔 작정인데?'

'우선 옆에 있을 거야. 무서워하지 않기만 바라면서. 언젠가 날 기억해준다면 좋겠지만…… 안 된다면, 다시 시작하면 돼. 몇 번이고 할 수 있어. 짝사랑하는 건 이미 해봤으니까.'

이 형이 짝사랑을 하는 타입이었던가. 절대 아니었는데.

수문은 고등학생 시절 시율에게 몇 번인가 여자들의 편지를 배달한 적이 있었는데, 전부 눈앞에서 휴지통에 밀어 넣는 게 시율이었다. 또한 시율의 친부는 사람이 칼 같은 거로 친척들 사이에서 악명이 높았는데, 그에 지지 않는 유일한 자식이 지금 눈앞에 있는 강시율이었으니 말 다 한 셈이었다.

장담하는데 수문에게 시율은 그리 편한 친척 형은 아니었다. 인간미가 좀 없어서 가끔 무서웠다는 편이 맞았다. 그런데 지금은……

'전에 이해할 수 없었던 이야기들을 이제 좀 알 것 같아. 자긴 이렇게 될 줄 알았던 거지……'

작게 뭔가를 중얼거리며 시율이 혼자만 상황에 대한 안정을 찾아갈수록 수문은 오히려 어떻게 되어가고 있는 건지 알 수가 없었다. 해인과 시율은 수문으로선 생각도 못 한 조합이었다. 둘 사이에는 대체 어떤 일이 있었던 걸까.

'난 뭐가 뭔지 모르겠어. 형, 정말 믿어도 되는 거지? 해인 씨한테 이상한 짓 같은 거 안 하는 거지?'

'함부로 하래도 못 해. 그리고 네가 친구로서 그 녀석을…… 해인이를…… 걱정하는 건 좋은데, 날 방해하면 죽여버릴지도 몰라.'

'……무섭게스리.'

'내가 지금 원하는 건 그냥 곁을 맴도는 거야.'

바로 그게 스토커 같은 짓이라고 말하고 싶은데…… 수문은 내심 걱정하면서도 시율에게 그 이상은 제재를 가할 수는 없었다. 일단은 도를 지나치는 일은 하지 않을 거라는 믿음이 있었고, 가장 큰 이유는…… 강수문은 강시율이 무서웠다.

조금. 아니, 조금 많이.

이삿짐을 나르는 건 삼십 분도 채 되지 않아서 끝이 났다. 짐이 적기도 했고 도와준 사람이 많기 때문이기도 했다.

"다음에 놀러 올게요."

용달 아저씨가 상자와 짐 위로 포대를 덮고, 끈을 여미며 마무리를 하는 동안 해인은 아는 사람들에게 작별 인사를 건넸다. 그중 가장 아쉬워하는 건 이영이었다.

"해인 씨, 자주 놀러 와. 그냥 볼일 없어도 들르고 그래. 알았지?"

"네, 그럴게요."

"다음엔 우리가 그쪽으로 한번 놀러 갈게. 정리되면 초대해줘."

"음, 그냥 집에 남는 옥탑방을 작업실로 쓰는 거라…… 초대할 정도는 아닌데."

"그래도! 꼭이다? 응?"

성화에 못 이겨 고개를 끄덕이고 있자니 어느새 마무리가 끝난 모양이었다. 빵빵, 트럭의 경적 소리가 들렸다.

"이제 출발하시죠!"

"아, 네. 갈게요."

"저기."

막 돌아서려는데, 가만히 서 있나 싶던 남자가 다가왔다. 강시율. 해인은 또 경계의 눈을 하고는 그를 올려다봤다. 그는 다소 살갑게 웃으며 뭔가를 내밀었다. 그는 처음 그날을 빼고는 항상 해인과 자신 사이에 한 걸음은 꼭 남겨뒀다.

"전에 증거를 보여달랬잖아. 이게 혹시 도움이 될까 싶어서 가져와봤는데."

남자가 내밀어 보인 건 흔히 볼 수 있는 스케치북이었다. 해인의 눈에는 순간 증거라는 스케치북보다는 그걸 내미는 남자의 왼손이 먼저 보였다. 거기 끼워져 있는 반지 두 개.

"네가 그렸던 그림들이야."

잠시 한눈을 팔았다가 남자의 목소리에 스케치북에 집중했다. 전문가용 스케치북 세 개였는데 하나하나가 꽤나 두꺼웠다. 맨 위에 스케치북을 집어 들기는 했지만 오른손만으로 펼치기가 조금 버거웠다. 쪼그려 앉아서 무릎에 올려놓고 펼쳐봐야 하나? 해인이 잠시 버벅대고 있자니 남자가 두 손으로 스케치북 밑을 받쳐줬다.

"자."

"……."

고맙긴 하지만, 그 말을 입 밖으로 말하긴 싫은걸. 목구멍에서 안 나온단 말이야. 해인은 괜스레 입술을 내밀고는 스케치북 첫 장을 붙잡았다. 조금 긴장해서 넘겨 보려는데 이사센터 아저씨의 재촉이 들려왔다.

"아가씨! 지금 출발 안 하면 퇴근 시간이라 길 막힐 텐데."

"앗, 이거. 저기 이거……."

"빌려줄게. 나중에 줘."

"네?"

"나한텐 소중한 거니까 꼭 돌려줘야 해."

어느새 해인은 스케치북 세 개를 떠맡아버렸다. 남자는 해인의 옆구리에 야무지게 스케치북을 들려줬다. 잠깐, 이걸 받아 가버리면…….

"조심히 들어가. 나도 오늘은 이만 갈게."

"어어……."

"다음에 봐."

이걸 돌려주러 만나야 하잖아! 소리치고 싶었지만 주변에 사람도 너무 많았고, 남자는 빠르게 가버리고 있었다. 그의 치고 빠지는 기술은 하여간 해인이 따라잡을 수 없는 것이었다. 하필이면 증거를 이사하는 날 쥐여 주는 이유를 아주 잘 알 것 같았다. 다음에 만날 구실을 위해서였다.

"우 씨……."

짐을 싣고 가는 트럭 안에서 해인은 참지 못하고 스케치북을 들춰 봤다. 콘솔박스에 기대두고 한 장 한 장 넘기는 표정이 제법 진지했다. 제가 그렸다는 그림들은 양이 꽤 많았다. 대부분 간단한 스케치였는데, 초반에는 잡다한 그림이 주를 이뤘다. 비중이 많은 건 작은 새였다.

"……새? 이게 내가 그린 거라고?"

동물을 그리는 취미는 없는데 새와 고양이투성이라는 게 이상했다. 애초에 이런 연필로 대충 날려 그린 그림을 보고 제가 그렸다는 확신을 얻을 수도 없었다. 연필로 그린 것들이 색연필 그림으로 바뀐 건 첫 번째 스케치북의 중간 즘부터였다. 슬슬 사람을 그리기 시작했는데, 그 남자였다. 강시율. 중간중간 다른 얼굴도 조금 보이기는 했지만 대부분 한 남자였다.

뒷장으로 갈수록 점점 그림의 주제는 확고해졌다. 오로지 그 남자만 그리고 있었는데…….

탁.

해인은 세 번째 스케치북에서 더 이상 그림을 보지 못하고 덮어버렸다. 운전석에 앉아 있는 아저씨의 눈치를 살피는 건 행여나 그림을 봤을까 싶어서였다.

'맙소사.'

민망하게도, 뒤로 갈수록 누드의 정도가 심해졌다. 그리고 근육의 형태에 대한 집착 같은 게 적나라하게 보였다. 중요 부위까지 그리지는 않았지만 남자의 세밀한 등 근육이나, 가슴에서 아랫배로 이어지는 미묘한 굴곡, 어깨의 울퉁불퉁한 모양, 엎드려 잠든 모습, 굴곡진 허리나 발의 모양.

그의 눈을 떴다 감는 순간들, 입술을 열었다 다무는 순간들. 야하게 웃는 순간의 얼굴. 힘이 들어간 목덜미나 팔뚝, 나른한 어떤 형태들. 절로 뺨이 달아오르고 목에 힘이 들어가는 건 이 그림이 어떤 순간인지 너무 잘 알 것 같아서였다.

단편적인 스케치들뿐인데, 빤히 짐작이 갔다.

'이게 내가 그린 건지는 모르겠지만, 이걸 그린 사람이랑 이 남자가 그렇고 그런 깊은 사이였다는 건 분명히 알겠어.'

그렇지 않고서야 이런 걸 그리진 못할 테니까. 겨우 스케치에서 야한 느낌이 들다니. 예술을 논하면서 이럴 순 없는 건데. 해인은 웬지 더워져서 차창을 조금 열었다.

부지런히 제 얼굴에 손부채질을 하면서는 이거 얼른 택배로 보내버려야겠다고 생각했다.

해인이 봉인해둬야지, 하고 다짐했던 스케치북을 다시 꺼내 본 건 늦은 밤이었다. 옥탑방에 이삿짐들을 들여놓고 상자를 두어 개쯤 풀다가 잠시 쉬려고 앉은 즈음.

민망함에 덮어뒀던 스케치북이 다시 눈에 들어왔다. 이번엔 혼자 있으니 천천히 그림을 살펴봤지만 여전히 제가 그렸다는 확신이 오지는 않았다. 적나라한 걸 빼면, 꽤나 정성과 애정을 가득 들인 스케치였지만 그래 봐야 스케치였다. 이런 거로는 누가 그렸는지는 알 수 없었다.

"……한번 그려볼까. 비교해보면 알 수 있을지도."

마침 가장 먼저 꺼낸 짐이 미술 도구였고, 해인은 연필을 집어 들었다. 대충 창가에 앉아 잠시 쉴 겸 스케치를 시작했다. 남자가 준 스케치북의 그림과 손버릇을 비교해볼 작정으로 처음엔 그림을 따라 그렸다. 비슷하게 그려놓고 비교해볼 생각이었다. 그런데 그리다 보니 그걸 보지 않아도 자신이 그 남자를 그릴 수 있다는 사실을 깨달아야 했다.

한 달 동안 겨우 몇 번 봤을 뿐인 남자를 그리는 데 왜 손끝에 망설임이 없을까. 그 남자의 얼굴이 머릿속에 선명해서 손끝을 멈추지 않아도 됐다.

저는 뭐, 이리 신나서 그려대고 있는 걸까.

마치 눈앞에 있는 사람을 그리듯 막힘이 없어서 그걸 그리면서도 믿을 수가 없었다. 이럴 순 없는 건데. 하물며 부모님 얼굴을 그려도 사진을 보고 따라 그리지 않는 이상 이렇게 이미지가 선명하진 않을 텐데.

해인은 멍하니 손을 움직였다. 한 장, 두 장 그렇게 쓱쓱 그 남자를 그리는 걸 멈출 수 없었다. 짐 정리도 덜 된 좁은 옥탑방 구석에 쪼그려 앉아 숨도 참아가며 손을 움직였다. 누가 보면 그를 죽도록 그리고 싶었던 건 줄 알겠다.

하지만 부정할 수 없는 사실은, 손끝이 그를 그리는 걸 기뻐한다는 것이었다.

해인은, 밤새 한 남자를 그렸다.

손이 멈춘 건 날이 새기 시작한 무렵이었다. 바닥에 온통 가득한 그 남자의 초상을 발견했을 때였다. 새까매진 손끝과 짧아진 연필, 하도 뜯어내서 얇아진 스케치북.

'……이제야 좀 숨을 쉬는 것 같아.'

일순간 짙은 포만감이 찾아왔다. 멍한 눈으로 공기를 폐부까지 깊숙이 들이마셨다가 천천히 내뱉었다. 알 수 없는 만족감에 피곤한 것도 느끼지 못했다. 그러다가 퍼뜩 정신이 들었다.

정신이 나간 것처럼 남자를 그린 뒤의 감정은 너무 낯설어서 두려운 것이었다. 해인은 바닥에 널브러진 제가 그린 수십 장의 스케치를 보며 질끈 눈을 감았다. 뭔가 호소하고 있다는 건 알겠다. 자신에게, 자신이.

"난, 그냥 그림이 그리고 싶었던 거야…… 그런 거라고. 그것 말곤 없잖아."

곱씹듯 중얼거리며 연필을 바닥에 떨어트려 버렸다. 뭔가가 있다는 걸 알면서도, 외면하고 싶은 건 자신이 자신의 감정을 받아들일 수 없어서였다.

자신이 그 낯선 남자를 사랑하고 있다는 걸 믿을 수 없었다.

도저히.

일상을 찾으려고 노력하는 날들이었다. 부지런히 상자를 열어 작업실 정리도 하고, 가끔은 옥탑방 앞에 있는 좁은 옥상을 쓸고 닦고 청소하고. 무더위에 그린 걸 하고 있으려니 잡생각이 줄어서 좋았다. 여전히 왼손은 움직여주지 않았고, 없어진 기억들도 딱히 돌아오지 않는 변함없는 날이기도 했다.

자신이 오른손밖에 쓸 수 없다는 것에도 익숙해져서, 이제 한 손으로 옷을 갈아입고, 설거지를 하고 빨래를 너는 데도 속도가 붙었다. 물론 그림도 그리려고 해봤지만, 잘되지 않았다. 그 남자를 그릴 때만큼 집중되는 게 없었으니까. 솔직히 말하자면 그 남자 말고는 그릴 수 없는 상태였다.

그건 묘하게 열 받는 일이었다. 자기가 뭔데 이런 지대한 영향을 끼친단 말인가. 그간 해인의 인생에 이런 말도 안 되는 존재는 없었다. 그러니 떨쳐 내보려고 했지만 쉽지가 않았다.

해인은 오늘도 기억에 없는 남자를 잊기 위해 애쓰고 있었다.

'……기억에 없는데 잊는다는 게 말이 된다면 말이지.'

여전히 바쁜 걸 핑계로 전화는 거의 안 받고 메일만 가끔 확인하는 해인이 었는데, 수문의 메일 한 통을 발견한 건 메일이 오고 삼 일이나 지난 뒤였다.

<안녕. 해인 씨, 잘 지내는지 모르겠네. 여전히 휴대폰은 꺼져 있고. 짐 정리는 많이 했으려나. 이사한 지 이 주나 지났는데 우린 언제 초대해주는 거야? 이영이가 초대 기다리고 있어. 메일 보면 전화해줄래? 더위 조심하고!>

수문은 역시 이영과 사귀는 것 같았다. 그때 자세하게 이야기를 들었어야 했는데……. 해인은 메일을 잠시 들여다보다가 방구석에 방치되어 있는 휴대폰을 발굴해냈다. 방전이 돼버려서 충전부터 시켜야 했다. 자신이 떠나는 걸 가장 섭섭해하던 이영의 얼굴이 떠올랐다.

휴대폰에는 분명 이영의 번호도 있었지만 이영도 해인만큼이나 휴대폰과는 친하지가 않아서, 수문에게 전화를 걸었다. 둘은 거의 대부분 같이 있었으니까.

"강 선생님? 저예요. 박해인요."

-어? 어어, 누군가 했네. 번호 바꿨구나. 맞다, 그랬지.

"네."

-바꾸고 우리 처음 통화하는 건가. 해인 씨도 하여간 대단해. 그래, 짐 정리는 좀 끝났어? 끝났다면 얼굴 볼 겸, 혹시 아직도 정리 중이라면 도와주러 갈까 하는데 어때?

"걱정해주셔서 감사해요. 정리는 대충 끝났지만 오지는 않으셔도 될 것 같아요. 오셔도 볼 것도 없고, 그냥 작은 옥탑방이라서요. 제가 조만간 그쪽으로 놀러 갈게요."

-안 돼, 안 돼. 그게…… 이영이가 놀러 가고 싶어 하거든. 벌써 해인 씨 집

들이 선물도 사둔 거 알아? 이영이가 성질이 좀 급하잖아.

해인은 뭔가 수상한 걸 느꼈다. 그리 눈치가 좋은 편은 아니지만, 수문도 참 거짓말을 못하는 남자라 어색하기가 속아주기 힘들 정도라서 눈치챌 수밖에 없었다.

"그 남자 데려오려고 그러시죠?"

──아, 뭐…… 음……?

힐끔 책장에 쌓아둔 스케치북을 쳐다봤다. 그 곁에는 버리지 못한 그 남자의 초상화가 제법 두툼하게 쌓여 있었다.

'저건 전혀 증거가 안 돼. 내가 그린 것도…… 그냥 하도 신경 쓰이게 하니까 그려버린 것뿐이야. 증거는 아닌걸.'

그리고 그 남자, 피사체로 나쁘지도 않으니까. 인물을 그리는 게 전공은 아니지만 매력 있는 피사체인 건 인정해야 하니까. 특유의 야한 느낌이랄까. 그런 게 있어서 나도 모르게 많이 그린 거야. 누가 봐도 인상적인 피사체잖아. 그리고 스케치북에 그런 그림을 봐버려서 자극받은 것뿐이야.

해인은 애써 자신을 그렇게 이해시켰다.

"그 남자가…… 나한테 준 게 있어요. 이거 돌려주고 싶은데. 집 주소 같은 거 알려줄 수 있어요? 그게 안 되면 그쪽으로 놀러 갈 때 가져다줄게요."

-저기 해인 씨.

"나, 그 남자 보는 거 너무 불편해요."

심장이 뛴단 말이에요. 너무 낯선 방식으로 뛴다구요. 해인은 그 말은 목구멍 안에서 삼켜버렸다. 남이 들어봐야 어떻게 들릴지 잘 알았으니까.

-형 말이야, 해인 씨를 찾으려고 휴직까지 했대.

"……설마."

-둘이 분명 같이 살았대. 형이 반지를 두 개를 끼고 있잖아? 그거 하나는…… 해인 씨가 깜빡 잊고 간 거래.

"버리고, 온 거면 버리고 온 거지…… 그게 뭐예요."

깜빡 잊는 건 또 뭐야. 해인은 아무리 저라도 그런 중요한 걸 잊고 다니진 않을 거라고 생각했다.

-한 번만 형한테 기회를 주면 안 될까. 무서울지도 모른다는 건 알지만…… 형이…… 정말 미친 사람 같았다면 나도 이런 말은 못 할 거야.

"무서운 거랑은 조금 달라요."

받아들이기 힘들다는 편이 맞으리라. 지금도 자신을 잃고 혼란스러운 마당에 더더욱 자신을 이상하게 만드는 남자를 가까이하고 싶지 않은 기분이었다.

-형은 절박해 보였어. 항상 뭐든 쉽게 해치우는 사람인데 해인 씨한테 은 한없이 조심스러워. 형을 못 믿겠다면 나라도 한번 믿어주면 안 될까? 난 형도 형이지만, 해인 씨도 걱정돼.

"……으."

-만에 하나 형이 도가 지나치게 굴면 친가 어른들한테 말해서라도 막아줄게. 한 번만 더 만나줘, 해인 씨. 형 말이 맞는다면 뭔가 기억이 날지도 모르잖아?

기억이…… 안 날 거라는 걸 알았다. 제 기억이 이젠 다시 돌아오지 않을 거라는 건 그냥 스스로가 알 수 있었다. 뭐랄까, 새까맣게 가려져 있다면 긁어내려 뒤를 조금이라도 볼 수 있을 것 같은데, 제 기억은 그보다는 깊은 물속에 잠겨 있는 것 같았다. 손도 닿지 않는 막연한 곳에 잠겨 있어서 도무지 찾을 수 없는 그런 느낌.

한숨이 나왔지만 수문이 너무 간절하게 굴어서 더는 거절할 수가 없었다. 저는 왜 이렇게 모질지가 못한 걸까.

"한 번만이에요."

-고마워!

"스토커처럼 굴거나 하면, 경찰에 신고해버릴 거라고요! 정말!"

-그래! 언제 놀러 갈까? 언제가 편해?

해인은 제가 그린 그 남자의 그림들부터 숨기자고 생각했다. 저런 걸 들켰다간, 정말 집요하게 굴 것 같았다.

건물 1층에는 엄마가 운영하는 부동산이 있었고, 2층은 흔한 가정집, 3층에는 옥탑방이 하나 있는 낡은 구조의 건물이었다. 참고로 2층의 가정집은 해인이 자란 집이기도 했다. 지금도 그림 작업 외의 생활은 2층에서 했다.

"해인 씨이! 보고 싶었어!"

"민 선생님."

"초대해줘서 고마워. 자, 선물이야."

이영은 옥상으로 올라오자마자 해인과 반가움의 포옹을 하더니, 수문이 들고 온 커다란 선물을 내밀었다. 포장은 되어 있었지만 선풍기만 한 크기였고, 해인은 그걸 받아 들지 못했다. 두 손으로 들어야 하는 물건이었으니까.

"이런, 미안미안. 방에 가져다줄게. 공기청정기거든. 그림 그릴 때 꼭 틀어. 아크릴이나 유화 물감 냄새 장난 아니잖아."

"너무 비싼 거 아니에요? 이런 거 정말 괜찮은데⋯⋯."

"별건 아니고, 수문이랑 돈 모아서 샀어."

"감사해요. 정말요."

따지자면 본가로 돌아왔을 뿐인데 신경 써주는 이영이 너무 고마웠다. 해인이 조금 감격하고 있자니, 이영이 귓가에 소곤소곤 속삭였다.

"그리고 수문이 사촌이라는 남자도 보냈어. 괜히 데려왔나? 다음부터 따돌려 줄까? 응? 어떻게 해줄까?"

"⋯⋯괜찮아요. 알아서 해볼게요. 제가 애도 아닌걸요."

"안 되겠다 싶으면 꼭 말해? 알았지?"

"네."

"그나저나 해인 씨가 여기로 돌아온 이유 알겠다. 경치 정말 좋은데?"

이영이 기분 좋은 얼굴로 난간 근처로 걸어갔고, 수문도 따라갔다. 아무래도 일부러 슬쩍 비켜준 것 같았다

"……."

"초대 고마워."

저와 이 남자가 대화할 자리를 마련해주려고 말이다. 해인은 조용히 서 있는 남자를 향해 가볍게 눈인사만 해 보였다. 초대했다기보다는 반쯤 억지로 온 거면서 남자는 정말 거창한 초대라도 받은 것처럼 정중하게 굴었다.

"이건 내 선물인데……. 아, 어디에 놔줄까."

남자가 내미는 선물을 받아 드는 대신 한참 바라보고 만 건, 그에게 무안을 주기 위해서는 아니었다. 이영의 선물을 받지 못한 것과 같은 이유일 뿐이었다. 해인은 경계하던 걸 잊고 남자에게 한 걸음 다가갔다. 남자의 선물을 빤히 보면서는 이게 우연인지, 알고 사 온 것인지 내심 궁금해졌다.

"화분…… 이네요?"

그것도 동백나무 화분.

"이 정도는 괜찮잖아? 더 좋은 걸 해주고 싶지만 부담스러워할 테니까."

"……이 정도가 좋아요."

"좋다니 다행이네."

이 남자, 좋다는 단어를 너무 곱씹는 거 아닌가. 해인은 괜히 뺨을 붉혔다. 남자가 들고 있는 화분을 향해 손을 뻗으면서는 묘한 기분이 들었다. 단순히 집들이라서 화분을 사 왔는데, 그게 우연히 제가 가장 좋아하는 꽃나무인 걸까?

그럴 확률은 낮을 테니 알고 사 왔다는 편이 맞으리라. 보통은 사철나무를 선물하기 마련이니까. 한철 꽃 피고 마는 동백은 선물용으로 그리 인기 있는 관상수가 못 됐다. 해인은 동백을 보자 어쩐지 움직이지 않는 제 왼손이 더 허전하게 느껴졌다. 남자가 왼손에 끼고 있는 두 개의 반지에 저절로 눈이 갔다. 저 반지는 자꾸만 신경이 쓰였다.

원래 제 것이었다는 수문의 이야기를 들어서 그런지 더욱 그랬다. 그건 진짜일까?

물론 거짓일 수도 없겠지만.

반지가 가지고 싶은 이 기분은 그거로밖에 설명할 수 없었다.

"겨울에, 이걸 준 적이 있어."

조금 어색한 침묵을 깬 건 그였다.

"네가 가장 좋아하는 꽃이라고 그랬거든."

"겨울에 동백을 어디서 구해요?"

"운이 좋았지. 난 그 꽃을 주면서……."

"……주면서?"

반질반질한 나무 이파리를 만지며 그를 올려다봤다. 말하다 말고 멈추는 건 왜일까.

"이건 나중에 말해줄게."

"왜요?"

"받아들이기 힘들어하는 거 같으니까. 천천히 하자고."

"누, 누가 또 만난대요? 이상한 남자야."

기껏 궁금하게 해놓고는 이야기해주지 않다니. 해인은 작게 웅얼거리며 그의 시선을 피했다. 이 남자와 눈을 마주치면 참을 수 없이 이상한 기분이 들었다. 이 남자가 빨리 가버렸으면 싶은 건 평정을 찾고 싶은 것과 같았다. 해인은 자신의 조용한 일상이 남자가 만드는 파문에 침범당하는 게 너무나 불편했다.

"스케치북은 봤어?"

"봤어요. 오늘 가져가요!"

"그럴게. 그리고 오늘은 이걸 빌려줄게."

가져가라니까 2탄이 있는 거냐! 남자는 품 안에서 네모난 무언가를 꺼내 해인에게 내밀어 보였다. 해인은 뭔지는 몰라도 얼른 보고 돌려주자고 생각했다. 이 남자는 거절이 잘 먹히지 않으니 차라리 그편이 좋았다. 이번에도 분명 대단한 증거는 아닐 테니…….

"으음…… 음?"

그건 손바닥보다 조금 큰 액자였다. 그가 보여주고 싶은 게 그 안의 그림 이라는 건 말하지 않아도 알 수 있었다. 그게 확실히 제가 쓰는 색채라는 것 도 말이다. 이 누군가는 지저분하다고 평하고, 누군가는 다채롭다고 평해 주는 어지러운 색들은 분명 제 것이었다.

달이 돋보이는 정원이었는데, 어딘가 이국적인 게 한국은 아닌 것 같았다.

"이거, 내가 그린 게…… 맞는 걸지도……."

"네가 그린 거니까."

하지만 전혀 그린 기억은 없었다. 혼란스러운 눈이 된 건 그래서였다. 남자 가 내민 것 중 가장 그럴싸한 증거였다. 누군가 제 색채를 따라 했다고 치부하 기에는 익숙한 무언가가 그림에 있었다. 특유의 못된 버릇 같은 거. 하얀색을 잘 못 써서 파란색으로 덮는 거라든지, 노란색이랑 보라색을 이상하게 섞어두 는 그런 버릇. 원래 쓰던 재료가 아닌 색연필로 그린 조잡한 그림이었지만 해 인은 이 정원 그림이 제 손으로 그려진 거라는 건 확실히 알 수 있었다.

"우리 둘이 여행 갔을 때, 네가 그려서 나한테 선물해준 거야."

"……여행도 갔어요?"

"그래."

"흔한 커플처럼요?"

"그랬어."

"그런데 사진 같은 거, 왜 하나도 없어요?"

해인은 그만 저도 모르게 원망스러운 어투로 되묻고 말았다. 사진만 한 장 있어도 얼마나 좋아. 사이좋게 찍은 그런 거 한 장이면 이해가 훨씬 수월 할 텐데. 이렇게 알 수 없는 혼란들에 온 정신이 시달리지는 않을 텐데. 좀 더…… 좀 더 눈앞의 남자에게 없어진 기억에 대해 의지해볼 텐데.

"……넌 사진 찍는 걸 싫어했어."

남자는 애꿎은 타박인데도 미안한 얼굴을 했다. 그에 오히려 민망해진 건 해인이었다.

"맞네요. 내가 사진 찍히는 거 싫어하긴 해요. 그치만…… 우리가 정말, 같이 살 정도였다면……."

"내 잘못이야."

"뭐가요?"

"같이 있는 거로 그냥 너무 좋아서. 사진 같은 거 찍을 생각을 못 했어. 그래서 없어. 미안해."

해인은 때때로, 남자가 뭔가 숨기고 있다는 느낌을 받았다. 그건 그를 믿는 걸 조금 힘들게 하기도 했다. 그가 말하지 않는 무언가가 신경 쓰였다. 왜 전부 말해주지 않는 걸까.

"……당신 말이에요, 나한테 뭔가 숨기고 있잖아요. 증거라고는 내가 그렸다는 이 그림 하나뿐이고…… 그러면서 나더러 무턱대고 당신 말을 믿어달라니, 무리예요."

"그건 인정해. 내가 말하지 않고 있는 게 있다는 건."

"그게 뭔데요?"

"하지만 그건 네가 도저히 믿지 못할 것 같은 이야기라…… 우리가 사귀었다는 것보다 더 너를 혼란스럽게 할 것 같아서 말할 수 없어."

그런 게 있을 수나 있을까. 해인에게는 자신이 이 남자와 연애를 했다는 것만큼 놀랍고, 받아들이기 힘든 건 더 이상 없을 것 같았다.

"나중이라면 모를까. 지금은 시기상조 같네. 그 얘기를 했다간 네가 나를 더 미친 사람 보듯이 볼 게 분명하거든."

"나중, 나중 하는데…… 그거 우리한테 미래가 있다는 것처럼 들리거든요?"

"그럼 없겠어? 당연히 있지."

"당신 참 뻔뻔하네요."

"고마워, 넌 내가 뻔뻔해서 좋아했어."

난 그런 취향 없는데. 장담하는데 이 남자는 해인이 살면서 본 가장 뻔뻔한 남자였다. 아니, 단순히 뻔뻔하다고 표현하기에는 좀 더 오만하고 자신

만만했다. 해인이 할 말을 잃은 사이 그는 즐거운 듯 운을 뗐다.

"그리고 생각해봤는데 확실한 증거라면 있어. 가져올 수 없는 거지만."

"그게 뭔데요?"

"우리가 사귀는 걸 본 사람들, 같이 걸었던 동네, 우리가 함께 살았던 집, 그런 것들."

"아……."

"한 번만 우리 동네에 와줘. 분명 익숙할 테니까."

그거 꽤 설득력 있고 맞는 말이긴 했다. 낯선 남자의 집에 방문하는 취미는 없지만…… 그는 해인이 경계의 눈을 한다 싶으면 금방 알아챘다.

"집에 들어오라고는 안 할게. 내가 일했던 동물병원에 같이 가보자. 놀러 온 적이 있으니까 널 알아보는 직원들이 있을 거야."

"……정말?"

"그게 아니어도, 가보면 뭔가 기억날지도 모르지."

동네에 가보는 정도야 괜찮지 않을까? 해인은 어째 제가 남자의 계획에 말려들고 있다는 건 알았다. 자연스레 다시 만날 약속을 하고 있지 않은가. 거절할까도 싶었지만 오늘 그가 가져온 액자의 그림이나, 그곳에 가면 증인들이 있다는 얘기에는 조금 솔깃한 심정이었다.

기억을 찾고 싶냐 아니냐를 물으면, 돌아오지 않을 거라는 걸 본능적으로 잘 알면서도 되찾고 싶었으니까. 기억은 없어도 감정은 어슴푸레 남아 있었다. 해인은 남자를 조심스레 올려다봤다. 기억을 되찾는 건 불가능하다고, 그냥 나는 그런 기분이 든다고 하면…… 이 남자는 어떤 반응을 보일까.

멍하니 되묻고 만 건 자신 없는 목소리였다.

"사귀었던 기억이 없어도…… 우리가 사귄 게 맞을까요?"

"……뭐야. 그런 걱정 중이었어?"

"거, 걱정이라기보다는……. 정말 생각도 안 나고, 또 그게 정말이어도 다시 떠올릴 자신도 없고…… 난 잘 몰라서……."

남자는 여전히 화분을 들고 있었다. 그리고 말하며 웃는 입가는 어딘가 그리운 느낌이 들었다.

"그 기억이 없어졌다고, 그 시간도 없어진 건 아니니까. 우리가 없는 건 아니니까. 난 중요한 건 기억보다는 우리 둘이 남아 있다는 사실이라고 생각해. 우리가, 앞으로 할 수 있는 게…… 더 많다는 사실 말이야."

자꾸만 황망한 기분이 드는 건 이 남자의 저를 향한 애정이 너무 애틋한 것이기 때문이었다. 누군가에게 이런 특별한 상대가 되어본 기억이 없었다. 그럴 자격도 없었다. 그가 저를 사랑한 이유를 모르겠으니 이 사랑이 제 것인지도 자신이 없었다. 해인이 가진 건 그런 혼란이었다. 끝없는 의문과 잃어버린 자신에 대한 갈등들.

"저기, 휴직했다는 거. 나 때문이라고…… 수문 씨가 그러던데 정말이에요?"

"……내가 일할 정신이 못 됐어. 반쯤 패닉 상태였거든."

"왜 그랬는데요……?"

패닉 상태에 빠질 남자로는 절대 안 보이는데. 해인이 고개를 갸웃거리자 그는 알 수 없는 웃음을 지어 보였다.

"그냥 널 찾는 데만 집중하고 싶었어."

이 남자, 또 무언가 말해주지 않고 은근슬쩍 넘어가는 것 같은데. 은근히 비밀투성이란 말이지. 해인은 남자가 말 못 하는 것들이 무엇인지 궁금했다. 남자는 궁금해 죽겠다는 얼굴로 서 있는 해인이 뭐가 그리 우스운지 대뜸 웃음을 터트렸다.

"이런, 예전엔 네가 비밀투성이였는데, 지금은 내가 그러고 있네."

해인은 문득 남자의 웃음소리가 간지럽다는 생각을 했다. 발끝까지 꼼지락거리게 했다. 목 안이 치밀었고, 괜히 호흡이 흐트러졌다.

"내가 비밀이 많았어요?"

"그래, 아주 많았어. 그래서 항상 날 고민하게 했지."

"……내가 신비주의 같은 걸 할 리가 없는데. 나 거짓말도 정말 못하

고…… 또, 숨길 만큼 대단한 걸 갖고 있지도 않고……. 저기, 역시 당신이
찾는 거 내가 아닌 건 아닐까요? 그냥 닮은 사람이라거나……."

"여전히 굉장한 의심쟁이구나."

"으."

"넌 자길 좋아하는 사람을 못 믿는 것 같아. 그러니까, 그 사람이 자길 왜
좋아하는지 항상 얼떨떨해하잖아? 마치 길고양이처럼."

그거 굉장한 정곡일세. 해인은 그가 제 습성을 꿰뚫어 보고 있다는 데는
반박할 게 없었다.

"난 내가 사람을…… 잘못 찾았다고는 생각 안 해. 네가 남긴 것들을 쫓아
왔는데 네가 있는 거니까."

"……."

"그리고 널 못 알아보거나 헷갈릴 만큼 내가 바보라고는 생각하지 않아.
난 네가 너라는 걸 확신하고 있거든. 너는 아직 확신하지 못하는 것 같지
만."

그와 자신의 일은 의문투성이였다. 너무 많아서 숨을 쉴 수 없을 만큼이
었다. 정말 그와 자신이 알고 지냈는가. 그건 맞는 것 같다. 그와 자신은 사
귀었나. 그것도, 맞는 것 같다. 그런 자문을 거듭하다 보면 항상 끝에는 '자
신은 그렇다면 왜 그를 두고 사라졌는가?' 하는 의문이 남아 있었다.

기억을 잃어서 그를 잃어버린 걸까. 아니면 행여나 그를 떠나고 싶었던
걸까. 잊을 만큼 그가 싫었던 걸까. 기억이 없으니 알 수 없는 노릇이었다.

"우리 동네에 한번 와줘. 증명할 길은 그것뿐인 것 같으니까."

감각은 분명 그를 그리워했지만 말이다. 그가 웃을 때면 그건 확실히 알
수 있었다. 해인이 믿을 거라고는 그런 것뿐이었다.

"……알겠어요. 가볼게요."

"정말? 그럼 언제가 좋겠어?"

"뭐, 나야 거의 백수니까요. 조만간……."

"편한 날을 알려주면 데리러 올게."

가기로 했으니 일단 고개를 끄덕였다. 이 남자가 사는 동네에 가보면 뭔가 알 수 있지 않을까 싶었다.

"우리 데이트는 오랜만인데."

그래, 오랜만…… 은 무슨. 해인은 퍼뜩 고개를 들었다.

"이게, 이게 왜 데이트예요?"

"그럼 뭐야?"

잠깐. 남녀 둘이 만나면 데이트가 맞나? 물론 이게 비즈니스는 아니니까……. 하지만……. 해인이 갈팡질팡하고 있자니 그가 한 걸음 가까이 다가왔다. 발끝이 닿았고, 물러서는 것보다 빨리 그가 속삭였다.

"날을 정해서, 데리러 올게."

아무래도 그에게 제대로 말려든 것 같았다.

"해인아."

지금 저거 내 이름 부른 건가. 원래 이런 울림이었나, 내 이름이? 아니, 그보다 저 남자는 남의 이름을 너무 기쁜 듯 부르는 거 아니야? 해인은 카페 안쪽에 앉아 제게 작게 손을 흔드는 남자를 보며 안으로 들어섰다.

"……안녕하세요."

"좀 일찍 도착해버려서 커피 마시고 있었는데. 아, 뭐 좀 마실래?"

굳이 집 앞으로 데리러 와서, 같이 차까지 마시면 더 데이트 같잖아. 해인은 고개를 도리도리 내저었지만 그는 이미 자리에서 빠져나와 해인을 계산대로 이끌고 있었다.

"여기 코코아가 있더라고."

"엇."

"코코아 하나……."

"잠깐, 커피 마실 건데요! 아메리카노!"

안 먹으려고 했는데 얼떨결에 시켜버린 건, 그만 당황해서였다. 코코아야 엄청 좋아하긴 하지만 그건 어린애 같아서 혼자 있을 때나 몰래 마시는 거였으니까. 설마하니 저는 이 남자 앞에서 코코아를 들이켠 걸까. 남자는 해인의 제지에 정말 의아한 듯 반문했다.

"하지만 코코아 좋아하잖아."

"……흠흠. 커피도 마실 줄 알거든요."

"시럽 엄청 넣을 거잖아."

"두, 두 번 정도?"

손가락 두 개를 들어 보였더니 픽 웃어버리는 남자 때문에 부끄러워졌다. 이 남자, 너무 많은 걸 알고 있었다.

날이 좋아져서 그런지 카페 안의 사람들은 하나같이 화사한 차림이었다. 해인은 저도 조금 더 밝게 입을 걸 그랬나 싶어 제 옷차림을 내려다봤다. 물감이 묻을까 봐 어두운 옷을 입는 게 버릇이 되어버려서 옷장에 있는 거라고는 전부 칙칙한 것들뿐이었다. 밝은 옷은 애초에 없기도 하고……. 오늘 이게 데이트 비슷한 거라는 건 알았지만…… 그래도 나름 신경 쓴 건데.

"다음엔 긴장 풀고 코코아를 먹어."

"……누구 맘대로 또 다음이래요."

"음, 말은 그렇게 해도 마지못해 만나주잖아?"

해인은 남자가 가져다준 커피를 집어 들며 입술을 삐죽거렸다. 보통은 이렇게 파악당할 일이 없는데, 그도 그럴 게 워낙 도망치는 데 도가 튼 해인이었던 것이다. 그런데 이 남자는 이미 모든 걸 알고 있어서 방어가 소용없는 느낌이었다.

"박해인."

"……네?"

"해인아."

"내 이름이 뭐…… 신기해요?"

왜 자꾸 부른담. 하여간 이상한 남자. 해인의 작은 핀잔에 그는 턱을 괴며 느긋한 얼굴을 했다. 거의 웃는 것 같은 목소리였다.

"예쁜 이름이잖아. 그래서."

"……저기, 난 가족이나 동성 친구 말고는 이름으로만 부르는 사람이 별로 없거든요."

"그래서?"

"조금, 낯간지러우니까……."

"그럼 수문이처럼 해인 씨라고 부를까."

아니, 수문처럼 불러도 어감 자체가 달라서 결국 속이 간지러운 느낌이었다. 그는 입술에 해인의 이름을 담는 것 자체를 즐기는 것 같았다. 그렇게 음미하듯 이름을 부르는 건, 반칙이었다.

"그냥…… 당신 마음대로 해요."

"아, 나는 '강'이라고 불러주는 게 좋아."

"……강? 내가 당신을 그렇게 불렀어요?"

"음."

"왜 멀쩡한 이름을 놔두고……. 시율 씨…… 라고 부르는 게 맞지 않아요? 우리, 나이 차이도 꽤 나니까."

다섯 살이나 나이 차이가 나니까 그리 편하게 말을 걸 상대는 아니었다. 그리고 그가 알려준 호칭은 입 밖으로 내뱉기 조금 민망한 느낌이었다.

아주 친한 사이에나 부를 것 같은 애칭이었으니까.

"네가 날 강이라고 불렀던 이유, 뭔지 알아?"

"뭔데요?"

"내 이름 부르기가 싫어서였지. 처음엔 날 안 좋아했거든."

"……으음? 강이라고 부르는 편이 더 친한 것 같은데. 어떻게 봐도 애칭 같은걸요. 강."

"내가 봐도 그래."

강, 강, 가앙. 입안으로 몇 번 곱씹어보던 해인은 자신이 또 말려들었다는 걸 깨달아야 했다. 아무래도 호칭을 정한다는 건 다음에 또 보자는 걸 예감하는 일이었으니까.

그가 차를 세운 곳은 흔한 아파트 단지의 주차장이었다. 어딜 가도 있을 것 같은 모양이라 이곳이 낯이 익은지 어떤지도 알 수 없었다. 아무리 주변을 둘러봐도, 자신이 여기에 살았다는 게 선뜻 와 닿지는 않았다. 혹시나 하는 기대를 했는데 역시 기억은 돌아올 기미가 없었다. 이곳에 오면 그럴싸한 데자뷔라거나, 뭔가 느껴지지는 않을까 하는 기대를 조금은 기대했는데 말이다.

"병원부터 가볼까. 여기서 가깝거든."

"……좋아요."

"공원만 지나면 되니까."

걸으면서도 계속 주변을 살펴봤지만, 결국은 처음 오는 곳이라는 게 결론이었다. 그나마 익숙한 건 하늘일까. 하지만 하늘은 어디나 똑같기 마련이었다. 좀 익숙한 게 있으면 좋겠는데…….

두리번거리며 걷는 해인의 뒤를 시율이 한 걸음 뒤에서 따라왔다. 그가 곁으로 다가온 건 아파트 뒷문으로 나와 공원 입구에 다다라서였다.

"그런데 말이야."

"네?"

"이쪽으로 가는 건 어떻게 알았어?"

저도 모르게 앞장서고 있던 해인은 그제야 이상한 점을 깨달았다. 그러게. 자신은 아파트에서 병원으로 가는 길을 어떻게 알고 있는 걸까. 그가 가르쳐줬던가? 조금이라도 방향을 손짓했다든가……. 기억을 더듬어봤지만 그런 적은 없었다. 해인은 아무 생각 없이 걸었고, 그게 가는 길이었다.

"……아파트 구조야 다 비슷하니까."

"그야 그렇지."

"이쪽 아니면 저쪽이겠죠. 뭐…… 큰길 찾는 건 쉬우니까…… 그러니까 아마……."

왜 이렇게 당황스러운 걸까.

"그런데, 나 꽤 길치인데."

"알아."

"……어떻게 알았죠? 이쪽인 걸?"

"내 말이 맞으니까. 우린 이곳에 살았어."

놀라 그 자리에 멈춰 섰던 해인은 이어 무언가를 발견했다. 홀린 듯 몇 걸음 걸어 누군가의 집 앞으로 다가섰다. 그 집은 동백나무로 된 담장이 있었다. 해인은 곧잘 저만의 집을 짓는다면 이런 담장을 갖고 싶었다.

"이거."

"맞아. 그거 마음에 들어 했지. 자주 여기서 날 기다렸거든."

"……여기서."

"퇴근하고 저쪽으로 걸어 나오면 항상 이 자리에 앉아 있었어."

그래, 그랬을 것도 같다는 기분이 들었다. 이 자리가 아주 익숙해서 여기에 뭘 두고 온 건 아닐까 싶을 정도였다. 해인은 동백나무 담장을 살펴보다가 그 아래 쪼그려 앉아봤다. 정말 딱, 공원 입구를 보고 있기 좋은 자리였다. 누군가를 기다리기 좋은 자리.

"이런, 느낌이었어요?"

"……그래."

"……알 것도 같아요. 이 자리가…… 이상하게 편해."

일어나는 대신 무릎을 끌어안고 담장에 살며시 등을 기대봤다. 이렇게 있으면 누군가 저를 데리러 올 것만 같았다. 지켜보던 시율이 곁으로 앉아서, 해인은 아무 말도 하지 않았다.

너무 가까워서 거의 어깨가 닿았지만. 아무 말도.

"원래 저쪽에 자주 가던 포장마차가 있었는데 지금은 없어졌어. 날이 풀려서 장사를 접은 것 같아."

"……흠?"

"어묵 국물이 맛있는 곳이었거든. 그래서 네가 좋아했지."

어묵 국물 좋아하는 것까지 알고 있으면 이 남자가 저에 대해 모르는 게 있긴 한 건지를 궁금해해야 할 수준이었다.

"포장마차 아줌마가 계셨다면 너랑 날 자주 봤으니 반가워하셨을 텐데."

해인은 고개만 조금 끄덕였다.

남자에게 다시 어색함을 느끼고 있는 건 그가 너무 가까워졌다는 걸 깨달아서였다. 분명 얼굴 보는 것도 불편하던 남자인데 어느새 이만큼 접근을 허락하고 있으니 바로 그게 어색하달까.

"사탕 먹을래?"

"……뭐, 줘보든가요."

마침 어색한데 잘됐다 싶었다. 그걸 먹는 동안은 말을 안 해도 될 테니까. 해인은 손을 내밀었고, 그는 자연스레 주머니 안에서 사탕을 하나 꺼내줬다. 이 남자 어울리지 않게 주머니 안에 단걸 상비하는 모양이었다.

"커피맛……."

과일맛이라면 많이 먹어봤지만 이런 건 처음 같았다. 그런데 제법 맛있었다. 생각보다 달면서 도통 질릴 것 같지 않은 맛이었다. 마음에 든 사탕을 입안에 굴리며 해인은 자연스레 그가 다시 내민 손 위에 쓰레기가 된 사탕껍질을 들려 줬다. 원래부터 그가 버려주는 것인 듯, 아무런 의심도 없었다.

그러곤 그걸 알아채지도 못했다.

"다 왔어. 저기가 내가 일하던 동물병원이야."

남자가 손으로 가리키는 방향에는 해인이 본 것 중에는 가장 커다란 동물병원이 있었다. 동물병원이라는 거 보통 상가 1층에 조그맣게 있는 것 아니었던가. 저건 4층이나 되네. 번쩍번쩍하고…….

"……엄청 크네요?"

"뭐, 동물병원 중에는 그렇지. 미용센터도 있고 전문적인 진료를 많이 해서 그래."

"예를 들면요?"

"애견 암이나 파충류 진료일까."

동물에 대해 잘 모르는 해인으로서는 대단하다는 생각에 감탄스러울 뿐이었다. 그를 따라 병원 로비에 들어서면서는 어쩐지 긴장이 돼서 그의 뒤에 달라붙어야 했다. 완전히 낯선 곳에 오니, 그나마 그가 가장 익숙했다. 간호사들의 적극적인 환대가 이어졌을 때는 정신이 다 없어졌다.

"강 선생님!"

"어머, 강쌤. 오랜만이에요."

"강쌤? 왜 이렇게 수척해지셨어요?"

"자주 좀 오시지. 하셔야 한다던 일은 해결됐어요? 언제부터 다시 출근하세요? 환자들이 많이 찾는데."

그는 아무래도 인기가 많은 모양이었다. 해인은 몰려드는 직원들에 당황해 그의 옷깃을 붙잡고 그의 등 뒤로 점점 숨어들었다. 그도 강 선생님이라고 불리는 모양이었다. 수문을 부를 때 어쩐지 불편했던 이유를 이제야 찾은 느낌이었다.

"누군가 했더니 여자 친구분도 같이 오셨네요?"

"그러게? 오랜만에 뵈네요."

그리고 확실히, 병원 직원들은 자신을 아는 눈치였다. 그리고 그의 여자 친구로 통하고 있다.

"안녕하세요……."

해인은 겨우 고개를 꾸벅여 보였다. 힐끔 올려다본 시율은 어딘가 의기양

양한 눈이었다. 제 말이 맞지 않냐고 묻는 듯한 치밀한 눈웃음.

"아, 전에 그 강아지 주인이요. 얼마 전에 여기서 유기견을 입양해 갔어요. 그렇지 않아도 강쌤에게 알려드리려고 했는데."

"……강아지요?"

"왜 일전에 죽어가는 개를……."

"잠깐 진료실 좀 둘러봐도 될까?"

그가 말을 끊어줘서 다행이었다.

"그럼요. 지금 아무도 안 계실 거예요."

해인은 또 기억나지 않는 걸 물을까 싶어 얼른 그를 따라 진료실로 향했다.

"여기가 내 진찰실이었는데 지금은 다른 사람이 쓰네."

"휴직했으면, 복귀는 언제 하는 거예요?"

"글쎄. 사실은 슬슬 돌아와도 되긴 하지만……. 그보다, 뭐 기억나는 건 좀 있어?"

"정신이 없어서…… 잘 모르겠어요."

진료실 안을 살펴봤지만 꽤나 낯설었다. 사람들 병원이랑은 어딘가 달랐다. 하지만 그 이상의 감흥은 없었다. 동물병원 자체가 해인에게는 낯선 곳이었다.

"그래도 증인들은 만났잖아."

"……내가 당신 여자 친구였다는 건 알겠어요. 저 사람들이 단체로 날 가지고 노는 건 아닐 테니까."

"알아주니 다행이네."

그의 직장 사람들이 알 정도면 진지하게 사귀었다는 것도 알겠다. 해인은 진료실을 둘러보던 걸 그만두고 그를 똑바로 쳐다봤다. 내내 그의 눈길을 피하다가 제대로 마주 볼 마음이 든 건 그가 알려준 답에 대한 자신의 답을 찾고 싶어져서였다.

"그런데 말이에요. 우리가 사귀었다면, 우린 어떻게 만났어요?"

"……처음 만난 건, 여기였지."

"동물병원이요? 내가 여길 왜 왔어요?"

자신은 동물을 기르지도 않고, 이 지역 자체가 전혀 인연이 없는 곳인데. 아는 사람이 사는 곳도 아니고. 자신이 여행 다닐 만한 곳도 아닌 그냥 도시인데.

"너랑 나 사이에는 고양이가 한 마리 있었거든."

"관리실을 통해서 물어봤던 그거죠? 내가 고양이를 기르지 않았냐고……."

"맞아. 사진 볼래?"

사귀었다면서 제 사진은 없고 고양이 사진은 있는 걸까. 그거 좀 불공평한 느낌인걸. 해인은 일단 고개를 끄덕였다. 그가 휴대폰으로 보여준 건 새까만 털에 황금색 눈을 가진 예쁘장한 고양이였는데, 어쩐지 그 커다란 눈동자가 자신에게 말을 거는 것만 같았다.

"개냥이야."

왜 엄청 울컥하는 기분이 든 걸까. 해인은 미간을 좁히고 투덜댔다.

"……그 이름 엄청 별로네요. 이렇게 예쁜 고양인데."

"풉, 자기도 분명 그렇게 생각했을 거야."

"지금은 어디 있어요? 내가 길렀던 거예요? 아니면 당신이……."

"네가 사라지던 날 같이 사라졌어."

"어, 음…… 잃어버린 거예요?"

"널 찾으면 찾을 수 있을 줄 알았는데, 아니었어."

난 고양이라도 데리고 사라진 건가. 의문이 치솟았지만 더 이상 캐묻지는 못했다. 그는 비밀이라고 말할 때면 꼭 저런 표정이었으니까.

어느새 해가 서물고 있었다. 해인은 상당히 기진맥진해져 있었다. 은근히 많이 돌아다닌 데다가 너무 많은 사실을 접했더니 머리가 터질 것 같았으니까. 자신은 분명 이 근방에 살았고, 그와 사귀었으며, 그는 자신을 찾아 일까지 그만두고 온갖 곳을 돌아다녔다.

기억은 안 나지만 그건 분명한 사실이었다.

해인은 이제 그에게 잊어버려서 미안하다는 사과를 해야 한다는 걸 알았다. 하지만 입이 쉽게 떨어지진 않았다.

"여긴 어디예요?"

차로 돌아가는 줄 알았는데 그가 해인을 데려간 곳은 작은 공터였다.

"이쪽에 앉아 있어봐."

"여기요?"

"그리고 이걸 흔들어."

그가 쥐여 준 건 아까 병원에서 얻어 온 사료 샘플들이었다. 작은 봉지과 자만 했고, 고양이 얼굴이 프린트되어 있으니 고양이 사료일 터였다. 난데 없이 공원에 앉아 이건 왜 흔들라는 걸까. 알 수 없었지만 지금까지 그의 말은 대부분 맞았으므로, 해인은 일단 그가 시키는 대로 했다. 자각자각.

"이렇게요?"

사료 봉지를 흔들기 무섭게 근처의 수풀들이 우수수 흔들리기 시작했다.

"냐옹?"

"미야옹!"

"냐아아?"

고양이 몇 마리가 수풀에서 불쑥 튀어나오더니, 눈을 빛내며 해인의 얼굴을 확인했다. 그러곤 마치 아는 사이인 양 곧장 반갑게 달려들었다.

"뭐, 뭐야? 뭐야?"

고양이란 사람이랑 마주치면 하악, 대고 도망가는 동물 아니었나? 깜짝 놀란 해인은 엉거주춤 몰려드는 고양이들을 피하려고 했지만, 고양이란 못 올라가는 데가 없는 동물이었다. 해인은 금세 어깨 위까지 점령당해야 했다. 일어나다 말고 그대로 조심스레 다시 벤치에 앉으면서는, 고양이들에게 익숙하지 않은 비비적거림을 당해야만 했다.

"알겠네요. 여긴, 고양이 주거 지역이었군요."

"그렇지."

저 멀리서도 한 마리 두 마리, 뛰어오나 싶더니 어느새 열댓 마리 정도가 해인의 주변에 쪼그려 앉아 귀를 쫑긋거리며 꼬리를 살랑거리고 있었다. 사료 봉지 흔들기는 고양이를 소환하는 주문이었던 걸까. 개떼는 들어봤어도 고양이떼는 처음인데.

"고양이가 원래 이런 동물이었나요……?"

해인은 꾸역꾸역 자신의 어깨 위에 올라와 제 얼굴에 온갖 털을 뿜어대며 비비적거리고 있는 회색 고양이 때문에 겨우 고개를 돌려 그를 볼 수 있었다. 그는 웃음을 참고 있는 얼굴이었다. 웃지 말고 이 고양이 좀 내려줬으면. 자꾸 발톱을 세워서 은근히 아팠다.

"설마. 네가 인기 있는 거지. 이 녀석들이랑 너랑 아는 사이라서 그래."

"그래도 그렇지 무슨 이런 환대를……."

"너 엄청 오랜만에 나타난 거거든. 이 녀석들 입장에서는 네가 안 보이니까 죽었다고 생각했다가, 살아 있어서 더 반가워하는 걸지도 모르지."

"고양이도…… 그런 게 있군요. 근데 자꾸 발톱을 꺼냈다 넣었다 하면서 내 머리를 누르는데……."

"꾹꾹이야. 고양이들이 기분 좋을 때 하는 거지."

이어 여기저기서 몇 마리가 더 나타났는데, 녀석들은 해인에게 하나같이 굉장히 친밀하게 굴었다. 다리나 신발에 얼굴이나 몸통을 비비적거리며 오랜 친구라도 만난 것처럼 골골대며 반가워하는 것이다. 경계가 심한 고양이들이 보여주는 이런 극진한 환대라니. 그는 이런 게 보여주고 싶었던 걸까?

"고양이들은 길들이기 힘들어. 밥을 준다고 아무나 따라다니지도 않고."

"난 대체 무슨 짓을 하고 다닌 거예요?"

"내가 하지 말라는 건 다 했어."

"……흠흠."

"넌 말썽쟁이였거든."

"그거 무슨 실례의 말씀을."

잠시 흘겨봤지만, 그가 웃는 얼굴로 응수하자 별수 없이 그걸 인정해야 했다. 제가 은근히 말썽쟁이라는 건 부모님만 아는 사실이었는데…….

"냐아아!"

"빨리 달라는데?"

"앗, 어어어. 먹어. 자, 여기."

고양이들의 재촉에 부랴부랴 사료를 뜯어주면서는 제가 이런 짓을 했던 이유를 어렴풋이 알 것 같았다. 기억해줬으면 했던 것 같았다. 저를……. 하지만 왜? 말도 안 되지만 혹시 자신은 기억을 잃어버릴 거라는 사실을 알고 있었던 건 아닐까. 스치듯 생각했지만 그뿐이었다.

"다들 네가 반가운가 봐. 오랜만이니까."

"……신기하네요. 날 안 잊어버리고 있다는 게."

"고양이들은 기억력이 좋으니까. 1년 만에 만난 친구도 기억하거든. 한번 사람에게 차인 녀석은 평생 사람을 피하기도 하니까."

허겁지겁 사료를 먹는 녀석들 사이로 먹지도 않으면서 웅크리고 자리만 차지하고는 있는 한 마리가 보였다. 마르고 사나워 보이는 녀석이었다.

"쟤는 왜 안 먹는 걸까……."

"아, 얼룩이. 나도 오랜만에 봐. 저 녀석, 사람은 다 싫어해서 잘 보이지도 않는데……. 그래도 네가 왔다고 저기까지 나왔네."

"……그래요?"

"한겨울에 버려져서 삐쩍 말라 죽을 뻔한 걸 네가 먹여 키웠거든. 너 말곤 아무도 못 만질걸? 가서 아는 척이라도 해봐."

고양이랑 아는 척이라니. 그런 건 어떻게 하는 거래? 해인이 우물쭈물하고 있자 시율이 툭 하니, 등을 떠밀었다. 해인은 오리걸음으로 얼룩이에게 다가갔고, 손을 뻗으면 닿을 거리에 가서는 어떻게 해야 하나 하다가 조심스레 손끝을 내밀어봤다.

만지게 해주려나.

"아, 안녕?"

어색한 인사에 화답이라도 하는지, 얼룩이는 해인의 손끝에 코끝을 톡 대고는 지그시 눈을 감아 보였다. 그러고는 아주 느리게 해인을 향해 몇 번인가 눈을 깜빡여 보였는데, 무슨 뜻이 있는 것 같았다.

"아."

녀석은 이내 미련 없이 수풀 속으로 사라져 버렸다. 어쩐지 그게 섭섭했다.

"······친하다더니. 그냥 코 한 번 대더니 가버렸어요."

"그래도 키스해줬잖아."

"키······ 키 뭐요?"

"고양이 키스. 고양이들의 인사법이야. 눈을 마주쳤을 때 천천히 깜빡여주면 그건 상대를 신뢰한다는 뜻이지."

방금 그게 그럼 키스였구나. 나를 신뢰한다는 신호였어. 해인은 다시 벤치에 돌아와서는 다른 고양이들과 눈을 마주쳐봤다.

"신기하네요. 난 사람인데 나랑도 해주는 게."

"그만큼 널 믿는다는 거겠지."

그렇게 말하며 그가 제 눈을 보고 살며시 눈을 깜빡이는 순간에는······ 마치 진짜 키스라도 한 것 같은 이상한 기분이 들었다.

이거 사람끼리는 하는 게 아닌 것 같았다. 치밀어 오르듯 부끄러워졌다.

"으······ 뭐 하는 거예요!"

"그냥 눈을 마주 깜빡인 건데?"

"거짓말!"

"널 신뢰하고, 좋아한다는 뜻이야."

하여간 만만치 않은 남자였다. 저는 어쩌다가 이런 남자와 사귀게 된 걸까. 해인은 순식간에 달아오른 뺨을 손바닥으로 가리면서 무릎 위에 얼굴을 파묻었다. 부끄러운 것도 있었지만, 결국 그가 자신에게 특별하다는 걸 인정해야 하는 순간이 찾아와서도 있었다.

이건 정말 말도 안 됐다. 어느 날 나타난 남자가 이미 마음속에 있다든가 하는 건…….

아무리 부정하고 부정해도 그게 현실이라는 건.

"음, 내가 그렇게 싫어?"

"……싫은 게 아니라, 이상해서 그래요. 그냥 다 이상해요. 요즘은 나한텐 이상한 일투성이라……."

"난 이상한 일에 좀 적응이 돼서 괜찮지만, 넌 안 그렇겠네. 기억도 안 나니까."

그는 뭔가 알고 있다는 듯 말했다. 해인은 무릎 사이에서 눈을 들어 그를 봤다. 그에게도 이상한 일이 일어났던 걸까? 일단 그가 자신보다 많은 걸 알고 있다는 건 분명했다. 말을 해주지 않는 건 자신을 더 혼란스럽게 하지 않기 위해서겠지만…….

해인은 주변에 고양이 말고는 아무도 없건만, 괜히 인적을 살피고는 그에게 바짝 다가갔다.

"……나 말이에요, 전에는 그런 거 없다고 했지만 사실 비밀이 하나 있어요."

"어떤 건데?"

"좀 무서운 거라…… 엄마한테도 의사한테도 말하지 못했는데…… 저기, 이거 정말 비밀이에요?"

그는 대답 대신 느리게 눈을 깜빡이는 걸 택했다.

"……내 몸에요."

"음."

"상처가 전부 없어졌어요."

어느 날 샤워를 하다가 문득 깨달았다. 처음엔 작은 상처가 없어진 걸 보고 대수롭지 않게 넘겼는데, 짚어 보니 몸에 있던 모든 상처가 사라지고 없었다. 그건 정말 기묘하고 이상한 일이었다. 생각할수록 무섭기까지 했다.

"꽤 큰 상처도 있었는데, 내가 12살 때 자전거 타다가 넘어진 거라든 가…… 못을 밟았던 상처 같은 거…… 그게 전부 없어졌어요."

"……그게 왜?"

"이상하잖아요? 무섭다고요. 안 그래요? 내 몸이, 내 몸이 아닌 것 같잖아 요. 이게 괜찮아요?"

해인은 바들바들 떨리는 눈으로 그를 바라봤다. 저도 모르게 그의 손등을 붙잡고 울 것 같은 얼굴을 했다. 끝내 그에게 제가 지금 얼마나 위태로운지 드러내고는 어쩔 줄 몰라 했다.

"나한테 무슨 일이 있었다는 건 분명한데. 뭔가 좋은 일은 아니었던 것 같 아서……."

그래서 외면하려고 하는데 이 남자가 자꾸만 기억을 들췄다. 뭔가 자신에 게 알 수 없는 일이 있었다는 걸 상기시켰다. 이 남자는 그리운 것도 같은데, 자신에게 있던 어떤 일에 대해서만은 외면하고 싶었다. 그리고 그 사이에 짓눌려서는 숨이 막혔다. 사람으로서 이해할 수 없는 일을 마주하면, 한계 까지 숨을 멈추는 것 말고는 아무것도 할 수 없었다.

또 숨을 참고 있는 해인의 뺨을 그가 매만졌다.

"내가 인정할게."

"……난요."

"넌 너야. 네가 아니면 누구겠어."

남자는, 시율은 움직이지 않는 해인의 손을 조심스레 움켜쥐었다. 해인은 참 았던 숨을 가늘게 내뱉으면서는 제 왼손을 살피는 그의 속눈썹 끝을 주시했다.

"정말…… 상처가 하나도 없네."

"거긴 원래 아무 상처도 없었어요."

"다행이야. 상처는 이왕이면 없는 게 좋아."

"……우 씨, 내 말 뭐로 들었어요? 그거 꽤 무섭다니까요."

해인은 심각했지만 시율은 별로 대수롭지 않다는 반응이었다. 오히려 다행이라는 반응이라 해인을 힘 빠지게 했다. 그는 해인의 왼손을 손가락 끝부터, 깍지 하나하나, 손등부터 손목, 올라가 팔꿈치까지를 느리게 쓸어 올리고 세밀하게 살펴봤다.

"왼손이 안 움직인다는 건 들었어. 그리고 상처가 전부 없어진 거, 그 외 달리 이상한 곳은?"

"……없는데. 굳이 말하자면, 이상할 만큼 건강체가 된 거?"

의사들이 하나같이 했던 말. 시율이 제 손을 만지작거리고 있었지만 가만히 그걸 두고 보고 있는 건 그도 의사라는 걸 상기해내서였다. 수의사지만.

"감각은 있는데 움직일 수 없는 건 묘하네. 움직이려고 하면 아프진 않고?"

"그렇진 않은데…… 이렇게 만져지는 것도 알겠고, 뭔가에 찍히면 아픈데 움직일 수 없을 뿐이에요. 만나본 의사들도 전부 이유를 모르겠다고……."

"무서워하지 마. 넌 네 자리를 찾은 것뿐이야. 내가 생각하기론 그래."

해인은 나지막한 그의 목소리를 들으면서는, 그가 자신을 아는 정도가 아니라 자신보다 자신을 잘 안다는 생각을 했다. 그렇지 않고서야 저를 이렇게 안심시킬 수는 없을 테니까.

"아무튼 다행이야. 이제 네가 울지 않아도 되고, 나중을 걱정할 일도 없을 테니까."

"……저기, 내가 많이 울었나요?"

"자주 울었지."

"이상하네요. 난, 우는 거 정말 싫어하는데."

그가 이제 손이 아니라 자신의 뺨을 만지는데도, 눈을 감고 그걸 음미하고 싶어질 뿐이었다. 그와 너무 가까운 순간에는 자신이 그의 어떤 면을 좋아했는지, 그것마저 깨달아버렸다.

"울면서 매번, 원랜 이렇지 않다고 변명하듯 투정했지. 내가 안 믿으면 화냈고. 그리고 지금 보니 확실히 너는 눈물이 많은 타입은 아니야. 남들 앞에

선. 내 앞에서 울어준 건 고마운 일일지도."

"거…… 내가 왜 울었을까. 이, 이상하네요, 참."

"비밀이 많았다고 했잖아. 너는 말 못 하는 것투성이였고, 그걸 답답해했어. 내가 지금 해보니 어떤 건지 알 것 같다."

이제 저 대신 비밀을 끌어안고 있다는 남자는 그게 별로 힘들어 보이는 눈치는 아니었다. 확실히 그와 달리 저는 비밀을 지키는 걸 고역스러워했을지도 모르겠다. 어떤 비밀인지는 모르겠지만.

"내가 가진 비밀이라는 게…… 뭐였는데요?"

"비밀이었으니까 나야 모르지. 아, 하나 아는 게 있긴 하다. 꽤 큰 거였을 거야."

"……그게 뭔데요? 내 비밀이?"

해인은 호기심을 참지 못하고 눈을 반짝였다. 자기 비밀을 자기가 모른다니 그건 이상했다.

"넌 가끔……."

"가끔……?"

"고양이가 됐어."

진지한 걸 말해줄 것처럼 분위기를 잡더니, 고작 한다는 게 말도 안 되는 농담이었다. 해인은 당장에 뿌루퉁한 얼굴이 됐다.

"쳇, 뭐예요, 그게."

"아아. 고양이 같은 여자 친구였어."

그거 칭찬인지 욕인지 모르겠다. 물론 자신이 개냐 고양이냐 하면 고양이와 비슷한 성격이기는 하지만 말이다.

'신경질적인 데다가, 잘 툴툴대고, 예민하고 그러면서 게으르고. 또…….'

한참 자신의 단점들을 생각하던 해인은 제 옆에 있는 남자가 굉장히 신기하게 느껴졌다. 저와 사귀면서 온갖 고생을 했을 건 당연해 보였으니까. 장담하는데 순한 여자 친구는 아니었으리라. 말하는 걸 보니 말썽도 많이 피웠던 것 같고…….

"……미안하네요."

"갑자기 뭐가 미안해?"

"그게…… 잊어버려서…… 당신을."

점점 기어들어가는 목소리로 사과했다. 사실 기억이 안 나는 잘못에 대해 사과하기란 꽤나 힘든 일이었지만, 범인은 제가 분명하니 어쩌겠는가. 해인은 조금 시무룩해졌고, 그는 사과를 받을 것으로는 생각지 못했는지 잠시 말이 없었다.

"해인아."

"……응?"

"미안하면 말이야. 이제 가져가라, 네 반지."

"왜, 왜 얘기가 그렇게……."

시율은 어느새 제 새끼손가락에 있던 반지를 빼내서 해인에게 억지로 들려 주고 있었다. 이 남자는 자꾸 틈만 나면 해인의 손에 뭔가 들려 주려고 했다.

"반지는 주인에게 돌아가야지. 안 그래? 우리가 사귀었다는 것도 인정했잖아."

"그건 그렇지만!"

"대체 뭐가 문제야?"

"난 아직 적응이 안 됐다고요! 마음의 준비라거나……."

"자, 손 내밀어봐. 끼워줄게."

해인의 파닥거림에 반지를 들려 주는 게 잘 되지 않자, 그는 아예 해인의 왼손을 잡아 들고 반지를 끼워주려고 했다. 움직이지 않는 왼손으로 반항할 수 있을 리 없었다. 이거 너무 부끄러워! 창피해! 남자가 왼손에 반지를 끼워 주는 건, 마치, 프러포즈 같잖아!

"으악! 내가, 내가 낄게요!"

"잘 생각했어."

당했다. 당했어.

해인은 자신의 손바닥 위에 얌전히 놓인 은색 반지를 보면서는 저는 결코 이 남자에게 당해낼 수 없다는 것만 뼈저리게 실감해야 했다.

"뭔가 이게 아닌데……."

울상을 하고는 있었지만 그리 싫지는 않았다.

"있잖아. 해인아."

"네?"

반지를 약지에 한번 끼워봤는데, 너무 정확한 사이즈에는 오히려 할 말이 없어졌다. 제 반지는 제 반지인 모양…….

"우린 아직 헤어진 적 없어. 그거 알아?"

"……그게, 무슨 뜻……?"

"우리가 여전히 사귀는 중이라는 거지."

돌연 목이 말라오는 건 이 남자의 이런 쉴 틈 없는 공세가 이제 겨우 시작이라는 걸 알 것 같아서였다. 해인은 조금 떨며 대꾸했다.

"그러니까…… 마, 마음의 준비가 아직."

"처음부터 다시 해보자."

"……으아."

"두 번째라 더 잘할 수 있거든. 나 말이야, 네가 좋아하는 거라면 뭐든 알고 있어."

그는 아무래도 모르는 모양이었다. 가장 좋아하는 게 자신이라는 건 말이다.

해인은 다시 익숙해지려면 시간이 필요하겠지만 그를 부르는 연습을 하자고 생각했다.

'강.'

'강. 정말 좋아해.'

아직 말할 수 없을 뿐, 이미 알고 있었다.

그를 만난 날부터.

외전 2. 길들어가는 일

"많이 먹어, 해인 씨. 그거 다 먹어도 돼."

두 손 위로 턱을 괸 민이영은 사람 좋게 웃으며 해인이 과자 먹는 모습을 흐뭇하게 바라봤다.

목마르지 말라고 종종 직접 끓인 계피차를 따라주는가 하면, 휴지를 건네주기도 했다. 한참을 오물거리며 과자 먹는 데 열중하던 해인, 문득 저를 보는 이영의 엄마 미소를 발견했다.

'우리 엄마도 날 보고 저런 얼굴은 안 하는데……. 맨날 이건 커서 뭐가 되려나, 하고 한심하게 보는 얼굴이지.'

부끄러운 기분이 드는 건 그래서였다. 꿀꺽, 씹던 것을 목 안으로 넘긴 해인은 민망함에 이영에게 물었다.

"민 선생님은 안 드세요……?"

"나는 괜찮아. 단거 별로 안 좋아하거든. 해인 씨가 단걸 좋아해서 다행이지 뭐야."

"그래도 민 선생님이 선물받은 건데 너무 저만 먹는 것 같아서요."

"아냐, 아냐. 오히려 먹어줘서 고마운걸."

아무리 봐도 백화점에서 사 온 것 같은 고급스러운 과자 세트는 거의 해인의 입으로 들어가고 있었다. 며칠 전에 선물받았다고 하는데, 그건 딱 이영이 해인에게 작업실에 놀러 오라고 노래를 부르기 시작한 즈음이었다.

오자마자 과자부터 꺼내주기에 넙죽 받아먹긴 했는데, 지금 보니 저도 꽤나 염치없었다.

"은근히 난감하던 차거든. 전이라면 해인 씨한테 가져다주면 됐는데, 해인 씨가 나가버려서 너무 섭섭해."

"……."

"수문이도 단걸 통 못 먹어서 말이야."

해인은 크게 뜨끔해야 했다. 생각해보니 이전부터 이영에게 이것저것 잘도 받아먹었던 것이다.

아직 아뜰리에 아리아에 있을 적에, 평소에는 쭈뼛거리느라 누가 찾아와도 작업이 바쁜 척 돌려보내고는 하면서도, 이영이 과자를 들고 오면 그때만은 홀린 듯 문을 열어주고는 했다.

핑계를 대자면 아무래도 단것에 약하다 보니 불가항력이었고, 이영도 해인의 약점을 알아챈 뒤로는 부지런히 공략했다.

그런 식으로 이영에게 넙죽넙죽 받아먹은 게 열 번도 넘는 것 같았다.

"왜 안 먹고 있어? 아, 손이 불편해서 그래?"

"네? 아니에요."

"그럼 다행이고. 손은 아직도 안 움직이는 거야? 요즘은 좀 어때?"

"여전하죠, 뭐."

"이런……."

이영이 진심으로 걱정스러운 얼굴을 했지만 정작 해인은 별로 아무렇지도 않았다. 어쩐지 시율을 만난 뒤로는 더 그렇게 생각하고 있었다.

뭐랄까. 시율이 옆에 있으면 제 왼손 같은 건 아무래도 좋다는 생각이 들었다. 그에게 굳이 티를 내지는 않았지만 아무래도 움직이지 않는 왼손은 그와 무슨 관련이 있는 것 같았다.

굳이 어떤 느낌인지 말하자면 왼손과 그를 바꿨는데, 그게 그리 손해가 아닌 것 같은 느낌이랄까. 오히려 이득일지도 모르겠다 싶었다. 왜냐하면 그와 함께 있을 때는 왼손이 움직이지 않아도 전혀 답답하지 않았으니까. 어쩐지 자랑스러운 기분까지 든다고 하면 제가 미친 사람 같을지도 모르겠다. 하지만 정말 그랬다.

'기억은 날아갔어도 뭔가는 확실히 남아 있단 말이지.'

해인은 자신의 왼손을 노려보며 움직여라, 움직여라 주문을 외워봤다. 그리고 여전히 움찔거리지도 않는 하얀 손가락에는 낯선 반지만 하나 끼워져 있었다.

그래, 저 반지도 눈에 들어올 때면 자랑스러운 느낌이었다. 그를 만나기 전에 왼손이 자꾸 신경 쓰였던 건 어쩌면 이 반지가 없었기 때문이 아닐까 싶을 만큼.

"이제 다 먹었어? 남은 거 가져가도 되는데. 여기 있어 봐야 먹을 사람도 없거든."

"그렇지만 이렇게 비싼 걸……."

"해인 씨가 남기고 가면 싹 버릴 거야."

"감사하게 잘 먹겠습니다."

음식은 귀한 거지, 아무렴. 주섬주섬 포장을 덮으면서는 해인은 이 과자 상자가 제 가방에 들어갈까, 하는 진지한 궁리를 했다.

항상 새침한 얼굴을 하고 있는 해인이 단것에 환장한다는 건 모르는 사람이 더 많은 것이 사실이었다.

"후후, 난 역시 해인 씨가 좋더라. 귀엽잖아?"

"……제가요?"

"엄청 경계하다가도 생각하는 게 빤히 보일 때면 기르고 싶어진단 말이지."

이영은 대체로 잘해주지만 가끔 이렇게 적나라하게 놀린다는 점에서 시율과 닮은 구석이 있었다. 해인은 뺨을 붉힐 수밖에 없었다.

"그거 저 놀리는 거죠? 어쩐지 제가 짐승 같다는 소리로 들리는데……."

"맞아. 해인 씨한테 단걸 주는 건 어쩐지 먹이를 주는 기분이랄까."

"윽……."

"잘 길들여지지는 않지만."

"보통이라고요."

"전혀! 얼마나 친해지기 힘든데? 그래서 우리 귀여운 해인 씨를 대체 누가 길들이려나 했는데…… 아무래도 요즘은 임자가 나타난 것 같아서 안심이 되면서도 쓸쓸해."

해인은 동안 탓인지 유난히 어리게 보는 사람이 많았는데, 실제로는 귀엽다는 소리를 들을 나이가 한참 지나 있었다. 성격상 누가 저를 놀리는 것도 당연히 좋아하지 않았다.

다른 사람이 이런 식으로 말했다면 벌써 자리를 박차고 도망쳤을 테지만, 이영에게는 그러지 못했다. 이영이 저를 너무 예뻐한다는 걸 알아서였다.

"민 선생님은, 저한테 왜 이렇게 잘해주세요?"

"응? 잘해준다기보다는 내가 해인 씨랑 친하게 지내고 싶어서 집적거리는 거지."

"집적……."

"그런데 그 남자가 그거 엄청 싫어하더라. 흥, 해인 씨는 내가 먼저 알았는데 별꼴이야. 수문이 친척이면 다야?"

동족 혐오일까. 이영이 말하는 그 남자란 아무리 봐도 시율인 것 같았다. 해인의 눈에는 저를 길들이려고 든다는 점에서 둘 다 똑같아 보이는 구석이 있었다.

물론 한쪽은 언니 같았고, 한쪽은…… 남자였지만.

"저기…… 전부터 민 선생님한테 물어보고 싶은 게 있었는데요. 바쁘시면 나중에 말해도 되고……."

"뭔데? 나 오늘 한가해. 말해봐, 말해봐."

"……여, 연애 상담 같은 건데……."

해인이 저런 식으로 손을 꼼지락거리는 건 처음 보는 이영이었다. 할 말이 있는데 말하기는 영 어려운지 눈도 못 마주치면서 웅얼웅얼하는 것도. 이런, 귀엽잖아. 역시 그 남자한테는 아까워. 이영은 일단 해사하게 웃어 보였다.

"기뻐라. 이제 나한테 연애 상담도 해주는 거야?"

"민 선생님이 저보다 어른이기도 하고, 또…… 보셨잖아요? 시율 씨요."

"그랬지, 그랬어. 그 남자…… 보통은 아니더라. 딱 봐도 육식계에다가 절대 만만하지도 않을 것 같고, 나더러 사귈 수 있냐고 묻는다면 나로선 노(No)랄까? 나는 수문이 같은 갯과 남자가 좋아서 말이야. 개는 좋으면 꼬리를 흔드는 게 빤히 보이잖아? 그런데 그 남자는 속이 하나도 안 보여. 어째 친척이면서도 수문이랑은 정반대야. 자꾸 수문이 기죽이는 것도 마음에 안 들고, 흥. 일단 재수가 없어."

"왜, 왜요? 시율 씨가 뭐 잘못했어요?"

좀 쌓인 게 있었는지 이영이 다다다, 시율에 대한 불만부터 내뱉었다. 해인은 제가 꽤나 좋아하는 이영이 시율을 부정하자 스스로도 놀랄 만큼 신기한 감정이 들었다. 왜 이렇게 당황스러운 기분이 드는 걸까.

"그야 나도 해인 씨랑 이만큼 친해지는 데 3년이 넘게 걸렸는데! 그 남자는 두 달 만에 나보다 가까워졌잖아! 질투 난다고!"

겨우 그런 이유였나. 그게 테이블까지 손바닥으로 내려칠 만큼 중대 사안은 아닌 것 같은데. 해인은 어쩐지 기분이 좋아지기도 했지만 민망함도 앞섰다. 이영이 그만큼 저를 좋아한다니 말이다.

"……민 선생님한테는 강 선생님이 있잖아요."

"그거야 그렇지만."

"역시 두 분이 사귀시는 거 맞죠?"

"그게 궁금해?"

"조금요."

"으음, 언니라고 불러주라. 그러면 대답해줄게. 이제 그렇게 불러도 되잖아? 응? 응?"

연애 상담을 조금 하고 싶었던 것뿐인데, 어쩌다 이런 궁지에 몰린 걸까. 이영은 잊을 만하면 한 번씩 이런 요구를 하고는 했다. 그리고 오늘따라 집요했다.

"으응? 자, 한번 해봐!"

해인은 주변에 언니라고 부를 만한 사람이 없었던 탓인지, 입 밖으로 그걸 소리 내는 게 오빠 소리만큼이나 부끄럽게 느껴졌다.

다른 사람도 아니고 이영이니 못 할 것도 없긴 하지만…….

"……어, 언니……?"

내뱉고 곧장 벌건 얼굴이 된 건 이영이 너무나 득의양양하게 웃어서였다.

"것 봐! 그렇게 부르니까 얼마나 좋아? 앞으로는 꼭 언니라고 부르기다?"

"……그럴게요."

이런 별것 아닌 거로 기뻐해주는 이영을 보니 미안할 지경이었다. 제가 그렇게 비싸게 굴었던가 하는 반성이 밀려왔다.

"만족스럽네. 아, 나랑 수문이는 거의 20년을 알고 지냈어. 둘 다 예술을 일찍 시작했잖아? 어릴 때부터 같은 어린이 예술가 모임에 있었어."

"그건 들었어요."

"자주 봤고, 그러다가 중학교 고등학교 들어가서는 쭉 같이 있게 됐지. 그리고 어느 날 깨닫기로, 사랑하고 있었어. 친구인 줄 알았는데 연인이었다고 해야 하나."

"그럼……?"

"서로 사귀자거나 그런 말을 한 적은 없지만 말이야. 다른 사람을 만난 적도 없어. 말하지 않아도 특별한 날에는 함께 있고. 서로를 만지기도 해. 다른 사람에게는 그러지 않지. 그게 다야."

아, 그럴 수도 있구나. 해인은 이영의 이야기를 조금 곱씹어 봤다. 아무래도 특이한 경우 같았다. 자연스럽게 연인이 되어서 고백도 필요가 없었던 거구나.

"······그렇군요."

"음흠, 그래서 우리 귀여운 동생분이 하고 싶다던 연애 상담은 뭘까?"

"민 선생님, 아니 언니 말을 들으니까 더 자신이 없어졌어요."

"뭐길래 그래?"

"사랑은 시간이 필요한 거잖아요? 사랑한다는 걸 깨닫거나, 사랑하게 되는 그런 시간요. 그런데······ 어느 날 갑자기 눈앞에 나타난 처음 보는 사람을 이미 사랑하고 있으면, 아무렇지 않게 받아들이고 싶어지면······ 그건 좀 이상한 것 같아서, 자꾸만 쭈뼛거리게 돼요."

점점 목소리가 작아지는 해인이었는데, 이영은 애초에 해인이 그런 고민을 한다는 것부터가 그 남자가 특별하다는 뜻이라는 걸 알아챘다. 이전의 해인이었다면 어떤 남자고 그날 보고 다음 날 잊어버렸을 테니까. 엄청난 무관심으로.

"아냐······ 문제없어. 내가 보기엔 그게 보통인데."

"이게 어디가요?"

"생각해봐, 해인 씨. 첫눈에 반하는 게 바로 그런 거잖아?"

"첫······ 눈에요?"

"인생에서 그날 처음 봤는데 그날 사랑하게 되는 거. 그날 특별해지는 거. 운명을 느껴서, 잊을 수 없게 되는 거. 나랑 수문이 같은 경우도 있겠지만 그런 경우가 더 많을걸."

그렇게는 생각해본 적이 한 번도 없는데. 첫눈에 반하는 것처럼, 그와 사랑하는 건. 그럼 그가 자신에게 반한 게 되는 걸까. 저도 반하고? 이상해. 이상한데······ 묘하게 이해가 돼.

해인은 저도 모르게 고개를 조금 끄덕였다. 그렇게 사랑할 수도 있었겠구나.

"그것도······ 그러네요."

"뭘 어렵게 생각해? 다 그런 거지. 좀 기억이 안 나면 어때. 첫눈에 반했다고 생각하자. 적어도 그 남자는 그런 것 같더라."

"……어떻게 대해야 할지 잘 모르겠는걸요."

해인이 잠자코 이야기를 듣다가 울상을 하고는 이영을 올려다봤다. 해인이 전에 없이 연애 상담이 하고 싶어진 이유는, 창피해서 이것까진 말하지 못하겠지만…… 자꾸만 아직 잘 모르는 남자의 손을 잡고 싶고, 팔짱을 끼고 싶고, 그가 저를 봐줬으면 좋겠고, 그의 관심과 눈길, 손길을 바라게 되어서였다.

저도 모르게 그런 욕망을 품었다. 이런 자신은 낯설기만 했다. 왜 그를 보고 있으면 그의 목을 끌어안고 품에 안기고 싶은 걸까. 내가 변태였던 걸까.

"좋아하는 건 맞아?"

"……맞아요. 그건 맞아."

"그럼 하고 싶은 대로 해봐. 해인 씨는 어른이니까 괜찮아. 좋아하게 되면 다들 그래. 만지고 싶어져서 어떻게 해야 할지 모르게 되지."

"이상하지 않아요?"

"응, 나도 처음 봤을 때부터 해인 씨를 쓰다듬고 싶었는걸."

그렇게 말하며 해인의 머리 위를 토닥토닥 쓰다듬는 이영은, 매우 만족스러운 얼굴이었다.

이영과 만나고 집으로 돌아가는 길. 해인은 엄마의 심부름으로 역 앞 슈퍼에서 무와 달걀을 사 들고 좁은 비탈길을 올라가고 있었다.

무가 든 봉지는 제법 무거웠는데, 왼손이랑 번갈아 들면 조금 덜 힘들 것 같았다.

"으차."

아니면 하다못해 두 손으로 들어 품에 안고 가도 좋을 텐데. 살다 보면 오른손 하나로는 버거운 일상이 제법 많았다. 무 정도는 괜찮을 줄 알았는데 이것도 무리였나 보다.

그렇게 낑낑거리고 있자니 누군가 등 뒤로 뛰어오는 소리가 들렸다. 이내 타닥, 가벼운 뜀박질 소리가 다가왔다.

"응?"

"나야."

그에 놀라는 것보다 빨리, 이제는 익숙해진 목소리가 해인의 귓가로 파고들었다.

순식간에 등 뒤로 다가온 사람은 그대로 작은 어깨를 부드럽게 움켜쥐나 싶더니, 해인이 돌아볼 즘에는 이미 슈퍼 봉지를 가져가 버린 뒤였다.

정신 차릴 새도 없이 구는 건 이 남자의 특기였다. 누구겠는가. 툭하면 남의 동네에 출몰하는 강시율이었다. 누가 보면 여기 사는 사람인 줄 알겠어.

"왜 또 왔냐는 얼굴이네?"

"깜짝이야."

"거짓말. 하나도 안 놀란 얼굴인데."

"⋯⋯그야 나한테 이럴 사람은, 당신⋯⋯ 밖에 없으니까 그렇죠. 뒤에서 보고 난 줄은 어떻게 알았어요?"

길목은 어두운 데다가 해인은 옷차림까지 어두웠다. 그런데 그는 확신한 듯 거리낌 없이 다가와 짐을 가져갔다.

모르는 사람이면 어쩌려고, 대체 무슨 자신감일까.

"내가 널 못 알아보면 안 되지."

막 해가 지기 시작한 남색 하늘을 등지고 그는 느른하게 웃을 뿐이었다. 해인은 또 튀어나오려는 '그를 만지고 싶은 기분'에 그걸 감추려고 애꿎게 투덜거렸다.

"⋯⋯흥, 입만 살았네요."

"이건 집까지 들어줄게."

이젠 그가 제 손에서 뭘 빼앗아 가도 도둑질이라고 까탈 부리는 건 포기했다. 소용없었으니까. 해인은 이제 그의 출연에 익숙해져서 말없이 그의 곁을 따라 걸었다.

얼굴이라도 익히자는 듯 매일 나타나는 남자였고, 혹시 여기로 출근하는 거 아닌가 싶을 정도였다. 근방으로 이사라도 온 건 아닐까? 해인은 한 걸음 곁에 있는 그를 흘깃댔다.

"저기."

"응?"

"가, 강…… 시율 씨는."

강이라고 부르려다 실패했다는 건 시율도 눈치챌 수 없었다.

"맨날 보이는 것 같은데, 출근은 안 해요?"

"휴직 중인 거 알잖아?"

"그러니까 복귀 안 하냐고요."

"아직은 생각 없어. 너도 더 봐야 하고, 다른 계획도 있……."

맨땅을 걷다가 앞으로 고꾸라지기도 참 힘들 텐데. 아무리 오르막이라지만, 그의 얼굴을 보느라 정신이 팔렸다지만, 조금 긴장해 있어서 온몸이 뻣뻣했다지만…….

"조심해."

"……!"

거의 앞으로 자빠질 뻔했던 해인이었다.

아무래도 시멘트를 대충 발라 계단 흉내를 낸 이 조잡한 오르막길이 문제인 것 같았다. 그리고 더 문제인 것은 말하지 못할 만큼 뛰어대는 심장이었다.

그가 저를 붙잡아주느라 허리를 꽉 끌어안아서였다.

그의 짧은 숨결이 뒷목에 닿아서였다.

순간 그와 너무 가까워져서일까. 예의 그를 만지고 싶어 하는 기분이 속에서 아우성을 쳐대는 것만 같았다. 이 번잡스러운 심장 소리가 그에게 들릴까 봐 해인은 똑바로 일으켜지자마자 옆으로 몇 걸음 도망쳤다.

"또 넘어지려고 그래?"

그리고 그는 그만큼 따라붙었다. 걱정스럽게 좁힌 미간에, 신경 쓰인다는 눈을 하고는 조금 전처럼 가까이 다가와서는 넘어질 때 잡아챘던 해인의 허리에 다시 손을 가져다 댔다. 받쳤다는 편이 정확하리라.

그런데도 해인은 입술을 꼭 깨물고는 한마디도 할 수 없었다. 그가 저를 붙잡았을 때 흘릴 뻔한 이상한 소리를 뒤늦게 고장 난 것처럼 내버릴 것 같았기 때문이다.

'꺅'이나 '으악'도 아니고 '흐에에엑' 같은 소리를 낼 것 같아.

겨우 그를 올려다보는 자신의 시선이 마구잡이로 흔들리는 게 느껴졌다. 입술이 자꾸만 벙긋거렸다. 심장이 멋대로 뛰어서 호흡이 달아올랐다. 제가 왜 이러는 걸까. 아주 잠시 바짝 닿았던 것뿐인데. 그래서 그의 몸의 굴곡이 느껴져서…….

'왜 이렇게 숨이 차지? 왜 이렇게 얼굴이 화끈거리는 거야.'

무언가 느낀 걸까. 그가 제 얼굴을 향해 손을 뻗어 오는 게 보였다. 그 손이 자신의 뺨에 닿았을 때, 해인은 눈을 꼭 감고 말았다.

"거기, 해인이니?"

"엄마야!"

또 자빠질 뻔한 해인의 팔을 그가 단단히 붙들었다. 그가 작게 한숨을 내쉬는 소리를 들은 건 착각이 아니리라.

"네 엄마 여 다."

"노, 놀라라……!"

"뭐 찔리는 거 있니? 뭘 그리 놀라. 이쪽은 누구고?"

카디건을 여미며 팔짱을 낀 엄마가 뚜벅뚜벅 다가오는 걸 목격한 순간부터 두근거림은 씻은 듯 사라져 버렸다. 해인은 그의 손에 부축받아 엉거주춤 일어나며 바삐 머리를 굴렸다. 하필 여기서 마주칠 건 뭐란 말인가.

'그러고 보니 집 앞이긴 하지만…… 보통은 마중 안 나오면서! 엄마는 왜 오늘 하필!'

말을 못 하고 있자니 엄마의 노려봄이 진득해졌다. 식은땀이 날 것만 같았다.

그를 뭐라고 소개해야 하는 걸까. 반지를 나눠 끼고 있지만 잘 모르겠는 사람입니다. 전에 사귀었다고 하는데 기억은 안 납니다. 그런데 몸은 이 남자를 기억하는 것 같습니다?

피부만 닿으면 두근대는 건 확실히 문제였다. 아주 큰 문제.

"안녕하십니까, 장모님."

"……어머나?"

아니, 이쪽이 더 큰 문제 같았다. 말쑥하게 인사하며 악수를 건네는 강시율. 남의 엄마를 멋대로 장모님이라고 부르는 남자.

"너 남자 친구 데려온 거야?"

"아, 아…… 아니, 아닌 건 아니지만…… 그게."

"……어휴, 내 딸이지만 참. 얘로 괜찮겠어요?"

"귀엽잖습니까."

긴장한 해인을 두고 둘은 묘한 분위기를 만들고 있었다.

"세상에, 우리 딸이 연애를 하긴 하는구나. 영 숙맥이라 천생 노처녀가 될 줄 알았는데."

"그럼 아까우니까 제게 주시죠."

"나야 그래주면 고맙지. 얘가 날 닮아서 얼마나 까다로운지 몰라요."

제발 그만이라고 외치고 싶었지만, 해인의 엄마도 시율도 한 기세 하는 사람들이라 그 사이에 꼼짝없이 끼어야만 했다.

"그래서, 직업은? 수입은? 집은? 차는?"

"으엄마아!"

"어머, 얘, 넌 돈 드는 애란 말이야. 쓸 줄만 알지 벌어 오지도 못하는데……."

"악악!"

이래서 만나게 해주기 싫었던 건데. 실리주의 엄마는 초면에 예비 사위의 호구조사를 시작한 듯했다. 시율은 잘도 무례한 질문에 웃으며 답하고 있었다. 아니, 어쩌면 기쁜 듯.

"전문직이고, 차도 있고 집도 있고, 신부만 없습니다."

"그거 좋네."

"원한다면 공부도 더 시켜주고 싶고요."

"……저녁 식사는 했어요?"

"아직입니다."

"밥 먹고 갈래요? 오늘 저녁은 갈치조림인데."

이런 제의를 단박에 승낙하지 않으면 강시율이 아니었다. 강한 두 사람 사이에서 죽어나는 건, 해인뿐이었다.

"얘는 나랑 그이 나쁜 점은 다 빼다 박았어요. 그이 마음 약한 거랑, 나 못 된 거랑 싹 가져가버렸지 뭐예요."

해인은 이제 될 대로 되라는 심정으로, 엄마가 늘 그렇듯 제 모자란 점을 들추는 거나, 시율이 그걸 재밌다는 듯 듣고 있는 걸 무시하고 제 입에 밥을 욱여넣고 있었다.

이 남자는 이제 침범하다 못해 제 집 식탁 앞에 앉아서 나란히 저녁을 먹고 있었다.

"장모님, 저 장식품."

"픕."

그리고 남의 엄마를 당연한 듯 장모님이라고 부르고 있었다. 그렇게 부르는 데 위화감이라고는 조금도 없었다.

해인은 이러다 체하겠네 싶어 물을 벌컥벌컥 들이켜며 그가 가리키는 쪽을 바라봤는데, 처음 보는 촌스러운 돌조각이 전자레인지 위에 놓여 있었다.

그건 엄마의 악취미 중 하나인 관광지 기념품 같았다.

"응? 저거? 내가 중국에 가서 사 온 건데."

"……그렇군요. 저도 있어서요."

"저거 그쪽에 가면 엄청 많아요. 글쎄, 내가 산 위에서 6개 만 원에 샀는데, 아래 내려오니까 12개 만 원인 거야. 세상에, 눈 뜨고 사기를 다 당해. 다시 올라가려다 말았다니까요."

"전 제가 간 건 아니고 선물로 받았는데…… 집에 잘 모셔뒀습니다."

젓가락질을 참 곱게도 하며, 저를 바라보는 남자의 눈은 어떤 신호를 보내고 있었다. 해인은 입안에서 수저를 빼내지 않은 채 긴장했다.

'나, 난가? 내가 줬나. 저런 걸 떠넘긴 거냐, 박해인!'

"누구 맘대로 어머님이에요? 응? 응? 양심이 없어요?"

엄마가 과일을 깎는 동안 해인은 시율의 옆구리에 달라붙어 있었다. 은밀한 스킨십을 하고 싶어서는 아니었고, 이 막무가내로 밀어붙이는 남자의 팔뚝을 꼬집기 위해서였다.

언뜻 보면 소파에 사이좋게 달라붙어 앉아 있는 커플이었지만.

"어머니는 내가 마음에 드는 것 같은데. 그리고 우리 사귀는 건 맞잖아."

"내가 언제…… 일단 사귀는 거로 하자고 했지, 결혼하자고 했어요?"

이런 세상에 감당 못 할 남자 같으니라고. 해인이 이를 으득으득 갈거나 말거나, 저를 바가지 긁거나 말거나 시율은 마냥 유쾌한 얼굴이었다.

"사귀면 당연히 결혼하는 거지."

"아니, 요즘이 조선 시대예요?"

"조선 시대에는 사귀는 것도 없이 바로 결혼했어."

"……양반들은 그랬겠지만, 평민들은 연애를……."

"평민들도 어지간해서는 연애 못 했어."

"으으으……."

"말발로 무리일걸. 얌전히 시집오는 게 어때?"

무슨 큰일 날 소리를! 누가 이렇게 결혼하냐? 그는 해인의 눈이 점점 뾰족해진다 싶자 기분 좋은 눈을 마주쳐왔다. 그러곤 느리게 깜빡이며 시선을 섞어왔다.

그건 키스였다. 명백한.

고양이들의 방식이었지만 키스는 키스라 또 뺨이 화끈해졌다. 해인에게는 이것도 충분히 위력적이었다.

"우리, 아까 하던 거 다시……."

"할 생각 없었거든요!"

설마 내 집에서 당할쏘냐! 해인은 시율의 곁에서 옆으로 한 칸 도망쳤다.

"그럼 나중에 하지, 뭐. 또 올게."

"오긴 무슨? 이제 우리 집에 오지 말아요! 동네에 자꾸 나타나는 것도 봐줄까 말깐데!"

엄마에게 들릴까, 이를 갈며 나지막이 소리쳤더니 내내 느긋하게 웃고 있던 남자의 눈이 시무룩하게 변해버렸다. 그는 해인이 완강히 거부한다면, 정말 동네에 나타나지 않을 남자였다.

그걸 알아 해인은 약해질 수밖에 없었다. 불쌍한 얼굴에 못 이겨 마지못해 덧붙여야 했다.

"데이트는, 밖에서 하면 되잖아요."

"그럼 다음엔 네가 우리 집으로 올래?"

"……그, 그냥 우리 집으로 오는 게 낫겠어."

그편이 안전하겠네. 잠깐 방심한 사이에 손에 반지를 끼워둔 남자였다. 또 잠깐 방심했더니 멋대로 엄마를 장모님이라고 부르는 남자였고, 그런 남자의 집에 가려면 상당한 용기가 필요했다.

"그렇지? 다음엔 장모님 선물을 사 와야겠네. 뭐가 좋으려나."

그는 태세 전환이 상당히 빨랐다. 접근 금지를 취소하자마자 나긋한 웃음을 흘려댔으니까. 이 남자에게 말려드는 건 꼭 블랙홀에 빨려드는 기분이었다. 어디까지 뺏길지 알 수가 없었다.

"……선물 같은 건 됐어요. 그런데 왜 그렇게 기분이 좋아요?"

"음, 네 가족을 봤으니까."

"가족은 누구나 있어요."

"그렇지. 그래…… 맞는 말이야."

해인은 문득 슬픈 상상을 해버렸다. 혹시 이 남자…… 가족이 없는 건 아닐까 하고. 자신에게 가족이 있다는 사실에 그가 기분 좋아하는 이유를 그것 말고는 짐작할 수 없었다.

그러고 보니 자신은 그에 대해 아는 게 정말 없었다. 나중에 물어봐야겠다고 생각하며 다시 그의 옆으로 슬그머니 다가가 앉았다.

"……음, 우리 엄마가…… 맛있는 요리는 아니지만. 반찬 좀 싸줄까요?"

"반찬? 왜?"

"아니, 엄마 손맛 그런 거…… 혼자 살면 그립잖아요?"

이 여자 무슨 생각 하는지 딱 알겠네. 시율은 피식 웃어버렸다. 제가 수문과 친척인 건 잊은 모양이었다.

"이왕이면 네가 와서 뭐라도 해주면 좋겠는데."

"……이 남자가 정말."

"아야."

시율은 또 꼬집혔지만, 그렇게라도 해인이 제 곁에 오는 게 만족스러웠다. 이러다가 어느 날에는 예전처럼 서로를 만질 수 있으리라 믿었다. 그리 머지않은 날에. 해인이 저를 보는 눈이 그리 멀지 않았으니까. 주저하기는 해도, 가깝다는 걸 알았다.

엄마의 등쌀에 못 이겨 그를 배웅해주러 나온 해인의 눈길은 아까부터 그의 손등에 가 있었다. 전부터 상처가 많은 손이다 싶긴 했는데, 오늘 옆에서 밥을 먹을 때 보니 생각보다 그게 너무 심했던 것이다.

필요 이상 잘생긴 얼굴로 항상 완전무결한 웃음을 지으면서, 여자보다 우아하게 젓가락질을 하면서, 손만은 너덜너덜했다. 그건 꽤 이상해 보였다. 아마도 그가 상처가 어울리는 남자가 아니라서 드는 위화감이리라.

"이거?"

너무 뚫어져라 봤나 보다. 그는 해인의 눈길을 알아채고 한쪽 손을 들어 보였다.

"……왜 그래요, 손이?"

"수의사니까."

"그래도 너무 심한 것 같은데, 약도 안 발라요?"

"이건 그나마 요즘 진료를 안 해서 양호한 거야."

"그게 양호한 거면…… 평소엔 대체 어느 정도예요?"

"붕대를 감을 때도 있을 정도? 뭐, 물론 약도 바르지. 소독도 하고, 하지만 고양이들이 할퀸 건 잘 안 없어지거든. 그리고 개들 같은 경우는 물고 심지어 죽어라 흔든단 말이지."

해인은 제 눈앞에 펼쳐진 그의 손을 조심스레 만져봤다. 그의 말대로 개한테 물렸는지 동그랗게 이빨 자국이 난 상처도 보였고, 마치 드라큘라가 피라도 빨아먹은 것처럼 어금니 자국만 선명한 것도 있었다.

"그건 고양이가 깨문 거야."

"흐아."

코앞에서 살펴보니 손등뿐만이 아니라 손바닥까지 골고루 엉망이었다. 자잘한 상처도 많아서 성한 곳이 거의 없는 수준이었는데, 더듬어 보니 몇 군데는 꿰맨 자국도 있어서 아픈 거라면 질색인 해인이 보는 것만으로 부르르 떨게 했다.

수의사들 손은 다 이런 걸까. 해인은 저도 모르게 눈가를 찡그렸다.

"익숙해지면 괜찮아."

"그렇다고 안 아픈 건 아니잖아요?"

"뭐, 녀석들한테 나는 자기를 아프게 하는 나쁜 사람이니까. 물려도 어쩔 수 없지."

나쁜 사람, 같지는 않은데…… 정말 나쁜 사람이라면 그런 소리 안 할 테니까. 해인은 괜스레 중얼거렸다.

"아무리 그래도 그렇지…… 이건 너무하네요."

짐승들을 탓해봐야 하등 소용없다는 걸 알면서도 그가 많이 아팠을 것 같아서 신경이 쓰였다. 하나하나 셀 수 없을 만큼 많은 상처가……. 퍼뜩, 뒤늦게 해인은 제가 그의 손을 너무 제 것처럼 주무르고 있다는 사실을 깨달았다.

슬그머니 내려놨지만 이미 실컷 만진 뒤였다.

"그거 알아? 고양이들은 너무 기분 좋아도 깨물어."

"에, 왜요?"

"공격의 의미가 아니라 말 그대로 기분이 좋아서지. 기분 좋은 걸 주체 못 해서 덥석."

거참 고양이는 이해할 수 없는 생물…… 이 아니네. 생각해보니 그게 어떤 느낌인지 알 것도 같았다. 부끄러운 걸 못 참고 슬쩍 때리거나 꼬집는 거라면 저도 해봤으니까.

해인은 제가 아무리 꼬집어도 그가 방긋대던 이유를 이제야 알아챘다. 이 남자가 저를 꽤나 고양이 취급 하고 있다는 것도.

맞아. 그러고 보니 나는 고양이 같은 여자 친구랬지.

"흠흠. 아무튼 잘 가요."

이미 아까부터 현관이었다. 그는 철문 밖으로 나가며 해인의 손끝을 잡아끌었다.

"좀 더 같이 있자."

"무…… 무슨 짓을 하려고……."

"허락하지 않으면, 아무 짓도 안 해. 둘이 얘기나 더 하고 싶은 것뿐이야."

상처가 있다는 걸 아는 손이 저를 부드럽게 잡아끌자, 어쩔 수 없이 끌려가고 말았다. 해인은 멀리 가는 대신 집 앞 계단에 자리를 잡고 쪼그려 앉았다.

"그럼…… 여기 앉아서 얘기해요. 오늘은 춥지도 않으니까."

"그럴까?"

마침 날도 따뜻했고, 저녁 시간이 지나서 그런지 길목은 적당히 한산했다. 삼거리에 있는 해인의 집 앞에는 오래된 노란 가로등도 있었다.

다 큰 남녀가 쪼그려 앉아 있기에 현관 앞 계단은 비좁은 곳이었지만 그게 그리 나쁘지는 않았다.

해인은 제 무릎을 끌어안으며 그를 훔쳐봤다.

저랑 조금 더 같이 있고 싶어 하는 남자는 곧잘 느릿느릿하게 굴었다. 시간을 끄는 것처럼 해인의 주변을 배회하다가, 눈이 마주치면 꼭 지금처럼 가느다랗게 웃고는 했다.

턱을 괴며 웃는 얼굴은 평소와 달리 순한 구석이 엿보였다.

"시간 나면, 우리 동네에 또 놀러 와. 얼룩이 보고 싶지 않아?"

"……조금은요."

"아직 보여줄 것도 많고, 못다 한 얘기도 많아."

"천천히…… 보면 되죠. 그리고 뭐랄까, 난 지금으로선 그…… 당신 하나도 겨우겨우 받아들이고 있단 말이에요. 한계까지 애쓰고 있다고요."

제가 얼마나 전력으로 그를 생각하고, 적응하려고 노력하는지 알기나 할까. 해인은 제 입으로 말하기는 조금 부끄러워서 투덜거리듯 내뱉었다.

그는 다 안다는 듯 웃었다. 입매를 늘리며, 느리게 눈을 감았다 뜨며. 무릎 위로 턱을 괴며 해인을 바라보는 것만으로 만족스러워했다. 그래서 해인을 또 부끄럽게 만들었다.

누군가 저를 보고 있다는 것만으로 이런 기분이 들 수 있다니.

'대화하자더니……'

말은 거의 없었다. 그는 바라보고 해인은 슬슬 시선을 피하는 몇 분간이었다. 그건 대화라기보다는 같이 있는 걸 길들어가는 시간이었다.

"음, 잠깐 전화 좀."

그 조용하고 간지러운 시간을 방해한 건 그의 휴대폰이었다.

윙윙, 진동이 울렸고 그는 처음에는 꺼버리려는 듯했다. 발신자를 보고는 받기로 한 것 같았지만.

"여보세요?"

겨우 그의 시선에서 해방된 해인은 이때다 싶어서 얼른 후하후하, 크게 숨을 쉬었다. 그의 눈길이 닿아 있는 동안은 숨 쉬는 것도 편하지가 않았다. 그래서 얼른 헤어지고 싶기도 하고, 아니기도 했다.

"그래, 한번 알아봐 줄게. 그런데 지금 좀 바쁘니까 나중에 얘기하자. 메일 보내놔."

"천천히 통화해도 되는데……."

"괜찮아. 아, 신태일이라고 친한 동생인데 지금은 아프리카에 가 있어. 겨우 전화가 터지는 곳에 들렀다고 연락이 왔네."

"……아프리카요? 그런데 그렇게 대충 끊어도 돼요?"

"용건은 들었으니까. 맞다. 사진 보여줄까?"

휴대폰은 만지나 싶던 그가 대뜸 태일이라는 사람의 사진을 보여줬다. 노을 지는 초원을 배경으로 밝게 웃고 있는 두 남녀가 보였다. 그들은 사이좋은 커플 같았다.

하지만 난데없이 이 사람들 사진은 왜 보여주는 걸까. 해인은 낯선 얼굴들을 들여다보다가 그에게 물었다.

"나 혹시 이 사람들도 알았어요?"

"몇 번은 봤지."

"그렇구나……."

"어때, 낯이 좀 익어?"

"전혀요. 그냥 보여주기에 그런 것 같아서."

더 들여다본다고 기억이 날 것 같지는 않았지만 해인은 뚫어져라 사진

속의 신태일이라는 남자를 바라봤다. 눈매가 선해서일까. 그는 다정한 사람일 것 같았다.

"나랑은 어떻게 아는 사인데요?"

"우리가 같이 살기 전에, 나랑 같이 살던…… 내 친한 동생이지. 이쪽은 그 여자 친구 이하은."

"으으음, 역시 잘 모르겠어요. 그런데 이 남자 엄청 착하게 생겼네요? 내가 좀 좋아하는 얼굴이야."

"……그래?"

사진 속의 남자는 얼굴보다는 분위기 같은 게 가장 사랑했던 아빠와 닮아 보였다.

해인은 줄곧 제가 누군가를 사랑한다며 아빠 같은 선한 남자일 거라고 여겼다. 하지만 막상 지금 곁에 있는 건 꽤나 차가워 보이는 생김새의 남자였다. 얼굴과 달리 늘 다정하게 대해주긴 하지만 말이다.

"내 이상형은 줄곧 착한 남자였거든요. 우리 아빠처럼 바보같이 착한 사람한테 약해요. 음, 그러고 보니 이 사람 생긴 것도 아빠를 좀 닮은 것 같아. 서글서글한 눈매 같은 게……."

골몰히 이야기하다 보니 어느새 그와 어깨를 기대고 있었다. 해인은 곧장 떨어지는 대신 살그머니 숨을 죽였다. 어느새 그가 좀 익숙해져서였는데……. 그는 아무런 반응이 없었다. 갑자기 조용해지질 않나, 어딘가 이상했다.

무슨 일일까. 힐끔 힐끔 그의 눈치를 살폈는데, 아무래도 이 남자…….

"……."

"……."

삐진 것 같았다. 조금 전까지는 잘도 웃더니 지금은 뚱해 보였다. 해인이 짚이는 거라고는 신태일이라는 남자에게 조금 호감을 표시한 것. 그게 다였다. 그냥 얼굴이 좀 취향이라고 한 건데…….

"저기……?"

슬쩍 불러봤지만 그는 대답 대신 다른 곳을 보고 있었다. 평소라면 곧장 눈을 마주치며 뭐든 말하라는 듯, 다 들어주겠다는 듯 눈을 빛냈을 텐데.

'내가 좀…… 잘못했나?'

대놓고 다른 남자 칭찬을 한 건 너무했나? 해인은 처음 보는 그의 토라진 모양에 당황하고 있었다. 그리고 문득 생각해보니 저 같아도 제 앞에서 다른 여자가 취향이라느니 하면 못마땅해질 것 같기는 했다.

"……저기요? 이봐요. 강시율 씨?"

귀가 먹은 건 아닌지 그는 휴대폰을 보며 눈썹만 까닥 들어 올렸다. 못마땅한 얼굴로 뭘 그리 노려보나 했더니, 휴대폰에서 태일의 사진만 실시간으로 지우고 있었다. 이 남자…….

"지금, 질투해요?"

"……."

대답도 안 할 셈인가. 어울리지 않게 뭔 짓이래.

해인은 처음 보는 그의 심술궂은 모습에 어쩐지 웃음이 났다. 적어도 이 순간에는 그가 귀여운 것 같았다. 심술부리는 모습이 편하다는 생각을 했다. 저에게 마냥 잘해줄 때보다 지금이 더.

"……강?"

작게 목을 울리자 움찔, 그가 못 견딘 듯 시선을 돌려왔다. 눈이 마주쳐서 해인은 안도의 웃음을 지어 보였다.

화내면 싫었다. 항상 웃어줬으면 좋겠다. 그런 단순한 바람이었다.

"……불리할 때만 애교 부리는 건 여전하네."

애교라기엔 겨우 이름을 부른 게 다인데. 물론 다른 애교를 부리는 저도 상상이 안 가는 건 마찬가지였지만 말이다. 해인이 기억하는 한 아빠 앞에서 용돈을 타려고 비비적거렸던 것 말고는 애교 부린 적이 없었다.

"진짜요? 내가 애교도 부렸어요?"

"그랬지. 필요할 때는."

"그거 상상이 안 가는데…….."

"아니면 뭔가 사고 쳤을 때."

왜일까. 그의 핀잔이 즐거웠다. 애교를 부리는 자신은 도저히 미지의 생물 같았지만, 애교를 받아주는 이 남자는 어렵지 않게 상상이 갔다. 제 까다로운 반항을 받아주는 걸 보면 알 만했으니까.

"아까 그건 그냥 한 소리였는데, 삐졌으면 미안해요. 아, 삐졌다고 하면 더 삐지려…….."

"이리 와봐."

"응?"

기분이 좋아져서 조잘거리려던 해인은 순간 그에게 바짝 끌어당겨졌다. 그와 어깨뿐 아니라 얼굴까지 가까워져서 본의 아니게 숨을 들이마셔야 했다. 그에게 제 머리카락이 닿을 것 같은 거리에서 해인은 반사적으로 웃어 보였다.

찰칵.

"……갑자기 뭔 짓이래!"

"나도 보내주려고, 여자 친구랑 찍은 사진."

"으……."

"틀려?"

"그건 아니지만, 미리 말하면 좋잖아요! 그리고 지금 맨얼굴인데…….."

급습이었다. 돌연 눈앞에 휴대폰의 셀카 모드를 마주한 해인은 얼결에 웃긴 웃었지만 같이 프레임이 찍힌 시율만큼 멀쩡한 얼굴은 아니었던 것 같았다.

"어차피 선크림 말고는 안 바르면서."

"우씨, 그야 화장할 일이 없으니까……. 일단 봐 봐요. 어떻게 나왔어요?"

사진 찍는 건 어색한 기분이 들어서 별로 안 좋아하는데. 사진발도 통 안 받는 얼굴이고…… 그러니 찍자고 예고했다면 몸을 뺐을 것 같기는 했다.

해인은 그가 찍은 사진에 관심을 보였다. 다행히 눈을 감거나 흰자만 보이는 심각한 수준은 아니었다. 어둑한 무렵에 가로등 아래에서 찍어서 그런지 조금 노랗고, 흐린 걸 빼고는 나쁘지 않았다.

그렇다고 잘 나온 건 절대 아니었지만.

"으음, 그쪽만 잘 나온 거 같은데. 그렇지 않아요?"

"……그런가."

"봐요. 난 너무 어색하게 웃잖아."

해인은 그의 휴대폰에서 제 얼굴을 확대해 보며 툴툴댔다. 이 남자는 원체 잘생겨서 그런가, 노란 가로등 불 아래서도 빼어난 미남이었다. 그에 반해 저는 새삼 못난 부분만 부각되어 보였다. 5킬로쯤 더 부어 보였고, 입술은 이상하게 벌렸고, 얼굴은 오늘도 비대칭인 것 같고…….

문득 깨닫기로 이 남자 또 말이 없었다.

이번엔 삐질 일은 없었으니 아무래도 제 못생김을 새삼 깨닫고 충격을 받은 건가 싶었다. 해인은 그만 심각해졌다. 이전의 저는 제가 얼마나 사진발을 못 받는지 알아서 사진을 남기지 않은 게 분명했다. 이 남자랑 같이 사진을 찍는 건, 분명 위험해 보이는 일이었다.

"저기…… 좀 못생겨 보일지 몰라도 포, 포토샵 같은 걸 살짝 하면……."

"고마워.

"……에?"

"사진 고마워."

"겨우 이런 거로 뭐…… 감사까지야."

그는 진심이었다. 진심으로 기쁜 얼굴이라서 해인을 얼떨떨하게 만들었다. 휴대폰에 남은 둘이 함께 찍은 사진을 그는 한참도 더 멀거니 바라볼 것 같았다. 너무 쳐다봐서 민망해질 즘 해인은 못 견디고 그의 팔 붙잡아 흔들었다.

"다시 찍어요, 우리! 그것보단 나은 얼굴 해볼 테니까……."

"난 이 사진이 마음에 들어. 우리가 같이 처음으로 찍은 거니까."

겨우 사진 한 장에 모든 걸 가진 것처럼 웃는 건 왜일까. 해인은 할 말을 잃어야 했다.

"나 이만 가봐야겠다."

그는 갑자기 몸을 일으켰다. 얼핏 목소리가 젖은 것 같은데 착각인 걸까. 그의 눈이 붉어 보이는 건? 그것도 착각일까.

"들어가 봐. 들어가는 거 보고 갈게."

"……으응, 아니, 네."

"오늘 밤 잘 자고."

가는 건가. 좀 더 같이 있…… 이 아니라. 해인은 아쉬움을 떨치려고 저도 얼른 몸을 일으켰다. 엉덩이를 털며 잠시 꾸물거렸다.

"저기, 또 올 거죠?"

"당연한 걸 물어?"

"아니, 왠지…… 인사를 그렇게 진지하게 하니까. 다신 안 오는 건가 싶잖아요. 그래서……."

"난 이 순간이 좋아. 우리가 헤어지는 시간."

나른한 목소리로 그런 소리를 하다니. 그거 좀 기분 나쁜걸. 해인은 어쩐지 뾰로통해졌다.

저도 분명 그를 얼른 보내고 싶어 하기는 했다. 그와 함께 있는 건 어딘가 답답하고, 불편하고, 어렵고 숨도 잘 못 쉬겠고. 그런 시간이었으니까. 하지만 헤어지는 게 좋은 건 결코 아니었다.

"네가 어디 가지 않고 여기에 계속 있을 거라는 게 너무 좋거든. 나랑 같이 내 집으로 가진 않아도, 난 좋아."

"……그런 뜻이었군요."

부드러운 기분이 발끝부터 차올랐다. 이 순간 저를 보는 그의 눈을 보며 저절로 깨닫기로, 자신은 그의 모든 얼굴을 좋아했다.

"여기에 오면 네가 있는 건 멋진 거야."

"당연한 건데."

"그래서 좋은 거지. 난 지금 행복해."

사랑 고백을 들으면 이런 기분일까. 그가 뒤로 한 걸음 물러서며 기분 좋은 얼굴을 하자, 그걸 마주 보자, 어쩐지 죄책감이 들었다. 대체 자신은 어떤 식으로 그를 괴롭힌 걸까. 또 방랑벽이 도져서 말도 없이 사라지곤 했던 걸까. 겨우 이런 거로 기뻐하게 만들다니.

이영을 언니라고 부르면서 깨달은 건데, 자신은 남에게 참 잔인했다. 저만의 굴을 파고 들어가서는 밖에 있는 사람이 어떤 기분일지는 별로 생각하지 않았다.

제가 불편한 것에만 쩔쩔매느라 상대가 섭섭한 건 외면했을지도 모르겠다.

해인은 가려는 그의 옷깃 붙잡았다. 살그머니 잡는 힘이 그리 강하진 못했다.

"있잖아요."

"음?"

"……가끔, 놀러 와요. 나 어디 안 가니까."

"……그래."

그가 웃어 보이는 게 아주 느리게 보였다. 순간순간 눈 안에 박히는 것처럼 다가왔다. 마치 올 것처럼 기뻐 보이는 그를 따라 웃으면서는 옷깃을 놔주었다.

왜 저도 눈물이 날 것 같은 기분이 드는 건지는 알 수 없었지만.

"잘 가요, 강."

그가 가버려도 다음에 또 올 거라는 걸 알아서, 그가 가도 불안하지 않았다. 제가 벌써부터 그를 기다리고 있다는 건 말하기 부끄러운 일이었다.

그건 길들었다는 걸 인정하는 일이었으니까.

또 한 번 다정하게 그를 부르고 싶어서 목 안이 간질거렸지만, 다음이 있을 걸 알아서 말하지 않았다.

"금방 올게."

어두운 길목을 내려오는 시율의 얼굴로 따가운 바람이 불어닥쳤다.

큰길을 고작 한 걸음 앞두고 멈춰서며 눈을 질끈 감아야 했다. 흙먼지가 입안으로 들어갔을 정도로 공격적인 바람이었다. 오토바이 하나가 휙, 그의 눈앞을 아슬아슬하게 스쳐 지나간 건 그때였다.

"위험하게스리."

바람에 멈춰 서지 않았다면 다쳤을지도 모르겠다는 생각을 얼핏 했다. 중 얼거리며 큰길로 걸어 나오는데, 알 수 없는 기척이 그의 신경을 잡아끌었다.

설핏 하얀 머리를 본 것 같아 쳐다본 곳에는, 야호가 있었다.

"너……!"

"여어."

찾을 땐 그렇게 안 보이더니. 시율은 길 건너편에서 한가롭게 손을 흔들 고 있는 야호를 발견하자마자 도로를 가로질렀다.

차가 오나 주변을 살피며 야호의 앞에 섰을 때는 그 근처만 공기가 서늘 하다는 걸 깨달았다.

"흐흠, 감사의 인사라면 됐다."

알 수 없는 일로 뻐기고 있는 야호는 요새 사람들은 입지 않을 시대 불명 의 두루마기를 입고 있었는데, 길을 지나가는 다른 사람들은 그것에 전혀 관심이 없는 것 같았다. 어쩌면 제 눈에만 보이는 건 아닐까.

시율은 바닥에서 야호의 그림자를 확인해봤다. 그림자는 분명 있었다.

"……혹시 너 불행의 신 같은 거냐."

"뭔 소리냐, 그게. 하여간 이래서 인간들은 은혜를 모른다는 거다. 에잉."

"하지만 방금도 그렇고, 전에도 네가 나타나고 나서 그런 일들이 있었으 니까."

"아니거든."

"그럼, 도와준 거냐."

"건방지긴. 그러니 여태 살아 있는 거겠지만. 아무튼 너도 대단한 녀석이 야. 운도 강하지."

"또 못 알아들을 소리를……."

물은 것에 답은 하나도 하지 않고 제 할 말만 하는 야호였다. 여전히 그랬다.

낮은 시멘트 담벼락 위에 양반다리를 하고 앉아 있던 야호는 휙 하니 밑으로 내려와 섰다. 시율도 키가 큰 편이었는데 그보다 덩치가 좋은 사내를 아무도 못 보는 것 같았다. 이상하게도 말이다.

"아무튼 됐다. 너희가 잘 지내는 걸 봤으니 이만 가마."

"잠깐만."

"이제 와서 아쉬워해도 소용없……."

"왼손! 그거 왜 그러는 거야? 너라면 알 거 아냐."

간절한 눈으로 붙잡기에 이제 저에 대한 존경심을 좀 길렀나 했더니 전혀 아니었다. 야호는 팔짱을 끼며 못마땅하니 긴 숨을 내쉬었다. 해인도 눈만 뜨면 시율 타령이었는데, 둘이 아주 똑같았다.

"너희는 알 수 없는 이유지. 그러니 나도 알려줄 수 없고."

"……낫지 않는 건가?"

"그렇지."

"그 사고의 후유증……."

"누누이 말하잖냐. 알려줄 수 없어. 만나는 것도 이게 마지막일 거다."

안전할 거라는 확신이 왔으니 떠날 셈이었다. 이제 영영 볼 일은 없었다. 가끔 살펴보러 오기야 하겠지만 지금처럼 일부러 모습을 보여주는 일은 다시 없을 테니까.

야호는 해인과 시율을 보고 그런 생각을 했었다.

'네가 계속 집요하게 그 아이에게 붙는 거. 어쩌면 자기가 살기 위해서가 아닐까 하는 의심을 했지.'

한쪽은 죽을 운이 강하고 한쪽은 살리는 운이 강하니까. 이 이기적인 영혼이 제 살길로 해인의 곁을 고른 건 아닐까 하는 의심을 했다. 잠시지만 둘을 못 만나게 하는 게 나은 건 아닌지도 꽤나 진지하게 염려했다.

하지만 결국 운명대로 둔 것이, 하나가 없어지자 하나가 점점 약해지는 모양을 봤기 때문이었다. 이전의 강시율은 의심할 바 없이 강한 영혼이었다. 악운을 불러들이기는 해도 그 속에서 살아남은 건 그래서였다. 그런데 점점 스스로 약해지는 건 그야말로 자살행위나 다름없었다.

이대로 두면 하나는 기껏 고비를 넘기고도 어느 날 픽 죽어버릴 것 같았고, 다른 하나는 오지 않을 짝을 기다리다 평생을 그렇게 혼자일 것 같았다. 그 모양을 지켜보다가는 한숨을 내쉬어야 했다.

'궁합이 좋을 수가 없는데 왜 애타게 서로만 찾는 건지. 하여간 인간들의 바람이란 도통 이해할 수가 없어.'

하나는 모든 인간을 싫어해서 발아래 두고 노려보는 습성이 있었고, 하나는 모든 인간을 겁내느라 굴속에 숨어 있기 바쁜데 그런 둘이 인연이라니, 이해할 수 없는 노릇이었다. 타고나기부터가 고집스러운 벽을 허무는 게 서로를 만나는 순간에는 이렇게나 쉽다니.

쭉 지켜보고도 믿을 수가 없을 정도였다.

"다만, 너희 운명에는 경의를 표하지."

"……다시 만난 거 말이야?"

"집요하더라, 너? 조금은 헷갈릴 줄 알았는데 그런 것도 없고, 용케 한 번에 알아봤잖아. 그건 칭찬해주지. 네 녀석은 싫지만."

"정말 가는 거냐……. 다시는 안 나타나고?"

"이젠 가야지. 그래도 어딘가에는 있겠지."

시율은 해인을 보고 가지 않을 거냐고 물으려다가 그만뒀다. 이 묘한 재주가 있는 호랑이는 이미 실컷 지켜본 것 같으니 말이다. 굳이 해인이 아니라 제 앞에 모습을 드러낸 것도 이유가 있을 거라고만 짐작했다.

"……가기 전에, 점이나 한 가지 봐주지 않을래. 우리가 앞으로 어떻게 될지. 그게 네 녀석 특기였잖아."

"그런 거 절대 안 믿지 않았나."

"더 이상 나쁜 일은 싫으니까. 그리고 너도, 조금은 신통하긴 한 것 같아서."

"미안하지만 보수 없인 안 봐."

"……역시 싫은 녀석이야."

"하지만 이건 안 봐도 그냥 알 것 같으니까 말해주지."

꼭 이런 식이지, 이 호랑이는. 안 해줄 것처럼 해주고 해줄 것처럼 안 해줘서 사람을 약 올리고는 했다.

그리고 아무렇지 않게 큰 이야기를 툭툭 내뱉는 대범한 구석이 있었다.

"너흰 세 아이를 낳을 거야. 딸 둘, 아들 하나."

"그게 다야?"

"공짜로 알려줄 수 있는 건 이게 다야."

"……아무튼 덕담인 건가."

마음에 들기야 하지만……. 야호는 그 말만 남기고는 몸을 돌렸다. 정말 미련 없이 가버리는 야호의 등을 보며 시율은 드물게 할 말을 찾지 못하고 있었다.

"오래 살아라."

모르긴 몰라도 고맙다는 말을 해야겠다는 생각이 든 건 조금 늦게였다. 주차장의 어둠 속으로 야호가 스러지듯 사라진 뒤. 미묘한 바람이 지나간 뒤.

"……방금 내가 꿈을 꾼 건가."

시율은 직접 보고도 실감이 나지 않아서 몇 번이나 그 자리를 다시 확인해봤다. 하지만 텅 비었을 뿐이었다.

해인이 당한 건 이런 일이었을까. 저에게 비밀로 했던 것들은, 이런 말도 안 되는 이야기들이었을까. 누구에게 말해도 믿어줄 이가 없을 것 같았다.

하지만 남은 건 분명 있었다.

"딸 둘이라."

분명 해인을 닮았겠지. 그는 진심으로 야호가 신통하기를 바랐다. 그래야만 했다. 이미 사랑스러운 이름을 생각하고 있었으니까.

외전 3. 그의 시간

태어나서 겪은 것 중 가장 끔찍한 기분이었다. 이것을 감히 어디에 견줄 수나 있을까. 시율은 저 멀리 있던 해인이 어떻게 자신의 코앞에 나타났는지나, 저를 힘껏 밀어냈다는 사실 같은 건 아무래도 좋았다. 다만 그는 뒤로 넘어진 채 숨죽이고 현장을 노려봤다. 시멘트 바닥을 타고 핏물이 흘렀다. 눈이 녹은 자리 위를 따라 스멀스멀, 움직이지 못하고 있는 그의 발 앞까지. 천천히 밀려들었다.

모든 게 이상했다. 도저히 믿을 수 없어서 몇 번이나 눈으로 핏물을 더듬었다. 따라 올라간 자리에는…….

"꺄아악!"

지나가던 누군가가 찢어지는 비명을 내질렀고, 처참한 굉음을 들은 사람들이 성당 쪽에서 너도나도 몰려나왔다. 트럭을 운전하던 사람은 살았는지 죽었는지 알 수 없었다. 의식이 없는지 늘어진 채 차에서 끌려나왔다. 벽을 들이받았으니 충격이 컸으리라. 그리고 그 전에도 하나 치고 간 것이 있었는데. 그 말고는 아무도 보지 못한 걸까.

현장에 웅성대며 모여든 사람 중 누구도 도로 구석에 내팽개쳐진 피범벅된 고양이에는 관심을 주지 않았다.

시율만이 멀거니 죽어라 그것을 바라봤다. 바라봐도 변하지 않는데 넋을 놓고 말았다. 그는 모든 순간을 보고 말았다. 눈앞에서 제 어깨에도 오지 못하는 하얀 몸이 잔인하게 떠밀리는 것도, 긴 머리칼을 어지럽게 휘날리며 털썩 내려앉았을 때는 이미 사람이 아니었던 것도. 눈 깜빡할 사이에 작고 검은 동물로 변해 길가를 나뒹굴고 있었다.

왜일까. 제게 조금이라도 덜 잔인한 모습을 보여주려고 그런 걸까. 왜 그렇게 변한 걸까. 새까만 몸은 눈을 감으면 죽었는지 살았는지 알 수 없는데. 눈을 떠야 하는데. 너는 살아 있는 게 맞을까. 겨우 일으킨 몸이 떨리고 무감각했다. 발을 디딜 순 있는 건지 자신에게 의심이 들었다.

"이봐요. 당신 괜찮아요?"

"이상하네. 분명 사람이 부딪치는 걸 본 것 같은데……."

"이 사람 아냐? 이봐요. 차에 부딪혔어요?"

부축해주려고 다가온 사람들은 시야를 방해할 뿐이었다. 손 가는 대로 떠밀고는 멀리 날아가 버린 해인에게 향하려고 했다.

"……야호, 어디로…… 데려가는 거야."

하지만 채 다가가지 못한 건, 마지막에 만져보지도 못한 건…… 무엇보다 빨리 나타난 야호 때문이었다. 휘날리는 피 묻은 옷가지 몇 개와 함께 야호는 나타났을 때처럼 사라져 버렸다. 시율을 한 번 힐끔 보기는 했지만 그게 다였다. 무슨 말도 없이, 그만 남겨두었다.

"어떻게, 이 사람 머릴 부딪쳤나 봐요."

"그런 것 같은데…… 구급차 불렀어요?

수군수군, 몰려든 사람들로 주변이 점점 시끄러워졌다. 하지만 그에게는 아무 소리도 들리지 않았다. 아무것도 중요하지 않았으니까.

"넋이 나간 거 같은데?"

혼자 홀린 듯 집으로 돌아와서는 해인의 방에 처박혀 있었다. 돌아오겠지. 괜찮겠지. 그 호랑이가 데려갔으니까, 어떻게든 하려는 거겠지. 기다리면 되겠지. 그에게 남은 건 누군가 주워준 반지뿐이었다. 해인이 끼고 있던 그것만 그의 손에 덩그러니 남겨져 있었다.

혼자라서일까, 시간은 잔인하게 느렸다. 숨을 쉴수록 목 조름 같은 상실감이 무시무시하게 밀어닥쳤다. 매시간 매분 매초 마지막에 울던 얼굴만 떠올라서, 그것에 짓눌려서 다른 생각을 하는 건 불가능해졌다. 검은 머리카락 사이로 울면서 저를 힘껏 밀던 손이 종종 가슴팍에 기억났다.

어제까지는 손을 뻗으면 잡을 수 있었는데, 왜 지금은 곁에 없는 걸까. 마지막에 닿았던 자리만 화끈거리며 화상이라도 입은 듯 자꾸만 쓰라렸다. 제 몸에도 핏방울이 튀어 있다는 걸 깨달은 건 거의 삼 일이나 지나서였다. 그의 부재에 견디다 못한 병원 직원들이 찾아와 집 문을 두드렸을 때.

"선생님, 무슨 일 있으세요?"

"연락도 없이 안 나오시고…… 다들 걱정하고 있어요. 무슨 일이라도 생겼나 해서……."

"미안합니다. 돌아가 주세요."

"강 선생님?"

혹시 해인일까 싶어서 열었던 문을 힘없이 닫고는 그렇게 다시 며칠간을 숨만 쉬었다. 어디 갈 생각도 하지 못하고 그렇게 미친 듯 기다렸던 것 같다. 제정신이 아니라 그사이의 일은 거의 기억이 나지 않았다. 이대로 하염없이 기다려도 해인도, 야호도 돌아오지 않을 거라는 걸 불현듯 깨닫기 전까지는 그랬다.

내내 만지작거리고 있던 해인의 반지를 멍하니 제 손가락에 끼어봤을 때, 그사이 마른 자신의 새끼손가락에 반지가 맞아 들었을 때, 울음 섞어 웃던 목소리가 떠올랐다.

'이 반지를 놓고 가면, 그때만은 미워해줘. 원망하고 화내면서. 다시 챙겨주러 와줘.'

어렴풋이 그 목소리를 기억해내자 다른 것들도 서서히 의식 위로 떠올랐다.

'꼭 찾으러 와야 해. 꼭이야.'

'안 오면…… 막 울 거야.'

맞아. 찾으러 가기로 약속했었지. 꼭 데리러 오라고 했지. 충격으로 내내 나가 있던 정신이 돌아온 건 그가 탈진하기 직전이었다.

그는 그 뒤로 언제 넋을 놨냐는 듯 바빠졌다. 우선 꾸역꾸역 입안에 먹을 걸 집어넣었다. 쓰러지면 찾으러 다닐 수 없기 때문에 먹어야 했다. 몇 군데 집중적으로 찾으러 다닐 곳들을 추리면서는 병원에도 들렀는데, 역시 그곳엔 있을 리 없었다. 원장은 며칠 만에 귀신처럼 나타난 시율을 보고는 걱정이 역력한 얼굴이었다.

"원장님, 폐를 끼쳐서 죄송합니다."

"아냐, 괜찮아. 무슨 일이라도 있었어?"

"……그만두겠습니다."

"잠깐, 저기 강 선생……. 그만둘 것까지야 있어? 지금 좀 이상해 보이는데. 나중에 이야기하는 게 낫지 않을까?"

"급하게 해야 할 일이 있습니다. 지금도 너무 시간을 허비해버려서……."

"무슨 일인지는 몰라도 안정되면 다시 돌아와. 응? 그간은 휴직한 거로 할게."

원장의 배려에도 그리 감사를 느끼지 못할 만큼 그는 온통 한 가지 생각뿐이었다.

그길로 산책로로 향했다. 저녁이면 그 근방에 죽치고 앉아 누군가를 기다렸다. 낮에는 해인과 다녔던 곳들을 차례로 뒤졌다. 수확이라고는 전혀 없는 쥐 죽은 듯한 날들이었다. 공터에도, 동백꽃 나무 담벼락 아래도, 집에도, 옥상에도, 같이 버스를 타고 갔던 어느 마을에도. 모든 곳에 없었다. 저만 있다는 게 이렇게 두려운 일인지 전에는 미처 몰랐다.

혼자 있는 시간이 얼마나 지독했는지 나중에는 제가 왜 살아 있는지 의문이 들기 시작했다. 자신은 그날 죽어야 했던 건 아닐까. 내내 그 둘이 경고하고 염려했는데 자신은 왜 귀담아듣지 않았던 걸까. 그랬다면 좀 달라지지 않았을까. 적어도 죽은 건 자신이지 않을까.

"아냐. 아니야. 아니지."

그는 가끔 난데없이 무너지길 반복했다. 자신이 죽었을지도 모른다는 사실을 인정할 수 없었다. 그건 지금 해인이 죽었다는 이야기가 되니까. 그럴 리 없었다. 일어나선 안 되는 일이었다. 지금 그가 제정신으로 견디고 있는 유일한 이유는 어딘가에는 해인이 있을 거라는 믿음 때문이었다. 찾으러 오라고 했으니 숨 쉬는 한은 움직여볼 생각이었다.

'죽는 날까지 찾다가, 그러다가 못 찾으면 죽어서라도 찾아야지.'

꽤나 기대를 걸었던 화방이 문을 닫은 걸 본 날에는 또 한 번 절망에 물들었지만 그마저 시간이 아까웠다. 주저앉아 있기에도 어리석었다. 우는 것도 저는 하면 안 될 것 같았다. 날짜로는 일주일이 흘렀지만 제가 언제 잠을 잤는지는 어렴풋했다.

초저녁. 시율은 퀭하게 산책로에 앉아 지나가는 모든 여자를 주시하고 있었다. 그는 예전에 여기서 마주쳤던 여자를 찾고 있었다. 해인을 알아봤던 여자. 그때도 그랬으니 저녁이면 이 근방을 운동 삼아 뛰어다닐 텐데. 겨울에 운동을 쉬었다고 해도 날이 풀렸으니 슬슬 다시 나타날 텐데. 매일 같은 시간 같은 벤치에서 그 여자를 기다렸다.

마주쳤던 시간, 마주쳤던 장소에서 그는 결코 벗어나지 않았다. 몇몇 여자들은 그가 그러고 있으면 두근거리는지 의식하는 눈치였지만 대부분의 여자는 그 살벌한 눈길에 지나가다 말고 흠칫하기 일쑤였다. 열흘 넘게 그 자리에서 그러고 있으니 근방을 산책하는 사람들이 보기에 시율은 제법 부담스러운 존재가 됐다.

비가 휘몰아치는 날에도 그렇게 벤치에 앉아 있었더니, 급기야 경찰이 쫓아오기도 했다.

"아니, 대체 여기서 뭐 하시는 겁니까?"

"……누굴 좀 찾고 있는 것뿐입니다."

"참 내, 수상한 사람이 있다고 신고가 들어왔어요. 당신 같으면 안 무섭겠어요? 젊은 여자들만 노려본다는 게 당신 맞지? 신분증 줘봐요."

호된 경고를 받은 뒤로는 모자를 눌러쓰고 도수도 없는 안경을 쓰고 자리를 지켰다. 그리고 이내 여자를 발견한 건, 거의 한 달을 채웠을 때였다. 겨우 찾았을 때는 달려가 붙잡지 않을 수 없었다.

"누구, 누구세요?"

"이봐요. 나 기억 안 나요? 전에도 여기서 봤잖습니까. 내 여자 친구를 당신이 알아봐서…… 기절하고."

"아…… 아아! 그때 그…… 기억나요. 그 여자분은 괜찮아지셨어요?"

뛰다 말고 돌연 붙잡히자 놀랐는지 경계하던 여자는 슬쩍 긴장을 푸는 눈치였다. 하지만 그리 순순한 대꾸는 아니었다.

"누군지 아는 것 같았는데…… 아닙니까?"

"그쪽 여자 친구면, 그쪽이 잘 알겠죠?"

"당신은요? 당신은 몰라요? 하다못해 어디서 만났었는지 장소라도……."

"아는 사람이라기보다는…… 기억이 날 듯 말 듯 낯이 익었던 것뿐이에요. 아마, 초등학교나 중학교 동창이었던 것 같기는 한데…… 그게 왜요?"

다른 것도 아니고 학교 동창이라니. 어딘가 마주쳤던 장소를 듣게 될 줄 알았던 시율은 이 여자가 혹여 뭔가 잘못 알고 있는 건 아닐까 의심을 해야 했다. 하지만 일단 뭐라도 정보를 얻어야만 했다.

"학교는 어딜 나왔습니까? 몇 년도 졸업……."

"……잠깐만요. 내가 왜 그런 거까지 말해야 해요?"

"부탁드리겠습니다. 조금만 찾아봐줄 수는 없겠습니까."

"그렇게 말해도요. 애초에 난 졸업앨범도 잃어버려서 안 가지고 있어요."

여자는 꽤나 귀찮은 모양이었다. 이전이라면, 그래, 이전의 시율이라면 좀 더 말쑥하게 굴어서 호감부터 샀을지도 모르겠다. 그럼 일이 훨씬 쉽다는 걸 그도 알았다. 하지만 유혹적으로 굴 여유도 없을뿐더러 다른 여자를 상대로 그런 걸 하고 싶지가 않았다.

"그럼 어느 학교를 나왔는지 알려주시면 제가 찾아보겠습니다. 졸업 연도를……"

"세상에, 그게 말이 돼요? 정말 이상한 사람이네."

기겁하며 물러서는 여자에게 서둘러 명함을 내밀어봤지만 여자는 그마저 내팽개쳤다. 받아보지도 않고 바닥에 내버렸다.

"잠깐만요. 수상한 사람 아닙……"

"이거 놔요!"

붙잡으려고 했지만 오히려 역효과였다.

"왜 이래요? 자꾸 이러면 경찰 부를 거예요!"

도망치듯 뛰어가는 여자를 보면서는, 그 자리에 주저앉는 수밖에 없었다. 그날도 그는 그렇게 무너져서 숨을 참았다.

혹시 해서 집으로 돌아와서는 텅 빈 것에 쓸쓸하게 쓰러져서 잠드는 밤이었다. 아무것도 없다는 게 싫어서 아무것도 하지 않았다. 숨도 쉬지 말아버릴까. 그편이 찾기 쉬울지도 모르는데…… 괜히 살고 있는 건 아닐까. 그는 자신이 제대로 찾고 있는 건지마저 자신이 없어졌다. 사실은 이미 이곳에 없는 게 아닐까.

-형님? 왜 이렇게 연락이 안 되는 겁니까? 무슨 일이라도 있는 건……

"없어졌어. 아무리 찾아도 없어."

-그게 무슨…… 형님! 혹시…… 개냥이,를 말하시는 건……

"……맞아."

-또……

짙은 침묵 속에서 그는 차라리 태일이라도 저를 원망하고 질책해주기를 간절하게 바랐다. 믿었는데 지키지 못했다고. 그렇게 잘난 척하더니 너는 무능하고 쓸모없다고. 나가 죽으라고. 신랄하게 말해주기를 바라버렸다. 그러면 그만 완전히 무너질 수 있을 것 같았다. 이 의미 없는 것 같은 허우적거림을 멈추고…… 제 원래 운명대로.

그날에 일어났어야 할 일을 이제라도 끼워 맞추면 이 끝없는 희망에서 벗어날 수 있을 것 같았다. 시율은 자신이 미련한 짓을 하고 있다는 지독한 의심에 빠지고 말았다.

-힘드시겠네요. 저기, 형님. 자책하지 마세요. 일부러 그러지 않으셨다는 거 압니다.

"……태일아."

원망이 듣고 싶은데, 그마저 쉽지 않았다.

-죄송해요. 곁에 못 있어 드려서. 형님은 항상 저를 응원해주셨는데…….

"아니야."

-음…… 근거도 없는, 그냥 막연한 말이지만…… 저는 어딘가에서 잘 지내고 있을 거라고 믿어요. 누구나 그 녀석을 예뻐했으니까요. 생각해보세요. 항상 그랬잖아요, 형님.

그 밤에, 생각보다 빨리 닥친 한계에 죽고 싶어질 만큼 힘든 날에, 그는 참았던 눈물을 흥건히 흘리는 것으로 겨우 자신을 달랬다. 혼자라서 다행인 건 울 수 있다는 사실뿐이었다.

그는 해인이 택시를 탔다던 주소를 적어뒀었다. 그리 결정적인 단서는 아닐 것 같아서 미루다가 오늘에야 찾아왔는데, 역시나 그냥 술집과 밥집이 적당히 어우러진 흔한 골목이었다. 근처를 한 바퀴 돌다가 뒤늦게야 이곳이 조금 낯익다는 걸 알아차렸다. 저녁엔 산책로에서 대기하고 낮에는 여기저기 헤매고 다녔을 때. 그때 왔던 곳 중 한 곳이 분명 이 근처였던 것이다.

'아뜰리에…… 아리아였나.'

망해버린 화방의 주인을 기어코 찾아냈었다. 박해인이라는 작가에 대해 물었는데, 외국에 살지도 모른다는 말을 들었다. 주로 외국에 출품하고, 한국에서 활동이 적으니 막연히 그럴 거라고만 했다. 외국 어디든 찾아가서 만나볼 생각이었다. 그래서 이메일이나 간단한 연락처라도 찾아볼까 싶어 인터넷을 뒤졌는데, 정보가 너무 없었다.

그나마 끈질긴 검색 끝에 '아뜰리에 아리아'라는 곳에 입주 대상으로 뽑힌 몇 년 전 자료를 찾아낸 게 전부였다.

실력 있는 신인만 거주를 지원해주는 곳이니 나름 이런 사람들이 있다는 홍보였던 것 같은데, 같은 한국 땅인 이상은 못 들러볼 이유가 없었다. 하지만 막상 들러서는 아무것도 건질 수 없었다. 다른 곳에서 그랬듯 빈손으로 돌아가야 했다. 박해인라는 작가가 살긴 살지만, 개인 정보라서 연락처는 알려 줄 수 없고. 요즘 거의 작업실에도 안 나타나서 기다려도 소용없을 거라는 얘기만 들어야 했다.

친하게 지내는 사람이 있나 물었더니 거의 아무도 안 만난다는 답변만 돌아왔고, 더 집요하게 굴자니 산책로의 여자처럼 도망칠까 봐 그럴 수도 없었다. 작업실 호수도 알 수 없어서 대신 관리실에 명함만 맡겨두고 나온 게 바로 얼마 전이었다.

그는 택시기사가 해인을 태웠다고 알려준 자리로 다시 가봤다. 그날 밤 술을 먹고 돌아왔으니 이 근처에서 술을 먹었으리라. 대부분 밥집이라 술집은 몇 곳 없었다. 그는 하나하나 들러봤다.

"여기요."

"앗, 죄송합니다. 아직 영업 전이에요. 저희는 술집이라 저녁부터……."

"다른 게 아니라, 저 위에 아뜰리에 사람들도 여기 자주 옵니까?"

"아뜰리에…… 아아, 작가들 모여 사는 특이한 건물 말이죠? 그럼요. 자주들 오시죠. 유명한 만화가분들도 와서 사인해주고 그러세요."

"······그렇군요."

술집 주인의 자랑인 듯한 벽면 가득한 사인들을 보며 시율은 고개를 끄덕였다.

아뜰리에에 들어가 봐야 할 것 같았다. 박해인이라는 작가를 만나봐야겠다. 겹치는 흔적 사이에 그 여자가 있었으니까. 나이도 얼굴도 모르지만 분명 뭔가 있을 거라는 확신이 왔다. 적어도 이번엔 도망치지 않도록 조심해서 움직일 셈이었다.

작가는 작가끼리 친하기 마련이었고, 그는 자신이 아는 모든 예술계 인맥을 동원해봤다. 하지만 하나같이 박해인이라는 작가는 모른다고 고개를 내저었다. 하다못해 아뜰리에 아리아에 사는 이를 알지는 않는지 수소문해봤지만 그마저 인맥이 닿는 사람은 없었다. 건너 아는 사람도 바닥났을 즘, 그는 자신의 사촌 동생 하나가 조각을 전공했던 걸 떠올렸다.

'난 형처럼 공부를 잘하지는 못하니까 이거라도 열심히 해야지. 그리고 좋아하는 여자애가 있는데 자긴 유명한 예술가랑 결혼하고 싶댔거든.'

'그게 뭐야. 바보 같은 이유잖아.'

'왜에! 예술가 커플 멋지지 않아?'

불순한 이유지만 계속 조각을 하더니 꽤 큰 상을 받았다고 그 부모가 자랑스러워했던 기억이 났다. 공부는 못했지만 활발한 녀석이었는데. 단순하고 속이 하나인 게 편해서 가끔 어울렸었다. 이름이 뭐였더라. 그는 금세 떠올렸다. 수문이었다. 강수문.

친척인 이상에야 연락처를 찾는 건 그리 어렵지 않았다. 여동생에게 묻자 금방 알 수 있었다.

-어디? 아뜰리에 아리아?

"혹시 거기 사는 사람 중에 아는 사람 있어?"

이번엔 부디 하늘이 저를 돕기를 바랐다.

-내가······ 거기 사는데?

이 녀석 천사였나. 수문은 생각지 않게 그에게 희소식을 안겨줬고, 시율은 들떠서 하마터면 박해인을 아느냐고 물을 뻔했다. 하지만 그건 겨우 삼킬 수 있었다. 자연스레 안면을 트는 편이 좋을 테니까. 또 단서를 줄 사람을 도망치게 할 수는 없었다.

곧장 약속을 잡고 달려오기는 했는데 너무 빨리 와버렸다.

시율은 아뜰리에 아리아의 입구에 서서 잠시 들어가지 않고 건물을 올려다보고 있었다. 오늘따라 날이 좋아서 그런가, 더 긴장이 됐다. 여기에도 단서가 없으면 어째야 하나 싶었다. 그땐 아무래도 중국행 비행기 표를 끊어야 할 것 같았다. 그곳에 간다고 마땅한 수가 있는 건 아니었지만 그냥 시간을 허비하는 것보다는 나을 테니까.

중국으로 가보려는 이유는 하나였다. 예전에 선물받은 장식품을 조사해보니 중국 유명 관광지의 기념품이었다. 지푸라기나 다름없는 흔적이긴 하지만…….

'거기에도 없으면, 그땐 어쩌지.'

그가 가진 단서는 이제 거의 바닥나고 있었다. 아무튼 여기에 사는 박해인이라는 여자도 도움이 안 되면 그땐 한국에서는 더 이상 할 수 있는 일이 없는 셈이었다. 생각에 빠져 있던 시율은 조용히 제 곁을 지나가는 누군가에게 시선이 끌렸다. 이유는 하나였다. 몸집이 비슷했다. 그가 찾는 누군가와 말이다.

'……물론 저런 옷을 입은 건 못 봤지만.'

청바지에 눌러쓴 캡 모자라, 주로 그가 가져다준 여동생 옷만 입어서인지 항상 베이지색이나 분홍색 도는 옷을 입던 해인과는 상반되어 보였다. 하지만 그는 사실 머리 스타일만 비슷한 여자를 발견해도 빤히 쳐다보고는 했다.

"저기, 실례합니다."

"네?"

"여기서 지내세요?"

일단 말을 건 건 얼굴을 보고 싶어서였다. 여자는 돌아보기는 했지만 작은 얼굴을 모자챙으로 거의 가리고 있었다. 그러고는 쭈뼛거리며 벌써부터 뒷걸음질을 치고 있었다. 시율은 요즘 제가 그렇게 무서운 얼굴인가 싶어 턱 근처를 만지작거렸다. 물론 원래도 부드러운 인상은 아니었지만, 근래는 살이 빠져서 더 날카로워지긴 했다.

'입술이…… 비슷한데. 머리 색도.'

손가락을 꼼지락거리는 모양이나 고개를 갸웃거리는 모양도, 비슷했다. 물론 이 정도로는 아무것도 단정할 수 없었지만. 그는 여자에게 박해인에 대해 아느냐고 물어보려고 했다.

"혹시 여기에……."

그때였다. 나무 사이 어딘가에서 홀연히 바람이 불어왔다. 여자의 모자가 공중으로 높이 날아올랐고, 햇빛 아래 온전히 드러난 앳된 얼굴은 그에게 너무나 익숙한 것이었다. 모자를 따라 그의 앞으로 쪼르르 다가오는 모습을 보는 내내, 그는 숨을 쉬는 걸 완전히 잊어버렸다.

여기였구나.

정신을 차렸을 때는 이미, 저도 모르게 힘껏 끌어안고 있었다.

"이…… 이! 야! 이 변태 새끼야!"

몸집도 목소리도, 그가 그리워한 그대로였다. 그날부터 내내 뜨끔거렸던 가슴팍을 또다시 떠밀리면서는 제가 찾았다는 걸 알 수 있었다. 그 작은 손이었다. 자신을 밀쳐냈던 손. 그 손에 온기가 있어서 다행이었다. 차갑지 않아서 그것만으로 충분했다. 울지 않고 있어서…… 그거면 됐다.

그가 찾던 모든 게, 이곳에 있었다.

-마침-

작가의 말

안녕하세요. 김애정입니다.

『고양이 키스』를 마무리 지으려니 기쁘기보다는 우선 섭섭함이 앞서네요. 아무래도 그만큼 정을 많이 준 이야기라 그런 것 같아요. 이하 고키, 『고양이 키스』는 저에게는 드물게도 구상과 동시에 결말부터 떠오른 케이스입니다. 마지막 장면은 꼭 둘이 다시 만나는 장면으로 하고 싶었어요. 로설의 정석인 재회는 '시작과 끝'을 모두 상징해서 정말 멋진 부분이라고 생각해요. 사랑은 시련으로 더 단단해지고, 헤어짐으로써 서로의 소중함을 더 절실히 깨닫고. 그리움도 신뢰가 있어야 괴롭지 않을 테니까요.

고키는 로설치고는 길고 판타지 소설치고는 짧은 이야기인데, 개인적으로 한 권 분량 정도는 더 쓸 수 있는 이야기였어요. 만약 4권이 있었다면 전부 둘만의 '외전', 그러니까 재회 후의 다시 사랑하는 이야기였을 거예요. 구구절절 쓰고 싶은 마음은 굴뚝같지만 쓰지는 않았고, 상상만 하고 전부 풀지 않은 건 제 첫 구상대로 '재회'에서 마무리하는 느낌을 주고 싶어서였어요. 그래서 굳이 재회 후의 이야기는 전부 '외전'이라는 이름으로 풀었다죠.

고키 내내 둘만의 시간에 공을 많이 들인 건 '다시 사랑에 빠지는 외전'

이 없어도 다시 만난 두 사람의 이야기를 독자님들이 충분히 상상하실 수 있었으면 해서였어요. 오픈엔딩으로 끝나지만, 모두가 이것은 해피엔딩이 었을 것이다…… 하고 예감해주셨으면 하는 게 목표였습니다. 그럴 만큼 해인이나 시율이의 유대감을 입체화하고 싶었어요. 하지만…… 결국 첫 구상대로는 쓰지는 못했어요. 외전을 넣어버렸으니까요.

저에게도 해인이 시율이와 쿨하게 헤어지는 건 힘든 일이더군요……. 너무 정을 들였다고밖에는 설명할 수 없네요. 저도 독자님들과 똑같이 둘을 더 보고 싶은 갈증에서 벗어나지 못했습니다.

열 종 가까이 책을 냈음에도 불구하고 첫 구상대로 이야기가 흐르는 건 쉽지 않네요.

고키에서 하고 싶었던 이야기 하면, 일단은 사랑이죠. 로맨스니까요. 그리고 모티브라면 어렴풋이라도 느껴주셨기를 바라는 부분이지만…… 길 잃은 고양이였습니다.(너무 당연한 소리를 하는 걸지도) 원치 않은 사고로 가족이랑 떨어져서 모르던 사람들을 만나고, 그 속에서 겁도 내고 기대기도 하다가 마음을 주는 사람을 정하고, 그 품에서 행복함을 느끼고, 더 이상 원래 있던 곳으로 돌아가고 싶어지지 않는 거죠. 일종의 자립이라고 해야 할까. 더 이상 어리지 않아서 자기만의 자리를 정하는 과정을 동경한 것 같아요.

그러고 보면 해인이는 제 여주들 중에도 참 어려운 캐릭터였는데, 고집이 장난 아니거든요. 고양이 중에서도 길고양이 같은 면이 있어요. 낯가림도 심 하고 제멋대로인 구석도 심하고. 저를 예뻐해줘도 마음에 안 들어 하고. 길들이기 참 힘들고. 그래도 어느 날 마음을 열면 정말 사랑스러운 존재가 되어주는……. 아마도 해인이가 애교 부리는 건 시율이 앞에서가 유일하지 않을까 싶어요. 그건 시율만 따른다는 말이 되니까 시율은 그걸 매우 뿌듯해할 남자죠. 그걸 자랑하기보다는 혼자만 알고 있는 욕심 많은 남자일 테고요. 시율에게 해인이 더 사랑스러운 이유는 그것일 수도 있겠네요.

이런…… 쓰다 보니 이야기가 너무 길었네요. 구구절절 설명하지 않아도 알아주셨으면 하면서도 결국 못 참고 설명해버립니다. 설명으로 느끼는 것과 읽으면서 독자님이 자연스레 느껴주시는 건 많이 다르니까, 후자를 지향하지만…… 재능의 한계로 전자도 가끔 발생합니다.

항상 드리는 말씀이지만 이 책을 집어주셔서 감사합니다. 읽으시는 동안 즐거우셨기를 바라며 저는 이만 줄입니다. 다음에 또 뵐 수 있기를.

고키는 봄이 어울리는 이야기였는데, 다음엔 겨울이 어울리는 이야기를 써보고 싶어요.

-김애정 드림.